EVERVEST 1050

ECE TEMELKURAN

1973, İzmir doğumlu. Bornova Anadolu Lisesi'ni 1991'de, Ankara Üniversitesi Hukuk Fakültesi'ni 1995'te bitirdi. İlk yazıları *Patika* dergisinde yayımlandı. 1993'te, *Cumhuriyet*'te gazeteciliğe başladı. Kadın hareketi, siyasi tutuklu ve hükümlüler, Güneydoğu sorunu üzerine çalıştı, röportajlar yaptı. *Bütün Kadınların Kafası Karışıktır* adlı kitabı 1996'da yayımlandı. Aynı yıl Alman hükümeti tarafından yılın gazetecisi seçildi ve Almanya'da kadın hareketi üzerine bir araştırma yaptı. 1997 yılında *Oğlum Kızım Devletim - Evlerden Sokaklara Tutuklu Anneleri* adlı araştırma kitabı yayımlandı. Ardından avukatlık ruhsatnamesini aldı ve bu mesleği -henüz- hiç icra etmedi. *Cumhuriyet Dergi* için yazdığı "Bekâret Testi Suçtur" adlı yazısıyla Tabipler Odası Yılın Araştırma Yazısı ödülünü aldı. Yurtiçinde ve dışında çeşitli dergilerde yazılar yazdı, CNN Türk'te muhabirlik yaptı. Daha sonra şiir-metin (poem&prose) türündeki *İç Kitabı* (Everest, 2002) yayımlandı. Eylül 2002'de şiir-metin türündeki üçüncü kitabı *Kıyı Kitabı*'nı yazdı. *Milliyet*'teki köşe yazıları sebebiyle BAL Vakfı tarafından Beyaz Yorum Ödülü'ne layık görüldü. Dünya Sosyal Forum sürecini izlemek için 2003'te Brezilya'ya, 2004'te Hindistan'a gitti. Arjantin'de ekonomik krizden sonra oluşan halk hareketini inceledi. Bu harekete ilişkin yazıları "Buenos Aires'te Son Tango" adı altında yazı dizisi olarak *Milliyet*'te yayımlandı. 2004 yılında *İçeriden* ve *Dışarıdan* adlı gazete yazılarından oluşan kitapları Everest Yayınları tarafından yayımlandı. Savaş karşıtı yazıları sebebiyle Çağdaş Gazeteciler Derneği'nden Barış Kalemi Ödülü'nü aldı. *Biz Burada Devrim Yapıyoruz Sinyorita!* adlı kitabıyla Türk Tabipler Birliği'nin Düşünce ve Demokrasi ödülünü kazandı. *Ne Anlatayım Ben Sana!* (2006), *Ağrı'nın Derinliği* (2008) ve *Ağrı'nın Derinliği* (cep boy) (2009) yılında Everest Yayınları tarafından basıldı. *Ağrı'nın Derinliği* İngilizce olarak *Deep Mountain* ismiyle Verso Yayınları tarafından İngiltere ve ABD'de yayımlanmıştır. Temelkuran'ın *Kıyı Kitabı* "Book of the Edge" ismiyle Boa Editions tarafından ABD'de yayımlanmıştır. 2010 yılında *Muz Sesleri* (Everest Yayınları), 2011 yılında *İkinci Yarısı* (Everest Yayınları) adlı kitapları yayımlanmıştır.
Al-Akhar gazetesinde yazıyor. Tunus ve İstanbul'da yaşıyor.
www.ecetemelkuran.com

KAYDA GEÇSİN

Ece Temelkuran

§

Yayın No **1050**

Deneme **66**

Kayda Geçsin
Ece Temelkuran

Yayına hazırlayan: Çiğdem Su
Kapak tasarım: Utku Lomlu
Kapak fotoğrafı: Fırat Erez
Mizanpaj: M. Atahan Sıralar

1. Basım: Şubat 2012
2-3. Basım: Şubat 2012
4-5. Basım Şubat 2012

ISBN: 978 - 975 - 289 - 993 - 3
Sertifika No: 10905

EVEREST YAYINLARI
Ticarethane Sokak No: 53 Cağaloğlu/İSTANBUL
Tel: (212) 513 34 20-21 Faks: (212) 512 33 76
e-posta: info@everestyayinlari.com
www.everestyayinlari.com
www.twitter.com/everestkitap

Baskı ve Cilt: Melisa Matbaacılık
Tel: (0212) 674 97 23
Faks: (0212) 674 97 29

İÇİNDEKİLER

BÜYÜK TANIŞMA

Ahmet, Nedim ve Gazeteciler İçin

Kürtler, Türkler ve Hepimiz

Bizim Memleket

Başka Memleketlerden

"Kayda Geçsin" çünkü...

Bu zamanlar o zamanlar. Sonrasında dönüp bakacağımız ve "Her şey o günlerde netleşmişti" diyeceğimiz zamanlar. Bu netliği kimin gördüğünün, kimin görmezden geldiğinin sonradan konuşulacağı zamanlar. Benim ne gördüğüm, son iki yılda neleri göstermeye çalıştığım, nerede durduğum kayda geçsin.

Bu zamanlar karışık zamanlar. Bu karışıklık içinde, ben de dahil olmak üzere birçoğumuzun bir gün onu, bir gün bunu desteklemekle, hatta aynı gün birbirine zıt iki tarafı desteklemekle suçlandığımız zamanlar. İftiraların, dedikoduların kayıtlara geçtiği, gerçeklerin ise pek merak edilmediği zamanlar. Hakkımızda çarşıya salınan bir kötücül yalanın yıllardır yazmakta olduğumuz metinleri galebe çalabildiği, bunun insanı delirtircesine tekrarlandığı zamanlar.

Bu zamanlar tarafların ve giderek herkesin birbirinin can çekişmesinden duyduğu zehirli sevinci ifşa etmekte herhangi bir ayıp görmediği zamanlar. Taraflar arasında kalıp yeryüzü kayıtlarını tutmak için insanlığın vicdanıyla bir dengede durmakta çok zorlandığımız, hatta böyle bir denge tutturabilsek bile sesimizi güçlükle duyurabildiğimiz zamanlar; duyuramadığımız zamanlar... Olur böyle arada sırada insanlık tarihinde.

Bu zamanlar kayıtları çok titiz tutmamız gereken zamanlar. Son iki yıllık tarihime böyle bir titizlikle baktım. Türkiye'de ne olduğunu, olup bitenleri yazan bir insan olarak ben sonunda artık yazamaz hale getirilene kadar nasıl bir süreçten geçilmiş, buna baktım. Siz de bakın isterim ve bir keskinleşmenin, -kaçınılmaz bir keskinleşmenin diyelim- tarihini görün isterim. "Büyük Tanışma" diye bir toplumsal çözüm önerdiğimde ne kadar iyimsermişim, sonra nasıl keskinleşmiş dilim, bunu görün. Yalnızca hakkımda yazılıp çizilenleri değil, benim yazdıklarımı görün. Son iki yılda bu ülkede ne olduğunu görün. Ahmet ile Nedim'den Kürt meselesine, toplumsal barışla ilgili ne çok yazı yazmış olduğuma, bu memleketin ruh haliyle ilgili endişelerimin nasıl gerçekleştiğine bakın. Tereddütümün netliğe, endişemin korkuya nasıl dönüştüğüne bakın.

Zira...

"Tuhaf zamanlardan geçiyoruz."

Bugünlerde hemen herkes endişeli bir tonla bu cümleyi değiş-tokuş ediyor durmadan:

Söyleyeceklerim bu tuhaf zamanların muktedirlerine değil. İlgilenmiyorum o kısmıyla artık. Sözlerim, "tuhaf zamanlardan" geçiyoruz deyip cümlenin gerisini endişeli, mütereddit ve karanlık bir sessizlikle getirenlere. Çünkü öyle inanıyorum ki, cümlenin sonundaki o sessiz üç noktadan kurtulmadıkça bu "tuhaf zamanlardan" geçemeyeceğiz. Sadece varacağımız yere geldiğimizi, buradan da başka bir yere gidemeyeceğimizi keder ve kahırla kabul etmiş olacağız.

Çünkü...

Memleketin derdiyle hemhal olmuş üniversite öğrencilerinin ümüğüne çökülmüşken...

Kız çocukları saçlarından sürüklenip, yerlere çalınırken...

Açlıktan sokağa fırlamış insanların üzerine zehirli gazlarla hücum edilirken...

Hepimizin telefonları dinlenip, sevgilimize söylediğimiz aşk sözcükleri bile duruşma salonlarında kanıt olarak yüzümüze çarpılırken...

İnsanlar evlerinden bir bir alınıp götürülürken, binlerle götürülürken...

Ermeni kardeşimizin katilleri mahkeme salonlarında bizimle dalga geçerken, dalga geçerek çıkıp giderken...

Bir depremden sonra naylon çadırlarda donarak ölen bebeklerin sayısını bile öğrenmemiz engellenirken...

Memleketin suyuna, dağına, ağacına sahip çıkan nineler bile tehdit edilirken...

Bunlara öfkelenenler delirtilmek için tek başlarına bırakılmışken...

Ve bütün bu olup bitenler "Sizin iyiliğiniz için yapıyoruz," diye açıklanırken...

Biz eğer bütün bunlar olurken yaşamaya katlanabiliyorsak, bu işte bizim de bir payımız olmalı. Biz bütün olan bitenle yaşayabiliyorsak bize bir şey olmuş olmalı. Bize ne oldu?

***

"70'lerde öğretmenlik yaparken okula müfettiş geldiğinde öğrenciler 'Öğretmenim biz ne yapabiliriz?' diye sorarlardı. Dayanışma diye bir dert vardı. Sonra 80'ler geldi. Bir gün baktım okulun bahçesinde yere bir ceket düşmüş. Herkes üzerinden atlayıp geçiyor. Alsınlar diye seslendiğimde şöyle cevap verdi çocuklardan biri: 'Benim değil ki!' Sonra doksanlar geldi. Öyle bir sistem getirdiler ki artık çocuklar birbirini tanımıyordu. Artık sınıf diye bir şey yoktu zaten, eskisi gibi arkadaşlık bile yoktu."

71 darbesinin hapishanesinden çıkıp 20 yaşında öğretmenliğe başlayan annemin kerelerce anlattığı küçük bir hikâyedir

bu. Yıllar içinde bu ülkede insan terkibinin nasıl değiştirildiğine dair, o kuşağın binlerce benzerini anlatabileceği bir hikâye. Bugün ülkede yaşananların siyasi ya da ekonomik analizi değil, ama insanın derin tarihini anlatan bir hikâye. Belki de 2010'lara gelindiğinde bir meslektaşı işten atılınca ya da tutuklanınca sevincini ilan eden insanların nasıl "üretildiğine" dair bir hikâye. Ya da...

Hamile bir genç kadın polis dayağı yüzünden bebeğini düşürdüğünde "Gitmeseymiş o da eyleme," diyenlerin...

Uludere'de çocuklar öldüğünde "Onlar da kaçakçılık yapmasaymış," diye konuşanların...

Van'da insanlar depremden sonra buz keserken naylon çadırlara gülerek "saray" benzetmesi yapanların...

Hopa'da Metin Lokumcu bibergazı yüzünden boğulup öldüğünde "E ama o da isyan etmeseymiş," diye boş verebilenlerin... Bu boş verme karşısında bana da "Siz ne zaman bu kadar zalim oldunuz?" sorusunu sordurtan insanların nasıl üretildiğine dair bir hikâye.

Siz de biliyorsunuz. Sadece tuhaf zamanlardan geçmiyoruz. Bizatihi bizlere, Türkiye'de yaşayan insanlara tuhaf bir şey oldu. Bütün siyasal baskının, yaşanan mide bulandırıcı karmaşanın ötesinde bir şey bu. Bir zalimlik salgını. Cezaevindeki işkence gibi iktidarın apaçık ve kaba şiddetinden başlayarak ta aşağılara, en mahrem ilişkilerimize varana kadar bir merhametsizlik vebası sardı bizi. Artık kimse kimseye inanmıyor. Yaratılan siyasal şiddet müthiş bir kafa karışıklığı doğurarak en yakın dostlukları bile parçaladı. Bahse girerim etrafınızda son beş yılda sadece gündemdeki olaylarda alınan farklı pozisyonlar sebebiyle birbirine selam vermeyi kesmiş insanlar vardır. Herhangi bir dayanışmayı imkânsız kılan bu ilişki çürümesi bizi bugün en makul asgari talepler için bile bir araya gelemez insanlar yaptı. Herkes birbirinin samimiyetini, güvenilirliğini saplantılı biçimde sorgular hale geldiği için yan yana durmak artık zor. Artık herkes birbirinden şüpheleniyor. Artık herkes tek başına. İçimizden biri, çok iyi tanıdığımız biri alınıp cezaevine götürüldüğünde, hayatını en ince ayrıntısına kadar biliyor olsak bile, o alıp götürülenle ilgili akıllara şu soru takılıyor:

"Acaba bir şey mi yaptı?"

Ya da alıp götürülme korkusundan söz eden insanlar bu korkularından en yakınlarına bahsederken bile korkuyorlar:

"Acaba korkacak bir şeyim olduğunu düşünürler mi?"

İnsanlar artık iktidardan korkmuyor aslında. Birbirinden korkuyor. Ve bu yüzden bu tuhaf zamanlarda sıklıkla aklıma Ingeborg Bachmann'ın anladığımı sandığım ama bugün aslında ilk kez gerçekten içeriğinin bilincine vardığım şu sözü geliyor:

"Faşizm iki kişilik ilişkilerde başlar."

Evet tuhaf zamanlardan geçiyoruz ve bu zamanların insanlık tarihinden öğrendiğimiz bir adı var.

***

Faşizm kötü adamların aniden gelip iyi adamların ağzını burnunu kırması değildir. Faşizm, insanlığın insanlıktan ağır ağır sıyrılarak çıkmasıdır. Gözle görülemeyecek kadar ağır ağır ve küçük küçük işleyen bir süreçtir. Eğer böyle olmasaydı bugün hiçbirimiz bu hayata katlanamıyor olurduk.

Faşizm, bütün felaketler içinde en kolay kılık değiştirenidir. Bu eski tanıdık, bize eşkâli ve karakteri binlerce kez tarif edilmiş olmasına rağmen, ne zaman bize doğru yaklaşmaya başlasa, hiç yeterince uzaktayken teşhis edilememiştir. Yaklaşıp kendini tanıştırdığında ise her şey için çok geçtir. Çünkü dokunduğu her şeyi çürüten bir sır vardır terkibinde. Öldüren değil, çürüten... rutubet gibi bir şey, küf gibi...

Faşizm, zamana yayar kendini. Kar uykusu gibi bir tereddüt yaratarak yapar bunu. "Acaba mı?", "Dur biraz daha bekleyelim", "Belki de korktuğumuz kadar kötü olmayabilir," cümleleri yavaş yavaş uyuşturur insanı. Çağımızın en büyük ilüzyonistidir; kötülüğü iyilik gibi gösterme becerisine sahiptir. Bu becerisi tarihin belli noktalarında, insanın terkibindeki görmeye katlanamayacağı kadar kötü olan şeyleri görmemesini sağlayan sır ile işbirliği yapar.

Tarihin o noktaları üzerinden yeterince vakit geçtiğinde hep yargılanmış, belki birkaç günah keçisi yakalanmış ama hiçbir zaman bu kötücül hayalet, gezegenimizden büsbütün def edilememiştir.

Faşizm insanları öncelikle öldürmez, dönüştürür. Faşizmin zaferi insanın hamurunu değiştirebilmedeki becerisidir. Önce yavaş yavaş insanlık haysiyeti ortadan kaldırılır. Rıza üreten ve zulmü katlanabilir hale getiren meşrulaştırma mekanizması çoğunluğun kafasına yerleştirildiğinde başlar oyun. Rızanın üretilmesi için ülkedeki insan hamurunun delilik yönünde değişmiş olması gerekir. Ve dünya tarihinden biliyoruz ki insan hamuru yeterince tarumar edildiğinde bir ülke delirebilir, toplumlar hastalanabilir ve hatta yatalak olup bir daha ayağa kalkamayabilir.

Ülkelerin tarihinde işlenmiş ve günahı çıkarılmamış her cinayet, yapılmış her katliam, tecrübe edilmiş her zalimlik o toplumun damarlarına damla damla zehirli bir kan zerk eder. Toplumun damarlarında dolaşan bütün kan değiştirildiğinde ise... Biraz kan biraz un... Biraz kan biraz un... Yeni insan artık gözünün önünde zulmün heykeli dikilirken alkışlamaya hazırdır. Bu yeni insan terkibi, tarihin sonraki sayfalarında hiç iyi anılmamıştır.

Terkip değişince gerisi kolaydır... Yoksullar şehrin dışında dev beton konserve kutularına konulabilir... Yazarlar, profesörler, çocuklar cezaevlerine tıkıştırılabilir...

Türk ve Sünni olmayan birileri bir gece kamyonlara doldurulup dövülerek şehir dışına gönderilip başka yerlere yerleştirilebilir...

Televizyonlar ve gazeteler her gün biraz daha az konuşurken her gün iktidarı alkışlayan ekran hokkabazları ciddi adamlar haline gelebilir...

Beğenmediğiniz herkes "terörist" ilan edilebilir...

Bütün bu deliliğin delilik olduğunu söyleyenler deli ilan edilebilir...

İnsanlar mahkemeler arasında sevdiklerini hapishanelerden kurtarmaya çalışırken, ölü çocuklarının fotoğraflarını taşıyan anneler "terörist" durumuna düşürülebilir...

Ve kapatıldığımız bu tımarhanenin anahtarları çekilişlerle, şenliklerle, törenlerle dağıtılabilir.

Hayır, bu gidişata dur demeyi engelleyen şey korku değildir. İnsanların silkinip kendisine gelmesini engelleyen şey tereddüttür. Son gününe kadar tereddüttür. Artık damarları doldurmuş olan zehirli kanın içindeki en tehlikeli madde korku değil, tereddüttür. İyi ile kötüyü, doğru ile yanlışı ayırt etmedeki tereddüt hep beklendiğinden uzun sürecektir. "Tuhaf zamanlardan geçiyoruz..." cümlesinin sonundaki mütereddit sessizliğin üç noktası içimize işlemiş bu zehri teşhis etmedikçe kurbanlar alacak, en yakınlarımız bizim tereddütümüze kurban gidecektir.

Ve hayır, bu zamanları sadece şu anda Türkiye'yi yönetmekte olan siyasal iktidar ve onları iktidar koltuğuna taşıyan siyasal ve sosyal hareket yaratmadı. Biz buraya çok uzaklardan geldik. Yani zalimliğin tarihi bu topraklarda pek eskidir. En meşhur katliamların geniş ölçeğinden mahrem ilişkilerin en mikroskobik ölçeğine kadar zalimlik bu ülkenin ta içindedir. Zalimliğin ilk kaynağını bulmak için tarihin örgüsünü geriye doğru sökmeye başladığınızda ürkütücü ve kahredici şeyler öğrenirsiniz bu ülke hakkında. Benim öğrendiğim şudur:

Bu ülke merhametini lütfetmeden önce insana muhakkak diz çöktürür. Bu, milyon kez yaşanmıştır bu topraklarda. Yine de bu kaderin değişebileceğine dair bir umudum var mı? Pek yok! Her zaman söyledim bunu. Umut pek güven duyduğum bir sözcük değil, ben inadı tercih ederim. Umudum yok olsa bile inadım var. İnsanın, yine de, her şeye rağmen iyi olabileceğine, bu ülkenin içinde, dövüldükçe içinin çok derinine kaçmış bir iyilik tohumu olduğuna dair bir inatçı imanım var. Benim de, benim gibilerin de bu ülkeye dahil olduğunu söylemek, sonra yeniden söylemek için sağlam tutmaya çalıştığım bir inadım var. Biz varız. Yani biz de varız...

BÜYÜK TANIŞMA

"NE MOZAİĞİ ULAN! TÜRKİYE MERMERDİR"DEN BÜYÜK TANIŞMAYA!..

Bize gereken şey bu: Büyük tanışma! Çünkü Türkiye yeni bir Anayasa ile yeni bir toplumsal sözleşmenin eşiğindeyken, daha önce görmediğimiz bir biçimde değişiyor. Dağlardan "Ne mutlu Türküm diyene" yazısının kaldırılması konuşuluyor. Çocuklar belki güne "Türküm, doğruyum, çalışkanım" diye başlamayacak artık.

Ülke, Habur kapısından girenlerin bir tarafta öfke ve korku, diğer tarafta sevinç ve umut yarattığını ilk kez apaçık izliyor. Poşulu Kürt çocuk, uzak topraklarda değil, şehirlerin yanıbaşımızdaki sokaklarında anlatıyor öfkesini. Türkiye, First Lady'nin başörtülü olmasına alışmaya çalışırken, Hayrünnisa Hanım başörtüsünün üzerine binici kepi takıp ata biniyor. Cumhuriyet'in atları artık yüksek sesli bir "Bismillahirrahmanirrahim" ile sürülüyor. Hacı amcaların hibelerine kanaat eden bordo cekelli imam hatipli çocuklar şimdi cipleriyle en pahalı mağazaların önüne park ediyor, işverenler kokteylinde ayakta karşılanıyorlar. Dersim katliamı ile tanışıyor hiç bilmeyenler. Aleviler, çalıştaylar ile yeniden tarif edilirken, gizli kalmış acılarını kalplerinde ve türkülerinde gizleyerek birbirine tutunan bir halk şimdi "anlatmaya" alışmaya alışıyor. Cumhurbaşkanı'nın cemevine girmesine nasıl pozisyon alması gerektiğini düşünüyor solcu Aleviler.

Mermer çatlarken

Hakkında her şeyi bildiğimizi sandığımız insanlar, bakıyoruz ki yeni keşfettiği Ermeni köklerinden söz ediyor. Dedesinin bilmediği bir dilde konuştuğunu hatırlıyor insanlar ve ninesinin adının aslında Satenik olduğunu. Hep yedekteki Türkçe isimleriyle tanıdığımız insanlar ilk kez Ermenice isimlerini kullanıyor. Bir tarafta da, bunca yıldır "Ne mozaiği ulan! Türkiye mermerdir" cümlesine inanmış olanlar, mermerin çatlayışına tanık oluyor. Dağılıp gittiğini düşündükleri Türkiye'yi geri, eski "oyuna" çağırmak istiyorlar. Belki darbe istemiyorlar ama "paşalar" gözaltına alınırken, bildikleri kudret simgeleri yıkılırken yerine ne konacağını anlamaya çalışıyorlar. Ülkenin toprağının kum taneciklerine dönüşüp parmaklarının arasından kaydığını düşünüp, endişeleniyorlar, öfkeleniyorlar. Halkın sözcüsü olduğuna inanmış solcu aydınlar "halktan kopuk olmak" cezasıyla ipe çekiliyor. İyi-güzel, doğru-yanlış, alçak-yüksek nedir, bunlara karar vermeye alışkın olanlar, artık görüyorlar ki kimse onları dinlemiyor. Bu ülkede onlara yer olmadığını düşünen insanlar giderek çoğalıyor. Her gün otobüse binmelerine, varoşların kıyılarında yaşamalarına rağmen sabahları gazetelerde "elitist" olduklarını okuyup şaşkına dönüyorlar.

İtiraf edelim: Bilmiyoruz!

Türkiye, büyük ve bulanık bir değişimden geçiyor. Değerler sistemini altüst eden bütün büyük toplumsal değişimlerde olduğu gibi "sağduyu" felç oluyor. Psikiyatr Engin Geçtan'ın *Zamane* (Metis Yayınları, İstanbul, 2010) adlı kitabında koyduğu teşhis üzere Türkiye'de "kitlesel ketlenme" yaşanıyor. Ketlenme, ülkedeki yoksullaşmanın da etkisiyle giderek daha şiddet dolu, irili ufaklı çatışmalara neden oluyor, yeni çatışmalar olabileceği korkusu yayılıyor. Şimdi bize "Büyük Tanışma" gerekiyor. İçinden geçtiğimiz kör topal sürece içtenlikli, açık sözlü bir katkı. Her kesimin beklentilerinden, korkularından söz etmesi, kalbini açması gerekiyor. Seksen yıldır ertelediğimiz bir tanışmayı, evet şimdi, gündem bu kadar tepetaklakken, evet şimdi yeni bir toplumsal sözleşmeye niyetlenmişken yapmak gerekiyor. Çoğumuz, çoğumuz hakkında hiçbir şey bilmiyoruz. Bilmemeye, görmemeye, yok saymaya yemin etmişler bir kenara dursun. Ama hakiki anlamda bir bilmeme hali de bu kör dövüşü besliyor. Kürtler, her gün yirmi dört saat Kürt meselesiyle yatıp kalkıyor, ama Rize'deki bir genç kendi yaşındaki Kürt gençlerinin neye öfkelendiğini, çocukların panzerlere niye taş attığını bilmiyor. İslamcılar, yılların mağduriyet alışkanlığıyla Atatürkçü bir kadını hakikaten korkutabildiklerine inanmıyor; Atatürkçü kadın bir Müslüman'ın kendini mağdur hissettiğine ikna olmuyor. Aleviler dededen toruna fısıltıyla geçen Dersim acısını sessizce saklarken Nevşehir'de bir adam Dersim'in Tunceli olduğunu bilmiyor. Ermenilerin Türklere diş bilediğini sanan milliyetçiler, Satenik'in canını en çok yakan şeyin dedesinin açlıktan ölmesini bir de ispatlamak zorunda bırakılmak olduğunu bilmiyor. Ve ismini hep fısıldayarak söylemek zorunda kalmanın sızısını...

Bir imparatorluktan bir cumhuriyet olmaya doğru yaşanması gereken süreci, seksen yıl boyunca bir mermere hapsedilerek dondurulmuş bir değişimi yaşıyoruz. Konuşmak gerekiyor. Siyasi yasaklarla, geleneksel sessizlik alışkanlığıyla elimizden alınmış, unutulmuş sözcükleri hatırlamamız gerekiyor. Silahların, sözcüklerin yerini çok hızlı alabildiği bir toprakta, insanların şimdi konuşması gerekiyor.

Samimiyet - cehalet

Konuşmak, insanların ekranlarda birbirine bağırması değildir. Üstelik hepimiz için aynı şey geçerli değil mi? Her kesim, utanç verici bir şekilde temsil ediliyor o ekranlarda. İslamcıları temsil etmeyen neo-liberal dindar karakterler; Atatürkçüleri temsil etmeyen emekli, öfkeli paşalar; Kürtleri temsil etmeyen galiz sözcüler; Alevileri temsil etmeyen Sünnileşmiş Aleviler; Ermenilerin ne kadar Anadolulu olduğunu anlatmayan Ermeni entelektüeller...

Ekranlar bu karikatürize "tiplerin" çatışmasını seviyor. Çünkü cansuyunu korkudan alan statüko, birbirimize dair korkularımızı besleyen bu "tip"lerin çatışmasını istiyor. Tanışmamızı bu da engelliyor. "Samimiyet moda olduğundan beri cahiliyet meşrulaştı" diyor yazar Umut Sarıkaya. Samimiyet adı altında üslupsuzlaşan "polemik hezeyanı" bir süredir konuşmak, diyalog kurmak sanılıyor. Polemiğin "samimi cehaleti" ise işimizi daha beter zorlaştırıyor. Her kesim, kendini ne olmadığı üzerinden tarif etmek zorunda kalıyor:

"Darbeci değilim", "Şeriatçı değilim", "Terörist değilim"...

Ne olduğumuzu, ne istediğimizi anlatmaya zaman ve enerji bırakmayan polemik hezeyanından dolayı bitkiniz. Tanışmamızı engelleyen bir başka mesele ise hep birbirimizi "çıldırma" anında görüyor, birbirimize o zaman bakıyor olmamız. Atatürkçüler darbecilikle suçlanmaktan öfkelenmişken, İslamcılar depremde yıkılan Kuran kursunda ölen çocuğunun hakkını aramazken, Aleviler çalıştaylara karşı kavga ederken ve Kürt çocuklar taş atarken... Kameralar tam o anda bize dönüyor ve kendimizi, Türkiye'yi o anda görüyoruz: Hep kavga ederken. Bu da ülkenin kendiyle ilgili bir kanaat oluşturmasına neden oluyor: "Biz birlikte yaşayamıyoruz!" Televizyonlarda kimse Atatürkçü bir kadının Ramazan Bayramı'nda evinde yaptığı baklavayı, okuduğu Yasin'i anlatamıyor. İslami kesimden bir genç de başı açık kızlarla "çıkmayı" nasıl istediğini... Ermenilerin de bu ülkede biraz Müslüman gibi yaşadığını, Kürtlerin dünya üzerinde Türklere en çok benzeyen halk olduğunu...

Benzerlikten korkmak

Hepimiz, birbirinden farklı toplumsal projelerin ürünüyüz. İslamcısından Atatürkçüsüne, Kürt'ünden Türk'üne... Hepimizin içinden geldiğimiz toplumsal projeye dışarıdan bakarak konuşmayı öğrenmemiz gerekiyor. Birbirimize yaralarımızı göstererek tanışmak zorundayız. Niye birbirimizden saklanıyoruz? Farklılıklarımızdan korkuyoruz. Ama bu, meselenin sadece bir tarafı. Esasında korktuğumuz başka bir şey daha var: Benzerliklerimiz! Kendimizi "ötekinden" ayırmak için onunla olan benzerliğimizi de reddediyoruz. Biz aslında benzerliklerimizin ortaya çıkmasından da korkuyoruz. Ya birbirimize hepten karışırsak!

"Türkiye'nin Ruhu"

"Türkiye'nin Ruhu" adlı romanına çalışırken kaybettiğimiz Oğuz Atay, *Günlük*'teki notlarında şöyle diyordu: "Bizim 'ilk günahımız' belki de budur: Kapalı sistem yarattıklarının dış dünyaya karşı beslediği korkudur. Yaşama korkusudur." Hepimizin ortaklaştığı yer burası olmasın sakın? Tanışmaktan korkuyoruz. Birbirimizden artık korkmamaktan korkuyoruz. Yani korkusuz yaşamaktan... Ülke; Kürtlerden endişelenmemekten, İslamcılardan korkmamaktan, Atatürkçülerle barışmaktan ve daha birçok şey ile birlikte bu "dağınık fotoğrafın" normalleşmesinden korkuyor. Toplumsal kesimler tanışmak yerine, enerjilerini, karşı tarafın kendisinden sakladığı bi "ajandası" olduğu sanrısını bina etmeye harcıyor.

Kibri gizleyen "hoşgörü"

Toplumların psikiyatrisiyle ilgilenen Arno Gruen *Demokrasi Mücadelesi* (Çitlembik Yayınları, İstanbul, 2010) kitabında şöyle diyor: "[Birbirimizi] anlamak, ancak çocukluk acılarımızı yok saymamakla mümkün olur. Bu önkoşul yerine gelmedikçe, 'anlamak' ancak ardında kibir ve küçümsemenin gizlendiği bir anlayışlı olma pozundan ibaret kalır." Bugüne kadar yüceltiğimiz ve yapmaya çalıştığımız şey "hoşgörü"ydü. Kibri ve küçümsemeyi, çatışmayı ve ilişkisizliği daha iyi gizleyen bir sözcük olabilir mi! Oysa yapmamız gereken, hoşgörünün yerine serinkanlı ve samimi bir tanışmayı geçirmek. Sakin olup, sadece bir parçamızı değil, bütünümüzü gösteren bir aynaya bakmak! Üstelik sadece yaralarımızı değil sevinçlerimizi, neşemizi, dostça selamımızı da görmeliyiz aynada. Hiçbirimiz yaralardan ve korkulardan ibaret değiliz nasılsa. Bir tür "derin barış imkânı" da var bu memleketin hamurunda. Olmalı.

"Mahallesizlerle" bakmak

Bugüne kadar Türkiye, aynaya baktığını sanırken, duvarda asılı, 1923'te çizilmiş bir tabloya bakıyordu. Şimdi aynaya baktığımızda görüntünün ne kadar bulanık olduğunu görüyoruz. O görüntüye bakmanın zamanı geldi. Çocukluktan kurtulmanın, yetişkin olmanın önkoşulu kendi varoluşunun sorumluluğunu almaktır. Türkiye için bunun vaktidir. Bir kere de "mahallesizler" konuşsun. Kendi mahallesine mesafe alabilenler öteki mahalleye muhabbet duyanlar. Birlikte yaşamak isteyenlerin konuşma vakti geldi. Gelin kendimize onların serinkanlı gözleriyle ferah feza bir bakalım.

Ne dersiniz? Tanışalım.

28 Mart 2010

'BİZİ SEVERKEN DEVLETTEN FARKLARI YOKTU'

"Hadi canım!" Başörtülü dostum böyle dedi, Kemalist kadınları korkutabileceğini söylediğimde. Şöyle devam etti: "O kadar uzun süre kendimizi mağdur hissettik ki bizden korkacaklarına ihtimal vermiyoruz."

Mesele de bu: Taraflar birbirine "ihtimal vermiyor". Çatışmanın iki tarafı da tedirgin. "Cumhuriyet elitinin" amansız ve içe işlemiş kibri varsa, mağdur koltuğundan aceleyle fail koltuğuna geçmiş muhafazakâr kesimin "Bana benze" diyen "tebliğ nezaketsizliği". İki tarafın da itiraf etmediği korkuları var. Üstelik iki taraf da birbirinin korkusunu samimi bulmuyor. Atatürkçüler için iktidara gelmiş muhafazakârların "mağduriyet hissi"; muhafazakârlar için Atatürkçülerin kendilerinden gerçekten korkması inandırıcı değil.

Gönül arkeolojisi

Tek bir çaresi var: Herkes kendi "mahallesine" dışarıdan bakacak. Herkes kendisinin, mahallesinin bir toplumsal projenin ürünü olduğunu teşhis edecek. Empatinin ötesinde bir girişimden, bir tutumdan söz ediyorum. Tanışmadan bahsediyorum. Karşı tarafa dair meraklarımız, korkularımız ve kanaatlerimiz üzerine bir kazı çalışmasından. Şimdi, buna cesareti olanlar konuşacak. "Kafa Dengi" programından tanıdığımız yazar Tarık Tufan, akademik ve edebiyat kitaplarıyla *Taraf* gazetesi yazarı Cihan Aktaş, *Yaşayan Kur'an* adlı devrimci sayılabilecek Kuran-ı Kerim meal ve tefsirinin yazarı, İslami hareketin vicdanlı entelektüeli İhsan Eliaçık, son romanı *Rüya* ile birlikte birçok kitabın yazarı Ümit Aktaş ve kadın hareketi içinde kıymetli bir yere sahip Başkent Kadın Platformu kurucularından, *Star* gazetesi yazarı aktivist Hidayet Şefkatli Tuksal... Hepsi hem kendi mahallesinde, hem de öteki mahallede saygın isimler. Aynı nedenle de iki mahalle tarafından topa tutulan bağımsız entelektüeller. Yaşları itibarıyla da üç ayrı kuşaktan geliyorlar. Onlara "Büyük Tanışma"yı sordum. Hepsi umutla ve heyecanla destek oldular. "Öteki mahallenin gazetesine" konuşmanın tedirginliğine kapılmadan kalplerini açtılar.

İlk iş AKP'den ayrılmak!

Konuşanlar, AKP'nin iktidara gelmesinin ardından mahallenin iktidar çevresinde toplanmasıyla daha da "kıyıda" kalan isimler. Muhafazakâr mahallenin hızlı zenginleşmesi sırasında "iktidar sofrası"na tamah etmeyen İslamcılar. Onlar, eski mahalle arkadaşlarının hızla iktidara yaklaşma sürecine mesafe aldılar. Tarık Tufan bu meseleyi şöyle teşhis ediyor: "Kendimizle, geleneksel muhafazakârlık ve Yeşil Kuşak Projesi arasına nasıl bir mesafe koyacağız? İslamcılar bu sorunun cevabını bulamadan, bu toprağın özgün İslamcı kimliğini oluşturamadan iktidara çağrıldılar. Sağ-liberal-muhafazakâr siyasetin esiri oldular. 90'larda kültür, sanat, felsefe ile uğraşıyorduk şimdi iktidar ve piyasanın tam ortasındayız. Bu iktidar alanlarını kullanmak kişisel dönüşümlere neden oluyor. Aynı safta namaz kıldığın adamla artık randevusuz görüşemiyorsun. AKP'nin sahip olduğu sivil bürokrasi yeni bir insan tipi üretiyor. Aynı cemaate mensup olduğu "kardeşiyle" ilişkisi değişiyor. Bir sürü insanın hayal kırıklığı vardır ama konuşulmuyor. Çünkü bunları şikâyet edenler komünistlikle suçlanıyor." Cihan Aktaş AKP iktidarıyla kendileri arasındaki ayrımın dışarıdan hiç bilinmediğini şöyle anlatıyor: "Başörtülü olduğum için insanlar gelip şöyle demeye başladı: 'Sizin tuzunuz kurudur şimdi. Bizim oğlana da bir iş bulsanız.' Alakası yok tabii." Eliaçık bu "karışıklığın" nereden kaynaklandığını tarihsel olarak açıklıyor: "Şimdi gördüğümüz birçok kişi, malını korumak için önce antikomünist, sonra ülkede bunu savunanlar dindarlar olduğu için Müslüman oldu. Hiçbir hoca sana şunu anlatmaz: Peygamberimizin en büyük sünneti mülksüzlüktür. 'Üzerimde mülkiyet olduğu halde Rabbimin huzuruna gitmekten haya ederim' demiştir. Zenginleri küstürürüz, vakıflarımıza, cemaatlerimize zenginler para vermez, diye korkup anlatmazlar. Peygamberimizin 'Ticaret yapınız' dediği de yalandır. Müşrik bir tüccarın sözü Peygamberimize mal edilmiştir. Peygamberimiz yoksuldu. Ama şimdi Başbakan yoksula ağlayamıyor. Adalet, doğadaki güçlü zayıf dengesini aynen korumak değildir. Bu, afyon dindir. Din, adalet, eşitliktir. Yoksulun derdiyle hemhal olmaktır. Biz diyoruz ki; 'dindar zihin: Senin bilincinde, tarihinde bu var. Uyan." En yakıcı biçimde adalet kavramının tesisinde birbirinden ayrılan İslamcılık ve muhafazakârlığın Türkiye'deki tarihsel kardeşliğine (?) Ümit Aktaş'tan çarpıcı bir örnek geliyor: "İslamcılıkla muhafazakârlık ilk kez birbirine karışmıyor. 12 Eylül öncesi Ülker'de, önce grev sonra lokavt oldu. Sabri Ülker cemaatlere haber ulaştırdı. Bir sürü Müslüman genci asgari ücretle işe başlattı. Oraya gidenler bunu, İslami mücadelenin bir parçası olarak gördü. Ama muhafazakârlık sadece İslamcılıkla karışmıyor. Örneğin zon 8 Mart'ta komutanların eşleri Anıtkabir ziyaretinde eşlerinin rütbelerine göre sıralandılar. Çağdaşlık adına yapılan bir eylemde eşler kocalarının gölgesinde. Bu da muhafazakârlığın Kemalizm'le karışmasıdır."

Mağduriyetin aslı var mı?

Öteki mahallenin en büyük şikâyeti iktidarın mağdur edebiyatı. Mağduriyet söyleminin aslı var mı? Nereden besleniyor bu söylem? Nasıl her seferinde, en yüksek rakımlı toplumsal statüdeki muhafazakârlar arasında bile karşılık bulabiliyor? "Mağduriyet hâkim psikolojidir" diyor Hidayet Şefkatli Tuksal, "Pratikte çok mağduriyet olmasa bile resmi alana hâkim olan duygudan dolayı böyle hissedildi. Hafızalarda, Kuran okuyan insanların hapse girmesi kaldı. Hiçbir zaman solcular kadar çekmediler ama azınlık gibi hissettiler. Sayıları çok olan bir azınlık gibi. AKP'yi iktidara getirenler azınlık gibi hisseden bu çoğunluktur."

Sinik mücadele

Ümit Aktaş ise tarihsel perspektiften bakıyor "mağduriyet siyasetine": "Mağduriyet politikası Osmanlı'dan başlayan bir kültürel deformasyondur. Örneğin Fethullah Gülen'in ağlamasının salt dini duyarlılıktan kaynaklandığını söyleyebilir miyiz? Osmanlı'nın ürettiği mağduriyet üzerinden mazoşist bir direnme biçimidir bu. Halk sünniliğinin savaşı siniktir. Ne iktidarın tam karşısına çıkar ne de teslim olur. İslamcılar, 12 Eylül'de solcularla aynı tırpana maruz kalmadılar. Sol, İslamcıların daha sonra yürüyeceği yolu açtı. Devletin şiddetini onlar göğüsledi, İslamcıların böyle deneyimi, geleneği yoktu zaten." 12 Eylül'de solcularla birlikte Mamak'ta "tırpandan" geçen İhsan Eliaçık, mağduriyet söyleminin tohumlarını, Cumhuriyet'in kuruluş yıllarına, o yıllarda atılan toplumsal psikolojik tohumlara bağlıyor: "Devletin kronik önyargıları var. Cumhuriyet, Osmanlı'ya karşı kurulurken meşrulaşmak için 'Osmanlı kötüdür' demiş. Dini meseleleri de Osmanlı ile ilişkilendirmiş. Bu yüzden dine ait bir görüntü görünce ona 'irtica' diyor. 'Cumhuriyet eski düzene dönmeyecektir' geriliminden kurtulmak lazım. Cumhuriyet, çağdaşların dindarlarla,

Kürtlerle birlikte kurduğu bir şeydir. İslamcılarda da 'Cumhuriyet bize karşı kuruldu' gerilimi var. Cumhuriyet elitleri, dindarları, Kürtleri Cumhuriyet'e ortak etmekten kıskanıyorlar. Onların da 'Size bunu yıktırmayacağız' demekten vazgeçmesi lazım. Çünkü-mağduriyet, dışlanmışlık söylemi buradan kaynaklanıyor."

Tarık Tufan ise AKP'yi iktidara taşıyan genç kesime dair içeriden gözlemlere sahip. Vaktiyle bana sorduğu bir soruyla "Büyük Tanışma" yazı dizisi fikrinin oluşumuna katkı sağlayacak kadar çarpıcı gözlemler bunlar. Şöyle sormuştu Tufan: "Sence niye kişisel gelişim kitapları, yaşam koçluğu gibi kapitalizmin ürünleri en çok Müslüman gençler arasında rağbet görüyor? Bir dışarıda kalmışlık duygusu var onun dibinde."

Bordo ceketliler

Tufan'a bu zaviyeden soruyorum mağduriyet meselesini. O da aynı kalp zaviyesinden anlatıyor: "İnsanlar çocuklarını kendileri gibi yetiştirmek istediği için imam hatip liseleri var. Herkes bilir oradan imam çıkılmayacağını. Öte yandan mağduriyet çift taraflıdır. Hakan Albayrak'ın tek dizelik bir şiiri vardır: "Bizi severken devletten farkları yoktu". Devlet senin sakıncalı olduğuna hükmeder, kadınların önü kesilir. Muhafazakârlar da bunu kabul eder. Cemaatlerin çocuklarının okumalarını tek yönlü hale getirir, farklı bir dünyaya kulak kesilince totaliter yöntemler uygulanır. Ali Şeriati ile Kafka'yı aynı anda tanımaya izin vermezler. Avukat, doktor olursun yine de imam hatipli olduğunu saklamak zorunda kalırsın. İçki içmediğini, namaz kıldığını saklayanlar olmuştur. Örneğin en fiyakalı olmaları gereken gençlik yıllarında hacı amcaların kimseye satamadığı o bordo kumaşlardan yapılan ceketleri giyer bu çocuklar. Bu bile bir kırgınlık yaratır. Ve şimdi o kırgınlıkla iktidarlar."

Peki öteki kırgınlıklar? Mahalle içi kırgınlıklar yani? Karşı tarafa malzeme olur diye anlatılmayan. Onlar da yarına...

Mahallelerin karşılaşma anlarından konuşuyoruz. Ben, Nihal Bengisu Karaca ile yaşadığımız likör hadisesini anlatıyorum. Likörü Nihal'a uzattığım anda karşılıklı manasız bakıp kalışımızı. Benim likörü içkiden saymamamı, içki içilmediğine "ihtimal vermememi", Nihal'in de buna gülecek kadar bu sürçmeyi samimi bulmasını. Giderek herkes güldüren-düşündüren karşılaşmalarını anlatıyor. Tarık'ın Romanlarla yediği yemekte yaşadığı ikram hadisesi şöyle: "Adam elinde birayla geldi. 'Abi,' dedi, 'Senin içki içmediğini bildiğim için sana bira getirdim'. Güldüm tabii, ne yapacaksın?"

İhsan Eliaçık'ın bürosuna her kesimden insan geliyor. Solcu ateistlerle İslamcılar birbirine karışıyor. İslamcılardan biri solcu ateistin vicdan, merhamet gibi kavramlardan söz ettiğini duyup da söylenenleri fazlaca onaylamaya başladığını hissedince sinirleniyor: "Sen de ne biçim ateistsin kardeşim!"

Hidayet'inki ise o kadar eğlenceli değil: "8 Mart yürüyüşü yapılıyor, 2005'te. Bir grup başlarına küçük, kırmızı sembolik başörtüleri örtmüşler. Kortejde biz onların arkasındayız. Başörtülüyüz ya bizimle karıştırılmaktan korktular. Komiteye söyleyip yerlerini değiştirdiler. Öte yandan da polisten başka bir baskı. Onlar da 'Bu solcularla aynı yerde olursanız başörtülü demez, size de aynı muameleyi yaparız' gibi bir muamele. Enteresan değil mi?"

29 Mart 2010

İSLAMCILAR DA DEĞİŞİR!

Her kesim, televizyonlarda en uç örnekleriyle temsil ediliyor. Her kesimin "cevherini" taşıyan kişiler ise ekranlardan kaçmaya özen gösteriyor. Çünkü herkes, kendi mahallesindekiler hakkından söyleneceklerden çekiniyor

Türkiye'de hiçbir kesimin birbirinden yeterince haberdar olmamasının nedenlerinden biri her kesimin ekranlarda genellikle en uçtaki, hatta bazen utanç verici örnekleriyle temsil edilmesi. Buna bağlı olarak da her kesimin 'cevherini' taşıyan kişilerin ekranlarda görünmekten hayâ etmesi. Ama bunun bir nedeni daha var: Herkes kendi mahallesinde hakkında söyleneceklerden çekiniyor.

Karşı tarafın mecralarında konuşurlarsa söylediklerinin 'düşman' tarafından kullanılacağına dair bir baskı var. Bu, hemen her kesim için geçerli olduğundan, aslında konuşması gereken serinkanlı, sağduyulu figürler arasında, dolayısıyla da mahalleler arasında hakiki anlamda bir iletişim gerçekleşemiyor.

Bu engeli aşıp, karşı tarafça kullanılır endişesiyle İslamcıların hiç anlatılmayan mağduriyetiyle devam ediyoruz. Karşı tarafın haberdar olmadığı kırgınlıkla...

Yaşayan Kur'an tefsiri ve mealinin yazarı İhsan Eliaçık, Kafa Dengi programının yapımcısı ve sunucusu Tarık Tufan, yazar-akademisyen Cihan Aktaş, Yazar Ümit Aktaş, Başkent Kadın Platformu'nun kurucusu Hidayet Şefkatli Tuksal...

"Gazali'nin kitabı 15 günde bunalıma sokar!"

Eliaçık, mahalle içi baskıyı sorunca, 1960'lara, Cumhurbaşkanı'nın da memleketi olan Kayseri'ye, muhtemelen ortak yaşadıkları çocukluk sıkıntılarına dönüyor:

"Saç uzatmak, favori bırakmak isterdim, top oynamak. Hepsi 'gâvurluk'! Bunlar kırar bir çocuğu. Mesele şu: Dindarlar dini ritüel olarak görüyor. Devlet de dine böyle rol biçmiş. Herkes topyekûn ittifak etmiş. Din; vicdan, adalet ve merhamettir. Namaz kılan değil, vicdanlı olan mümindir." Eliaçık, birden çocukluğundan kızlarının çocukluğuna, bugüne geliyor:

"Bugün de benzer şeyler var. Kızlarımı gönderecek okul bulamıyorum. Yazın kursa gönderiyorum. Geliyor, başını sıkı sıkı örteceksin filan... Cinsellik odaklı, saplantılı bir eğitim. Oysa dinin özü doğruluk, dürüstlük, yalan söylememek. Bunları öğreteceksin. Orada da bir mağduriyet yaşanıyor. Gerilim içinde yaşayan çocuklar büyüyor. Mesela bütün dindar evlerde vardır Gazali'nin kitabı, *İhyâ'u Ulûm'id-dîn*. Bunu okuyan bir genç 15 günde bunalıma girer! O yasak, bu günah... Mağduriyet meselesinde, kadınların mağduriyeti daha fazla oldu hep. Kadınlar hem dindar erkeklerden mağdur, hem de okula gidemiyorlar."

İslamcı mahallenin Fahriye Abla'ya hoşgörüsü

Birçok kişiden dinlediğim birçok hikâyede "mahalle içi" ötekileştirmenin dışarıya karşı geliştirilen ötekileştirmeden çok daha sert olduğunu duyuyorum. Sadece İslamcı mahallenin kadınlarına değil, aynı zamanda mahallenin ortalaması gibi düşünmeyen erkeklerine karşı da ötekileştirme çok şiddetli.

Hatta İslamcı edebiyatçılardan biri şöyle diyor: "İçeriden biri eğer bir 'yanlış' yaparsa, 'kâfirden' çok daha ağır bir baskıyla karşılaşır. Çünkü İslamcı ve muhafazakâr mahalleler kendilerinden olmayana daha açıktır, onların onayını beklerler. Dolayısıyla Kemalistlerin belki de korkmasına gerek yok. Çünkü onlara hiçbir zaman çok sert bir tepki gösterilmez."

Müslüman entelektüel, başı açığa iltifat, kapalıya akıl verir

Özellikle Müslüman entelektüel çevrelerde, "dışarıdan" gelen, mahalleye sıcak yaklaşan başı açık bir kadın, izzet ve iltifatla karşılaşırken mahallenin içinden olan başörtülü bir kadın aynı oranda mültefit olamıyor. Yani "mahallenin bacısı" ikinci planda kalırken, mahalleye gelen "Fahriye Ablalar" sitayişle karşılanıyor. Başı açık kadınlar yeni ele geçirilen iktidarın bir parçası olarak mı görülüyor? Yoksa bu da bir "onay alma" derdi mi? Bu sorulara mahallenin kendisinin cevap vermesi daha doğru.

Başörtülü olunca

Başörtülü kadınlar mahalle içinde bunu yaşarken Cihan'ın ve Hidayet'in anlattıkları, kırgınlıklarının devamlılığını gösteriyor.

"Çok okumaya çalıştım. Hep kendimi geliştirdim. Benim zihnim analitik," diyor Cihan, "Ama sırf başörtülü olduğum için 'akıl verme', 'yol gösterme' ve giderek 'haddini bildirme' tavrı ile karşılaştım. Başörtüm olduğu için akıl verilmelidir çünkü bana! Bu çok kırıcı bir şey. Ama giderek zayıfladı bu. 20 yıl önceki gibi değil artık." Hidayet öyle demiyor ama:

"ODTÜ'de başörtüsü ile ilgili bir seminer oldu geçenlerde. Başörtülü kızlar sokulmadılar oraya. Kendileriyle ilgili seminere arka kapıdan girmeye çalıştılar. Ne kadar utanç verici onlar için. Mesela arkadaşlarım inanmıyordu çalışmak için gittiğim Bilkent Kütüphanesi'ne sokulmadığıma. Kapıdaki kadın her seferinde 'Peruğunuzu takın' diyor. Peruk taşımadığımı söylüyorum ve geri dönüyorum."

Bilgiye engel

Bu söylediklerini duyan bir Kemalist kadının "Bir kadının bilgiye ulaşması nasıl engellenir!" tepkisi vermek yerine "Niye her seferinde deniyor acaba?" şüphesine düşebileceğini söylüyorum. Hidayet cevap veriyor:

"Bu durumu anlamak biraz güçtür karşı taraf için. Çünkü başörtünü çıkarsan ayrımcılığın nesnesi olmaktan kurtulacaksın. Bu yüzden insanlar senden başörtüsünü çıkarmanı beklerler. Zenciden beyazlamasını ya da Yahudi'den din değiştirmesini beklemezsin ama başörtüsü takılıp çıkarılan bir şey olduğu için insanların ilk tepkisi çıkarmanızı beklemek oluyor. AKP iktidarda olduğu sürece insafa gelmezler. Çünkü First Lady'yi görüyorlar. Ama onun başörtüsü bizim hayatımızda bir şey değiştirmiyor."

İçini yakan gözlem

Tarık ise "içini yakan" bir gözlemini paylaşıyor:

"23 Nisan şenliklerine katılmış çocuklarıyla üç başörtülü kadın. Muhtemelen varoştan geliyorlar. Bağdat Caddesi'nde oluyor olay. Klasik laik teyzeler de yürüyüşe çıkmışlar. Şunu dediklerini duydum: 'Bunlar eskiden buraya gelmeye cesaret edemezlerdi.' Ama elbette başı açık kadının da benzer bir aşağılanmayı karşı mahallede yaşadığını duyabiliriz." O zaman gelelim o konuya. İslamcı mahalle de "açık" bir kadına "yol göstermeye", "akıl öğretmeye" çalışır mı tıpkı Kemalistlerin Cihan'a yaptığı gibi? Daha açık konuşalım.

Tebliğe muhtaç kadınlar

İslamcı, başı açık bir kadında ne görünür? Tarık gülüyor:

"Tebliğe muhtaç olduğunu düşünürler. Yardıma muhtaç duygusuyla yaklaşırlar."

İhsan Eliaçık daha da sert şeyler söylüyor:

"Aşırı dar gruplar Atatürkçüleri dinsiz görür. Dini düşünen zihinde ötekileştirme çok şiddetli oluşur. Atatürkçü gerici, mürteci der. Ama dindar -bu Arap dünyasındaki din düşüncesidir- kâfir der. Kanı, malı, canı helaldir. Dinî düşüncenin handikapı budur."

Tarık da aynı fikirde: "Tanrı adına konuşma yetkisini elinde tuttuğunu sanan insanın nasıl acımasızlaşabileceğini tahmin bile edemeyiz. Onlar benim gibi bir Müslüman'ı da ötekileştirecek kadar dinin kendilerine ait olduğunu sanabilir. Bunu yapmak zorundalar. Çünkü her cemaat aynı zamanda bir ekonomik yapıdır. Kendi inanma biçimini mutlaklaştırması gerekir ki o ekonomik ağ, iktidar devam etsin."

'Cumhuriyet Mitingleri'ni anlamak gerek

Hepsi karşı taraftan nezaket beklemeden nezaket gösterecek kadar zarif insanlar oldukları için kendilerini karşı mahalleye koyup oradan da bakıyorlar meseleye. Tarık Tufan, faşist olmakla suçlanan Cumhuriyet Mitingleri hakkında şöyle konuşuyor: "Bu kadar insanın tepkisini manipülasyon olarak geçiştiremeyiz. Mutlaka sahici korkuları var. Varoluşunun temel değerlerinin ortadan kalkacağı korkusu. Yerel uygulamalarda böyle tehditler oldu. Bunlar çıkarcı zihnin ürettiği bir şeydir. Kendini bilgi ile tanımlayan İslamcı ideoloji böyle bir nezaketsizliğe düşmez."

Ümit Aktaş ise korku meselesinin ötesine geçip karşı mahalleden beklediği duyarlılığı anlatıyor:

"Korkunun haklı nedenleri olabilir. Ama bu korkunun 'Mahallede içki satılmıyor' gibi şikâyetlerle açıklanmasına şaşıyorum. Daha farklı, daha üst düzeyde bir duyarlılık bekliyorum."

Cihan Aktaş "yarı aydınlardan" korktuğunu söylüyor kendi adına: "Ümmilik ve okurluk. Bu ikisinin arasındakiler çok korkunç. Ümmilerin iktidar tarafından yozlaştırılmamış, kalp gözüyle görme marifetleri var, iletişim kurabilirsiniz. Okur insanla da derinleşebilirsiniz, paylaşabilirsiniz. Ama aradakiler, sadece şartlanmalarını pekiştirecek şeyleri okuyanlarla konuşmak çok zor. Her şeye rağmen onların da bu tartışmada olması gerekiyor."

Gülen grubu nasıl değişti?

Korkular nedeniyle görülmek istenmiyor belki. Ama Türkiye'de herkesin değiştiği bir dönemden geçiliyor. Peki İslami mahalle nasıl bir değişimden geçiyor? Bu kesimi kadınlar ve sadece onların görünümü üzerinden tartışmak kabalık ve cahillik olsa da Hidayet'in söyledikleri kendinden öte bir değişimin sinyallerini veriyor: "Dindarlar da değişir. Örneğin Fethullah grubunun kadınları 80'lerde çenelerini de kapatırlardı. Grup içindeki fetva değişmemesine rağmen pratik değişti. Yazarlar Vakfı kurulduktan, Nevval Sevindi'nin *Aktüel*'deki fotoğrafları yayınlandıktan sonra bir şey oldu. Cemaatin saygı gösterdiği bir ismin açık pozlarını gördüler. Refah'ın ve Fethullah Hoca'nın sarışın kadınları vitrine koyduğunu gördüler.

Bunlar altta bir şeyi kırdı. Çünkü başörtülü örtünürken açık kadını 'ötekileştiriyordu'. 'O, günah işliyor' diyordu. Ama örtünmeyi öğütleyen cemaatin senin geçmişte bıraktığın halindeki bir kadına saygı gösterince... E o zaman sen niye örtündün? Birden açılma başladı. Eskiden, gazetelerde 'Yüz tüylerimizi alabilir miyiz?' diye sorulurdu, 'Alınmaz' derlerdi. Ama Fethullah grubu 28 Şubat'tan sonra kendi grubundaki bütün öğrencilere ve öğretmenlere başını açtırdı."

30 Mart 2010

'İNSAN 'BENİM' DEMEYE KORKAR'

Kürtlerin kalbindeki çark

Zulüm, isyan ettirmez. İnsanın kendinden büyüktür sabrı. Ama zulüm, insanı insanlıktan çıkarır. İnsan sefaletini görür, utanç biriktirir. İnsan zulme değil bu utanca katlanamaz. Utançtan kaçmak için bütün yollar tükendiğinde isyan başlar, ondan önce değil. Kalabalıklar, liderlere değil bu utancın dayanılmazlığına iman eder. İşçiler de, yoksullar da, halklar da, işgale uğramış ülkelerin ulusları da ayaklanarak bu utancı savmak isterler.

Mazlum ayağa kalktığında ilk öğreneceği ders, zalim kadar sert olma mecburiyetidir. O sertliğe anlam katmak için kendi şiirini ve destanını da yazacaktır. İnsanı, söz harekete geçirir. Destanlar, kahramanlar, mitler, kültler zamanla birikir. Direniş, bir hayat alanına dönüşür. Artık dışarıda kalanlar, halkın değil, utancın parçasıdır. Çark, çalışır. Otorite, direnişçiyi şeytanlaştırdıkça dönüşüm hızlanır. Artık Diyarbakır'daki bir çocuğun 'gerilla' olmayı istemekten başka çok az seçeneği kalmıştır...

Olup biteni anlatmak için çok geçtir. Ayağa kalkmanın nedeni olan o eski, ilk hikâyeyi anlatmak için her zaman çok geçtir. Bir Kürt'ün hikâyesi sustuğu yerde başlar. Acı hikâyesini anlatırken bir yerde durup "Neyse..." der. Sonrasını kaldıramayacağınızı düşünür. Ortadoğulu bir gelenektir, en korkunç şeyleri anlatırken gülmeye çalışacak, sizi güldürmek isteyeceklerdir. İnsan 'dağılırsa' bir daha toparlanamayacağı için, Diyarbakır'da nice kan hikâyesi şakalar arasında anlatılır. Birbirlerine anlatmazlar bunları, nasılsa herkes aynı yerden geçmiştir. Ötelerden gelen kimse de öncesini sormayınca... Anlatılmaz yani aslında hikâye. Neyse...

Bu, hikâyenin "neyse"den sonraki kısmıdır. Apo'nun bir saç teli için 12 yaşında çocuklar niye 20 yıl hapis yatar, delikanlılar niye bir gün ortadan kaybolup dağa gider, bu insanlar Newroz'da neden dökülürler meydanlara, o lastikler şehrinizin kenar mahallelerinde niye yakılır, gökdelen sahibi olacak kadar 'asimile olmuş' bir Kürt işadamının bile niye sesi titrer mesele çocukluğuna gelince ve Kürtçe yemin etmek için Meclis kürsüsünde niye bir ömür hapis yatılır? Anlatılanlar, yaranın öfkeye dönüşüp silahlanmadan önceki halidir. Tam kalbidir.

Kürt meselesini bildiğimizi sanıyoruz, oysa hiçbirimiz bilmiyoruz bir Kürt nasıl büyür. Çocukluk yaraları ya büsbütün susmaya ya da bağırmaya nasıl dönüşür. Kürt olmayan biri yaşananları anlayabilir mi? Bu, o uzun cevaba bir giriştir

Altı genç avukat, gülüyorlar. Konu, ilkokul hatıraları. "Tuvalet" denemediği için ilkokulda üç yıl yenen "taze badem dalından" sopa, "her bir Kürtçe sözcük için birleşmiş parmak uçlarına bir cetvel" uygulaması, çocuklara evlerde Kürtçe konuşulmaması için yaptırılan ajanlık... "Biz nasıl iş güç sahibi olduk," diyor Mahsuni, "bazen hayret ediyorum düşününce".

"Bilmiyorlar," diyorum, "anlatsanıza, Kürt bir çocuk nasıl büyür?" Öfkeleniyor Ahmet:

"Ben onca şey yaşamışım. Anam babam kardeşlerim... Bir de bunları anlatmak zorundayım, öyle mi? Bundan büyük aşağılanma var mı? Bir de ispatlamak zorundasın çektiğin acıyı."

Bütün köye dayak

Söz yumuşuyor, "sıkışmayı" anlatıyorlar. PKK tarafından öldürülen, çok sevdikleri öğretmenlerini, sonra aynı öğretmenin ölümü yüzünden askerden, "konuşturulmak" için yedikleri dayağı. Ne zaman düşse sesleri, biri muhakkak gülünecek (!) bir şey söylemek zorunda hissediyor kendini:

"Köpeklere taktılar bir ara. 'Aldığımız istihbarata göre, gerilla gelince köpek havlamıyor, asker gelince havlıyor'. Haydi bakalım bütün köy dayağa!"

'Sırıtan öküze döndük'

Başka bir gülünç (!) hikâye: "Otobüsle köye gidiyorum. Asker durdurdu. Yanımdaki yaşlı adam hemen çıkardı kimliğini. Ben de kızdım amcaya, daha sormadan kimlik çıkardı diye. 'Yiğenim' dedi, 'Sen yaşlı öküzün hikâyesini bilir misin? Yaşlı öküzü pazara çıkarmışlar. Her gelen dişine bakıyor. Sonunda öküz kimi görse sırıtmaya başlamış. Bizi de öyle ettiler!' Ne anlatalım şimdi biz sana! Böyle sessiz bir kuşakla silahların arasında..."

Yaşayabilmek için unuttukları hikâyeler birbirini çağırıyor gülüşme arasında: "Feyzo'yu hatırlıyor musunuz? Hani bütün köyü dövüyorlardı yine. Sıra Feyzo'ya geldi. Asker soruyor. 'Feyzi sen misin?' Feyzo bağırıyor: 'Allah etmesin komutanım!'" Kahkahalar arasında buz gibi bir cümle: "Yani sonunda insan 'benim' demeye korkar, anladın mı? Neyse..."

Apo neden sevilir?

Batı'daki birinin Kürtlerle ilgili anlamakta en çok zorlanacağı şey Abdullah Öcalan'a duyulan eşsiz sadakattir. Üstelik kan hikâyeleri üzerine gülebilen bu insanlar sıra ona gelince bir tek fıkra uydurmamışlardır. Bir bakıma kutsaldır. Neden? Örgütü çok eleştirmiş biri olarak Nebahat anlatıyor: "Dilan diye Sasonlu bir kız vardı. Bir toplantıda, örgüt de, Öcalan da eleştiriliyor. Kalktı ayağa, bağırdı: 'Öcalan'a laf ettirmem. Bizi o gelene kadar adam yerine koymadılar.' Onun sayesinde adam yerine konduklarına inanmışlar." Dağınık bir biçimde boyun eğerken birleşip direnmenin simgesi olarak kabul edildiği için ve bir daha dağılmak yok olmak anlamına geleceği için... Avukatlara soruyorum, 'önderlikle' ilgili ne düşündüklerini: "Onu hepimize ayrı ayrı soracaksın, ayrı bir yerde." Birbirlerinden sıkılıyorlar sıra Apo hakkında konuşmaya gelince. Kolay değil. Saygı? Korku? Gülümsüyorlar. "Neyse," diyorlar, "orayı geçelim." Kürt siyasetinin en saygın isimlerinden birine soruyorum aynı soruyu. Şöyle açıklıyor: "Apo olmazsa bir değil on PKK olur. Kürt halkı birbirini ve Türkiye'yi kurşunlamaya başlar. Bizim hiçbir surette bölünmememiz için onun olması gerek."

'Kürt olduğumuzu döverek öğrettiler'

"Kürtlerde şoförün yanı protokoldür, sen öne oturacaksın."

Mahmut Ortakaya, Diyarbakır'da beni öne bindirmek için kapıyı açtığında gülerek anlatıyordu:

"Buralarda insan taşımacılığı kamyonla başladığı için, arkada da denkler ve hayvanlar olduğundan, Kürtlerde şoförün yanı hâlâ protokoldür. Geç bakalım."

Doktor Ortakaya'nın, Türkiye İşçi Partisi kuruculuğundan Helsinki Yurttaşlar Derneği üyeliğine varan bir siyasi geçmişi var. Bu toprakta ne olmuşsa onda da olmuş. Tarihin üzerine yükselip olup bitenlere evrensel değerlerin serinkanlılığıyla bakan bir tabip, bir Kürt bilgesi demeli ona. Yeşilyurt köylülerine dışkı yedirilirken "Siz bu insanlara dışkı yedirirseniz biz onlara tuvaletten sonra el yıkamayı nasıl öğreteceğiz!" diyecek kadar dertle kıvamlanmış bir 'teessüf dili' var. Kürtler hakkında bilinmeyenlerin protokol incelikleriyle sınırlı olmadığını o da biliyor: "Türklerin bilmediği en önemli şey, Kürtlerin Türkleştirme serüveninde çektikleridir."

Yeniden gülüyor: "Hıyarın bile GDO'suzunu istiyor. E o zaman Kürt'ün niye genetiğiyle oynuyorsun?" Bu gülüşme arasında epey zor oluyor ama gerilere, onun hikâyesine gidiyoruz nihayet: "İstiklal Marşı okunurken arkadaşım beni gıdıkladı. Hayvan bağırsağından kamçıları vardı. Bir ton dayak! Bak ben sana bir şey diyeyim: Ben o zaman Kürt olduğumu bilmiyordum. Kürt olduğumuzu onlar biliyordu. Şimdi anlıyorum onların bildiğini. Bize de döve döve öğrettiler."

'Kürdüm, doğruyum, çalışkanım'

"Çocukları ırkçı yapmaya hakkımız yok" diyor Mahmut Hoca, "'Kürdüm, doğruyum, çalışkanım' kalıbına da dökemezsiniz çocukları."

Ve kendi çocukluğunun nasıl bir kalıba döküldüğünü anlatıyor: "60 ihtilalinden sonra liste verdiler. 'Bu köyde bu kadar silah var, bu silahlar gelmezse...' Gelmeyince köyün erkeklerini soydular bir yere kapattılar. Sonra kadınları getirdiler. Birden erkekleri dışarı salınca... Böyle çok tiyatro oynatmışlar bize. Seyit Rıza'nın Dersim Katliamı'nda söylediği gibi, 'Ayıptır, günahtır, zulümdür.' Ama sen yine de şöyle yaz... Neyse..." Nedir işte o 'neyse'nin sonrası? "Yaz işte. Kürtlerin en yakın dostu Türklerdir. Ama bu dostluğun onurlu olması gerekir."

Kederli bir es:

"Vicdan, insaf... Bunlar insanın hasletleridir. Okumuş olmaya gerek yok. Anlar yani, yaşanılanları bilse... İnsan, anlar."

Gökdelenin tepesinde 'neyse'

İstanbul'un gökdelenlerinin en tepesinde bir Kürt, tuzu kuru. Bir elinde purosu, bir elinde verdiği maaşların bordrosu. Ne derdi olabilir? "Susarsın," diyor, "en tepelerde adamlarla büyük paralar konuşurken birden televizyonda bir haber çıkar. Adamlardan biri Kürtlere bir küfür sallar ve sen susarsın. Tatsızlık çıkmasın diye. Ya da... Neyse..." "İnsan benim demeye korkar" yani. 7 yaşında cılız bir çocukken bir köyde ve 70 yaşındayken kalantor olsan bile bir gökdelenin tepesinde.

'Her şey PKK ile başladı sanıyorlar, halbuki...'

"Ne tuhaf," diyor Nebahat, Hasanpaşa Konağı'nda, "hepimiz bu dili dayak yiye yiye öğrendik. Şimdi bu dilde edebiyat, siyaset yapıyoruz. Kim bilir, belki de yaralarımızı hiç anlayamayacağız."

Nebahat Akkoç, *Time* dergisinin yüzyılın 100 kahramanı arasında saydığı isimlerden. KAMER'in (Kadın Merkezi) kurucusu. Öğretmen eşi 80'lerde Diyarbakır Cezaevi'ne girdi, 1993'te de faili meçhul cinayete kurban gitti. İki çocuğunu yalnız büyüttü, onlarca kez gözaltına alındı, işkence gördü. Yani Kürt coğrafyasında PKK'ya da devlete de aynı mesafede duran bir insanın "normal" hayatını yaşadı.

"Türklerin bilmemesine en çok kırıldığın şey nedir?" diyorum. "PKK öncesi. Her şey PKK ile başladı sanıyorlar," diyor. "halbuki..."

Kürt çocuk onlarca toplu dayak görür

Silvan. Nebahat küçük, askerler arama yapıyor. Kısa saçlı kız kardeşini erkek sanıp evin altını üstüne getiriyorlar. Gittiklerinde Nebahat da peşlerinden diğer çocuklarla birlikte. Köy meydanını görmek için bir yere saklanıyorlar. Bütün köyün erkeklerini toplamışlar yerde süründürüyorlar, sonra dövüyorlar. "Bunu Kürt bir çocuk büyüyene kadar en az onlarca kez görür," diyor Nebahat, "babasının dövüldüğünü, annesine küfredildiğini. Bu, PKK meselesi değil. O öfke orada zaten." O da aynı şeyi söylüyor: "Çocuklarıma hayret ediyorum. Nasıl büyüdüler, nasıl iş güç sahibi oldular."

Neden?

90'lar. Çocuklar üniversiteye hazırlanıyor. Nebahat bulabildiği en kalın siyah kumaştan perde alıyor. Polisler evde yok sanıp gitsinler. Çünkü eşinin ölümü için mahkemeye başvurmuş, durmadan gözaltına alınıyor ve her alınışında...

"Her seferinde işkence. Eve her dönüşümde çocuklar halimi görmesin diye... Neyse..."

31 Mart 2010

'ALEVİ AÇILIMI MI, SÜNNİ ÇALIMI MI?' SORUSUNUN ÖTESİNDE...

Kayseri-Sivas yolu üzerinde bir Alevi köyü. Açılım heyecanına kapılan köylüler yıllar sonra cemevini yeniden gündeme alırlar. Arazi tamamdır. Para için Kayseri Müftülüğü'ne, Diyanet İşleri Başkanlığı'na başvurulur. Cevap: Red! Almanya'daki hemşeriler imdada yetişir: "Masrafı bizden, siz inşaat izni alın yeter." Köylü bir umutla başvuruyu tekrarlar. Yine red! Derken muhtarın aklına bir fikir gelir:

"Anadolu mozaiğini yaşatmak için bütün dinlerin ibadet edebileceği bir kültür merkezi!"

Mimari çizimlere şahsen başlar. Hedef: 200 nüfuslu Alevi köyüne, cemevi, cami, kilise ve sinagog olan bir kültür merkezi kurmak!

Köylü "Hıristiyan'ı boş ver, köyde Sünni bile yok, kiliseyi n'apalım?" diye sorup, Almancılar da "Buna para vermeyiz," deyince... Muhtar istihareye yatıp yeni fikirle kalkar. Nüfus kütüğünü tarayıp Kore savaşı sırasında şehit olan bir askerin köydeki kaydını bulunca... Türk Silahlı Kuvvetleri sağ olsun! Şimdi köyde cemevi yerine çitle çevrili, ortasında Türk bayrağının dalgalanan bir şehitlik var.

Türkiye'de Alevilerin "açılımdan" sonraki hali, Zeynep Erdim'in *bianet.org* haber sitesinde yazdığı bu gerçek hikâyeye benziyor. Alevilerin bir kimlik, cemevlerinin ibadethane olarak tanınması, zorunlu din derslerinin kalkması için başlayan açılım süreci, din dersinin ilkokul 1. sınıfa kadar indirilmesiyle sonuçlandı. Bu yüzden Aleviler içinde Alevi açılımına "Muaviye Açılımı", "Sünni çalımı" diyenler çoğunlukta. Üstelik açılımın Aleviliğin tarifi talebi de işleri karıştırdı.

Kerbela'dan darağacındaki Pir Sultan Abdal'a, Dersim Katliamı'nda "Ayıptır, zulümdür, günahtır" derken asılan Seyit Rıza'dan, 70'i çocuk yüzlerce masumun katledildiği Maraş Katliamı'na, bir Hıdırellez günü Deniz ve Yusuf ile birlikte idam edilen, arkadaşları arasında, Alevi olması sebebiyle "Dede" adıyla bilinen Hüseyin İnan'a ve en son Sivas Katliamı'na... Kendini, kayıpları ve direnişiyle tarif etmiş bir toplumu, cemevlerine ideolojik galoşlarla girerek tanımak, aynı galoşlarla tarif ederek anlamak mümkün mü? Alevilerin tarihi kırgınlıklarının ötesinde bugün bu yarada atıyor kalpleri. Türküler yaktıkları yarıları, sol yarıları, tarifin dışında kalıyor.

"Bir daha mı anlatayım kendimi!"

Alevi toplumu, iktidarla "açılım" sofrasına oturmanın dağınıklığını yaşarken kendilerini, hakikatlerini anlatmalarını istenince...

"Kendimizi yeniden anlatmak... Bana en çok dokunan bu. Diyor ki mesela 'Benim Alevi arkadaşım var.' Ne bu şimdi? 'Normalde olmaz' der gibi. Mum söndü hakaretine, 'Yok böyle bir şey, yapmıyoruz' demek bile aşağılayıcı. 'Gelin cemimize bakın' lafları... Bunlar rencide edici şeyler. Bunca yıl korunmak için saklanmışsın, katliamlardan geçmişsin. Şimdi diyorlar ki 'Hele bi' anlat kendini bakalım'".

Arif Sağ, elini masaya vura vura konuşuyor. Duvarlarda bağlamalar. Hepsinin yumruğu havada...

"Açılım sofrası" o sağ yumruğu görmüyor, Alevilerin söylemedikleri, kalplerindeki mesele bu. Aslında bir Alevi dedesi olan, ama dedelik etmeyen Şair Haydar Ergülen bu yüzden "Aleviliğin rejimle ilgili bir meselesi var" diyor:

"Öncesinde de vardı, açılımda da aynı tutum devam ediyor: Aleviliği Sünnileştirme eğilimi! 'Hepimiz Ali'yi seviyoruz' demek bile Sünnileştirmenin bir yöntemi olarak kullanılıyor. 'Dünya Türk, Aleviler Sünni olsun' anlayışının devamıdır bu. Örneğin bu yüzden MHP Alevi adaylar çıkarır seçimlerde, AKP'nin bu yüzden Alevi milletvekilleri vardır."

Ama açılımla birlikte iktidarla Aleviler arasında diyalog sürecine girildi. Bu uzlaşma masasına oturunca Sünnileştirme operasyonuyla "uzlaşma masasına" mı oturulmuş oldu?

Arif Sağ, dağ gibi sesiyle kızıyor:

"'Arif Sağ Başbakan'la niye aynı masaya oturdu?' Çünkü ülkemi seviyorum arkadaş! Başbakana oy vermeyeceğim, o da biliyor bunu. Ama bu, onun bu ülkenin başbakanı olduğu gerçeğini değiştirmez. Tayyip Erdoğan diyor ki "Bu proje parti projesi değildir, devlet projesidir". Aksi olana kadar buna inanmak zorundayım. Benim bir ömür ideolojik bir duruşum olmuş, Başbakan'ın gözlerinden etkilenip 1 dak'kada AKP'li mi olacağım? Şiirle, bağlamayla kavga etmiş bir toplum eline silah almaz. O zaman bu sorun nasıl çözülecek? Masaya oturarak."

Haydar Ergülen, gülüyor, "Beni çağırmadılar bile," derken. Haydar, Alevi-Bektaşi Dernekleri Konfederasyonu Danışma Kurulu üyesi. "Niye gideyim ki?" diyor, "Ökkeş Şendiller'i çağırmışlar! Adam, Maraş Katliamı'nın bir numaralı aktörü. Sonra bir şekilde o işin üzerini kapattılar, çalıştaya gelmedi."

Haydar, açılımın mimarlarının Türkiye'ye sunduğu yaşama biçiminin Alevilere uygun olmadığını anlatırken "Git Samsun'a," diyor, "mendirekte her yerde, uzaydan bile görülebilecek çoklukta 'Alkol almak yasaktır' yazıyor. Sana ne kardeşim benim içkimden!"

İslamcı entelektüel Ümit Aktaş'ın önceki gün yayınlanan sözlerini söylüyorum, Alevilerin, Sol'un, muhafazakarlaşmaya tepkisinin "Rakımızı içemiyoruz" düzeyinden daha derin olması gerektiğini söylediğini. Haydar itiraz ediyor:

"Yok kardeşim! Her şey orada başlıyor. Bak anlatayım. Ninemler zamanında jandarma boğma rakı yapıldığı zamanı kollarmış. Rakı yapılıyorsa orada Aleviler var, demek ki cem yapılıyor. Cem'leri basmak çin rakıya bakılır yani."

Açılım sürecinde iyice gerilen sinirler yüzünden Arif Sağ yine vuruyor masaya yumruğu:

"Alevilerin hayat yaşam biçimini tanıyacaksın! Bak, mesela tarihte Alevi isyanı yoktur. Nefsi müdafaa vardır. Zulme isyan eden geleneğe hayır desem Pir Sultan Abdal pirim olmazdı. Bu toplum katliamlar görmüş ama direnmiş. 1000 yıl cem'e izin vermediler de biz cem yapmadık mı? Yani bu insanlarla barışsan iyi olur. Barışmazsan da... Ben yine buradayım."

"Aleviliğin bir 'kibri' vardır," diyor Haydar Ergülen aynı "inatçı varlık" zaviyesinden bakınca. Devam ediyor:

"Abartarak söylüyorum tabii 'kibir' diye. Müdanasızlıktır o, kendini dışlanmış hissetmez. Bir ara 'Ülkenin asli unsurları kimler?' diye soruldu. Kimse asli ya da yedek değil. Ama, Türkiye kültürünün, türkülerinin ne kadar Alevi olduğunu da fark etmeli."

Katliamı "tarif" dışı bırakmak: AYIPTIR, GÜNAHTIR, ZULÜMDÜR

"Ben karakolda dayak yerken öğrendim," diyor Haydar. Oto-tamircisi babası çalışmak için gittiği Almanya'dan oğluna bir daktilo gönderiyor. Haydar, lise öğrencisi ve Deniz'ler asılmayı bekliyor. Bir bildiri döşeniyor yeni daktilosu ile. Ertesi gün bildiri sınıfa dağılınca...

"Bak," diyor polis, masanın üzerindeki dosyaları gösterip, "bunlar 3K dosyaları". 3K?

"Kızılbaş, Komünist, Kürt! Ona göre! Hem Kızılbaş hem Komünist olursan başına gelecek budur."

Ne gelecek?

O gün Haydar, okulun önünde otuz kişiden dayak yiyor. Ülkü ocakları bu "kızılbaşı" yaşatmama kararı almış. Haydar'ın okuldan atılma kararı güç bela "sürgün"e çevrilip Ankara'ya gelince...

"Arkadaş olacağım herkese baştan söylerdim: 'Ben Aleviyim, ona göre'. Arkadaşlarımdan biri, ailesi de solcuydu bak, tahtaya şöyle yazdı: 'Haydar... Mumsöndü?' Enteresandır adı da Ömer'di. Kırılmıştım. Ama daha enteresanını söyleyeyim, en yakın üç arkadaşımın adı da Ömer'dir. Hatta oğlum oysaydı adını Ali Ömer koymayı düşünüyordum. (Gülüyor) Kırgınlıklar geçer, barışmak gerekir."

Ama barışmak için de nezaket. Arif Sağ o noktada kırgın hâlâ:

"Savcı Cihaner'in iddianamesinde Alevileri ziyaret etmiş yazıyor. Adamın suçu Alevilerle iyi geçinmek! Sonra bir evlendirme programında adam 'Ben Kızılbaş mıyım?' diye söylemez mi! Bu topluma, bunun hakaret olduğunu öğretmek lazım. Mumsöndü lafının hakaret olduğunu bilmeyenler var."

Haydar, babasının bu mumsöndü saldırılarına verdiği cevabı anlatıyor. Kırgınlığını nasıl şakayla karıştırdığını:

"Eskişehir sanayide babam tamircilik yaparken Tatarlarla iyi geçinirlerdi. Beraber rakı içerler filan. Sonra çarşı Sünnileşmeye başlayınca, babama sorar olmuşlar 'Mumsöndü yapıyor musunuz?' diye. Babam da bir gün dayanamamış, 'Yapıyoruz,' demiş, 'bir gün yengeyi de getir!' Kırılır insan karısına aynı muamele yapılınca."

Tek tek yaşananların ötesinde neye kırgındır Aleviler? Semahları, kendilerinden alınıp değiştirilmiş türküleri kadar tanınmasını istedikleri şey nedir? Hep zulme karşı durmuş, o duruşun karşılığı hep kanı dökülerek almış Aleviler, kimliklerinin "tarifinden" bir şey çıkarılmasını istemezler. Daha önemlisi, Sivas'ı, Maraş'ı ve Dersim'i, hiç değilse acılarının ellerinden alınmaması, yok sayılmaması. "Tarihin farklılaştırılarak yeniden yazımı yaşanıyor. Örneğin Sivas Katliamı'na karşı Başbağlar Katliamı'nı söylüyor radikal Sünniler" deyince ben, Ergülen hatırlıyor aslında en çok neye kızgın olduğunu:

"Bir şiir yarışması jürisindeydim. Söz, İsmet Özel'e geldi. Ben de 'Şiirlerini severdim ama Sivas Katliamı'ndan sonra söyledikleriden dolayı artık şiirine bile gönül indiremiyorum,' dedim. Genç, Müslüman şairlerden biri demez mi, 'Abi sen o olayda Arif Sağ'ın rolünü unutuyorsun? Onun tabancasından çıkan kurşunla kaç kişi öldü?' Kavga çıktı tabii. Sivas gibi bir katliamı bile olmamış gibi yapmak... Ayıptır, günahtır, zulümdür!"

Dillenmeyen yara hep taze kalıyor

"Yavuz Semerci anlatırken bu iş bir gazete söyleşisi olmaktan çıkıyor. O anlatırken göz göze gelemiyoruz bazı anlarda. Acılı bir ülke hikâyesi bu..."

İclal Aydın, yaptığı röportajın bir yerine böyle bir-iki cümle sıkıştırmıştı. Sonra Semerci'den dinledim karşılıklı birkaç damla yaş döküldüğünü. Kimlik meselesine pek de takılmayan, iki soğukkanlı gazeteci olarak başlayan konuşmanın, yarasını geç itiraf etmiş iki insanın dertleşmesine dönüştüğünü. Hikâye şöyle başlamıştı...

Yavuz Semerci bir gün, "Bir Dersim Hikâyesi" diye bir yazı yazdı. Anlattığı ailenin kim olduğu belli değildi, Dersim Katliamı'ndan kurtulan çocuğun Semerci'nin dedesi olduğu da... Bir sonraki yazıda Semerci bunu açıklayacak ve geç fark ettiği Alevi köklerinin tarihin yaralarıyla birlikte kucağına düştüğünü söyleyecekti. O güne kadar Alevi olarak ortaya çıkmamış iki Alevi gazetecinin konuşması ise ona yeni bir şey gösterecekti. Yara, hiç kimse konuşmasa bile, nesiller boyu aktarılıyor ve bir gün dillenmeyi bekliyordu. Dillenmeyen yara hep taze kalıyordu...

01 Nisan 2010

AHMET, NEDİM VE
GAZETECİLER İÇİN

UTANA SIKILA: GAZETECİLİK

Sabahlarda eksilen bir şey oldu. Kalkar kalkmaz merakla haber kanallarını açmıyorum artık. İşe gelip internete girip bağımsız internet sitelerine bakmam gerekiyor. Gerçekten ne olduğunu anlamak için, bin türlü rezaleti görmek için...

Gazeteler de eskisi gibi değil. Ne olduğunu söylüyorlar evet, ne olmadığını söylemiyorlar. Neyin olamadığını, neyin yapılamadığını...

Hükümeti koşulsuz destekleyen basının zaten mesleğe ve hakikate karşı böyle bir saygısı yok. Misyon gazeteciliğin her türlü işbirliği yöntemini sergiliyorlar. Bizler ise yeterince korkutulduk, neyi söylemememiz gerektiğini biliyoruz. Arkadaşlarımız ihmal ve beceriksizlik yüzünden enkaz altında öldürüldüğünde mesela, artık bunu sayfanın sağ kenarında görmemiz gerektiğini biliyoruz. Manşette değil. Eğer depremzedelere biber gazı sıkılırsa bunu sayfanın eteğinden vermemiz gerektiğinin bilincindeyiz. Artık söylememize izin yok, ama söylenmek serbest! Bir dakika! Yoksa o da mı?

Söylenenin endişesi

Twitter'da isyan edenler, yani gazeteci olmayan insanlar bile durumun farkında. Arada bir Van'daki rezaleti görüp söylenirken bile, "*Twitter*'da bunu yazarken yarın sabah kapıma polis dayanır mı?" diye soruyorlar birbirlerine. Hiç de şaka filan yapmıyorlar, düpedüz endişelerini dile getiriyorlar. "Büyük düşünen Türkiye'de" çadırlarda zatürreden çocuklar ölüyor, yüzlerce çocuğa zatürre teşhisi konuyor ve biz hâlâ küçük sesimizle konuşmaya devam ediyoruz sosyal medyada.

"Tek yürek Türkiye" miydi neydi o, kanallar birleşip yayınlar yaptı, herkes efelenip ağzını doldura doldura bağışlayacağı miktarı söyledi telefonda, ortada paralar yok, ses de yok. Ödenen vergilerin duble yol yapımına harcandığı gururla itiraf edildi, biz de "Ha öyle mi" deyip sustuk.

Ve biz, gücü sınırlı olan yurttaşlar olarak devletin yapamadığı, yapmakta geç kaldığı yardımı dayanışarak gerçekleştirmeye çalışıyoruz. Bize ait olmayan hatanın vicdani yükü altında ezilmiş durumdayız. Kombinin derecesini artırırken, evinde sobasına bir odun daha atarken insanların içi sızlıyor. Van'da bir azap, buralarda başka bir azap.

Kralın basını

Türkiye basını hiçbir zaman bağımsız olmadı. Kim güçlüyse onun tarafını tuttu. Bazen güçlüyü kendisi yarattı. Kral daha istemeden soytarılık yaptığı zamanlar oldu. Daha sansür gelmeden kendini sansürlediği de oldu. Kendi muhabirini, yazarını gammazlayan yöneticileri de görmüşlüğüm vardır. "Sahte oruç kanlı iftar" manşetini de atmıştır bu gazeteler.

Vicdanının karşısında kalbi ezildiği için doğruyu söyleyenler her zaman dışlandı, işten atıldı, hapse girdi, öldürüldü. Bu hep böyleydi. Ama bugün, 12 Eylül dönemini gazeteci olarak yaşamış meslek erbaplarından da dinlediğim üzere, çok daha fena bir durum var. Sadece sizi hapse atacak insanlar yok. Artık bir de depremzedeye eksi bilmem kaç derecede tazyikli su sıkıldığında "Onlar provokatördü," diyen çıldırmış ve insanı çıldırtan "diğer" medya var.

Çok paraları var, çok destekleri var. Sabahtan akşama her kanalda herkesin birbirini onayladığı programlar yapıyorlar. Gerçekleri, sadece gerçekleri yazdığınızda "Abartmayın efendim"ciler var, anında çalışmaya başlayan. Ölmüş meslektaşlarını da geçtim, ölmüş çocukların bile üzerinin hükümet yanlısı propagandayla örtülebileceğini düşünen, buna çalışan, mesleği bu olan gazeteciler var. Ayıptır, zulümdür, günahtır!

Olacak! Başka yolu yok!

Ne olacağını söyleyeyim. Bence önümüzdeki beş ila on yıl içinde tam bağımsız, patronsuz, sadece gazetecilerin çıkardığı bir gazete olacak. Artık unuttuk tabii okuyucusuyla ayakta durabilen gazeteler olabileceğini ama bence olacak. Olmak zorunda. Gazetecilikten başka bir iş yapamayan, gazetecilik yapmadan duramayan insanlar bir araya gelecek ve böyle bir gazete ya da internet sitesi kuracaklar.

Arap Baharı böyle insanlar sayesinde oldu. Bugün Wall Street işgal ediliyorsa onlar yaptı. Bugün Van'a sivil yardım gidiyorsa yine onlar sayesinde. Bu pratikler birikecek ve göreceksiniz bu ülkede gazetecilik yeniden doğacak. O zaman göğsümüzü genişletecek gazeteler olacak, nefes alabileceğiz ve herkes gerçekleri bilecek. O zaman gerçekleri bilen insanların neler yapabileceğini hep birlikte göreceğiz.

Londra'da lüks içinde yaşayan Bahreynli Alaa'nın kocasının hapse girmesi pahasına ülkesine geri dönmesinin nedenini sormuştum, "Yeniden insan oldum," demişti. Biz de öyle diyeceğiz.

16 Kasım 2011

KIM KARDASHIAN, NEDİM ŞENER VE SEVGİLİ SİİRTLİLER!

Başıbozuk bir Amerikan ailesi reality show'u olarak izlenen "Keeping up with the Kardashians"ın (Kardashian'lardan Haberler) hangi bölümünde ailenin Ermeni köklerinin gündeme geleceğini merak eder dururdum. Nihayet oldu. Ailenin daha ziyade poposuyla tanınan üyesi Kim Kardashian, Ermeni soykırımı üzerine Twitter'da bir tartışmaya girmiş. Olay, Türkiye'de haber oldu. Böylece Türkiye basını, Ermeni meselesini Kim Kardashian'ın poposu ve göğüsleri eşliğinde okura sunma imkânını buldu. Hrant yaşasaydı, Kardashian ailesi ve Türkiye medyasının olayı "kalça nahiyesinden" algılamasıyla ilgili bir yazı yazardı Agos'ta. Ne ki o yaşarken meseleler böyle rahat konuşulmuyordu. Oysa şimdi...

Taksim'de 24 Nisan

İtiraf edeyim, 24 Nisan'da Taksim Meydanı'nda bir anma yapılacağını söylediklerinde tedirgin oldum. Provokasyona fazlasıyla açık bir anma, diye düşündüm. Açılımın kapılarını kapatacak gerilimler yaşanabilir diye düşündüm. ABD'de olduğum için yerinde göremedim olayları ama öyle atla deve bir tepki de olmamış. Anma yapılabilmiş. Hrant yaşasaydı sanırım gözleri dolardı o sahneyi görünce. Ne ki, o yaşarken insanlar meydanlarda anma düzenlemeyi düşünemezdi bile. Oysa şimdi...

Hakikatsiz açılma

"Ne kadar 'açıldık' birçok bakımdan" diyeceğim ama tam o anda aklıma arkadaşımız Nedim Şener geliyor. Hrant Dink cinayetiyle ilgili yazdığı *Dink Cinayeti ve İstihbarat Yalanları* kitabından dolayı yargılanıyor Nedim. *Milliyet* gazetesi muhabiri Nedim'e dava açılması için suç duyurusu yapanlar, Hrant Dink davası sanıklarından Erhan Tuncel'i muhbir yapan istihbarat polisi Muhittin Zenit, davada sık sık adı geçen İstihbarat Daire Başkanı Ramazan Akyürek ve İstanbul İstihbarat Şube Müdürü Ali Fuat Yılmazer. Üstelik Hrant Dink davasının sanıkları bile Nedim'in yargılandığı 28 yılla yargılanmıyor. Nedim'in "suçu" istihbarat yalanları üzerine belgelere dayanan bir kitap yazmak. Üstelik suç duyurusunun yapılmasının nedeni "gizli belgeleri" açıklaması. Olay bu zaten! Gazetecinin işi bu yani: Gizli belgeleri bulup bir hakikati ortaya çıkarmak. Nedim, işini yaptığı için 28 yıl hapis cezasıyla karşı karşıya. Yalnız bırakmamak gerek. 26 Haziran'da duruşması var. İstanbul 11. Ağır Ceza.

Sessiz katillik

Ne istiyoruz biz? Gerçekten daha fazlasını. Hakikati istiyoruz. 1915'te kaç insan öldürüldü üzerine tartışmak değil, acının hakikatinin tanınmasını istiyoruz. Tartışma programlarında gerçekleri bölüşmek değil, bir hakikati paylaşabilir hale gelmek istiyoruz. Bayan Kardashian'ın poposuyla birlikte Ermeni haberleri yapılabilecek bir Türkiye, bu meseleyi bu kadar sıradanlaştırmış bir memleket istemiyoruz. Daha fazlasını istiyoruz. Hrant'ın katillerinin, ama hepsinin cezalandırılmasını, gerçeklerin ortaya çıkmasını istiyoruz, evet. Ama dahası var. Bu cinayetin altındaki daha derin hakikate varılmasını da istiyoruz. Ta derinimize kaçmış sessiz katillerin de çıkarılmasını, teşhir edilmesini, onların sonsuza kadar gömülmesini istiyoruz. Katillere sessiz kalan katilliğin katlini istiyoruz.

Gerçeğin gözü

Ama neresindeyiz işin? Konuşmanın, günahlarımızla yüzleşmenin neresindeyiz?

Çeşitli şirin il ve ilçelerimizde mebzul miktarda büyükbaş yetişkin, çocukları, basbayağı sıraya girip ziyan etmişler. Şimdi basından beklenen bunu yazmaması. Mahkeme öyle karar almış. Değil hakikat, olmakta olan gerçekliğin gözüne bakma cesareti bile olmayan bir memlekette... Ne bileyim?

01 Mayıs 2010

İYİ KALPLER DURUŞMASI

"Herhalde bu kadar iyi kalpli olmanın da bir cezası olacağını düşünmemişti."

Yazar-aktivist Hidayet Şefkatli Tuksal, Pınar Selek için, "Hâlâ Tanığız Platformu"nun düzenlediği basın toplantısında böyle dedi. "Kıyıdan" programının dünkü bölümünde de vardı; Pınar'ın bir "modern zamanlar dervişi" olduğunu söyledi. "Makbul olamamış vatandaşların" yanında olmakla kalmadığını, zaman zaman onlardan biri olarak yaşamayı seçtiğini anlattı. Mesele de burada zaten; söylemekle yetinmeyip söylediğin şey olduğun zaman peşine düşüyor çakallar. Pınar için de böyle, Hrant için de... Ve bu yüzden bugün ve çarşamba günü ikisi için birer duruşma daha yapılacak. İyi kalpler duruşması!

Adaletle (!) cezalandırmak

Pınar, bir sosyolog, bir yazar ve bir insan olarak sokak çocuklarıyla ilgili çalışıyorsa sokak çocuğu oldu. Kürtlerle ilgili yazıyorsa Kürt'tü. Transseksüellerle ilgili bir derdi varsa transseksüeldi. Ezilenden yana söz söylemekle kalmadı, gövdesiyle ve ruhuyla ezilenin yanında durdu. Beyaz, orta-üst sınıftan gelen bir Türk kadını için bu elbette büyük bir günahtı ve bu yüzden şimdi durmadan yargılanıyor. Meşhur "Mısır Çarşısı patlaması"yla ilgili bombacı olarak suçlanmasından bu yana yıllar geçti. Mahkemenin seçtiği bilirkişilerin patlamanın bombadan değil, gaz kaçağından kaynaklandığını söylemesine, "Bombayı Pınar'la birlikte koyduk!" ifadesini veren kişi serbest bırakılmasına rağmen Pınar'ın peşini bırakmıyorlar. Hrant'ın, yazdığı yazıda "zehirli kanın" Türklere değil, Türk-Ermeni düşmanlığı yapanlara ait olduğunu söylemesine rağmen ona da aynı şeyi yapmadılar mı? Taammüden yaratılan ve köpürtülen bir yanlış anlaşılmayı onu kurban etmek için gerekçe yapmadılar mı? Pınar'ı da şimdi tıpkı Hrant'a yaptıkları gibi duruşmalarla cezalandırıyorlar. İki kere beraat kararı almasına rağmen bir kez daha dönüyor hüküm Yargıtay'dan, yerel mahkeme bir kez daha bakıyor dosyaya.

İyilikte inat edersen...

Hrant'a da böyle yapmamışlar mıydı? Duruşmaları, yargı yolunu bir ceza olarak kullanmadılar mı? Adalet beklediğimiz kapılar adalet duygumuzun yok edildiği dehlizlere dönmedi mi zamanda? Mesajları çok açıktı ve Pınar'a verdikleriyle aynıydı:

"İnat etme!"

"Direnmeyi, ezilenin ya da hakikatin yanında olmayı küçük bir oyun düzeyinde yaşarsan başına bir şey gelmez," diyorlardı onlara. "Ama hayatını bu işe adayıp, sözlerine dönüşürsen... İşte o zaman seni unutmayız. Peşini bırakmayız ve cezalandırmadan durmayız." Durmadılar da zaten. Hrant'ı öldürerek ve öldürterek yaptılar bunu, Pınar'ı ise "bombacı" ilan ederek. Türkiye'de ne kadar mürekkep yalamış insan varsa, Pınar'ı tanısın tanımasın, Pınar Selek'e tanık olduklarını söylüyorlar. Hem Pınar için hem de bu ülkede bir kez daha gözümüze baka baka adaletin canına okunmaması için.

Biz de belki bir gün...

Tahrir Meydanı'nda bir halkın kendi kendine yeniden inanmasını izliyoruz günlerdir. Dayanışmayı, kardeşliği, birbirine gözü kapalı güvenmeyi, omuz omuza mücadele etmeyi, geri adım atmamayı, insanlık onuruna yeniden kavuşmanın sevincini, hep birlikte bağrılınca adalet sözcüğünün ağızda bıraktığı tadı... Bütün bunları görüyoruz Mısır'a baktığımızda. Sonra buraya döndüğümüzde... Bugün Hrant'ın duruşması var, çarşamba günü Pınar'ın duruşması. İyi kalpler duruşmalarında törpülenen gururumuz, zorlanan sabrımız, yıpratılan vicdanımız bir gün isyan eder herhalde. Herhalde...

07 Şubat 2011

NEDİM, AHMET VE BÜTÜN GAZETECİ ARKADAŞLAR İÇİN: ÖZGÜR BİR YAZI!

Her ne kadar bunu yapmak eskisi kadar hoş karşılanmasa da, genellikle mallar intizamla dizilip naylonlara sarılmış bir şekilde satıldığı için yapmak pek kolay olmasa da, taze fasulyenin iyisi ancak bir tanesini kırmak suretiyle anlaşılır. Taze fasulye "çıt" sesi çıkararak kırılıyorsa bu, fasulyenin taze olduğu anlamına gelir. Eğer taze fasulye gevşek bir şekilde biraz eğiliyor, ancak ondan sonra kırılıyorsa bu, taze fasulyenin o kadar da taze olmadığı anlamına gelir ki tercih edilmemelidir.

Aynı şekilde taze fasulyeyi kırarak test ederken ortaya çıkacak ikinci gerçeklik, fasulyenin kılçıklı olup olmadığıdır. Eğer fasulyenin kalitesine güveniliyor ise kılçıklı fasulye de alınabilir tabii. Bu durumda, fasulyenin kolay pişmesi için fasulyeyi boyuna ikiye keserek inceltmek ve kılçıklarını adamakıllı temizlemek yerinde olur. Ama eğer yeterince taze ve diri bir fasulye bulmuş iseniz o zaman ikinci aşamaya geçebiliriz.

İkinci safha

Her ne kadar bu konuda yerleşik bir kural yoksa da ayıkladığınız fasulyeleri birkaç parçaya bölerken parçaların olabildiğince eşit uzunlukta olmasına dikkat ediniz. Bu sayede hem eşit pişmesini sağlar hem de göze yönelik olarak bir nefaset elde etmiş olursunuz. Mühim bir ayrıntı: Fasulyeleri katiyetle ayıkladıktan sonra değil, ayıklamadan önce, bütün halindeyken yıkayınız. Böylelikle fasulyemiz gıda değerinden hiçbir şey kaybetmeden tertemiz olmuş olur. Gelelim pişirme safhasına...

Burada pek mühim inceliklerin başında kullandığınız zeytinyağının kalitesi ve elbette miktarı gelir. Zeytinyağından hem nitelik hem de nicelik bakımından imtina etmeyeceksiniz! Zeytinyağının içine doğrayacağınız soğan da sonsuz ehemmiyette. Başka basın mensupları acı, morumtrak soğanı tercih ediyor olabilirler. Ayrılık gayrılık yaratmak istemesem de ben tatlı, beyaz soğanı tercih ederim. Soğanların küp küp doğranması da kritik önemi haizdir.

Zamanınız olmadığından veyahut da düpedüz tembel olduğunuz için "Soğanları mutfak robotundan geçiriverelim gitsin" diyebilirsiniz. Asla! Robottan geçirilen soğan acır, tatsızlaşır. Dolayısıyla tıpkı anneanneniz nasıl yapıyorsa öyle, keskin bir bıçak yardımıyla soğanı avucunuzun içinde tutarak, yedi-sekiz kere enine, yedi-sekiz kere de boyuna olmak suretiyle, soğanın sonuna kadar olmamak kaydıyla böler gibi yapın. Ardından enine kesince soğan kendiliğinden küp küp doğranmış olacaktır. Orta boy, tırtıksız bir bıçak tercih edilmelidir.

Üçüncü safha

Yerleşik usul, soğanların pembeleşmesini öngörse de şahsen ben soğanları azıcık da olsa karamelize etmeyi severim. Karamel rayihası zeytinyağlıları daha lezzetli yapıyor bana sorarsanız. Yeni zeytinyağlı yemeklerde domates salçası kullanılması uygun görülmüş olsa da eğer domates salçasını eşit miktarda tatlı biber salçası ile karıştırırsanız bu hem yemeğin renginin daha canlı olmasını hem de daha lezzetli olmasını sağlar.

Afiyetler olsun safhası

Soğanların ardından salçayı koyduktan sonra artık sıra sosumuzu şöyle bir karıştırıp sıra fasulyeleri atmaya gelmiştir. Burada dikkat! Ocağınızın altını olabildiğince kısınız. Böylece fasulyenin zamanla suyunu bırakmasını ve hatta fasulyeyi hiç su katmadan, kendi suyu ve buharıyla pişirmeniz mümkün olacaktır. Tuz miktarını herkesin kendi zevkine bırakıyorum. Ancak şekerde tavsiyem şudur:

Örneğin, 4 kişilik fasulyeye 2, hatta 2.5 şeker atılabilir.

Bundan sonrası sabırla ilgilidir. Her on dakikada bir karıştırarak, suyu bittikçe az az kaynar su ekleyerek fasulye pişene kadar beklenir. Servis için lütfen en az 15 dakika bekleyiniz. Beyaz porselen bir servis tabağını tercih ediniz.

Muhterem savcılara, saygıdeğer bakanlara, muhteşem başbakana, "okyanus ötesindeki zevata" ve buradaki mümtaz temsilcilerine afiyet olsun!

05 Mart 2011

METRİS'TEKİ ARKADAŞLARIM AHMET VE NEDİM İÇİN VAKİT GELDİ

"Metris'in önünde durdum / Hasretin yerlere vurdum /
Ben dağlarda uçan kuştum, uçan kuştum..."

Vakit geldi, gürültü yapmanın zamanıdır. Sokaklara alışmak gerekecek, artık belli oldu. Belli oldu vicdan yok, utanmak yok, şirazesi patlamış bir hınçla geliyorlar üzerimize. Son düşünce kırıntısını da yok edinceye, hepimiz boş gözlerle ve dilimiz dışarıda onların emirlerini bekler hale gelinceye kadar... Önümüze attıkları ekmek için tüm kalbimizle şükredinceye kadar... Gözlerinin içine bakmaktan korkup boynumuzu bükerek durana kadar... Onurumuz, gururumuz, haysiyetimiz, omurgamız iyice bükülene kadar. Üzerimize gelecekler.

Vakit geldi, hazırlanın. "Yok artık, o kadarını da yapamazlar!" dediğiniz şeyleri yapacaklar. Şakşakçılarını bile "Bu kadarı da fazla!" dedirtecek şeyler olacak. Belli oldu, bundan sonra iyi haber gelmez mahkeme kapılarından.

Vakit geldi. Şahlandılar. Yöneticilerin bile yönetmediği bir zamana girildi. Bir garip organizma ele geçiriyor şimdi ülkeyi. Küf gibi, pas gibi, rutubet gibi, için için... Dizginleri yöneticilerin elinde olmayan başka türlü bir şey bu. Sinsiler, küf gibi, pas gibi, rutubet gibi sessizler. Adlı adınca çıkmıyorlar ortaya, yüzlerini göstermiyorlar. Hayalet gibiler, etrafımız çoktan sarılmış. Kadrolarıyla, pusularıyla, yosun tutmuş sabırlarıyla geliyorlar. Allah'ın adını pis ağızlarında geveleyerek, gözyaşlarını geviş getirerek geliyorlar.

Vakit geldi, sıkı durun. En büyük başkan Başbakan bile durduramayacak onları. Çünkü yıllardır çevrelediler iktidar koltuğunu. İktidar koltuğu hariç her yeri ele geçirdiler. Tahta kurtları gibi ağır ağır... O iktidar koltuklarında oturanlar biliyorlar: Koltukları havada duruyor, onların omuzlarında. Kıpırdasalar düşerler. Delikanlılığın, kabadayılığın, bitirimliğin sınırı da buraya kadar işte.

Vakit geldi, neyiniz varsa koyun ortaya. Beklediniz değil mi bunca zaman. Birileri, bir şeyler durdurur bu gidişi diye. Öyle olmayacak. Anlamıyor musunuz, Ahmet'i alıyorlarsa, Nedim'i götürüyorlarsa, denizin sonuna gelindi. Kara göründü hanımlar beyler, kapkara, en kara, zifiri kara göründü.

Vakit geldi, nefesinizi uzun yola göre ayarlayın. Artık şaşırmayın, dona kalmayın hayretten. Bundan sonra neler neler olacak. Şaka gibi olacak her şey, her seferinde ve her seferinde çok ciddi olacak hepsi. İnsanı güldürecek kadar saçma sorular soracaklar ve güldüğünüzde suratınıza yiyeceksiniz tokadı. Tıpkı darbelerin küçük askerlerinin hep yaptığı gibi. Her faşist her kahkahayı üstüne alınır çünkü. Vakit geldi, toparlayın ağzınızı, ürkütmeyin faşist vakvakları.

Vakit geldi. Eski hikâyeleri hatırlayacaksınız. Babamın 12 Mart darbesinden sonra avukatlık yaptığı davalardan biriymiş. Bir öğretmene sormuş gazeteci Fethiye'de:

"Hocam turşu yapmak mı zordur, darbe yapmak mı?"

Öğretmen cevap vermiş:

"Turşu yapmak daha zordur. Çünkü turşu için vasıflı hıyar gerekir. Darbe için birkaç vasıfsız hıyar yeterlidir!"

Öğretmen böyle bir espri yaptı diye yıllarca hapis cezasıyla yargılanmış. Komik değil mi? Bu komikliklerin hepsi işte bizim de başımıza gelecek, geliyor. İnsanın hiç de gülesi gelmiyor.

Vakit geldi. Rakı bardaklarını kaldırıp içerideki arkadaşlarımız için içeceğiz. Dışarıda olduğumuz her günü suçlulukla yaşayıp, güldüğümüz her seferinde dudağımızı kırıp onları hatırlayacağız. Telefon numaralarını çevirdiğimizde buz gibi bir kadın sesi "Aradığınız numaraya şu an..." diyecek. Artık arkadaşlarımıza ulaşamayacağız. Çünkü vakit geldi.

Vakit geldi. Artık bağır bağır bağırmanın zamanı. Çünkü hava kurşun gibi ağır. Yeter artık: Bağır bağır bağır!

07 Mart 2011

ANNELERİ, EŞLERİ, KIZLARI...

"1980 öncesinde kardeşimi sağ-sol çatışmasında yitirdim. Şimdi de oğlumu veremem. Oğluma bir şey olursa kendimi yakarım! Başbakan çıkıyor 'Bilgim yok' diyor. Cumhurbaşkanı çıkıyor 'Kaygılıyım' diyor. Son on yılda Başbakan'ın bilgisi olmadan hiçbir emniyet müdürü ve görevlisi veya özel görevlileri tavuk bile kesemez. Oğlum yazmakta olduğu kitap yüzünden apar topar tutuklandı. Ben oğullarımı başkalarının paralarıyla Amerika'da okutmadım, başkalarının paralarıyla iş kurmadım. Hediye gemiler almadım. Ben çocuklarımı okutmak için yeri geldi nikâh yüzüğümü, yeri geldi çeyizimi sattım, ama onları Türkiye'ye dürüst, onurlu bir miras vererek yetiştirdim. Savcı açıklama yaptı: 'Devlet sırrı, söyleyemem.' 'Devlet sırrı' dediği belgenin 3-5 gün sonra düzmece olmayacağı ne malum?"

Utanınız!

Konuşan, Ahmet Şık'ın annesi. Dün bazı gazetelerde küçük, bazılarında büyük verilmişti bu sözler. Yine de gözden kaçmış olabilir diye yazayım dedim. İçim parçalanıyor da, belki kazara bu tutuklamaları haklı bulan birilerinin de içi parçalanır diye yazıyorum.

Dün Nedim Şener'in eşi Vecide ve Ahmet Şık'ın eşi Yonca ile konuştum. İkisine de söz verdiğim için bir sözcüğünü bile yazmayacağım konuşmaların. Sadece şunu söyleyeceğim:

"Gözaltına alındılar canım, daha bir şey belli değil", "Madem masumlar niye bu kadar telaşlanıyorsunuz", "Savcı elimizde belgeler var dedi, bekleyeyim" diyenlere söyleyeceğim. Mümtaz'er Türköne veya yeni protejesi Nagehan Alçı (Ah be yavrum! Akıllı bir kızdın, kalite bir muhabirdin sen. Ne oldu sana?) gibi, bu tutuklamaların hukuki olmadığını söylemeyi "psikolojik harp taktiği" olarak adlandıranlara söyleyeceğim. Kendinizden utanınız! Çünkü söyledikleriniz, 12 Eylül sonrasında işkencecilerin söylediği "Kaç kişiye işkence yapılmış ki!" demesine benziyor. Aynı hastalıklı mantıktan besleniyor. Bir gün bile devletin o korkunç yüzüyle karşılaşmamışken "gözaltı" denen şeyi hafife alabilecek, hukuk dışı tutuklamalara karşı çıkmayacak kadar izansızlara daha ağır bir şey söyleyemem ben. Ancak "İşkencecilere benziyorsunuz" diyebilirim.

Bir hayalim var... Nasılsa artık yazmak bir halta yaramıyor. Nasılsa necip halkımız bizim yazdıklarımızı okumuyor. Nasılsa memleket ekranlardaki ve yazılı basındaki propaganda makinelerine kilitlenmiş durumda... O zaman biz de alalım elimize davulları, çıkalım Taksim'e. Ciddi söylüyorum. Şöyle bağıralım:

"Ey ahaliiii! (dan dan dan dan), duyduk duymadık demeyiiin (dan dan dan dan dan), bu ülkeee (dan dan dan dan dan), en güzel, en temiz çocuklarınıııı (dan dan dan dan) YİNE kurban ediyooor (dan dan dan dan). Ey ahaliii (dan dan dan dan), insanlık namınaaaa (dan dan dan dan) sen de bağıır! (dan dan dan dan).

(Bundan sonrası müzikli olacak) Bugün Ahmet ile Nedim, yarın kim? Bugün Ahmet ile Nedim yarın kim?"

Gözümün önünde akıyor bu eylem. Çok da şık olur, benden söylemesi.

Hiç utanmam yaparım ben. Onlar utansın. Yoksul, onurlu, dürüst annelere karşı günah işlemiş olanlar... 8 Mart Dünya Kadınlar Günü'nde iki dürüst gazetecinin eşlerini yalnız bırakanlar... 8 Mart Dünya Kadınlar Günü'nde babalarını hukuksuz yöntemlerle götürüp iki kız çocuğunu ağlatanlar... Onlar utansın. Ben davulumu alır çıkarım meydana!

Mühim not:

Ahmet Kekeç dün bana ve Nuray'a dair bir yazı yazmış. Bize ve özellikle bana alaycı bir tonda "Sakin ol" diyor. Bugünler, Ahmet Kekeç ve benzerlerinin lüzumsuzluklarıyla uğraşmaya zamanımın olmadığı günler. Ama "28 Şubat'ta neredeydiniz? O zaman neden protesto etmediniz?" diye sanki süper cin fikriyle müthiş bir açığımı yakalamış, beni darbeci olarak zımbalamış olduğunu sanan, bu zaferle gözü dönüp bir sütun yazı yazan beyefendiye kısa bir cevap vereyim:

Ben 28 Şubat döneminde işsiz ve beş parasız, İstanbul'da kimseyi tanımayan bir muhabirdim Ahmet Bey. Başka politik tutuklularla ilgili tepkimi de merak etmişsiniz. 24 yaşımda ölüm oruçlarıyla ilgili *Oğlum Kızım Devletim-Evlerden Sokaklara Tutuklu Anneleri* (Metis Yayınları), on yıl sonra da *Ne Anlatayım Ben Sana!* (Everest Yayınları) kitaplarını yazmışım. Bunu siz ve sizin arkadaşlarınız iktidar merdivenini tırmanmakla meşgulken yapmışım. Bilmem nazarınızda yeterince masumiyet kazandırır mı bu bana? Zira, sizin nazarınızda masum olmak, benim için azami ehemmiyete sahip. Benim tek vicdan, adalet, tutarlılık, haysiyet, onur ölçüm sizsiniz. Çünkü sizin gibilerden, açık söyleyeyim, artık cidden korkuyorum. Arz ederim efendim.

09 Mart 2011

YÜRÜYÜŞ

Eveeeet... Hava güzel. Bu hem iyiye hem de kötüye işaret. Hava güzel olduğu için gelmek kolay ama hava güzel olduğu için başka yere gitmek de kolay, daha tasasız bir yere. Acaba hangisi olacak?

Yürüyorum hızlı hızlı. Saat 11.55. Yürüyüşün başlamasına beş dakika var...

Kimler gelecek acaba? Şöyle meşhur gazeteciler de gelse. İnsanlar görmezden gelemese. A-ha! Uzaktan görünüyorlar. Uğur Dündar gelmiş, Ahmet Hakan... Çok iyi; meşhurlar burada. Ya yeterince insan gelmemişse?..

Saat 12.00. Endişeden kalbim hızlı atıyor. Ya bu gece haberlerde göremezsek bu yürüyüşü... Ya kalabalık görmezden gelinemeyecek kadar büyümezse...

Aman aman çok güzel. Kalabalık yüzünden geçemediğime göre öteye... Aman aman çok iyi. İnsanlar gelmiş. Eveeet... O da burada, öteki de... Demek onlar da geldiler, güzeeel! CHP 35 ilçe örgütüyle burada, o da iyi. Aman çok güzel, kalabalığın ucu bucağı görünmüyor. Gazeteciler bugün içleri rahat bir şekilde "binlerce" diye yazabilecekler. Müsterihim.

Kalbim güneşte bir kedi

Kalbim endişeden gurura doğru güneşte ısınmış bir kedi gibi geriniyor. Keyifle... Çünkü bu benim meselem. Kişisel meselem. Doğum gününü ilk kez arkadaşlarıyla kutlayan bir çocuk gibi endişeliydim. Ya gelmezlerse diye... Geldiler ya şimdi; doğum gününe çağırdığı herkes gelmiş bir çocuk kadar sevinçliyim, katılıyor içim. Çünkü bu benim kişisel meselem. Bugün artık özgürlük benim kişisel meselem. Hukuksuzluk artık şahsi derdim. Herkes için öyle. Artık soyut değil, somut "hukuksuzluk" denen mesele.

Sloganlar atılıyor. Önce mütereddit, sonra ferahfeza. Ben ve birkaç kişi sağlam ıslık çalıyoruz. Hiç sözleşmeden nöbetleşe ıslık çalıyoruz. Ben bilhassa İstiklal Caddesi'ndeki binalara karşı çalıyorum: Eko yapsın, iyice çınlasın, duymayan kalmasın. Ertuğrul Mavioğlu ve iki arkadaşı şarkılar söylüyorlar; Yılmaz Özdil eline yapışıp "Senin için ölürüz!" diye ağlayan hezeyanlı okurunu kalbini kırmadan göndermeye çalışıyor; Mete Çubukçu, İrfan Aktan, Zafer Arapkirli, Ümit Alan, Cem Dizdar, Yetvard Danzikyan, Sedat Ergin, Kanat Atkaya, Mehmet Tezkan... Bunlar sadece benim etrafımdakiler... Belli ki gazeteci dediğim herkes burada. Ama niyeyse en çok magazin yazarlarına seviniyorum. Tuğçe Tatari, Rahşan Gülşan ve belki tanımadığım başkaları... Yani bu mesele "politik gazetecilerin" meselesi değil, kişisel bir mesele, hepimizle ilgili. Demek artık herkes farkında; mesele şahsi!

Korku mu? Hadi canım!

Sloganlar arasında sohbetler ediliyor. Bizim meslekte korktuğunu söylemek biraz toyluk sayılır. O yüzden herkes şakayla seyreltip anlatıyor endişesini. Silivri esprileri yapılıyor sürekli, sıranın kimde olduğuna dair dalga geçiliyor falan filan. Bütün şakalar ciddi. Herkes bunu hiç söylemeden, hiç duymadan biliyor.

Galatasaray'dan başlanıyor yürümeye. TKP binasından destek olarak "Eşkıya dünyaya hükümdar..." çalınıyor Edip Akbayram'ın sesinden, CHP binasından konfetiler atılıyor. İdeolojik farklara inat, şen şakrak bir gün oluyor, müthiş güneşli. Bağır bağır bağır bağırıyoruz:

"Ahmet çıkacak, yine yazacak!"

"Nedim çıkacak yine yazacak!"

Arkadaşlarımız için bağırıyoruz. İçerideki bütün gazeteciler için bağırıyoruz. Kendimiz için bağırıyoruz. Gürültü ediyoruz. "Ey ahaliiii!" diyoruz yani, "Başımız belada!", "Sadece bizim değil" demek istiyoruz, "Bu bela hepimizin başında!"...

İyi ki...

Sonra bitiyor... Sohbetti, şuydu buydu derken vakit geçiyor. Elimde "Tutuklu gazeteciler serbest bırakılsın" dövizi var. Galatasaray'dan Taksim'e, oradan da gazete binasına yalnız yürüyorum. Farkına varmıyorum, dövizi ters çeviriyorum, yazısı görünmeyecek şekilde. İnsan tek başına kalınca korkuyor, siniyor çünkü. Arkadaşlarla birlikte olunca dik durabiliyor, beraber bağırınca yüksek çıkıyor insanın sesi. "İyi ki arkadaşlar var" diyorum içimden. Ahmet ile Nedim bu akşam televizyonda bizi görürler, diye geçiyor aklımdan, sevinçten gözüm doluyor. "İyi ki arkadaşlar var" diyecekler çünkü, biliyorum.

14 Mart 2011

ÖYLE KOLAY DEĞİL!

"Vakit geldi, hazırlanın. 'Yok artık, o kadarını da yapamazlar' dediğiniz şeyleri yapacaklar. Şakşakçılarına bile 'Bu kadarı da fazla' dedirtecek şeyler olacak. Belli oldu, bundan sonra iyi haber gelmez mahkeme kapılarından. Vakit geldi. Şahlandılar. Yöneticilerin bile yönetmediği bir zamana girildi" demiştim Ahmet ile Nedim alındığı gün. Bugün şöyle demek ihtiyacındayım:

Yaptığımız ve komik olduğunu sandığımız bütün şakalar gerçek olacak. "Seni ne zaman alıyorlar abi?", "Sabah çıkarken yünlülerini giy, kimin ne olacağı belli değil", "İyi artık Silivri'de görüşürüz," gibi bütün şakalarımız. Öyle ki sadece matrak olsun diye bize bu şakaları yapan herkes kendini suçlu hissedecek. Ciddiye alınamayacak kadar komik olan her şey olacak. Asık suratları ve yapay ciddiyetleriyle yaptıkları bu şaka gibi şeyleri ciddiye almadığımızı gördükçe daha da komikleşecek yaptıkları, biz daha da gülemez hale geleceğiz. Yayımlanmamış bir kitabın, sanki ayaklanmış da kaçıyormuşçasına sabahın köründe, ekipler halinde peşine düşülmesinden daha komik bir şey varsa elbette. Bunu yapıp üzerine bir de "Böyle şey olmaz" diyen devlet bakanlarından daha maytap bir durum varsa elbette...

Korkunç şakalar

Aydın Engin dün *T24*'te çok güzel bir yazı yazdı. "Müezzinin Bölüğü" diye bir kitap hazırladığını anlatmış. İnsanı ekşi ekşi güldüren türden bir yazı. Birkaç hafta önce *Penguen* de bir kapak yapmıştı. Bir bulmaca, sorular şöyle:

Bir şey. 2. Başka bir şey 3. Adını söylemek istemediğimiz bir element. 4. Bu bulmacayı neden çözüyorsunuz? 5. Kaç kişisiniz?

Dün de Erdil Yaşaroğlu, Twitter'da yazmış, "Daha önce çizdim ama şaka yapmıştım" diye. Siyah gözlüklü bir adam, gazetecinin başında dikilir:

"Elin e harfine gider gibi oldu. Ergenekon mu yazacaktın yoksa?"

Gazeteci: Yoo! (Korkmuş)

Siyah gözlüklü adam: "İleri demokrasim var benim. Suç işlemeden anlarım bak. Ona göre."

Ama şimdi şaka bitti. Artık her şey ciddi! Aydın Engin'i alabilirler, Erdil Yaşaroğlu'nu sorgulayabilirler ve Penguen'i matbaada tutuklayabilirler.

Titreme arkadaş!

Mesele şu: Ne yapacağız? Elimiz titremeyecek. Delete kapağı yetmez *Radikal*'e, tavrını koyacak. "Öyle olursa böyle olur. Ama dur bi' bakalım," gibi tereddütlere zaman yok artık. Bu memlekette demokrasi, adalet, özgürlük gibi sözcüklerin içeriğini bilen sınırlı sayıda insan olarak sözümüzü birleştirmemiz gerekiyor. Yetmez ama evetçiler, hayırcılar, boykotçular, ne kadar mürekkep yalamış adam varsa toplanacak arkadaş.

Kendine yeni kurulan cumhuriyette entel kadrosundan yer edinme gibi kariyer planları yapanlar, bugün bile hâlâ "Ama onlar gazetecilik yaptığı için içeri alınmadı," diyecek kadar utanmaz olanlar, olup biteni görmezden gelecek kadar korkak olanlar... Bunlar gölge etmesin başka ihsan istemez.

Yapılması gereken şey şu: Ahmet'in kitabının altına imzamızı atacağız. Hepimiz bu kitabın yazarı, yayıncısı, sahibi olacağız. Zaten seçimlerden sonra bizim gibiler için ne iş ne de yatacak yer kalacak. Bari giderken bir delikanlılık yapalım. Yani madem düşeceğiz, bari "Biz zaten inecektik," diyelim.

Yok, öyle kolay değil. Söz öyle bitmez. Daha sözün bittiği yerde değiliz. Sessizlikte birbirimizi kaybetmeyelim. Daha söylenecek çok şey var. Hatta belki daha hiçbir şey söylenmedi. Kitaplar baskıdan alınıp yaka paça içeri tıkılıyorsa demek sözün hâlâ bir kıymeti, bir korkutuculuğu var. Öyle kolay değil. Susup oturmadan, pısıp kaçmadan önce yapılacak şeyler var.

26 Mart 2011

ANLAMIN MANASI: AHMET'TEN SDP'YE BİR VAPUR

Belki de bir şehir hattı vapuru kiralamalıyız, bir otobüs veya bir helikopter. Hrant'ın duruşmasından çıkıp Ahmet Şık'ınkine, oradan çıkıp "Devrimci Karargâh Örgütü" suçlamasıyla yargılanan SDP'lilere, oradan çıkıp Nedim Şener'in açık görüşüne Silivri'ye, oradan KCK davasının duruşmalarına... Belki şehirde böyle dört dönmemizi istiyorlar. Ne yana dönsek başımızı, başka bir yerde bir acayiplik patlaması... Ne bileyim. Anlamın bile bir manası kalmadı.

Yazılmamış kitapların hesabı

Anlamın manasını bırakmadılar. Ahmet, henüz yazmakta olduğu kitap ve muhtemelen aklından geçmiş olduğunu varsaydıkları fikirler yüzünden yargılanıyor. Nedim kendi kitabı için değil başkasının yazmış olduğu bir kitap için yargılanıyor. Bütün bunlar için "Biz onları kitapları yüzünden yargılamıyoruz" dedikleri halde onlar, sadece kitaplarıyla ilgili bir sorguya maruz kalıyorlar. Dayanakları ise bir yazarın kendisine hatırlatma için aldığı notlar ve bir başkasının gönderdiği elektronik posta. Bunun anlamının manası nedir şimdi?

Amanın şemaaa!

Anlamın içindeki manayı soğurdular. SDP'liler, Hanefi Avcı ile aynı örgüte üyelikten yargılanıyor. Yasal olan parti SDP'nin genel başkanının aslında bir örgüt üyesi olduğu ve genel başkanlığının bir "kamuflaj" olduğu iddia ediliyor. Öyle ki Genel Başkan Rıdvan Turan'ın bütün hayatı kamuflajmış. 7 aydır tutuklu olan sosyalistler için kanıtlar ise şöyle:

Parti üyeleri birbiriyle yemek yemiş! Parti üyeleri birbiriyle telefonla konuşmuş! Çarpıttığımı, abarttığımı sananlar olabilir. Çok isterim bana inanmayıp iddianameyi bir okusunlar, okuduklarından utansınlar. Delilleri görüp şaşırsınlar. Ah! Pardon tabii bir de ŞEMA var! ŞEMA! Son zamanlarda birkaç ok çizip altına üstüne birkaç isim çiziktirebilen bir mekanizma durmadan ŞEMA üretiyor. SDP'lilere ait şema ise şöyle:

İsimler yazılıyor, hooop bir ok çekiliyor ve karşısına Ergenekon ya da Devrimci Karargâh Örgütü yazılıyor. Devrimci Karargâh Örgütü de öyle bir şey ki bütün sol örgütler orayla bağlantılı ve bütün o örgütlenmelerin menşei bu Karargâh! Ne karargâhmış ama! Bütün Türkiye Sol'unu içine alıyor. Ya da bütün Türkiye Sol'unu içeri "aldırtabiliyor"! Aynen böyle! Umarım bu yazdıklarıma inanmayanlar gidip iddianamede yer alan bu şemaya bakarlar. Anlamın manasının nasıl yok olduğunu görürler dilerim.

Çek kaptan!

Ahmet Şık'ın Ertuğrul Mavioğlu ile birlikte yazdığı *Ergenekon'u Anlama Kılavuzu* kitabı için açılan davanın 4. duruşması yapılacak. Ahmet, tutuklandıktan sonra ilk kez dışarı çıkacak. 14 Nisan Perşembe günü Kadıköy Adliyesi'nde toplanacağız bu yüzden. Ondan bir gün önce Beşiktaş Özel Yetkili Mahkeme'de de

SDP'lilerin duruşması var. Bir gün sonra da var. Yani 13-15 Nisan günleri Beşiktaş'ta, 14 Nisan'da da Kadıköy'de olacağız. O yüzden diyorum bir şehir hattı vapuru mu kiralasak diye.

Bir şehir hattı vapuru kiralasak. Çıksak Boğaz'dan Ege Denizi'ne doğru gitsek, oradan Akdeniz'e açılsak. Ahmet çıksa, Nedim çıksa, içeride politik tutuklu kalmasa, SDP'liler çıksa, sevgililerine ve çocuklarına kavuşsalar. Bir şehir hatları vapuru kiralasak, "Bas," desek kaptana, "tek hedefimiz Akdeniz!" Öyleyim yani bugünlerde. Öyleyiz. Anlamın manası kalmayınca...

13 Nisan 2011

AYIPLARI VE İNADIMIZ

Evvelsi gün çok ayıp bir şey oldu.

Kadıköy Adliyesi'nin önünde, yağmur altında saatlerce bekledik, yüzlerce kişiydik, ama Ahmet'i duruşmaya getirmediler. Daha ayıp bir şey oldu, "Ring aracı yoktu," dediler. Sonra daha beter ayıp bir şey oldu. Samanyolu TV, "Tutuksuz yargılanan Ahmet Şık duruşmaya gelmedi," diye yalan haber yaptı. Evvelsi gün vicdana, adalete ve bir de bize çok ayıp oldu.

Evvelsi gün biz Kadıköy'deydik. Ne bileyim işte, yüzlerce kişi vardık. Epey de ıslandık. Ellerimiz ıslandı, ellerimizde kırmızı denizci fenerleri vardı. Ellerimiz üşüdü, ellerimizde Ahmet'in yıllar içinde çektiği fotoğraflar vardı. Fotoğraflarda çok ayıp şeyler vardı, polis kadınları dövüyordu, birileri çocukları öldürüyordu, Ahmet hep ayıp şeyleri zımbalıyordu deklanşörüyle.

Zaten bu yüzden işte Ahmet'i, daha fazla ayıp şeyleri ortaya çıkarmasın diye son derece ayıp bir şekilde içeri almışlardı. Ne ayıptı gelmeleri evine sabahın beşinde. "Böyle şey olmaz," dedik biz. Ne bileyim, binlerce kişiydik işte Taksim Meydanı'nda. Ben ıslık çaldım, epey ıslık çaldım arkadaşlarımla birlikte. Duvarlarda çınlattık sesimizi, "Ahmet çıkacak yine yazacak!" dedik, "Nedim çıkacak yine yazacak," dedik. Herhalde o kadar ayıp bir şey yapmazlar, utanırlar, bırakırlar... diye düşünmüştük. Sonra işte çok ayıp bir şey oldu, bırakmadılar, ne Ahmet'i ne Nedim'i ne de diğer tutuklu gazetecileri. Şaştık kaldık. Müstehcen şeyler oluyordu, bakmaya utandık.

Ahmet'in bombası

Ayıp şeyler olmaya devam etti. Başbakan ecnebilere konuşurken bir memlekette dedi ki, kitaplar bombalar gibiymiş. Tamam, biz de biliyoruz, Ahmet bomba gibi bir kitap yazıyordu! Ama diyelim ki...

Ceylan'ı parçalayan bomba gibi değildi bu. "Kadın, çocuk fark etmez, gereği yapılacak," dendikten sonra Diyarbakır'da patlayan, çocukların kafasına sıkılan gaz bombaları gibi değildi. Ankara'da Tekel işçilerinin üzerine atılan gaz bombaları gibi değildi, Taksim'de 1 Mayıs'ta sıkılan göz yaşartıcı gaz gibi değildi.

O bomba sadece birkaç büyük yalanı, birkaç büyük haksızlığı patlatacaktı. Ama, söylemek bile ayıp, operasyonu o bombaları Ahmet'in kitaplarına tercih edenler yönetiyordu. Onların kendileri için yalan söyleyecek, hem Ahmet'i kendi duruşmasına getirmeyip hem de "Ahmet gelmedi" diyebilecek, müstehcen televizyon kanalları, ayıpçı gazeteleri vardı. Çocuklarına yalan söylemeyi öğreten gazeteleri ve televizyonları vardı onların.

Ayıp, daha ayıp

Biz evvelsi gün Kadıköy'deydik. Ellerimizde denizci fenerleriyle, kırmızıydı hepsi, binlerce yıl önce Diyojen'in yaptığı gibi adalet arıyorduk. Ne yalan söyleyeyim, bulamadık. Ahmet'in sevgili eşi Yonca sevgilisini göremedi, yağmur altında beklemişti saatlerce. Yonca ile yağmurun altında durduk öyle. Yonca yağmur gibi tıkır tıkır anlattı kulağıma. Sesler Ahmet'i delirtiyormuş. Hepsi aynı haldeymiş.

O kadar büyük bir sessizliğin ortasında yan odada biri gazete sayfası açsa bu odada Ahmet'e büyük bir gürültü gibi geliyormuş o ses. Sonra içeride yatmış bir arkadaşları demiş ki: "Üç ay sonra alışırsın, geçer bunlar." Ahmet'in hiç hak etmediği bir hapishane hücresine alışması mı iyi, yoksa seslerden çıldırması mı bilemedim. Çok ayıp geldi bunu düşünmek bana.

Güneşte ve yağmurda

Bazen güneşli oluyor hava, bazen yağmur yağıyor. Biz Ahmet için, içerideki arkadaşlarımız, meslektaşlarımız için bir araya geliyoruz sokaklarda. Hep seviniyoruz başlangıçta. Çünkü hiç beklemiyoruz daha da ayıp bir şey olmasını. Sonra oluyor. Sonra daha ayıp şeyler de oluyor. Sonra yine güneş çıkıyor ya da yağmur başlıyor. Biz yine toplanıyoruz sokaklarda. Bize hep ayıp ediyorlar. Ama biz yine toplanıyoruz sokaklarda. Bir sabır meselesi bu, bir sinir savaşı. Bana sorarsanız biz kazanacağız. Neden? Onların ayıpları ve utanmazlıkları var, amenna! Ama maşallahı var bizdeki inadın da!

16 Nisan 2011

SEVGİLİSİNE SARILAMAYAN ADAMLAR: NEDİM VE AHMET İLE AÇIK GÖRÜŞ

"Geleceğini biliyordum," dedi Ahmet. Sarıldık. Omuzlarımdan tuttu, yüzüme baktı, gözlerimiz dolu doğal olarak, bir daha sarıldı: "Biliyordum, arkadaşım!" Silivri Cezaevi'nde, insanca olan her şeyden arındırılmış avukat-tutuklu görüşme odasında, tam ortamızda kaderimiz, kederimiz ve bu ikisi de yokmuş gibi yapan gülmelerimiz, sustuk. Sanki her şey normalmiş gibi yapar ya insanlar böyle zamanlarda, biz de öyle yaptık. "Nasılsın?" dedik mesela birbirimize, "İyidir ya, sen?" dedik. Gardiyanlar çift tarafı camlı odanın iki yanında devriye gezmiyor olsalardı, Ahmet odaya girmeden aranmasaydı ve bu kadar hızlı hızlı konuşmaya çalışmasaydık... Belki o zaman Türkiye tarihinin bize berbat bir oyun oynadığını unutabilirdik. Çarşamba günü, Ahmet'in eşi Yonca, Avukat Can Atalay, Gazeteci Ertuğrul Mavioğlu, avukat kimliğimle ben, Ahmet Şık'ı ve Nedim Şener'i görmeye gittik.

Mina'nın kargalı mektubu

"Mina, ben, Ahmet, üçümüz en son 'Çizgili Pijamalı Çocuk'u izlemiştik, Nazi kamplarını anlatan bir film. İlk açık görüşe giderken Mina, Silivri'yi merak ediyor tabii, 'Anne orası toplama kampı gibi bir yer mi?' dedi. 'Yok canım,' dedim, ama bir gittik ki aman yarabbi! Görüşçüler birden koşmaya başlıyor, kapılara yığılıyor insanlar, yaka paça. Mina o günden sonra açık görüşlere değil, kapalılara geliyor." Bu yüzden Yonca'nın yanında 11 yaşındaki kızı Mina yok. Sadece mektubu var. Mektubunda karga resmi çizmiş; balede yeni öğrendiği figürleri, arkadaşlarıyla yaşadıkları maceraları anlatmış, "Seni çooook seviyorum" diye bitirmiş. Hava, bir cezaevine gidilirken olması gerektiği gibi; çamur yağıyor gökten, sıkıntılı bir bulanıklık. Yonca, hapishaneye değil de sevgilisiyle buluşmaya Boğaz'a gidiyormuş gibi neşeli, elinde Kanat Atkaya'nın Ahmet'e gönderdiği Manu Chao tişörtü, "mahpus eşi" deneyimlerini anlatıyor: "Öğreniyoruz işte. Haki renkli tişört yasak, belli sayıda çamaşır götürebiliyorsun. Görüşe giderken balenli sutyen giymiyorsun, herkesin ortasında çıkarttırıyorlar. Hatta geçen sefer Doğan Yurdakul'un eşi kansermiş, kadına sutyenini, sonra da peruğunu çıkarttırdılar."

Sesler... Sesler...

Bir buçuk saatte gidiliyor Silivri'ye, Avukat Can ile ikimiz önce giriyoruz. Diyarbakırlı çocukların duruşmasından sonra hayatımda ikinci kez işime yarıyor Baro kartım. Herkes camın arkasından görüşürken biz bir odada yalnız görüşebiliyoruz Ahmet'le. Bir süre ağlamalı gülmeli karmakarışık yüzlerle hayatın bizi nereye getirdiğine baktıktan sonra Ahmet başlıyor anlatmaya: "Kafayı yemek üzereyim. Sesler... En çok onlar fena geliyor. Nedim yan hücrede gazete açıyor mesela, ben bu tarafta delirecek gibi oluyorum gürültüden. Ah unutmadan, buraya zarflarla para gönderiliyor, yaz da kimse para göndermesin."

'Cezaevi ekonomisi'

Dağınık konuşuyoruz. Ahmet "Bu işin iyi tarafı da oldu" diyor, sayıyor: "1. Eleştirilerin 'Ergenekon'u sulandırmakla' suçlanmasının saçmalığı ortaya çıktı. 2. Bizimle birlikte 68 gazetecinin içeride olduğu söylendi ve böylece Kürtlerin, sosyalistlerin de gazetecilik yaptığı kabul edilmiş oldu. Bir de... Tuhaf işte. Vaktiyle benim yaptığım haberleri sansürleyen adamlar Taksim'de gazetecilere özgürlük diye yürüdü. İyidir yine de." Sonra duruyor: "Aslında şeyi yazsana... 'Cezaevi ekonomisi'. Buradaki kantinde olan hiçbir şeyi alamıyorsun dışarıdan. Çorap, havlu vesaire. Düşünsene 120 tutuklu ve hükümlü var, hepsi oradan alışveriş etmek zorunda. Bir de gardiyanların özlük hakları meselesi var. Sözleşmeliler, kadrolular..." Ahmet, belli ki kederini unutmuş, her zamanki gibi başkalarının derdine derman arıyor. Dışarıya dair bir tek Alper Görmüş'ün yazısına hiç şaşırmadığını, ama Orhan Miroğlu'nun yazısının çok içini yaktığını söylüyor. Ve hep çok sıkıldığını, yeniden ve yeniden. Ama yine de Doğan Yurdakul için endişelendiğini söylüyor, geceleri çarpıntıyla uyandığını... "Yine gelin," diyor, "hep birileri gelsin. Yoksa delireceğim burada."

Saçma, çok saçma

Biz çıkıyoruz, Yonca ve Ertuğrul kapalı görüş bölümüne giriyor. Nedim'in eşi Vecide de var. Şule Perinçek ve başkaları. Herkes siyaseten birbirinden ayrı ama aynı x-ray cihazında ve ellerindeki temiz çamaşır torbalarında birleşiyor, bitişiyor kaderleri. Arabada bekliyoruz Can ile. Poğaça yiyoruz, önümüzde Silivri Cezaevi, radyoda Gülden Karaböcek "Sürünüyorum" şarkısını söylüyor, Ahmet şu binadan çıkamıyor, Yonca elinde dev bir kirli çamaşır torbasıyla çıkıyor... Her şey çok saçma. Ben avukat olduğum için Ahmet'e sarılıyorum, âşık olduğu kadın Yonca ya da güzel kızı Mina ona dokunamıyor. Ahmet çok tehlikeli çünkü, çok fena. Her şey çok saçma bir şaka gibi ve birileri bütün bu olanlara inanmamızı, boyun eğmemizi bekliyor. Ahmet'i o acayip binaların içinde bırakıp İstanbul'a dönmemiz mesela, çok saçma. O kadar ki insanın başı çatlıyor düşünmeye başlayınca. Bu yüzden işte on bir yıl sonra ilk defa o gün saçlarımı kestiriyorum ben de. Başım hafiflemiyor yine de...

23 Nisan 2011

"BABA KİTAP YAZMAK SUÇ MU?"

"Hatırlamadın değil mi beni? Şimdi hatırlayacaksın."

Uzun boylu, güzel kadın, kapalı görüşe girmek için arama yaptıranlar arasından sanki atlıkarıncadan iner gibi neşeyle ayrılıp bana doğru yürüdü:

"Vecide ben, Nedim'in eşi."

Hakikaten de tanıyamadım. Bir kere yüzü değişmiş gibi geldi, sanki gençleşmiş gibi. Üstelik Nedim'lerin alındığı ilk gün konuştuğum kahrolmuş Vecide bu olamaz gibi geldi; çok neşeliydi. Sanki Beşiktaş İskelesi'nde sevgilisiyle buluşmaya gelmiş gibiydi. Ama sonra düşününce... İnsan böyle bir canlı, ne kadar zorluk varsa o kadar direnç üretiyor. Nedim Şener'in eşi Vecide de bu yüzden, tıpkı Ahmet Şık'ın eşi Yonca gibi, Silivri'deki kapalı görüşe gelirken sanki on yaş gençleşmiş gibi görünüyor. Ben Nedim'in yanından çıkarken, o içeri giriyor. "Nasıl gördün Nedim'i?" diye soruyor. Cevap vermeden duruyorum biraz...

Görüş odası kayıtları

"Ben anladım arkadaş. Adaletsizliğin tarihi çok eski. Platon'la başlıyor."

Nedim gülerek böyle dedi içeri girer girmez. Avukat olduğumuz için Can Atalay ve ben, Ahmet Şık'la olduğu gibi *Milliyet*'ten arkadaşım Nedim Şener'le de açık görüş yapabiliyoruz, hem de kimse bizi dinlemiyor. Yani bilebildiğimiz kadarıyla...

Nedim tam başlayacak konuşmaya, içeri gardiyan giriyor:

"Siz siparişi geç vermişsiniz. Sebzeler salı günü alınıyor, pazartesi akşama kadar sipariş vermeliydiniz."

"Hımm," deyip duruyor Nedim, "bu durumda bir hafta salatasız kaldık."

Dönüp bana bakıyor:

"Yemekler yenmiyor da biz de dayanıyoruz salataya. Ahmet, ben, Doğan Yurdakul."

Gardiyan çıkarken Nedim söyleyeceklerini unutup onlardan bahsediyor:

"Onların durumu da çok zor. Ücretli mahkûm gibiler. Bir de sözleşmeli, kadrolu ayrımı dertleri var... "

Tıpkı Ahmet gibi o da kendininkinden önce başkalarının derdini anlatıyor. Sonra dönüp davayla ilgili içeride bile gazetecilik yapıyor:

"Soner Yalçın'ın kayıtlarında bizim adımız geçiyorsa biz mağdur olarak ifade vermeliydik. Nazlı Ilıcak'a öyle yapılmadı mı? Bizi niye sanık yaptılar? Bak Ece, ben hukuka güveniyordum. Nasılsa bir şey olmaz gibi geliyordu. Şimdi... Biliyor musun kızım ne derdi?"

Duruyor... Hapishanedeyken kızını hatırlayan babanın gülümsemesini gülümsüyor:

"Bana 'Seni niye oraya kapattılar baba?' diye sorunca utanıyorum kitap yüzünden demeye. Biz ona kitap okumayı sevdirmeye çalışıyorduk çünkü. Geçen görüşe getirmiş, iki yapraklık bir kitap yapmış kendince. Arkasına benim fotoğrafımı yapıştırmış. 'Ben de kitap yaptım baba, suç mu bu?' diye sordu. Etkilendi tabii. Çünkü polisler plastik eldivenlerini filan giyip çocuğun kitaplarının arasına baktılar tek tek."

Mezar kazıcı gazeteciler

Biraz susuyoruz.

"Gazetecilik dışında bir şey bilmem ki ben," diyor Nedim, "ideoloji, örgüt bunları sormasınlar bana. Bir de nasıl soruyorlar biliyor musun? 'Ergenekon örgütüyle bağlantınız saptanmıştır, anlatın'. Neyi anlatayım kardeşim! Benim yaptığım gazetecilik, ne yapmışım ki!"

Hiç durmadan devam ediyor:

"En çok gazeteci arkadaşlara bozuluyorum. Ataol Behramoğlu yazmış, 'Mezara koyulanın üzerine toprak atmak' diye. Aynen öyle yapıyor bazı gazeteci arkadaşlar. Bizi buraya koymuşlar zaten, daha ne istiyorsunuz? O arkadaşlar bir de bizi iyice karalamaya çalışarak üzerimize toprak atıyorlar. Ben öldükten sonra..."

Dili sürçüyor Nedim'in, "içeri girdikten sonra" diye düzeltiyor gülerek.

'Nedim çok iyi'

"Sanki rüya gibi geliyor biliyor musun... Geçecekmiş gibi. Bir tek..." diyor, masaya vuruyor "Orhan Dink gelince... Benim kavgamın anlaşılmış olduğunu o zaman anladım. Bana destek verenlerin vicdanında mahkûm olacağıma bu mahkemenin karşısında mahkûm olurum daha iyi."

Vedalaşıyoruz. Görüşme sonrası gardiyanlar üstünü ararken bana bakıyor camdan. Herhalde yüzümde kahırlı, kederli bir ifade var ki beni teselli etmeye çalışıyor:

"Masaj bu masaj, başka bir şey değil!"

Gardiyanlar gülümsememeye çalışıyor. Ben gülümsemeye çalışıyorum. Bu yüzden Vecide içeri girerken "Nasıl Nedim?" diye sorunca, biraz durup "Çok iyi," diyorum, "çok iyi Nedim."

25 Nisan 2011

AHMET İLE NEDİM'DEN: NE KUŞSUZ NE ÇİÇEKSİZ

"Nevresimi aldılar!"

Ahmet'in eşi Yonca gülerek ve büyük bir müjde verir gibi söylüyor bunu görüşten çıkarken. Bir mucize gerçekleştirmiş gibi. Bir avukat (Tora Pekin), bir sivil toplum örgütü çalışanı (Yonca-Ahmet'in eşi) ve bir "meşhur" gazeteci (ben), yani üç aklı baliğ insan olarak Silivri Cezaevi'ne Yonca'nın yıkadığı nevresimi aldırmayı başardık, bahtiyarız!

"İlk nevresim devlet malı. O kirlendiğinde mecbur kantinden alacaksın. Dışarıdan getirmek yasak. Kantinden aldığın kirlendiğinde? Onu dışarı yıkatmaya vermek yasak. Uyuşturucudan gelenler kumaşları uyuşturucuya batırıp kurutup geri alıyorlar diye. Düşünsene 125 bin mecburi nevresim müşterisi! Öğrendiğime göre bu nevresimle ilgili Bakanlık ihaleye çıkıyor ve kâr marjını kendi belirliyor. Yani? Yani kâr ediyor bakanlık. Bu cezaevi neyle dönecek tabii? Bizim paralarla. Yani? Yani otelde kalıyoruz aslında. Parasıyla!"

Ahmet gazeteci arkadaşların bu cezaevi ekonomisi konusunu araştırmaları gerektiğini söylüyor, "Acayip bir haber var orada!" çünkü. Avukatı Tora Pekin ve ben avukat görüşmesindeyiz. Bizim görüş bitip de aile görüşü başladığında 1. Nevresim Muharebesi gerçekleşecek Yonca ile cezaevi yönetimi arasında, bekliyoruz. Henüz Yonca'nın muzaffer olacağını bilmiyoruz. Ben fesleğenden söz ediyorum, söyleşilerde kendisiyle Nedim'den söz ettiğimden. Genç bir kadının getirdiği fesleğen... Hay Allah! Nasıl da unuttum, bir dal bari getirebilirdim fesleğenden! O dalı suda saçaklandırıp sonra da saksıya... "Boş ver," diyor Ahmet, "çiçek yetiştirmek yasak zaten". Gülüyor, "Ama kuş beslemek yasak değil, serçe besliyoruz. Camın dışı hep ekmek parçaları."

Bir gardiyan öyle demiş vaktiyle bir anneye:

"Teyze hiç içeride çiçek yaşar mı?"

Anne cevap vermiş: "Benim yavrum yaşıyor ya!"

Gazetecilere selam!

Keyfi yerinde Ahmet'in. Acaba *Kırk Katır Kırk Satır- Ergenekon'u Anlama Kılavuzu* kitabından açılan davada beraat ettiği için mi?

"Yok yahu! Ona biraz üzüldüm aslında. Artık duruşma bahanesiyle dışarı çıkmak da yok. Hiç değilse birkaç duruşma sonra beraat etseydim."

Son duruşmada cezaevi arabasına bindirdiklerinde Silivri'den İstanbul'a kadar hiç oturmamış, hep camdan bakmış:

"Bahar gelmiş kızım!"

Aklına bir şey geliyor gülüyor:

"Gazeteci arkadaşlara benden selam söyle. Duruşma günü askerler onlarla iyi dalga geçti. Benim fotoğrafım diye askerin elini çekmişler. Arkadaş, bilmiyor musun, hiçbir mahkûm, mahkûm arabasının solunda oturmaz. Mahkûm sırası sağdadır! Zaten hepiniz yanlış arabaya el salladınız. Ben saat 10.00'da gelmiş bekliyordum, siz 12'de gelene el salladınız!"

Basbayağı gülüyor Ahmet. Bahar gelmiş ve alışmışlar içeride olmaya, birazcık hiç değilse. Nedim Survivor'ı izliyormuş, Ahmet Wipe-Out'u ve Doğan Yurdakul "Muhteşem Yüzyıl"ı. "En çok da Yaban TV!" diyor Ahmet, avcılık kanalı!

Niye?

"Mahkûmların genel isteğiymiş!"

Tora diyor ki "O zaman siz de A plus mahkûm olarak National Geographic'i isteyin!"

"Sorma!" diyor Ahmet, "Geçen duruşmaya gittiğimde lavaboya gideyim dedim. Mahkûmların hepsi, kabadayı tipli adamlar. Beni görünce alkışlamaya başlamazlar mı! 'Ahmet abi, iyi abi!' diye. Maymun olduk yemin ederim!"

Bir günün kıymeti

Ahmet yine gülüyor, hem de tastamam karşı-propaganda amacıyla yazılmış, Aytekin Gezici'nin abuk sabuk "*İmamın Ordusu-Son Sığınak* kitabından söz ederken bile:

"Kitabın kapağına benim fotoğrafımı koymuş ha? Herkes benim kitap sanıp alıyor herhalde. Ama içinde Ulusal Medya 2010 Raporu dedikleri şey var. Bize vermiyorlar. Bari alın da kitabı, şu rapor neymiş bakalım!"

Çıkarken unuttuğu bir şeyi hatırlıyor:

"Haaa! Ruşen'e söyleyin köşesindeki Ahmet ile Nedim şu kadar gündür içeride logosunda bir gün eksik yazıyor."

İçeride olduğu için o bir gün ne demek Ahmet artık iyi biliyor. Hele baharda bir gün!

Nedim ile görüşü de yazacağım. Nedim'in şahsi Survivor'ını. Nihat Doğan'ınki kadar sükse yapması dileğiyle.

23 Mayıs 2011

NEDİM İLE AÇIK GÖRÜŞ: "YA CESETSİN YA TOHUM"

"Arkadaş deli mi oldun sen!" diye bağırdım: "Ödümü kopardın!"

Avukat-tutuklu görüş odasının büyük penceresinden, ben Ahmet'le konuşurken Ahmet'in arkasından zıplayıverdi Nedim. Koca adam, kocaman gülüyordu. Ahmet hücresine giderken onu getirdiler görüş yerine. Baktım epey neşeli. İçimden, "Alıştı artık" dedim, "alışmalarına sevinmemiz ne tuhaf" dedim sonra. Sonra hep neşeli şeylerden konuştuk. Ya da başlangıçta öyle bir niyetle masaya oturduk.

Silivri'nin Survivor'ı

"Biz de burada bir Survivor adasında olduğumuz için!"

"Survivor'ı izliyormuşsun?" diye sorunca Nedim'e, böyle diyor işte:

"Biz de hayatta kalmaya çalıştığımız için herhalde."

Bunları söyleyip gülüyor yine.

"O yüzden mi bronzlaştın sen?" diye soruyorum, zira Nedim bildiğin bronz olmuş:

"Tabii tabii, Silivri Beach! Beş yıldızlı! Yok canım, havalandırmaya çıkıyorum. Bir an bile içeri girmiyorum. Depresif olur insan yoksa. Bahar geldi ya, neşemiz biraz yerinde artık."

Her yeri beton olan Silivri'ye baharın geldiğini nereden anlayabilir ki insan? Herhalde betona bakmamak için birbirlerine baktıkları için birbirlerinin yüzünden.

Baskın basınındır!

Nedim ile ciddileşiyoruz giderek. Yine canı sıkılmış gazeteci "arkadaşlara":

"Polisler bile birinden biri suç işleyince kelepçe takmaz. Mesleki bir dayanışmadır bu. Ama gazeteciler... Zaten basının üzerindeki baskılar sadece hukuki ve siyasi değil. Basının üzerinde artık öteki basının baskısı var!"

"Baskın basınındır yani," diyorum, "Aynen öyle," diyor Nedim, devam ediyor:

"Dünyanın hiçbir yerinde yoktur herhalde. Basındaki tasfiyeyi basın başlatıyor. Gazeteci arkadaşlarımız birbirini hedef gösteriyor. Dünyaya Türkiye ile ilgili sunulan raporlarda bu baskıdan da söz etmek lazım. Ne olacak anlamıyorum? *Hürriyet, Milliyet* okuyanları zorla *Zaman* mı okutacaklar yani? Basının yaptığı bu gazeteci tasfiyesinin nihai hedefi ne yani?"

Tohum ve ceset

Sonra hafif dertlenip devam ediyor: "Hipokrat'ın bir sözünü okudum: 'Meslektaşlarım benim kardeşlerimdir.' Böyle hisseden basın mensubu kaç tane var acaba Türkiye'de? Bak Ahmet'e (Şık). Sıfırdan başlamış, tertemiz bir hayat yaşamış, herkesin sonuna kadar eşit olmasını isteyen bir adam. Zaten o yüzden onun duruşmalarına o kadar kalabalık geliyor. Mehmet Baransu ise duruşmasına tek başına gidiyor. Acaba diyorum, o kalabalığı görünce mi hırslanıyor bu arkadaşlar? Onun hıncından mı bizim üzerimize ölü toprağı atmaya çalışıyorlar?"

Aklına bir şey geliyor, gülüyor:

"Zaten tecrübeli infaz koruma memurları öyle diyor: 'Herkes keşke Ergenekoncular gibi olsa, çok kibar adamlar'."

Kahkaha atıyoruz buna, Nedim sonra temiz bir inançla devam ediyor:

"Ben dışarı çıktığım günden itibaren onların da içeri alınmaması için uğraşacağım. Belki kendime fazla yüksek idealler belirledim ama böyle yapacağım. İnsanlar inandırıcı bulmazlar ya 'Benim oğlum öldü, kimseninki ölmesin' diyen anneleri. Bu da öyle bir şey; insan başına gelince o annelerin ne demek istediğini anlıyor. İnandırıcı gelmiyor insanlara yaşamayınca ama şimdi anlıyorum Rakel'i, o anneleri. Bunlar biraz hayal gibi ama... Buraya düşmüşüz bir kere. Toprağın altına girdiysen ya çürüyüp ceset olacaksın, ya da tohum. Ben tohum olmaya çalışıyorum. Tohum kalmaya..."

Alışmış biraz daha Nedim, daha iyi gördüm.

"Ahmet tam buraya beraber düşülecek adam!" diyor. Tuhaf! Aynı şeyi biraz önce Ahmet, Nedim için söylüyor. İkisinin de birbirinden habersiz söylediği bir başka şey daha var:

"Daha sık gelin. Çünkü gelmen ayrı güzel, geleceğini bilmek ayrı."

Haklı, çünkü beş yıldızlı "Silivri Beach"te insanı insana hasret bırakmak için beton, baharı tam ortasından ikiye kesiyor.

25 Mayıs 2011

KÜRTLER, TÜRKLER VE HEPİMİZ

OYUN BİTTİ YAŞASIN YENİ OYUN

Haldun Dormen, İstanbul'daki fuayelere pek benzemeyen Diyarbakır Belediyesi Tiyatrosu'nun salonunda kimseyle konuşamayacak kadar telaşlı, dolaşıyor. "Ama," diyor, "daha konukların oturacağı yerler belli değil. Oyuna 10 dakika kaldı!"

Belli ki Diyarbakır'da bunca zaman süren müzikalin provalarında bile Kürtlerin son anda organize olabilme yeteneğine ve her seferinde nasılsa işlerin yolunda gitmesi kuralına alışamamış daha. Protokol sırası boş ama içerisi tıklım tıklım. Derken flaşlar patlıyor ve siyasetçiler müthiş bir ciddiyetle yerini alıyor. Eski DTP'liler Ahmet Türk, Aysel Tuğluk, yeni BDP'liler Sebahat Tuncel, Filiz Koçali, Gültan Kışanak, Diyarbakır Belediye Başkanı Osman Baydemir ve Vali Hüseyin Avni Mutlu... Leyla Zana da orada. Yerlere siyasi gerilime göre ince ayar verilmiş. Ama yine de Kürt siyaseti ve devlet, birlikte aynı salonda, Cevat Fehmi Başkut'un *Buzlar Çözülmeden* eserinden Haldun Dormen ve Kemal Uzun'un uyarladığı *Çîrokeke Zivistanê* yani *Bir Kış Öyküsü*'nü izlemek üzere bu gece yan yanalar. İlk kez!

Perde açılıyor ve müzik! Kasaba halkı bir şarkı söylüyor. Kürtçe!

Tuhaf bir oyun

Tuhaf bir "oyun" bu. Daha dün değil miydi "KCK operasyonu"? Ahmet Türk ve Aysel Tuğluk'a açılan davalar? Leyla Zana'nın Meclis'te Kürtçe yemin ettiği gün, yatılan onca yıl hapis? Onca gencin ölümü? Şimdi dağlarda yürüyen onca genç? Bir çakıl taşı attıkları için devletin hapishanelerinde ilkbaharları çürüyen çocuklar? Hiçbir şey anlamıyorum "oyundan". Anlarsınız ya, oyun Kürtçe!

Bunca yıl buralara gidip gelip Kürtçe öğrenmemenin cezası bu da, çekiyoruz, mecbur! Oyunu anlamadığım için seyircileri izliyorum. İhtiyar bir kadın var iki koltuk yanımda. Oğlu dağda mıdır acaba? Peki o şöyle düşünüyor mudur mesela:

"Bunca çocuk? Bunun için mi?"

Bir zaman, açılım ilk başladığında "şehit annelerinin" öfkesinin "Biz oğullarımızı bunun için mi ölüme gönderdik?" sorusundan kaynaklandığını, siyasetçilerin onlara "Evet bunun içindi, barış içindi" demesi gerektiğini söylemiştim. Şimdi belki birileri de Kürt annelerine söylemeli:

"Evet bunun içindi. Bu normal oyunu, böyle normal bir şekilde izleyebilmek içindi." Ne tuhaf!

Valiye çeviri

Evet bunun içindi. Osman Baydemir, valinin kulağına oyunu tercüme ediyor! Ahmet Türk de Filiz Koçali'ye çeviri yapıyor. Hepsinin yüzüne sahne ışıkları yansıyınca bu ülkenin "bölücülükle" suçladığı o siyasetçilerin ifadelerini görmelisiniz. Ömürleri kendi dillerini savunmakla geçmiş bu insanlar... Ne bileyim? Küçükken hiç oyuncağı olmadığı için çocuğuna aldığı ilk oyuncakla oynayan anne, babalar kadar neşeliler. Sebahat Tuncel'in şu andaki yüzünü görebilselerdi örneğin İzmirliler, bilmem bu kadar sinirlenebilirler miydi?

Türkçe "hazırol"

Sahnede, tımarhaneden kaçtığını sonradan anlayacağımız, kasabanın kaymakam zannettiği aktör, bu insanların pek görmediği sevecen yöntemlerle yönetiyor halkı. Aşk var, kavga var. Seyircilerin gülmesine bakılırsa komik şeyler de oluyor. Tahmin ediyorum sadece. Tıpkı bu salondaki herkesin bir zamanlar, ilkokula başladıklarında Türkçe konuşan öğretmenlerinin ne dediğini tahmin ettikleri gibi...

Fark ediyorum giderek. Oyundaki Türkçe kelimeler sadece devletle ve askerle ilgili: "Hazırol! Rahat!"

Bir Türk, sadece oyundaki Türkçe kelimeleri bile izleyerek anlayabilir devlet ne demek bu toprakta.

İkinci perde başlıyor

Derken antrakt! Bu oyun elbette kendinden büyük bir şey demek. Diyarbakır Belediye Başkanı Baydemir söylüyor anlamını:

"İlk kez bir vali, belediyenin sahneye koyduğu Kürtçe bir oyunu izlemeye geliyor."

Vali, oyunu (Baydemir'in çevirisiyle!) beğenmiş, onu söylüyor. Bu, Kürtçe yapılan en büyük prodüksiyon Diyarbakır'da. Seyircisinin azameti de ona göre elbette. Dışarıda makam arabaları sıralanmış duruyor. Belediye bahçesinde orta yaşlı bir adam, kocaman, kanlı bir tarihi kastederek soruyor:

"Bunun için miydi yani?"

Ne tuhaf... Evet bunun içindi.

Antrakt bitiyor. Alkışlarla Kürt siyasetinde ikinci perde başlıyor!

Mahmur'dan sahneye

Oyun sona erdikten sonra sahnede, "ilk Kürtçe müzikal" kadar anlamlı "öteki oyun" başladı. Dormen, epey heyecanlı olarak şunları söylüyor: "Hayatımın en güzel, gerçekten en heyecan verici olayıdır."

Diyarbakır Belediye Başkanı Baydemir ise "70-80 yıllık karların erimeye başladığını" anlattıktan sonra sahneye Vali Mutlu'yu davet etti. Oyun bittikten sonra başlayan "oyunun" en çarpıcı tarafı, Mahmur ve Kandil kamplarından gelen Gülbahar Çiçekçi ve Ayşe Kara'nın da sahnede Vali Mutlu ile birlikte Dormen'e çiçek vermesiydi. Adını "Neredeydik? Nerelere Geldik?" koyabileceğimiz bu sahneden sonra kuliste konuşulanlar da ilginçti. Vali, etrafındaki yakın çembere şunu anlatıyordu: "Düşündüm taşındım, gelmeye karar verdim. İyi de oldu."

Önceki gece, yaşanan bu "barışma sahnesinden" sonra dün sabah Ahmet Türk'e sordum: "Bedel ödemiş insanlar belki soracaklar, 'Bunun için miydi?' diye. Ne dersiniz?"

"Bu normalleşme önemlidir. Kürtler de bu normalleşme fırsatını iyi değerlendirmeli. Türkler ve Kürtler artık vesayet rejiminin ortadan kalkmaya başladığını görmeli."

Habur'dan ülkeye giriş yapanlardan biri olan Gülbahar Çiçekçi ise ertesi sabah, "kamp hayatından" sonra bu yeni hayatın, yeni "sahnenin" ona ne kadar yabancı geldiğini anlattı, alışamadığını... Zaten, bir taraftan operasyonlar, bir taraftan çiçekli barışma sahneleriyle devam eden bu süreçte kimse olup bitenlere alışamamış gibiydi.

28 Şubat 2010

'AN AZADİ AN MIRIN'DAN 'AN AZADİ AN AZADİ'YE... ONLARIN NEWROZ'U, SİZİN NEVRUZ'UNUZ MU?

Lise çağında genç kızlar gerilla kıyafeti giymiş, yol kenarında arkadaşlarıyla bekliyorlar; dünyaya omuz atacaklar, öyle bir delikanlı tavır. Genç erkekler yaka bağır parçalanarak yürüyorlar meydana. Arabaların camlarından içerideki kalabalığın elleri, kolları fışkırıyor, zafer işaretleri rüzgârda. İhtiyar kadınlar ve genç olanlar, köylüler ve şehirliler, zenginler ve fakir olanlar, ellerinde piknik sepetleri, mangallar, toplar, çantalar; dünyanın muhtemelen en büyük ve muhtemelen en politik pikniğine doğru ilerliyor. "Newroz" alanına sadece insan değil devasa bir enerji akıyor. Ürkütücü büyüklükte bir enerji bu, insanı dehşetle titreten bir gücü var. Türkiye'nin hangi meydanı bu kadar büyük bir kitle görmüş? Hangi siyasi lider bu kadar dev bir kitleye konuşma yapmış? En son böyle büyük halay nerede kurulmuş?

Buradan kaç tahrir çıkar?

Ama bugün gazeteler yine de onlardan söz etmeyecek. Ve benim bu büyüklükten tarafsız bir gözle söz edişim her zaman olduğu gibi yine "en bi' Türkler" tarafından tehdit ve nefretle karşılanacak. Öyle ise onların Newroz'uyla sizin Nevruz'unuzun bir olma ihtimali var mı? "Nevruz hepimizin bayramı" diyenlerin yalanlarının takıldığı yer, dün Diyarbakır'daki bu büyük gürültüye bugün İstanbul'dan, Ankara'dan o büyük sessizlikle cevap verilecek olması. Yani bu Newroz Meydanı'ndan nereden baksan on tane Tahrir Meydanı çıkar ama bugün gazetelerde, eğer birileri birilerini dövmezse sokaklarda, belki bir haber bile çıkmayacak. Bütün bu enerji "sarı, kırmızı, yeşil renkli bezler", "Terörist başının fotoğrafları", "Sayın Öcalan dendi" gibi birkaç cümleyle, sanki Diyarbakır'da bilmemiz gereken hiçbir şey olmuyormuş gibi anlatılacak. Halkların doğrudan halklarla konuşabileceği bir yol icat edilebilse keşke.

Türkçe sessizlik

Nice iktidarlar değişti Türkiye'de, ama bu sessizlik değişmedi. Oysa bu sırada Diyarbakır'ın çocukları büyüyor, Kürtler değişiyordu. Eskiden bu slogan "An azadî an mirin" (Ya özgürlük ya ölüm) iken bugün "An azadî an azadî" (Ya özgürlük ya özgürlük) oldu. Eskiden her sokağın başında panzerler ve sokaklarda gündüz vakti kar maskeli adamlar dolaşırdı. Bugün bakıyorum polisler hiç de öyle gergin değiller. Polis lojmanlarında günün anlam ve önemi gereği balkonlar bayraklarla dolu ama Diyarbakır'da doğan her çocuğun bildiği o "Birazdan kötü bir şey olacak" hissi yok etrafta. Eskiden İstanbul'dan gelenlerin yanında Kürtçe konuşulmazdı, şimdi artık hepimizin birkaç sözcük öğrenmesini gerektirecek kadar çok Kürtçe konuşuluyor. Kürtler değişiyor yani. Ama Türkler...

Kilitli bir halay

Osman Baydemir konuşmaya başlayınca arkamdaki bir ihtiyar kadın kaldırıyor ellerini havaya, dua ediyor. Konuşma bitene kadar indirmiyor ellerini. İstanbul'dan, Trabzon'dan, İzmir'den, ekranlardaki slogan seslerinden görünmüyor, duyulmuyor ama onların da nineleri torunlarına hayır duaları gönderiyor.

Gülten Kışanak Libya'dan başlayıp bu meyanda biten bir konuşma yapıyor ki Allah Allah! Hiç bileniniz var mı bilmiyorum, o kadar büyük bir kitleyi karşısında görünce iliklerine kadar titrer insan. Konuşmacılardan hiçbirinin bir tek kez bile sesi titremiyor. Her konuşmacı sanki bir kişiye konuşuyor gibi. Tek bir yüreğe hitap ediyor gibi. Onların arasında bir şey bu, nasıl derler, biz Türkler anlamıyor! Sıkı bir halay gibi kilitlenmiş bir şey bu, onlardan olmayan sadece izleyebiliyor.

Katiller ve maktuller

Sonra ekranda Apo görünüyor. Zafer işaretleri hiç kıpırdamadan, saygı duruşu sanki, öylece duruyor. O milyon kişiden çıt çıkmıyor. Sonra "gerilla eğitim kamplarından" görüntüler. Zılgıtlar, uzun zaman sonra çocuğunu görmüş annelerin sesleri gibi delice. O dev kitle sanki bir tsunami dalgası gibi gerilip yükseliyor. Ne yapacağız bu insanları? Hepsini öldürecek miyiz? Diyelim ki topyekûn öldürmeye karar verdiniz. Kim öldürecek onları? Çocuklarınızı katil yapmadan bu mümkün mü? Yani bir katiller ve maktuller memleketi! Katillerin maktullerden daha az acı çektiğini sananların toprakları...

Kederli bir öfke

Çok genç, 16 bilemedin 17 yaşında bir oğlan çocuğunun yüzü. Dev bir brandanın üzerine basılmış fotoğrafı, alanın üzerinde gezip duruyor. Bir oradan çıkıyor oğlanın yüzü, bir öte yandan. İsim de yazmıyor altında. Öylece bir çocuk yüzü. Belli ki ölmüş. Yoksa böyle büyük bir fotoğrafı olamaz bir Kürt çocuğunun. Kim bilir, belki Ortadoğu'daki oğlan çocukları yüzü kalabalıkların arasından sıyrılıp çıksın, bir kez olsun görünsün diye ölür. Ve senin benim asla anlayamayacağımız kederli bir öfkeden... Dev vincin tepesinde, görünmeyecek kadar yüksekte neredeyse, bir çocuk elinde sarı, yeşil, kırmızı bir yemeni tutuyor, rüzgâra karşı duruyor. O çocuğu, inmeyeceği kadar yükseğe ne çıkarıyor? Bunu bilmeyince onların Newroz'uyla ötekilerin Nevruz'u bir olmuyor.

Dev platformun üzerinde onların "şehitlerinin" resimleri var. Bizim adlarını hiç bilmeyeceğimiz ölüleri onların: Şırin Elem Hulu, Husen Xihirî... Bizim adlarını bilmediğimiz, çoktan ölmüş askerler kadar genç yüzleri... İnanılmaz bir beceriyle mitingi yöneten kadın sunucu (adını öğrenemedim ve fakat acayip bir yetenekti) Kürtçe konuşuyor sadece. Tıpkı Ahmet Türk'ün birazdan yapacağı gibi. Türk, Ankara'nın dar ve daraltan koridorlarından sonra ilk kez nefes alan bir insan gibi konuşuyor meydana. Onu öyle görünce... Ne çok yol geldik aslında. Ahmet Türk'ün "İşkence önemli değil. Çok küfür ediyorlar, o gücüme gidiyor," dediği Diyarbakır Cezaevi'nden bugüne... Öldürdük ve öldük ama bu yolu beraber geldik sonuçta.

21 Mart 2011

KÜRTLER NE YAPMALIDIR?

Kürtlerin nasıl, nerede, ne zaman ve hangi yöntemlerle eylem ya da protesto yapacaklarını belirlemek üzere tamamen Türklerden ve kendini Türk hissedenlerden oluşan, Başbakanlık'a bağlı çalışacak bir kurul öneriyorum. Aynı zamanda Kürt siyasetinin bundan böyle izleyeceği yol haritasını belirlemek üzere de Meclis'te temsil edilen partilerden (elbette BDP hariç olmak üzere) birer temsilciyle oluşturulacak bir komisyon teşekkül etmelidir.

Bence bu en sağlıklı, en verimli yöntem olacaktır. Böylece Kürtler, Türkler tarafından beğenilmeyen, hoşa gitmeyen eylemler ve protestolarla zaman ve enerji kaybetmeyecek, sağcı muhafazakâr iktidarımızın daha fazla asabını bozmayacaktır. Bu komisyonun başına da tercihen Bülent Arınç getirilsin. Çünkü kendisi şöyle buyurdu:

"Sivil itaatsizlik çağrısı yapan BDP'liler, yeniden milletvekili seçilmek için böyle bir yönteme başvuruyorlar. BDP'li milletvekili elinde taşla araçlara saldırmaya çalışıyor. Başka bir milletvekili ise polise tokat atabiliyor. Bundan sıyrılıp sivil itaatsizliğe dönüştüyse çok güzel. Ama yağmurda, altlarında bir sandalye, üstlerinde şemsiye; bu garip manzaralar siyasilerin işi değildir."

Sivil Müslüman direniş

Tabii. Siyasetçi dediğin nasıl olur, bunu siz bilecek değilsiniz Kürt kardeşlerim. Kürtler siyaset yapacaksa onu da biz yaptırırız netekim!

Ek olarak şöyle bir tutumun da teşvik edilmesi yerinde olur: Kürt siyasetçileri akıllarına politika yapma fikri geldiği anda hiç vakit kaybetmeden yetkili bir Türk siyasetçisine başvurmalı, akıl fikir almalı, tercihen de uygulanacak yöntemleri harfiyen sıralayarak onaylatmalıdır.

Geçtiğimiz cuma, Diyarbakır'da, Koşuyolu Parkı'nda toplanan yaklaşık 2 bin kişi "sivil itaatsizlik" eylemleri çerçevesinde camilere gitmeyerek, eylem çadırlarının bulunduğu yerde cuma namazı kıldı. Sivil imam eşliğinde kılınan namazda, imam Kürtçe hutbe okurken, ellerin barış için kalkmasını istedi. Acaba diyorum, Kürtlere yönelik tedavüle sokulan "Hepimiz Müslümanız, bu kavga ne diye" başlıklı politikanın işe yaramadığını görmek mi kimilerini paniğe sürükledi? O yüzden mi böyle "Siyasetçiye yakışmaz" türünden açıklamalar geliyor?

Ah keşke...

Sonra düşününce hep böyleydi. Tekel işçileri öyle yapmamalıydı, 1 Mayıs'ta insanlar meydanlara çıkmamalıydı, kadınlar öyle eylem yapmamalı, gençler böyle yürümemeliydi. Tam onların istediği gibi yapsalardı eylemlerini... Ah! Keşke öyle yapabilselerdi o zaman iktidar onlara anlayış gösterir, hemen önlerini açar ve asla biber gazıydı, kurşundu, dayaktı, bu yöntemleri kullanmazdı. Ah keşke "doğru" yöntemlerle direnebilselerdi.

Beyaz adam, siyah adamı ezer ve sonra nasıl direnmesi gerektiğine karar verir. Beyaz adam, siyah adamdan çalar ve sonra hakkı olanı nasıl istemesi gerektiğini belirler. Beyaz adam, siyah adamı öldürür ve sonra nasıl ağlaması gerektiğini söyler. Bu da ona benziyor. Bunun için binlercesinin içinden tek bir örnek vermek yeterli.

Hoşgeldin gündem!

Özgür Gündem gazetesi, 4 Nisan 2011 itibarıyla yeniden yayınına başladı. *Gündem*, JİTEM ve Hizbullah'ın yaptıklarından söz etmeye ilk cesaret eden gazeteydi. Zaten bu yüzden 30'u muhabir olmak üzere toplam 76 çalışanı öldürüldü. 3'ü 30 gün olmak üzere toplam 20 kez yayını durduruldu. Yazarları ve muhabirleri toplam 147 yıl hapis cezası ve 21 milyar lira para cezasına çarptırıldı. *Press* filmini izlemediyseniz muhakkak izleyin. Bu hikâyeyi anlatıyor. *Gündem*, Kürtlerin sesinin nasıl kısılmaya çalışıldığının belgesidir. Peki sesini kısmak için bu kadar uğraştığınız adamların nasıl konuşması gerektiğine karar verme hakkı niye sizde? Soru budur.

06 Nisan 2011

ÇIRAĞAN SARAYI'NDAKİ DÜĞÜNE BİBER GAZI!

Dün çok tuhaf bir olay oldu. Anlatayım...

Çırağan Sarayı'nın kapısında sevinçli bir telaş vardı. Gelin ile damadın annesi ve babası çoktan yerlerini almışlar, gelecek misafirleri karşılamaya hazırlanıyorlardı. Kapıdaki görevliler durmadan çalışıyor, hepsi gıcır gıcır olan, çok pahalı arabaları otoparka yerleştirmeye çalışıyorlardı. Gündüzün son saatleriydi. Güneş, batmadan önceki eflatun burcuna girmişti. Her şey olduğundan daha güzeldi. Genellikle şifon kumaşı tercih eden kadın misafirlerin etekleri merdivenlerde havalanıyor, neşeli bir çırpıntı herkesi tatlı tatlı güldürüyordu. Çok mutlu olmak için toplanmış insanlar kendiliğinden mutlu olurlar; herkes çok mutluydu.

Güneş batmak üzere olduğu için beyaz mermer merdivenler önce turuncuya çalıyor, ardından bembeyaz parlıyordu. Hava güzeldi, ucunu kaçırdığımız baharın yüzümüze güldüğü günlerden biriydi. Arabalardan inenler birbirlerini öpüyor, herkes birbirini görmekten dolayı seviniyordu. Tatlı bir gülüşme herkesi çevreliyor ve kalabalığı çevreleyen bu gülüşme çemberi daireler halinde göğe ağıyordu.

Düğünün küçük davetlileri ortalarda dolaşıyordu elbette. Çırağan Sarayı'nın bahçesinde küçük kırmızı, siyah rugan ayakkabılar pıtı pıtı koşuşturuyordu. Çın çın çocuk kahkahaları mermere kristal öpücükler gibi düşüyor, yere değen her kahkaha sanki ışık çıkarıyordu. Dört yaşındaki Mert ile üç yaşındaki Maya, ikisi de sarışın olduğu için herhalde, güneşin batışına doğru koşarken saçları turuncuya çalıyordu. Kardeşleri iki yaşındaki Elif ise onların arkasından gitmeye çalışıyor, giymek için tutturduğu pembe tütüsü, küçücük poposu üzerinde hopluyordu.

Derken gelin ile damat geldi. Antika bir Jaguar arabanın içinden çıktılar. Onlar görünür görünmez merdivendekiler alkışlamaya başladı. Gelin çok heyecanlıydı ve sanırım damat ondan daha fazla. Etraflarında oluşturulan çember mesafeliydi. Bu mesafeyi ihlal eden tek şey bilhassa küçük kız çocuklarının gelinin eteğine doğru koşuşlarıydı. Maya ve Elif'i gelinliğin uzun kuyruğundan ve kabarık eteğinden uzak tutmak çok güç oldu. Kız çocukları işte! Ağızları açık, göbeklerini çıkarmışlar, kıpırtısız bir hayretle gelini izliyorlardı.

Bahçede gelin ve damadın şerefine kadeh kaldırıldı. Fransa'dan getirilen şampanyaların çınlayan kadehleri bir kristal avizenin sallanışı gibi tatlı bir gürültü çıkardı. Düğündeki mütedeyyin misafirler meyva suyunu tercih etti. Bu konuda bir sıkıntı yoktu. İçen de içmeyen de beraber çok şık bir düğünde mutluydular. Çocuklara da birer kadeh verildi ve "büyüklerin içtiği gazozdan" onlar da tatmış oldu böylece. Elif, tütüsüne gazoz dökülünce biraz üzüldü ama kadehi kafasına dikerken eteğindeki lekeyi çoktan unutmuştu.

Misafirler yavaş yavaş içeri girmeye başladı Çırağan Sarayı'nın görevlileri kalabalığı müthiş bir beceriyle idare ediyordu. Tam misafirler ikişer üçer içeri girmeye başlamışlardı ki...

Gaz bombası atıldı. Polisler düğünü bastı ve etrafa bir sürü gaz bombası mermisi atmaya başladılar. İnsanlar kaçıştı. Annesi Elif'i bulamadı önce, delirmiş gibi korkmuştu kadın. Sonra tütünün ucunu gördü yerde. Oraya doğru hamle yaparken Elif'in başı göründü. Elif'in başının arkasında... Gaz bombasının mermisi vardı! Polisler iki yaşındaki Elif'in kafasının arkasına gaz bombası mermisi sıkmışlardı... Hastaneye kaldırılan iki yaşındaki Elif'in kafatasının arkası kırılmıştı. Çırağan Sarayı'nın merdivenlerinden iki yaşındaki bir kız çocuğunun kanı akmıştı. Annesi Elif'e sarıldığında, biber gazı her yeri kaplamış, misafirler nereye kaçacaklarını anlayamamışlardı.

Bütün bunlar İstanbul'da, Çırağan Sarayı'nda değil, Silopi'de oldu. Bir düğüne biber gazı sıkan polisler iki yaşındaki Elif Güngen'in kafatasının gaz bombası mermisiyle kırılmasına sebep oldu. Ve gazeteler bu haberi her cümlenin içinde en az on kere "iddialara göre" diyerek verdiler. Çünkü Elif Kürt'tü ve Çırağan Sarayı'nda değil, Silopi'de yapılan düğündeki bir bebekti. İki yaşındaki Elif Güngen bu yazı yazılırken Batman'da bir hastanede can çekişiyordu.

18 Nisan 2011

ŞEYH SAİD'DEN TAKSİM'E: KÜRTLERİ ARTIK "GÖRECEKSİNİZ"

Beyaz tülbentli kadınlar, şehrin arka sokaklarından birer küçük dere gibi akıp, otobüslere binip, otobüslerden dökülüp Taksim'de, yolların kesiştiği yerde oturdular. İstanbul'un atar ve toplardamarları olan iki yolun tam ortasındaydılar. Biz onlara bakmadığımız için onlar baktığımız yere geldiler. Beyaz tülbentli kadınlar, şehrin kalbine çöktüler.

Yollardan yıllardan sonra

Bu kadınlar çok uzaklardan geldiler. Şeyh Said'i doğurdukları zamandan başladılar yürümeye. Doğurdukları çocukları dağlara, ölüme göndererek devam ettiler yola. Oğulları ve kızları, sevdikleri ve kocaları hep öldürüldü bu kadınların. Sonra yürüdüler, yürüdüler bir savaşın içine girdiler. Boz dağların, çıplak tepelerin bahtsız topraklarına, onların çocuklarını öldürmek için Batı'dan gelen çocukların ölümlerini izlediler. Babalarının bir gece evden alınıp götürülmesini, getirilmemesini izlediler.

Diyarbakır Cezaevi'nde oğullarını görmek için köpek Co'nun karşısında hazır olda durmayı yuttular, Kürtçe yasak olduğu için çocuklarına diyecekleri sözleri yuttular. Yıllarca yutkundular bu kadınlar. Sonra bir ateş yaktı köylerini, apar topar İstanbul'a geldiler, gönderildiler. Adlarını ne zaman söyleseler hep ikinci kez tekrar etmek zorunda kalacakları bir şehre düştüler. Oysa Tarlabaşı'nda oturuyorlardı mesela; Taksim'in yanıbaşında. Oğullarını tekstil atölyelerine gönderdiler, kızlarını mendil satmaya.

Yıllar böyle geçti ve bugün gelip çattı. Beyaz tülbentli kadınlar, şehrin ara sokaklarından birer küçük dere gibi akıp Taksim Meydanı'nda biriktiler. Yıllar sonra, İstanbul'un göbeğinde Kürtçe slogan atabilmelerine kendileri de şaşarak bağırdılar:

"Bijî aşitî!"

"Yaşasın barış!"

İstanbul'daki Güneydoğu

YSK'nın 12 bağımsız vekil adayını veto kararından sonra BDP'nin başka sivil toplum örgütleriyle birlikte, Taksim'de düzenlediği basın açıklamasına 25 ila 30 bin kişi katıldı.

Milletvekili adayı Sırrı Süreyya Önder, "Böyle oluşacak bir Meclis'in, bu Meclis'ten çıkacak hükümetlerin, o Meclis'te yapılacak yasaların hiçbir meşruiyeti yoktur. Kendileri çalıp kendileri oynarlar," dedi.

Sebahat Tuncel, mücadele için Meclis'e ihtiyaçları olmadığını söyledi. Mustafa Avcı, Kürtçe başladı konuşmasına ve "Biz ne zaman buraya gelsek etrafımız sarılırdı. Bugün kimseler yok. Çünkü kalabalığız," dedi. Konuşmalar sürüyor ve alanda insanlar birikiyordu. Taksim'den şehrin bütün yönlerine açılan yollar kapanıyor, İstanbul Güneydoğu oluyordu.

Demek artık "tercüme etmek" zorunda kalmayacağız. Yazarlar olarak Güneydoğu'da gördüğümüz gerçekliği Batı'daki öfkeli ve cahil insanların anlayacağı dilde anlatmak için kıvranmak zorunda kalmayacağız. Çünkü artık İstanbul, Güneydoğu olmuştur! Taksim Meydanı'ndan görünen budur.

Körlük yetmez artık!

İkinci gerçek ise daha da yakıcıdır: Artık Kürtler kendi kendilerine gösteri yapmayacaklar. Batı'daki şehirlerin kenar mahallelerinde ve İstanbul basını tarafından görülmeyen Doğu illerinde değil, gözümüzün önündeler artık. Yani artık başlarını çevirmeleri yetmeyecek görmezden gelmek için, gözlerini de kapamaları gerekecek. Hatta o bile yetmeyecek. Yürüyüp yoluna gidemeyecek insanlar, arabalarını sürüp geçemeyecek. Kürt meselesi, tıpkı dün Taksim'deki gibi yollarını kesecek.

Ne kadar kapatırsak kapatalım, kan gözümüze kaçacak. Ve bütün bunlar bir günde toplanıp, üç günde Anayasa değişikliğine gidebilecek Meclis kılını kıpırdatmazsa olacak. Eğer CHP'nin olağanüstü toplanma çağrısına uyulmazsa, eveleyip gevelemeye gerek yok, herkes bal gibi biliyor, kan akacak. Bu kandan, yasaya uygun ama hukuki olmayan karara sessiz kalan herkes sorumlu olacak. Kendisinin Meclis'e girmesi için CHP'nin yaptığını yapmazsa eğer, bundan Başbakan da sorumlu olacak. Biz bir şey yapmazsak eğer biz de günaha katılacağız.

Başörtülü, şık bir genç kadın, ağzını yeşil-kırmızı-sarı bir kefiye ile örtmüş, bir yükseltinin üzerine çıkmış, Taksim'in ortasında Kürtçe bağırıyordu:

"Bijî azadî!"

"Yaşasın özgürlük!"

Beyaz tülbentli ihtiyar kadınlar ise Taksim'in göbeğinde oturmuşlardı. Çok uzun yollardan, çok uzun yıllardan gelmişlerdi; hepsi yorgundu.

20 Nisan 2011

KASR-I KANCO'DAN KCK DAVASINA, DİYARBAKIR CEZAEVİ'NDEN TESPİH DİRENİŞİNE

"Tespih sokamazsınız mahkeme salonuna. Arkadaşınız güvenliğe bırakacak onu."

"Nasıl yani?"

"Öyle."

"Ne olacak ki tespihten?!"

"Heyete atabilir."

"Ne alakası var canım! Yabancı gazeteci o, niye tespih atsın?"

"Siz de gözlüğünüzü atabilirsiniz?"

"Kardeşim niye atayım gözlüğü, gazeteciyim ben."

"Ayrıca bozuk para da yasak."

"Yok artık! O kadar da değil yani!" deyip, yarıp polisleri girdim mahkeme salonuna. Ne olacaksa olsun artık, bana ne! Diyarbakır'daki KCK davasını izlemek için, yanımdaki yabancı gazeteci arkadaşımın tespihi için böyle bir şanlı mücadele verdik işte. Adam adama savunma! Böylece girdik sırf bu dava için alelacele yapılmış cilalı duruşma salonuna. Sırf bu duruşmanın yüzlerce sanığı için yapılmış salonda altı sanık oturuyor sadece.

Davanın onlarca avukatı adliye dışında oturma eyleminde, "Adil yargılama yok" diye. Heyet ise ara vermiş duruşmaya, karar verecek avukatların gelmemesine dair ne diyecek diye. Sessiz salonda düşünmeye başladım ben de. Her gün ama her gün böyle geçiyor Kürtlerin hayatı: Hep, sürekli ve kesintisiz adam adama mücadele! Dandik bir tespih için bile. Ya da bir küçük çadır için küçük bir parkın içinde...

Sessiz bir gerilim

Kayabaşı Mahallesi'nin parkında kurulacak sivil itaatsizlik çadırının bir tarafında mahalleli, tülbentli, yaşlı, genç kadınlar, tam karşılarında gaz maskesi takmak üzere olan, silahlı, tam teçhizatlı polisler. Araları sadece on metre. Herkes birbirinin gözünün içine bakıyor. Birazdan savaş başlayacak, herkes bunu bekliyor. "Çadırı kaldırın" diyor polis, BDP'li yöneticiler ve halk kaldırmıyor. Dakikalarca sessiz bir gerilim. Polisler arada bir gaz bombalarına davranıyor, sonra bırakıyor. Mahalleli kadınların arkasında liseli çocuklar. Polisler kıpırdandığı anda başlıyorlar slogana:

"Baskılar biii-zi yıldıraaa-maz!"

Yabancı gazeteci arkadaşım, "Korkmuyor musunuz?" diye soruyor. Hepsinin bıçaklarının iki yanı da kesiyor, bıçkın kızlar cevap veriyor:

"Ne korkucaz! Biz bunların dayağıyla büyümüşüz!"

Arkadaşı devam ediyor: "Ablalarımızın, abilerimizin kanı yerde mi kalsın!"

Minnacık bir parkın içinde, minnacık bir yeşilliğin ortasındaki minnacık bir çadır için kandan bahsediyor insanlar ve polisler düşmana karşı en şahin bakışlarını takınıp elleri bombalarında hazır bekliyor. Çocuklar polisin tam olarak hangi dakikada gazı sıkmaya başlayacağını, deneyimleri sayesinde kestirebiliyor. Çünkü burada hayatın her bir santimi için kavga veriliyor. Kürt siyaseti pasif direnişe, sivil itaatsizliğe karar vermesine rağmen hayat kimsenin pasif kalmasına izin vermiyor, hepsi hâlâ tetikte bekliyor. Çünkü buraya, bugünlere gelene kadar her santim için ölünmüş, daha dün YSK kararından sonra İbrahim Oruç gösterilerde can vermiş, hepsi bunu biliyor.

Cezaevinde iki kuşak

"Tabii canım, çok yaptırdılar bize Bayrak Köşesi, Osmanlı Köşesi. Çok resim çalışmışız yani orada."

Kasr-ı Kanco'da Ahmet Türk böyle diyor. Çünkü 2000'li yıllarda Diyarbakır Cezaevi'nde kalmış olan Engin şunu soruyor:

"Abi, koğuş duvarlarını kazıdıkça altından Türk bayrakları, resimler çıkıyordu. Neden acaba?"

Ahmet Türk, uzun bir gecenin sonunda kendisinden iki kuşak sonra gelip, onun 80'lerde yattığı Diyarbakır Cezaevi'nde yatmış olan Engin'le konuşuyor. "Tabii biz sizin kadar zulüm görmedik" diyor Engin. Ahmet Türk "Zaten 90'larda bizi tekrar aldıklarında ben otele gelmiş gibiydim. Sırrı'ya (Sakık) derdim 'Ne üzülüyorsun? Hilton sayılır burası!'"

"Direnişi halklaştırmak"

"80'lerden bugüne bu halk hep savaş gördü, bu çocuklar kavgada büyüdü. Şimdi siz onlara sivil itaatsizlikten, pasif direnişten söz ediyorsunuz. Bunu nasıl yaygınlaştıracaksınız?" diye soruyorum Ahmet Türk'e. "Bizim bugünkü işimiz de bu" diyor, "direnişi halklaştırmak".

Sivil itaatsizlik çadırlarında kılınan cuma namazlarından söz ediyor, Mardin'dekine geçen cuma 5000 kişinin katıldığından:

"Başbakan 'sahte imamlar' dedi diye çok sert tepki oluştu halkta. AKP de bunu biliyor. Halkın artık binlerle sokağa çıkabildiğini biliyor. Bize yapılan haksızlığı artık Türkiye'nin batısındaki kamuoyu da anladı. YSK kararından sonra gösterilen tepkiye bu yüzden teşekkür ediyoruz."

Böl-yargıla

"Halklaşan" tepkiyi seyreltmek için yapılan şeylerden biri de belki KCK davasının sanıklarını artık altışarlı gruplar halinde getirmek. Çünkü böylece dava hiç değilse daha az tiyatro gibi görünüyor. Sanki Kürtlerin bütün siyasi temsilcilerini içeri almamışlar gibi görünüyor sadece altı kişi oturunca sanık sıralarında. Hem öyle olunca dışarıda biriken sanık akrabası kalabalığı da az oluyor ve böylece bir gösteriye dönüşmüyor KCK davası. Kürtlerin kendi Ergenekon'u saydıkları KCK davası bu ve benzer taktiklerle galiba, hiçbir zaman Ergenekon kadar yer almıyor insanların zihinlerinde. Zaten bir de olaylar Kürtlerle ilgili olunca görmezden gelmek daha kolay oluyor elbette.

Ama televizyonların, gazetelerin görmediği bir "iç ülkede" insanlar her gün, her an kesintisiz olarak adam adama mücadele veriyor. Hayatın en mikroskobik alanından en geniş coğrafyasına kadar bir kavga sürüyor. Dediğim gibi, insan bir tespih için bile direnmek zorunda kalıyor. Batı'dan asla görünmeyen "Kürt gerçeklerden" biri de hep bu oluyor.

27 Nisan 2011

KIRKLAR DAĞI'NDA VAR BİR AYNA!

"Berbat oldum," dedi arkadaşım, "ne diyeceğimi bilemedim."

Çünkü arkadaşım bir işveren ve yanında çalışan Diyarbakırlı amcalardan biri, oğlu için bir iş bulmasını rica etmiş. O da "Eğitimi ne?" diye sormuş. Amca, "Bıraktı ilkokuldan sonra" diye cevap vermiş. Arkadaşım da, herhalde aklına bir ihtimal gelmiş olacak, "Garsonluk yapabilir mi?" diye sormuş. Baba cevaplamış:

"Tabii tabii o benim gibi değil, daha beyaz yüzlü."

Arkadaşım bu yüzden berbat olmuş işte. Kürtlerin ancak açık tenli olursa işe alınabileceğini düşünmelerine sebep olacak bir ülkede yaşadığını fark ettiği için. Açıklamak zorunda kaldığı için:

"Yok abi, ben onu demek istemedim. Ben bir tabak götüremem şuradan şuraya da o becerebilir mi anlamında..."

Olayı bana anlatırken, "Demek buraya geldi mesele," dedi arkadaşım. Ben de dedim ki, "Hem oraya geldi hem de başka bir yere. Durum karışık."

Çünkü...

Konsept Kürt

"Diyarbakır'ın tarihi ve kültürel yapısıyla özdeşleşen, efsanelere konu olmuş, yerli ve yabancı turistlerin büyük ilgi gösterdiği, çevresinde Gazi Köşkü, On Gözlü Köprü, Hevsel Bahçeleri ve Dicle Nehri'nin eşsiz manzarasıyla taçlandırdığı özel bir mekânda, yeni bir yaşam doğuyor. Çağdaş ve farklı bir konseptle projelendirilen Kırklardağı Konakları, Diyarbakır'ın ilk konut projesi olarak bu hafta satışlara başlıyor. Anadolu Aslanları tarafından inşa edilen Kırklardağı Konakları, çevre düzenlemesiyle, 7 yıldızlı oteliyle, havuzlarıyla, tenis kortuyla, amfi tiyatrosuyla, çocuk oyun alanlarıyla, yürüyüş parkuruyla, alışveriş merkeziyle ve teleferik gezileriyle geleneksel konut anlayışını yıkarak, hayallerdeki yaşamı Diyarbakır'da kuruyor. Proje, 600 konuttan oluşuyor."

Yoksullar mıdır Kürt olan?

Kırklar Dağı "yaşam alanı", Diyarbakır'ın ilk "markalı konut projesi". Metrekare satış fiyatı 1400 lira olarak belirlendi. Toplam değeri 200 milyon dolar. Tıpkı Diyarbakır'da açılıp duran ve hakikaten nasıl ayakta durduklarını bir türlü anlayamadığım alışveriş merkezleri gibi o da sanki Diyarbakır'da değil de başka bir şehirdeymiş gibi duruyor. Sanki başka bir şehirden makasla kesilip çıkarılmış ve Diyarbakır'a monte edilmiş gibi.

Televizyonda bugünlerde reklamları dönüyor Kırklar Dağı Projesi'nin. Üç boyutlu temsili resimlerin içinde temsili insanlar yürüyor. Bembeyaz tenli insanlar bunlar. Sanki başka bir şehirden makasla kesip çıkarılıp Diyarbakır'a monte edilmiş gibi. "Daha beyaz tenli" oldukları için gösteriyorlar artık onları televizyonlarda. Diyarbakır, Diyarbakır'a benzemediği zaman çıkabiliyor televizyona.

Diyeceğim başka bir şey. Nicedir düşünüyordum bunu. Biraz söz ettim ama adlı adınca yazmaya elim varmadı. Artık yazayım.

Artık Kürt meselesi sadece yoksulların meselesi! Ötekiler başka bir "konsepte" doğru sürüyor ciplerini.

Suzan Suzi'yi alan

Kürtler, daha iyi bir Türkiye, başka türlü bir hayat hayal edebilecek kadar dışarıdaydılar. Hiç değilse Kürt siyasetini sadece milliyetçilik olarak değil sol siyaset damarlarından biri olarak da tarif edenler böyle bir hayatı hayal ediyordu. Mesele bütün ezilenler için cümleler kurmaktı. Bunu sadece ben böyle sanmıyordum, hayır. Diyarbakır Cezaevi'nden bu yana bedel ödemiş herkes böyle sanıyordu. Dağ deyince "markalı konut projesi" değil, başka şey anlaşılıyordu. Ama şimdi...

Yok, "Yıkılsın markalı konutlar, komün evi yapılsın," diyecek halim yok. Hayat öyle bir yer değil. Üstelik bu değişim yeni değil, cipler ve villalar nicedir hikâyenin içinde. Ama işte... Müslüman Adil'e âşık olan Süryani kızı Suzan Suzi'yi aldığı gibi Dicle, bir dönemin hayallerini de boğup götürdü zaman. Cezaevlerinin, ölümlerin, silahların yapamadığını yaptı: Dağlardaki Kırklar'ı kaçırdı zaman. Kürt kardeşim, yüzünü "daha beyaz" gösteriyor mu bu yeni aynan?

16 Mayıs 2011

SIRRI'NIN FİLLERİ

Twitter'da birileri şöyle yazıyor bana: "Nereden biliyorsun suçlu olmadığını?" Kaçtır böyle bu. Ahmet Şık ve Nedim Şener içeri alındığında, ben bas bas bağırdığımda da sormuşlardı: "Nereden biliyorsun suçlu olmadıklarını?"

Başbakan'ın "namert" deyip hedef gösterdiği arkadaşım Nuray Mert ile ilgili konuştum birkaç gündür katıldığım canlı yayınlarda; hemen aynı soru:

"Nereden biliyorsun?.."

İstanbul 2. Bölge Bağımsız Milletvekili Adayı Sırrı Süreyya Önder'in seçim bürosu, sabahın münasebetsiz bir saatinde polis tarafından basıldı. Büroda kimse yokken çilingirle açıldı ve polis dışarı çıktığında içeride patlayıcı madde bulduğunu söyledi. Buna kızdım, yine canlı yayında bir şeyler söyledim, yine başladılar:

"Nereden biliyorsun suçlu olmadığını?"

Fil nerede?

Uzun bir süredir böyle bir soru sorulduğunda insanlar savunmaya başlıyorlar arkadaşlarını:

"Suçlu değil çünkü..."

Türkiye'deki muhalefetin sinir sisteminin iflas etmesinin temel nedenlerinden biri bu: Yanlış savunma teknikleri! Temel mantık hatalarını atlayıp hatalı bir mantık içinde kavgaya girişiyorlar. Yanlış bir kavgada kazanan olmayacağı için de tımarhaneye dönüyor ortalık. Oysa şöyle olmalı soru:

"Sen nereden biliyorsun suçlu olduğunu?!"

Hukukun mantığını tersine çevirdiler ve bunu kerelerdir yazıyorum. Yine de yazacağım. Herkesin kafasına girene kadar:

Negatif ispat ilkesi!

Bir şeyin yokluğunu ispat edemezsiniz. Şöyle söyleyeyim:

Küçük bir odanın içinde bile bir filin yokluğunu ispat edemezsiniz. Bu mantıken mümkün değildir. Fil hiç beklemediğiniz bir yerden çıkabilir. Ama şöyle de diyemezsiniz:

"Nereden biliyorsun filin olmadığını?"

Zaten ben bilmiyorum ki; filin olduğunu sen söyledin. Söylediysen göster!

"Ciddi iddialar"

Ergenekon süreciyle birlikte, başından beri söylüyorum bunu; sanıkların kim, neci olduğundan bağımsız olarak ciddi bir yıpranma yaşanıyor. Birileri sürekli bize "Odada fil var bence. Yoksa ispat et," diyor. "Nasıl yani? Niye fil olsun ki odada?" deyince de birden ekranlardan ve gazete köşelerinden bir koro başlıyor konuşmaya:

"Ama bunlar çok ciddi iddialar."

E madem ciddi, ispatla o zaman. İspatlayamadığın, ispatlamaya bile çalışmadığın iddiayı niye ciddiye alalım ki?

Sonunda ne oluyor? Şöyle bir manzara çıkıyor ortaya:

"Çamur at izi kalsın" ile "Ateş olmayan yerden duman çıkmaz" cümlelerinin son derece akılsız ve mesnetsiz çarpışması!

Saçmalama!

Hukuk, hoşluk olsun diye yok. Hukuk, insanoğlunun bugüne kadar kurduğu uygarlıktan süzdüğü bir bilgi. Tıpkı din gibi, siyaset gibi, müzik gibi, pedagoji gibi bir bilgi birikimi. Şimdi bugün birden o bilgi birikiminin aslında pek de işe yaramadığını, tüm mantığının tersine çevrilebileceğini düşünmek, böyle bir varsayımla davranmak sadece cehaletle açıklanamaz; aynı zamanda kötü niyet de olmalı bu işin içinde. Yani hükümet yanlısı TV kanallarında hep birlikte çok ciddi yüz ifadeleri takınarak, birbirini onaylayarak saçma bir iddiayı ciddi hale getiremezsiniz.

Sırrı'nın seçim bürosunda niye molotofkokteyli olsun arkadaş!

Ahmet ile Nedim'in niye Ergenekon'la alakası olsun!

Nuray niye söylemediği şeyler yüzünden hedef gösterilsin!

Eğer siz odada benim göremediğim bir fil olduğunda ısrar ediyorsanız ben de bunda ısrar ederim:

Fil mil yok, saçmalama!

08 Haziran 2011

BÖLGENİN 36 VEKİLLE YÜRÜYÜŞÜ BİLE DEĞİŞİRKEN: "VERMEZLERSE ALIRIZ!"

Hasankeyf'in kenarında güneş batarken otlaktan gelecek keçileri sağmak için bekleyen, ilkokul terk 18 yaşındaki Hatice, kaşını kaldırıp gururlu bir şekilde böyle cevap veriyor. Çünkü soruyorum: "BDP'lilere mi oy vedin?" Şöyle efesinden bir gülümsemeyle hafiften dalgasını geçip havasını atarak konuşuyor: "Çok belli oluyor mu!"

"Keçê Kurdan", ayaklarını serin sulara koymuş, "devletin" Hasankeyf'i onlardan alamayacağını, hiç sinirlenmeden, rahat, kendinden emin anlatıyor, serin serin. Havasında bir şey var Hatice'nin, sesinde... Burada oturan, onun yaşındaki bir Kürt kızında daha önce görmediğim türden...

Korku duvarı yıkılınca

"Hem de nasıl" diyor bunu anlattığımda Diyarbakırlı siyasi bir genç ve örneklendiriyor seçim sonrası 36 vekilin yarattığı yeni sosyo-psikolojik havayı: "YSK kararından sonraki seçime kadar süren dönem çok gergindi. Kitle hiçbir zaman olmadığı kadar yorgundu. Eskiden böyle şeyler siyasal taktik olarak söylenirdi, 'Sabrımızın sonuna geldik' denirdi. Ama bu sefer hakikaten öyle oldu. 'Korku duvarı aşıldı' meselesi çok somuttu burada. Şimdi mesela 'Hatip Dicle'yi salmazlarsa biz çıkarırız' diyor insanlar."

Bu gerginliğin üzerine seçim zaferi gelince hakikaten de oturuşu, yürüyüşü değişmiş bölgenin. YSK kararından sonra başlayan eyvallahsızlık seçim zaferiyle "taçlanınca"... Diyarbakır'da başka biri anlattı bu anekdotu: "Geçen gün, valinin koruma aracı hızlı geçerken iki genci ezecek gibi oldu. Baktım iki genç bağırıyor. Korumalar da geri bağırdı. İki gencin yürüyüp gitmesini beklersin. Yok, gitmediler. Valiliğin önüne kadar gittiler. Baktım polisler eskisi gibi değil. Çünkü bizimkiler eskisi gibi değil."

Tam 22 oy!

Şehir merkezinden sınıra doğru gidildiğinde de aynı şey. Nusaybin yolunda süt taşıyan eşekli kadınların hakikaten havası binbeşyüz! "Kime verdiniz oyu?" deyince cevap veriyorlar: "Kürtler kime oy verdiyse biz de onlara verdik!" Vurdu eşeğin kıçına, gidiyor, hiç arkasına bakmadan.

"Eyvallah abla!" diyoruz biz de, ne yapalım, biniyoruz arabaya Yemişli Köyü'ne gidiyoruz. Suriye sınırına 40 kilometre uzaklıktaki Süryani-Müslüman köyünde kapı duvar. Bir tek Mor Kuryakus Kilisesi'nin bakıcısı Lahdu cevap veriyor kilisenin duvarına astığı cep numarasına. Kapıyı açıyor ve tuhaf bir biçimde büyük ve şaşırtıcı derecede güzel kiliseyi gezerken anlatıyor. 160 küsur kişilik köyde cemaatin 6 kişiden oluştuğunu, seçimlerde oy vermek için köylülerin yurtdışından geldiğini... Lahdu kilisenin terasında "Şu taraf Irak," diyor, "şu taraf Suriye, şu taraf da çöl".

Çöl dediği Nusaybin. Çöle doğru gitmeden cemaatten amcalarla konuşuyoruz çardakta. Sabri Gezer sanki nicedir bizi beklemiş gibi konuşmasını yapıyor: "Osmanlı'dan beri ilk kez bizi tanıdılar kızım!" BDP'nin desteklediği Süryani milletvekili Erol

Dora'dan söz ediyor. Sabri Bey Müslüman tespihini çekerken, "Biz politikayı öğrendikten sonra attık korkumuzu. Şimdi de ilk vekilimizi gönderiyoruz Ankara'ya. Tam 22 oy çıktı bu köyden Erol Dora'ya! 22!" diyor. Bir tarafı çöl, bir tarafı Suriye, bir tarafı Irak olan bu "yok-köy"de birileri kendini görünür hissediyor. Bu net bir şekilde hissediliyor! Arabayı çöle doğru sürüyoruz.

Başım gözüm üstüne vekilleri

"Bölge'nin Afrikası burası," diyor Nusaybin Belediye Başkanı Ayşe Gökkan, gülerek: "O yüzden böyle serindir!" Bütün belediye çalışanlarının keyfi yerinde, pek şen şakrak bir hava var Nusaybin'de. Ayşe başkanla oturuyoruz biraz serin olan dut gölgesinde. "Oy verildikten sonra kimse evine gitmedi. Herkes orada bekledi. Oylar adliyeye götürülürken herkes arabanın peşinden gitti. Bir korku yürüyüşüydü o. Oylarına bir şey olacak, son anda yok edilecekler diye herkes bekledi. Gece ikiye kadar kimse evine gitmedi Nusaybin'de."

YSK protestoları sırasında yaralanan çocukları, şehirdeki dehşet havasını anlatırken bir yerde virgül koyuyor Ayşe Gökkan: "Ama İstanbul-Taksim'deki gösterileri bir izleyişleri vardı... Herkes birbirine 'Yürüyorlar!' diyor, sadece bu: 'Yürüyorlar!' İstanbul yürüyünce sanki bir dev kıpırdadı. O günden sonra aşıldı korku duvarı zaten." YSK kararı sonrası bütün öfkenin "devlete" değil AKP'ye yöneldiğini anlatıyor Gökkan: "CHP devletti ama hiçbir zaman hükümet olamamıştı. Şimdi devlet, hükümet ediyor. Artık insanlar polisleri de AKP ile özdeşleştiriyor." AKP'nin Kürt meselesiyle ilgili politikalarına karşı gelişen tepki nedeniyle BDP'nin tarihteki ilk kez köylerde bu kadar yüksek oy aldığını anlatıyor.

Biz konuşurken yanımıza en az 80 yaşında bir teyze geliyor, Kürtçe konuşuyor sinirli sinirli: "Ne oldu bizim vekiller? Bıraktılar mı? Seçilmiş adamlar, neyin davasını yapıyorlar! Bugün-yarın diye kandırıyorlar bizi." Teyze, Hatip Dicle ile ilgili süreci böyle değerlendirip, tespitini yapıp basıp gidiyor. Konuşmamız bitip kalktığımızda da 7 yaşındaki Müjde çkıyor ortaya. Başkanı öpüyor. Soruyorum "İsmi ne başkanın?", cevap veriyor: "Emine Ayna!" Ayşe Gökkan gülüyor: "Gözlüklüyüz ya ikimiz de, benzetti demek." Kelimenin tam anlamıyla yediden yetmişe politize toplum gergin günlerden sonra 36 vekilini gözü gibi sahipleniyor.

Havai konaklar

Akşam saatlerinde Diyarbakır'a dönerken Dicle kıyısındaki Kırklar Dağı'nda yeni yapılan "modern yaşam merkezi Kırklar Dağı Konakları" inşaatının ışıkları nehirde ayın aksini bozuyor. Diyarbakır içinde yapılan bir düğünde atılan havai fişekler öte tarafı aydınlatıyor. Suriçi'nden geçerken lastik yakıp kendi kendine oyun olsun diye kikirdeyerek slogan atan 10-12 yaşındaki çocuklar ve onların ötedeki havai fişekleri eylem sanacakları geliyor aklıma. 36 vekil, havai konaklara mı yoksa fişekli çocuklara mı daha çok ait, onu düşünüyorum.

Diyarbakır ve bölge ilk kez özgüveni bu kadar yüksekken toplumun içindeki bir başka yarılma hızlı ama sessiz ilerliyor. Hasankeyf kıyısındaki Hatice henüz bunu bilmiyor olabilir ama buradan bakınca bazıları ötekilerden "daha eşit", ötekiler berikilerden "daha Kürt" görünüyor.

20 Haziran 2011

MESELE Mİ KÜRTLER Mİ? HANGİSİ ÇÖZÜLÜYOR?

Taktik değil gerçek

Önceki gün, Diyarbakır-Mardin-Nusaybin hattından yazdığım seçim sonrası izlenim yazısı böyle bitiyordu. Bölgeyi, Kürt halkını, gündelik siyasetin ötesinde izleyen ve bu konudaki yüzey dalgalarını değil dip akıntıları takip edenlerin dikkatini çekmiştir bu son paragraf. Diyarbakır sessizce düşünmüştür ne demek istediğimi. Hatta nereye işaret ettiğimi anlamıştır Amed.

Bir süredir kenarından köşesinden ima ediyorum zaten. Bir şey değişiyor oralarda. Geri dönüşü olmayan bir şey. İyi mi, kötü mü bu değişim; mesele bu değil. Mesele bu değişimi zamanın ikinci alt katmanına bakarak görebilmek. Bu değişimin insanlara, insana, ilişkilere ne yaptığına korkmadan bakabilmek. 2003'te çocuklar ilk taş attığında, "Bu iş organik olarak değişmiştir," demiştim, "bundan sonra çocukları kontrol edemeyeceksiniz".

O zaman ne partililer ne de Kürt siyasetinin içinden gelenler bu lafı pek ciddiye almıştı. Nihayet sonuna kadar örgütlü, dibine kadar siyasi bir toplumdu Kürtler ve herkes kimin söylediğini dinlemesi gerektiğini biliyordu. Bugün Kürt siyasetinin içinden gelenler, farkında mısınız bilmiyorum, sürekli olarak "kitleyi kontrol etmekten" söz ediyorlar ya da "edememekten". .Bu, dışarıya karşı yapılan siyasi bir tehdit, "Biz elimizden geleni yaptık ama ne yapalım ki halk öfkeli," taktiği olmaktan çıktı, artık gerçek. Öfkesi kontrol edilemeyen bir nesil büyüyor Diyarbekir'de.

Mülk ve Kürtler

Tıpkı o gün nasıl bu tespit canını sıktıysa kimilerinin, sanırım bugün söyleyeceklerim de hoşa gitmeyebilir. Ama biraz sert olmakla birlikte bu kez Diyarbakır'dan dönerken şu soru vardı aklımda:

"Kürt meselesi çözülmeden Kürtler mi çözülecek acaba?"

Ya da şöyle sorabilirim:

Mülk, mülksüzleri galebe mi çalacak?

(Bu "mülk" sözcüğünü iki anlamıyla da okuyabilirsiniz.)

Bir süredir Diyarbakır'a ilk geldiğim günleri düşünüyorum niyeyse. Asla nostalji değil; ama tuhaf bir keder var içimde. Hayal bana ait olmamasına rağmen, "Bu işler böyle hayal edilmemişti," diyesim geliyor. Alışveriş merkezleri bilhassa duraklatıyor beni. Bu kadar para nereden geliyor? Bu parayı Diyarbakır'a kim akıtıyor? Daha önemlisi niye akıtıyor?

5-6 yıl önce başladı bu; ya da ben o zaman görmeye başladım bu değişimi. Çocuklar sokaklarda "kimlik" için taş atıp dayak yerken, bir alışveriş merkezinde "Kimlik" diye bir cilalı mağaza görmüştüm. Şimdi bir ayrıntı olmaktan çıktı mesele. Diyarbakır'da her yer alışveriş merkezi. Bu kadar üretim olmayan bir yerde zenginlik ancak politik paradan gelir. Politik para ise müthiş "sıcak" bir para türüdür. El yakar, yaktığı için elden ele dolaşır ve etrafını çok ısıtır. O ısıya alışanlar artık hiç üşümek istemezler...

Politika ve yoksullar

Güneydoğu, hiçbir zaman kapitalizm bakımından kurtarılmış bölge değildi, üstelik feodal ilişkiler modernize edilerek en zalim biçimde sürüyordu bölgede. Ama politizasyonun bütün bu ilişkileri kapsayan ve aşan (ya da örten mi demeli?) bir gücü vardı. Şimdi bakıyorum da Kırklar Dağı'nda konaklar yükseliyor. Bu sadece bir simge. Benim için politik iradenin bu değişimi onayladığının ya da hiç değilse karşı koymayacağının bir simgesi. Ya da acaba politikanın, "Biz bunu da kapsarız. Kitle bize inanır" özgüveni mi demeli? Politika, yoksulluğun gözünü ne zamana kadar bağlar, bunu da sormalı mesela.

Diyarbakır'dayken seçimle, politikayla alakasız gibi görünen şu soruyu herkese sordum:

"Ne diyorsunuz konaklarla ilgili?"

Siyasi bir arka'aş şöyle dedi: "Gençlerin siniri bozuluyor o işe. Eylem hazırlığı var diye duydum."

Daha kıdemli başka bir arka'aş ise daha net konuştu:

"O iş durduruldu!"

Kırklar Dağı Konakları ile ilgili herkes başka bir şey söylüyor. Bu da bana sorarsanız temel bir değişimle ilgili herkesin kafasının karışık olmasından kaynaklanıyor. Eski sisteme tutunmak mümkün değil ama yeni sistemde de eski ilişkileri sürdürmek mümkün değil. Ya da şöyle mi demeli acaba:

"Eski düzeni sürdürmek yoksullara kalırken, zenginleşen Kürtler başka bir düzende yaşamaya mı başlıyor?"

"Proje bedeli"

Diyarbakır'da "bedel" kavramı çok kullanılır. "O aile çok bedel ödedi", "Şu arkadaş yeterince bedel ödemedi" gibi. Bahis konusu kandır genellikle. Ama son zamanlarda Diyarbakır'da daha ziyade "proje bedeli" lafını duyar oldum. "Daha eşit, daha adil, daha özgür bir dünya kurulmayacaktıysa bütün o 'bedeller' niye ödendi?"

diye soracak kadar naif değilim. Ama hızlanan değişimin insan ilişkilerini, siyasi ilişkileri nasıl değiştirdiğine bakarken hiç değilse, şöyle "Hey gidi!" tonundan "Vay be!" diyerek susma hakkımı da kullanmak isterim. Yeni hayatın siyasi karakterleri nasıl gevşettiğine bakarken bu şehre geldiğim ilk günleri anmak isterim... Ta ki bugün yaptığım gözlemin dumanları yoksul çocukların mahallesi Bağlar'dan yükselinceye kadar...

Not: Bu yazıda aynı şehir için üç ayrı isim kullanılmış olması tesadüf değildir. Belki de artık o şehir, üç şehirdir.

22 Haziran 2011

SAVAŞ SÜPER BİR ŞEYDİR, BARIŞ O KADAR DEĞİL

Sanırım daha az alet edevata ihtiyaç olduğu için barış, savaşın yanında daha az donanımlı duruyor. Doğru dürüst mühimmat sahibi bir sözcük değil barış. Şöylece havada duruyor, kuş gibi. Balık gibi kaygan bir şey sanki. Savaşı ise elle tutabiliyorsun, ne güzel. Kurşun var mesela, net. Ölüyorsun sonsuz bir netlikte. Sonra tanklar var, ayak izleri elbette barış adlı enayi bir kuşunkilerden daha gözle görünür. Uçaklara ne demeli? Hele ki F 16'lar, dinlemelere doyamazsınız sesini. Hele ki şöyle taciz amaçlı kafanızın tepesinden geçsin, ciğerleriniz yarım saat sallanır gürültüsünden. Tüfek mesela, ne kadar somut bir hadise. Tutuyorsun elinle. Ama barış içinde yaşamak öyle mi! Geçip gidiyor bir kuşun tüyü gibi suyun üzerinde... Savaş daha zengin durur neticede. Üniformalar, metaller, rap rap yürüyüp hor hor bağırmalar filan. Barış meteliğe kurşun atar, bir pantolon bir gömlek şibidibidibidipdip... "Yaşamayı severiz şibidibi..." her zaman daha bir sersem durur "Öldürsek ne güzel değil mi!" cümlesinden. Öyle bir yanı vardır insanoğlunun. Neden bilmem savaştan bahsedince sanki daha ciddi bir şey konuşuyormuş da sıra barışa gelince öyle daha bir laylaylom havalardaymış gibidir. Barışın havai bir havası vardır da savaş "taş gibi"dir biraz daha.

Savaşın havası

Anlıyorum yani, savaştan konuşan insan kendini daha bir ayakları yere basar bulur. Daha bir olgun sanki. Sanki "gerçek hayattan" bahseder savaştan söz eden, barış ise devlet nizamı içinde durup dururken rüya anlatmak gibidir sanki. Genç işi, deli işi gibi bir şey. Savaş, "Biz hayat üniversitesinde okuduk annıyo musun?" raconu keser de barış daha biraz Cambridge'de yastık yüzleri üzerine doktora yapmış gibidir. Yani kısaca söyleyecek olursak savaş havalıdır, barış biraz muhallebi çocuğu. Dolayısıyla, kendini "kaave"nin önünde zincir sallayan, dünyadaki tek emeli "kendi işini" (bir mesleği olmayanların mesleğidir bu) kurmak olan genç bir adam kadar havalı hissedenlerden "hayat dersleri" alırız. Biz barıştan söz edenler ise biraz daha TRT'den origami öğrenmeye çalışan çocuklar gibi dururuz. Bu genellikle böyle olmasına rağmen bugünlerde işler biraz değişik...

Savaşa kalkan eller kırılsın!

Önceki gün Kadıköy'de barış için yürüyenler dayak yediler. Çünkü Dünya Barış Günü idi. Bütün dünyanın barış isteyenleri sonuna kadar döverek kutladığı günü biz de elimizden geldiğince, imkânlarımız ölçüsünde insan pataklayarak idrak ettik. Memlekette ağzını barıştan yana açacak kadar gözü kararmış insan sayısı fazla olmadığı için, altyapıdan da yeterince boksör, yakın savunma sporu ustası yetişmediği için mevcut azdı, fakat mühim değil. Biz ne de olsa gelişmekte olan bir ülkeyiz, o da olacaktır zamanı gelince. Şimdilik bu kadar insan döverek kendine düşen Dünya Barış Günü mesuliyetini yerine getirenlere şükranlarımızı sunarız. Elleriniz dert görmesin!

Tabutların sahibi

Fakat bu seferki Dünya Barış Günü'nün bize öğrettiği bir şey var. Barış isteyenlerin savaşa, dövüşe, kavgaya hazır olması gerekiyor. Savaş isteyenlerden daha fazla. Hatta belki savaş isteyenlerin bizim kadar şiddete maruz kalma ihtimali olmayabilir. Ne de olsa onlar hor hor bağırıp ondan sonra da kenara oturup tabutların gelmesini televizyondan, akşam yemeği yerken izleyebilirler. Kimse onlara, "Siz savaş istediniz, buyrun savaşın," demeyecek nasılsa. Ama barış isteyenlere, öyle görünüyor ki, "Barış istedin ha?" diyerek falaka sırası gösterilecek. Upuzun bir falaka sırası... Nasılsa tabutlar gelirken kimse dönüp "Arkadaş sen savaş diyordun, ne yapacağız şimdi bu gözleri kapalı oğlan çocuklarıyla?" demeyecek. Niyeyse yine bize dönecekler: "Barış isteyen sendin değil mi? Yürü bakalım dayağa!" Ne tuhaf değil mi? Her ölümde, her asker düştüğünde savaş isteyenlere değil, barış isteyenlere dönüyor küfür. Hem bu kadar fasulyeden sayılıp hem de bu kadar dayak yemek?.. Her seferinde "Kimse ölmesin" diyenlerin ölümden sorumlu tutulması?.. Ezcümle, barış istiyorsanız kavgaya hazır olun. Çünkü siz isteseniz de istemeseniz de dayak gelecek...

*Başlık, Ah Muhsin Ünlü'nün "Resulullahla Aramdaki Farklar" adlı şahaneler şahanesi şiirine naçizane bir göndermedir.

03 Eylül 2011

KÜRTLER, TÜRKLER VE MEMLEKET ÜZERİNE... İNSANİYETİN TASFİYESİ

"Söyle Zagros!"

"Hasan Abi, çözüme mi çalışıyorsun, gazeteye mi?" Bir an duraksadığımı görünce gülüyor.

"Her ikisine de Zagros, barışa da gazeteye de" diyorum.

Gazeteci milletinin işi bazen zorlaşır. Bir yandan her şeye burnunu sokmak, tarihe tanıklık etmek ister gazeteci. Ama bu arada çizgiyi iyi çizmesi, doğru yerden çekmesi gerekir. Hassastır bu çizgi, oynaktır. (*Kürt Sorununa Yeni Bakış-Barışa Emanet Olun*, Hasan Cemal, Everest Yayınları, 2011.)

Hasan Cemal, "bir yandan" diye başlamış, "öte yandan" cümlesini yazmamış. Ben söyleyeyim:

Yıllarca izleyip durduğun iki taraflı mükerrer ahmaklıklara dur demek istersin. Tarihe tanıklıkla tarihin akışına karışmak arasındaki çizgi oradadır: Gördüklerinden ötürü biriken sözlerini söylemeye başladığın yerde. Ya mesleğin söz söylemek ise? O zaman tanıklıkla aktörlük arasındaki fark nedir? Hassas çizgi orada işte.

Hasan Cemal'in sadece hassas değil, oynak demesinin de sebebi bu. Çünkü çizgi günlük siyasette her an değişir. Dengede kalmak için sabit bir noktaya bakmak gerekir. O sabit nedir? İki tarafın da muktedirleri seni sevmiyorsa dengedesin demektir. Bir de kartlarını hep insandan yana oynarsan... İnsanlar seni sevecek diye bir şey bekleme kardeş! Ama insanlık ve kendi vicdanın karşısında boynun eğik durmazsın. Bu da nereden baksan mühimdir. Benim yıllar içinde yaza çize öğrendiğim budur.

Kürt siyasi hareketi büyüleyici bir harekettir. İlk kez Güneydoğu'ya giden nice kerli ferli gazeteci gördüm, döndüklerinde bir coşkuya kapılırlar. Doğaldır. Çünkü öyle bir bağırlarına basarlar ki seni... Hayatta hiç öyle sevilmemişsindir. Kaldı ki İstanbul, Ankara siyasetinde ömrünce göremeyeceğin bir canlılık, samimiyet, hakikatli heyecan. Kalpten gelen, ete işlemiş politik bir coşku!

Bir de halkı görürsün. Batı'daki aydının 70'ten sonra hasretini çektiği halk, halkla birliktelik oradadır. İnanç, adanma, birlik... Bütün bu en kudretli değerler seni ciğerinden yakalar. Çekilen acının haklı isyanı karşısında ancak saygıyla susabilirsin. Irkçılığın olduğu her yerde hâkim ırktan gelen vicdanlı insanın yaşadığı derin eziklikle biraz suçlu da hissedersin. Karışık bir psikolojidir o. Orada da bir denge sorunu vardır yani.

Hayalleriydi

Öte yandan insanın olduğu her yerde insanca olmayan şeyler vardır. Orada da vardır. Oradakiler benden daha iyi bilirler. En katıksız, en haklı isyan duygularıyla (bacısını kurban veren erkek çocuklarıdır, gözünün önünde babası tokatlanmış kız çocuklarıdır, canları acımış değil, gururları kırılmış insanlardır söz konusu ettiğim) yola çıkanların nicesi yolda kalmıştır.

Hamravat'ın suyu nereden gelir, Kırklar Dağı'na Çağdaş Yaşam Merkezi nasıl yapılır, bunun tarihini benden iyi bilenler bu meselenin içine doğup büyümüş olanlardır. Başka bir hayaldi kurulan yani. Benim hayalim değildi, onların hayaliydi. Ama işte ben de tanıklık ettim. Bir hayalin, nice kıymetli insanı yedikten sonra şimdi nasıl bir şeye dönüştüğünü görüyorum ve... Burada da dengede kalmak gerek.

Devletin Kürt hafızası

Hüseyin Yayman'ın *Türkiye'nin Kürt Sorunu Hafızası* (Doğan Kitap, 2011.) kitabını okudum. Bu şu demek: Osmanlı tarihinden bu yana yazılmış bütün Kürt raporlarını okudum. Kitap devletin Kürt meselesi hafızasını tek bir kaynakta toplaması açısından çok kıymetli. Fakat böyle bir kitabın Kürt siyasetindeki bir kuşağı topyekûn zindana tıkan KCK operasyonundan söz etmemesi de besbelli taraflı bir tutum. Yine de meseleyle ciddi olarak ilgilenen herkesin elinin altında bulunmalı. Çünkü tarihin kilitlendiği noktayı görmek ancak böyle mümkün. Kilit şudur:

Türkiye Cumhuriyeti Devleti, Türklerin Kürtlerle eşit insanlar olduğunu kabul etmedi, etmiyor, edecek gibi de görünmüyor.

Bir devlet 1920'lerin başından beri kerelerce aynı raporları okuyup kerelerce o raporların söylediği şeyleri yapmazsa -evet onlarca başka konjonktürel, bölgesel, ideolojik sebep de sayabilirsiniz ama- elbet bir çekirdeği vardır bu işin. O çekirdek de eşitlik meselesidir. Eşitsizliğin korunması için de insaniyetin, insani olanın tasfiyesi gerekir. Çünkü savaş ancak böyle sürebilir. Neden bunları yazıyorum?

Bu yazı, sadece başlangıç. Kısmetse (!) devam edeceğim...

17 Ekim 2011

KÜRTLER, TÜRKLER VE MEMLEKET ÜZERİNE... İNSANİYETİN TASFİYESİ-2

Düşünüyorum da, insan, insanlık tarihi önünde bir teferruat. Tarihin en çabuk tasfiye edilen parçası... İlk tahliye edileni. Hatta çoğu kez insan, insanlık tarihinin merhametsiz, süngülü işleyişi önünde derisi incecik bir çocuk...

Önceki gün, Kürt sorunundaki kilidin eşitlik sorunu olduğunu yazmıştım. Türkiye Cumhuriyeti Devleti'nin Türklerle Kürtlerin eşit olduğunu kabul etmediğini, etmeyeceğini yazmıştım. Karşılıklı insaniyetin tasfiyesi üzerine yürüyen merhametsizlik tarihinden söz ettim. Devam ediyorum.

Sıvı statüko

Hüseyin Yayman'ın KCK operasyonlarına taammüden yer vermediği, 1920'lerden bu yana yazılan devlet raporlarını bir araya getiren *Türkiye'nin Kürt Sorunu Hafızası* kitabını okuyan her aklı başında insan şu sonuçları çıkarır:

Meseleyi "halletmek" ve "idare etmek" merkezinde hazırlanan statüko yanlısı raporlar birbirini tekrar etmiş (öldürelim, bastıralım, susturalım), sorunu hakikatle ve siyasetle anlamaya çalışan herkes, dünyanın bütün yolları, okulları, fabrikaları (ve bugünlerde alışveriş merkezleri) Güneydoğu'ya yapılsa bile sorunun çözülemeyeceğini ifade etmiş ve ivedilikle susturulmuştur. Meselenin sahici bir eşitliği tesis etme sorunu olduğunu hemen hiçbiri açıklıkla söylemese bile biraz vicdan sahibi bütün raporlar buna işaret etmiştir.

Bugün her ne kadar "statüko" terimi siyasi iktidar tarafından bir küfür gibi kullanılmaya başlanmış olsa da 1924'ten itibaren devletin kılcal damarlarına sinmiş olan bu tutum aynen ve fakat daha sersemletici yöntemlerle devam etmektedir. Statüko artık sıvı haldedir: Muktedir o gün hangi kabı kullanıyorsa onun şeklini almaktadır. Yıllar boyunca Kürt hareketi içinde siyasi çözüm yanlısı kadrolar cinayetle, parti kapatmayla, hapse atılmakla susturulmuşsa bugün de şizofrenik birtakım suçlamalarla (hem Ergenekoncu hem PKK taraftarı?! gibi) aynı siyaset devam ettirilmektedir.

Son yirmi yıldır Kürtler siyaset yapmak için altı parti kurmuş, beşi kapatılmıştır. Her üç yılda bir insani sermayesinin imhasına dayanabilen bir hareketi hayretle karşılamamak elde değildir. Hele ki son günlerde akıl almaz bir hırs ve hınçla Kürt sorununun çözümü için siyaset yapabilecek Kürt jenerasyonunu hapse tıkan KCK operasyonları göz önüne alınırsa devletin ortada sadece kendi beğendiği Kürtler kalıncaya kadar bu "siyaseten katli" sürdüreceği ortadadır.

Kim ki "E herhalde bunun bir sonu gelir," diye düşünüyorsa, fazla iyimserdir. Bu, devlet tarafı. Devlet, Kürtlere "merhamet" bağışlayacak, ama önce diz çöktürecektir. Bu başından beri böyleydi, bundan sonra da "Zerdüştlerin" (!) kaderi bellidir!

İktidar, kendi siyasi tabanı içinden bile gelse (Fethullah Gülen Hareketi içinde çıkmaya başlayan bu tür sesleri niye duymuyorsunuz acaba?) insani sesi tasfiye edecek, zaten Kürt tarafından gelecek benzer seslerin hiç gözünün yaşına bakmayacaktır. Çünkü, sahici bir eşitliği, eşit siyaset yapma tesis edersek kafamıza fena fikirler üşüşür!

Teferruatın sırası

Gelelim "aydın Türklere". Onlar Kürt sorununa bakarken de içlerini, en dibine kadar sahici bir eşitlik duygusuyla yıkadılar mı?

Yıllardır Kürt ve Türk aydınlarının buluşmalarına tanık olmuş biri olarak söyleyeyim. Orada da bir eşitlik yoktur. Bir önceki yazıda uzun uzun "denge" meselesinden söz etmemin nedenine geliyorum şimdi. Ya hâkim ırktan gelmenin derin suçluluk duygusuyla Kürt siyasetini lüzumundan fazla yüceltmek, büyüsüne kapılmak, en yılmaz bekçisi olmak ihtirası vardır... Ya da ve belki de daha fenası öğüt verme, yol gösterme kibri.

En kötüsü de Türk tarafı adına müzakereci psikolojisine girmektir ki tedavisi mümkün değil. Nasıl ki yıllarca gazeteciler Güneydoğu'ya giderken safari kıyafetlerini giyindilerse Türk aydınları da Kürt halkının nasıl direnmesi gerektiğiyle ilgili derslerle dopdolu bir belletmen tiplemesine giriverir, kendini tutamaz. (Hep Bico'nun şiddetle arasına mesafe koyması gerektiğini söyleyen beyaz dostuna söylediği söz geliyor aklıma: 'Nasıl direneceğimize de mi beyaz adam karar verecek?')

Bu ikisi arasındaki bir denge noktasını bulmak önemlidir. Çünkü birlikte iş yapılacaksa -mesela bugünkü Kongre gibi- bu siyasal ve tarihsel psikolojik mesele ciddiye alınmalıdır. Bu yapılmadığı takdirde değil "birleşmek", konuşmak bile mümkün değildir. Nasıl ki devlet Kürt sorununda bir tekrar ahmaklığına düşmüşse biz de aynı ahmaklığı sürdüreceğizdir.

Bu yazı kimilerine "Sırası mı şimdi bu teferruatın?" sorusunu sorduracaktır. Tarih boyunca insani olanın tasfiyesi bu soruyla başlamıştır. Unutmamalı: Merhametsiz insanlık tarihi önündeki ince derili çocukların yeniden konuşabilmesi için inanması, inanması için de kardeşinin kalbinden şüphe duymaması, onu kendi kalbi sayması gerekir. Bugün bir şey olacaksa artık buradan olacaktır.

19 Ekim 2011

VELEV Kİ...

Velev ki biz çok terörist insanlarız. Çok korkuncuz biz, çok fenayız. Aman yaklaşmayın bize ha! Mesela, öyleyiz yani. Ama çocuklar ölmüş. 19 adet.

Hatta peki tamam, onlar Kürt olmasın, dağ Türk'ü olsunlar. Dağlarda kaçakçılık yapıp dershaneye giden dağ Türk'ü çocukların karda yürürken çıkardığı seslerden gelmiş olsun etnik kökenleri. Yine de 19 adet ölü çocuk ediyor nereden baksan.

Biz çok iblis gibiyiz mesela. Şeytan nerede biz orada, öyleyiz. Sınırsız kötüyüz. Erol Taş gibiyiz, o kadar kötü yani. Diyelim ki biz hiç sevmesek Başbakan'ı, özel gıcığımız varmış meğer Başbakan'a, o yüzden ağlıyormuşuz bu çocuklara. Yani diyelim ki öyle olsun. İşimiz gücümüz bu hükümetin asabı bozulsun, canı sıkılsın, öyleymişiz biz meğerse. İler tutar yanımız yokmuş. En iyisi bütün kapılar yüzümüze kapansın. Hatta daha güzeli var: Bütün kapılar, bilhassa demir parmaklıklı olanları üzerimize kapansın, tamam öyle yapın. Yine de 19 çocuk ediyor böyle bakınca da.

Kaç tane BDP milletvekili var? Tamam hepsi tuvalete giderken telefon ediyormuş meğerse. Telefon açılmazsa hiç tuvalete gidemiyorlarmış diyelim. Bak sen şu işe! Hatta tamam, boyunlarında bizim görmediğimiz ipler olsun. Zaten kuyrukları vardı evvelden, niye tasma olmasın ki? O da olsun, peki. Selahattin Demirtaş da en belalılarıymış bu tuvalet eşkıyasının. O-ho! Çok fenaymış. Hatta şöyle diyelim, biz topyekûn, artık kim varsa bu çocukların derdine düşen, tuvalet önünde emir bekliyoruz. Sabah akşam. Yani bu kadar da berbat durumdayız. Çok sıkışmışız yani. Öyle de sayalım. Bak, yine 19 çocuk ediyor. Allah Allah?

Hiç kimse Kürt demesin! Hişşt! Sessizlik! Kapatın bakalım ağızları. Gözleri de kapatın. Kulaklar niye açıkta?! Bölücü müsün sen? Hiişşşt! Kimse konuşmasın. Konuşmayın bakayım. Hah! Tamam işte tam sessizlik. Hmmm... Ama böyle sayınca da 19. Ne yapsak acaba?

Biz mesela bugünden itibaren hiç Kürt demediğimiz gibi, sadece AKP diyelim. Dua gibi, sabah akşam. Beş rekât AKP övelim. Rehberlerimiz, onların gazetelerindeki onların köşe yazarları olsun. Hiç aklımızdan bile geçirmeyelim tek olumsuz bir düşünce. Hep tatlı tatlı temeller atalım, hep tatlı tatlı "Beraber yürüdük biz bu yollarda". Öyle tatlı tatlı insanlar olalım, pembe yanaklı, hep üzüm yiyen, üç çocuklu insanlar. Şimdi o durumda da 19 çocuk var ölü olarak.

Şöyle yapalım: Başbakan'ın konuşmasını herkes dinlesin, ama Selahattin Demirtaş'ın konuşmasını kimse dinlemesin. Zaten öyleydi, iyice öyle olsun. Bu Kürt politikacılar da zaten pek sevimsiz. Bi gıcıklar mı sanki. Sanki tam olmamış gibiler mi ne. Allah'tan binlerce insanı KCK davası sayesinde içeri attılar da bir rahat nefes aldık. Bence daha da alınsın. Kimsecikler kalmasın dışarıda. Trafik sorunu çözülür hiç değilse. Böyle olmuş meğer. Dışarıda hiç kimse kalmamış. Başbakan'ın sesi bütün şehirlerin meydanlarından çok yüksek bir ekoyla duyuluyormuş. Çünkü meğer kimse yokmuş sokakta. Ama bak yine 19 ölü çocuk var yatan orada.

Herkese aniden bir ilaç zerk edilmiş meğerse, artık kimse ölen çocuğunun peşine düşmeyecekmiş. Öyle manyak bir ülke olmuş diyelim burası. Çocuk ölüyormuş, pıt diye unutuyorlarmış ismini. Kimse hatırlamıyormuş. Mis gibi. İçişleri Bakanı her akşam çıkıyormuş mesela televizyona, komikçilik yapıyormuş. Biz hepimiz çok seviyormuşuz onu. Saygıyla eğiliyormuşuz mesela önünde. Hep onun sözleri kulağımızda, gözlerimiz yaşlanarak hep onu dinliyormuşuz. Komple kafayı yemişiz yani mesela. Ama işte mesele şu ki hâlâ 19 çocuk var mezarda.

Oradan say, buradan say. Dön yeniden, topla, çıkar. Arkadaş hep mi 19 çıkar?! Hepsi tamamen ölmüş olarak 19 çocuk var. Acaba nasıl yapsak da ölmemişler gibi yapsak?

04 Ocak 2012

BİZİM MEMLEKET

ÇOCUKLARI ÖLDÜRELİM!

"Daima çocuğunuzun parmak izlerine sahip olun."

Nasıl yani?

Evet öyle ve dahası var:

"DNA'sını belirleyecek saç telini saklayın."

Bunları söyleyen Yakınlarını Kaybetmiş Aileler Derneği Başkanı Zafer Özbilici. Tetikte olmalıyız yani. Neden? Çünkü çocukları organ deposu, cinsel arzu nesnesi ya da mal olarak görenler var. "Çok iğrenç" değil mi? Çocuklar annesinden ayrılmasın, değil mi?

Devam edelim, bakalım öyle mi?

Kızını öldüren anneler

Namus belasına betona canlı canlı gömüldü Medine. Nasıl buldular mezarını? Annesi yeni dökülmüş betonun önünde geceler boyu ağlayınca etraftakiler polise ihbar etti ve Medine'nin mezarı ortaya çıktı. O anne daha önce neredeydi? Çok sert bir soru gibi mi geldi size? Yıllar önce Urfa'da kendi kızının kafasını traktörün altında ezen, yeterince ezilmeyince bir kez daha ezen bir anneyle tanışmıştım. Namus belasına... Medine'yi betona gömenler, o kız çocuğunu, çocukları organ deposu, cinsel bir nesne olarak görenlerden farklı mı? Her anne çocuğu ölünce yok olur. Ama namus cinayetlerinde kendi kızının öldürülmesine onay vermemiş çok az anne vardır. "İğrenç" mi? Devlete mi emanet edelim çocukları mesela? Devam edelim.

Berivan ve devlet betonu

Polise taş attığı gerekçesiyle 7 yıl 9 ay hapis cezası alan binlerce çocuktan biri olan Berivan 15 yaşında. Devletimiz ne de çok benziyor Medine'nin annesine! Çocukları devletimiz de betona gömüyor. Bir çocuğu ne olarak görüyor olmalı yasa koyucular, yasanın uygulayıcıları, o çocuğu 15 yaşında betonların arasına kıstırmak için? Devletimiz ne kötü değil mi?

Devam edelim.

Apo ve Kürt çocukları

16 yaşındaki F.G. de taş attığı gerekçesiyle cezalandırıldı ve 7 yıllık cezası Yargıtay tarafından onandı. Peki F.G. niye gösteriye katıldı? Abdullah Öcalan'ın saçlarının zorla kesildiğine dair bir söylenti yayıldığı için!

Şöyle söyleyeyim. Bilen biliyor, bu çocuklar için avukatlık da yaptım, yazılar da yazdım. Ama şu soruyu sormanın zamanı geldi:

Kürt siyaseti, çocukları ne olarak görüyor? Çocukları terörist gibi yargılayıp cezalandıran yasalar ve yasa uygulayıcılar, polisi çocukların üstüne saldırtan hükümet, çocukları düşman olarak görecek kadar vicdanını kaybetmiş olabilir. Ya Kürt siyaseti? Bir kez bile, "Çocuklarınızı eyleme göndermeyin" açıklaması geldi mi adamakıllı, samimiyetle? Ya Öcalan? Saçının bir teli için hayatları kararan bu çocuklar için bir şey söyledi mi? Kürt çocuklarından "küçük generaller" yaratmak, biliyorum ve itiraf etmelerini bekliyorum, Kürt halkını heyecanlandırıyor bir bakıma. Kendilerine bakmalılar. Çocukları ne olarak gördüklerine bakmalılar. Bu ülkenin çocuklara karşı vicdansızlığının neresinde durduklarına bakmak zorundalar.

Kürtler? Ne zaman?

Önceki gün BDP Hakkâri Milletvekili Hamit Geylani, Terörle Mücadele Kanunu mağduru çocukların yaşadıklarının araştırılması için Meclis araştırma komisyonu kurulmasını talep etti. Ya öncesi? Kürt siyaseti, daha önce yazdım, artık yeterince kontrol edemiyor bu çocukları. Ama bu çocuklar yüzünden vicdanı yorulmuş biri olarak soruyorum:

Kürtler, çocukları çocuk gibi göremeyen hükümetten, yargıdan farklarını ne zaman ortaya koyacaklar?

Çocuktan al intikamı!

Önceki gün, Öcalan'ın yakalanmasının yıldönümü, yine çocukların teri ve kanı ile idrak edildi. Anneler ile polis arasında çocuklar çekiştirildi. "İntifadanın küçük generalleri" etleri morarana kadar devlet ile aile arasında hırpalandı. O çocuklar hangi elde kalsa rahat ederim bilemiyorum. Ne de olsa onlar hiçbir yerde çocuk olamayacaklar. Herkes onlardan, nerede olurlarsa olsunlar kendi çocukluklarının intikamını alacak. Kendini dövenlere bir fiske atamayan herkes, bu ülkede hep, çocuklara vuracak.

17 Şubat 2010

DAHA ÖNCELERİ NERELERDEYDİNİZ?

"Paşaların" tutuklanması elbette bu ülkenin militer ruhunda bir yarılma yaratıyor. Bir şok terapi. Öte yandan Türkiye'de bu sürece tek hâkim şahıs gibi görünen Ahmet Altan kadar iyimser olmak mümkün değil. Yani bu tutuklamalar Türkiye'yi, Altan'ın ima ettiği gibi "demokrasinin 7 harikasından" biri haline getirmeyecek. Neden?

Birincisi, Türkiye'nin kalbine basılmış "Her Türk asker doğar" damgasının böyle "Akşam yattık sabah kalktık, baktık acayip şeyler olmuş" tertibi tutuklama dalgalarıyla tedavi edilemeyeceği kesin. Üstelik Türkiye'de her siyasi hareket, kendini kendi aynasında en "sivil" görenler de dahil, jakobendir. Türkiye'de ötekini kendine benzetmeye çabalamayan, kendine benzemeyenlerin de yok olmasını dilemeyen bir siyasi kanat yok.

İkincisi, süreci yönettiği (!) düşünülen AKP'nin, "Onlar bizi fişledi, şimdi biz onları fişleyeceğiz," açıklamasıyla belirginleşen "intikam tugayı" tavrı da bu sürecin inandırıcılığını gövdesinden buduyor. Zygmunt Bauman'ın sevdiğim bir cümlesidir:

"Kurban olmak kimseye kendiliğinden bir ahlaki mertebe vermez."

Aksini düşünen kurbanlar, kolayca zalime dönüşürler.

Savcı Cihaner'in eşinin sözleri

Üçüncüsü ve en önemlisi, birilerine zafer naraları attırırken kimilerinin "onurunu kıran" bir süreçten sağlıklı bir sonuç çıkması zor.

"Onur" meselesini gündeme getiren ben değilim. Savcı İlhan Cihaner'in eşi Muteber Cihaner dün telefonda söyledi:

"Acı çekmek değil de... Onurumun kırıldığını hissediyorum. Gerçekten de artık kendimizden vazgeçtik, memleket için iyi bir şeyler olsun istiyoruz."

Savcı Cihaner'in "Allah'ın unuttuğu yerlerde çalışıp bir kez 'of' demediğini" söyleyen Muteber Hanım, en çok, 6 yaşındaki yeğeninin gözyaşlarına Bülent Arınç'ın "mizansen" demesine kırılmış.

Taraflar birbirini bu kadar "kanlı" algılıyorsa ortada bir "beraber yaşama iradesi" olduğuna inanmak zor..

Hukuksuzluk hep vardı

Şimdi gelelim gözden kaçan asıl meseleye... Ergenekon süreciyle hukuksuzluklara isyan edenlere sormak isterim:

Daha önceleri neredeydiniz? Bu ülkede hukuksuzluk insanları ölüm oruçlarına yatıracak kadar yakıcıyken... İnsanlar F tipi tabutluklarda delirmeye mahkûm edilirken... Başörtülü kızlar üniversite kapıları önünde haklarını ararken... Neredeydiniz? Şimdi bu ülkede insanlara nasıl kıyıldığını bir parça anlıyor musunuz? İnsanın nasıl canı yanıyor değil mi? Onuru kırılıyor...

Pınar Selek için bir şey yapın

Haydi ondan vazgeçtim. Pınar Selek için ne düşünüyorlar mesela? Mısır Çarşısı'na bomba atmak iddiası yüzünden başında yıllardır bir bela var. Kendisiyle birlikte bomba attığını iddia eden sanık bile beraat etmesine rağmen, Pınar ile ilgili verilen beraat kararı Yargıtay tarafından bozuluyor. "Başkasının derdiyle dertlenmenin" cisimleşmiş hali olan Pınar açıkça susturulmaya çalışılıyor. Ne yaptı Pınar? Sokak çocuklarının, Kürt çocuklarının, fuhuşa itilen insanların yanında oldu. Bu ülkenin militer mermerini eleştirdi. Bağımsız yargı diye yana yana dönen hükümetimiz bu konuda ne düşünüyor? Sivillik âşığı liberal entelektüeller ne diyor Pınar için? Biraz merak ettiyseniz bu dört başı mamur insanı, *pinarselek.com*'a bakın ve siz de Pınar'a tanık olun benim gibi.

Durmak yok, yola devam

Türkiye'de yaşanan süreç, siyasi iktidarın yalnız başına yürütemeyeceği kadar karmaşık ve kapsamlı. Bu süreçte hakikaten demokrasiden, eşitlikten, hukuktan yana olanların sesi daha fazla çıkmalı. Öyle ise bırakın şaşırmayı, paniğe kapılmayı, sinirlenmeyi, siz de bu süreç için bir şey yapın. Yeni bir ülke kuruluyor belli ki. Korkmaya, umutsuzluğa kapılmaya, özellikle de süreci ekranlarda eleştiren kimi yorumcular gibi sinirden delirmeye gerek yok. İçine girin ve etkileyin. Sesiniz çıksın, güvenle ve dirayetle konuşun. Çünkü siz de varsınız bu ülkede. Siz yoksanız bir eksik.

Yani siz yoksanız mevcut tam değil.

24 Şubat 2010

KANAAT SUİKASTI

"Sükût suikastı"na aşinayız milletçe.

Bir şey yazarsınız, film yaparsınız, ortaya bir fikir atarsınız, haber verirsiniz.

Sonra neler olacağını beklemeye başlarsınız.

Ama o da ne? Tısss... Sessizlikleriyle, yapılan işi yok sayarak, sizi yok ederler. Fakat Türkiye'de yeni bir olgu var şimdi. Ben buna "kanaat suikastı" diyorum.

Bir örnek ver kardeşim!

Geçtiğimiz günlerde de söz ettim. Artık Türkiye'de en ciddi tartışmalar bile kanaatler üzerinden yapılıyor. Üstelik daha fenası, bu kanaatleri gerekçelendirmek diye bir zorunluluk da yok. İçinden geçtiğimiz siyasi süreci değerlendirenlere bakın televizyonlarda.

Neredeyse ekipleşmiş tartışma grupları var.

Hatta beraber iyi kavga edenlerden "ekran takımları" yaratılıyor. Takımlar, ikili, üçlü ya da dörtlü kümeler halinde kanaatlerini bildiriyorlar bağıra çağıra.

Kimse referans vermek, söylediğini ispatlamak zorunda değil.

Hatta geçenlerde Cüneyt Ülsever'i gördüm ekranda: "Bir örnek verin. Somut örnek verin!" diye diye az kalsın kontrolünü kaybedecekti. Haklı olarak.

Referanssız konuşma dağınıklığı başlı başına tehlikeli zaten. Ama daha tehlikelisi "kanaat suikastı".

Şöyle gerçekleşiyor. "Somut bir örnekle" anlatayım:

Nefes ve Dersim katliamı

Nefes filmini hatırlıyorsunuz.

Levent Semerci'nin filmi beyazperdeye çıktığı andan itibaren militarist ve milliyetçi kesim tarafından sahiplenildi.

Filmi çok görmek istedim. Zaman olmadı ama daha önemlisi benimle gidecek insan bulamadım.

Etrafımdaki hemen herkes, "Milliyetçilerin filmi o," diyerek kestirip attı.

Hatta "Nerden biliyorsunuz? Öyle olmayabilir," dediğimi arkadaşlarım da hatırlar. Yani filme ilişkin izlemeden oluşturulan kanaat çoktan suikastını gerçekleştirmişti.

Hak teslimi

Derken geçtiğimiz günlerde *Taraf* gazetesi'nde, Murat Belge'nin bir yazısı yayınlandı. Belge, filmi DVD'de izlemiş ve entelektüel ahlakın gerektirdiği borç gereği, ne iyi ki, yazmış. Yazısı şöyle bitiyordu:

"Ama asıl eğilim, egemen eğilim, ayrıca askerlik sisteminin değişmesine de yol açan eğilim, genel olarak barıştan yana işleyen eğilimdi.

Toplumdaki bu eğilim özellikle sinemadan çok etkilendi.

Türkiye'de şimdiye kadar buna benzer bir rol oynayacak yalnız Uğur Yücel'in filmini biliyordum. *Nefes* ondan çok farklı, bütün özellikleriyle, ama son analizde bu da terazinin o kefesine konacak bir ağırlıktır sanıyorum."

Yani *Nefes*'in hakkı, Türkiye entelijansiyasının en muteber makamından teslim edildi. Oysa bizler, *Nefes* filmini kanaatlerimizle kurşunlarken arada pek fena şeyler oldu.

Katliamdaki Faşist Kürt!

Örneğin, Yönetmen Levent Semerci şöyle bir açıklama yaptı bir süre önce:

"*Nefes*; savaş karşıtı ve tarafsız bir yapım olmasına rağmen bazı kesimler tarafından milliyetçi bir yapım olarak sahiplenildi.

Bu milliyetçi dalgadan maddi rant sağlamak isteyenler, *Nefes*'in taklitlerini bile çekti. Ekranda milliyetçi duyguların sömürülmesinden ve son dönemde oluşan aşırı milliyetçi linç kültüründen rahatsız olup, dizi yapmama kararı aldık."

Filmi izlememekle birlikte filmle ilgili her gelişmeyi yakından takip ettim. Sanırım bu gelişmelerin altından bir suikast çıkacağını sezmiştim. Nitekim öyle de oldu. Üstelik şu ayrıntıyı kimse yeterince fark etmedi sanırım. "Milliyetçi, faşist" olmakla suçlanan filmle ilgili kanaat suikastı gerçekleştirilirken yönetmenin ağabeyi *Habertürk* yazarı Yavuz Semerci, köşesinde ailesinin Dersim Katliamı'ndan nasıl kurtulduğunu, Kürt olduğunu nasıl yıllar sonra öğrendiğini yazıyordu. Sanırım Semerci Ailesi'ne bir katliam da dayanaksız kanaatlerle yapıldı. Sık sık kanaat suikastına uğrayan bir yazar olarak ben sorumluluğumu bu yazıyla kabul ediyorum.

28 Şubat 2010

KİMİN TERİ GÜL KOKUYOR?

AKP'li birçok vekil, İslami eğitim almaları sebebiyle şu hikâyeyi benden iyi bilirler. Yazar İskender Pala anlattı:

Rümeysa, Hz. Muhammed'in kendi evinde uyuduğu öğlen uykuları sırasında meşin yatağın üzerinde biriken teri ıtır şişesine biriktirir ve saklar. Peygamber ölünce küçük şişe için servet teklif edenler olur, ama Rümeysa o teri sadece yoksul bir çobanla paylaşır. Veysel Karani'ye şişedeki terin yarısını verir.

Haksızlığa karşı haksızlığa uğramışları örgütleyen Muhammed'in teri, ilk kez onun tarafından adam yerine konmuş ezilenler için kutsaldır. Gül koktuğuna inanılır.

Şimdi anlatacağım da başka bir kutsal ter hikâyesidir.

Alın teri

Tekel işçileri Ankara direnişine mola veriyor. Sakarya Caddesi'ndeki çadırlar sökülüyor. 1 Nisan'da geri dönecekler. Acaba hükümetten birileri, tam da bu sırada, "Yan gelip yatanlar bu kadar dayanabildiler," der mi?

Başkent sokaklarındaki hakkı yenmiş, yoksul insanların alın terinin sözüdür. İnsanlar bu söze tanık oldular, ellerini uzattılar. Vaktiyle Kemal Derviş'in çıkarttırıverdiği özelleştirme yasalarıyla yenmeye başlanan alın terinin hesabı soruluyordu beter kış ayazında. İnsanlar, neredeyse 80 gün direniş sürgününde, sokakta yattılar. Eğer Başbakan'ın "yan gelip yatma" hikâyesine hâlâ inananlar varsa otuz saniye düşünsünler: Gerçekten haklı olmayan, alın terinin peşine düşmemiş insanlar bu yıpratıcı, mahvedici eyleme dayanabilirler miydi? 4/C nedir, gasp edilen hakların listesi nedir, bunları bilmeye bile gerek yok. Bu ses, alın terinin sesi olmasaydı çoktan tükenip giderdi. Ter, gerçektir. Alın teri haklıdır. Kutsaldır. Tıpkı ense teri gibi... Ense teri?

Çocuk teri

Yaşları 13 ile 16 arası. Altı çocuk. Şimdi onların 20'şer yıl hapis yatması isteniyor. 20 yıl! Daha adam olmadan suçlu olacaklar. Neden peki? Çünkü polis amcaları eliyle kontrol etmiş enselerini. Demiş ki "Ense teri!" Yani? "Yani siz çocuk değil, teröristsiniz." Nasıl yani? Nasılı yok.

"Alın bunları!" Bir dakika, öyle şey olur mu? "Olur tabii. Tutuklayın bu çocukları. Doğru savcının önüne!"

Savcı amcaları da demiş ki: "Polis amcaları kontrol etmiş, enseleri terli. Bu durumda 20 yıl hapsi hak ediyor bunlar."

Ama nasıl? Sadece ter yüzünden mi? "Evet öyle. Biz ter konusunda uzmanız. Bir çocuğun teri oynamaktan mı, koşmaktan mı, yoksa 'teröristlik yapmaktan mı', bunu iyi biliriz."

Nasıl böyle söylersiniz? *Sabah* gazetesinde Özgür Cebe yazmış, ifadelere göre çocuklar top oynuyormuş. "Biz anlamayız arkadaş. Bu çocuklar Kürt mü? Kürt! Elleri tozlu mu? Tozlu! Ensesi terli mi? Terli! O zaman bizim için dava kapanmıştır. Bu çocuklar toplam 120 yıl hapis yatacak!"

Kimin teri?

Alın terine biber gazı, çocuk terine hapis cezası! Peygamberin terinin gül koktuğuna inanılmasının sebebi, alın terini, mazlumların terini kutsal saymasıydı. Şimdi sormak isterim. Bu hükümet mazlumun mu yoksa zalimin mi terine inanıyor? Terörle Mücadele Kanunu'yla çocuğun çocuk olma hakkına, zalim özelleştirme yasalarıyla işçinin alın teri hakkına göz dikenlerin kıblesi nere? Sormak isterim:

"Acaba artık sadece sermayenin mi teri gül kokuyor?"

04 Mart 2010

YOĞURTLU ISPANAKLA ANAYASA YAPILMAZ YEĞEN!

Hava ve saha koşulları yeni bir Anayasa için ideal değil. Bir reklamda dendiği gibi "Saha, yoğurtlu ıspanağa benziyor sayın seyirciler!" Ama ne zaman ideal şartlar oldu ki? İdeal havayı beklemek zaman kaybettirebilir. Üstelik darbe anayasasını değiştirmek ne zaman olsa epey toz kaldıracak bir hadise.

Öte yandan Anayasa'yı değiştirirken "İstediklerinizi almak için istediklerimize evet diyeceksiniz," tonu taşıyan bir yöntem de kabul edilemez. Değişiklik paketini toptan referanduma sunmanın bundan başka bir anlamı yok.

Yazıp çizen, düşünen insanların bu konuda söyleyecek bir şeyi var: Bir bildiri hazırladık. 200 kişi. Değişikliğin en geniş mutabakatı hedefleyen demokratik bir süreçle oluşması gerektiğini söyledik. Ve olması gerekenleri şöyle saydık:

Seçim barajı kalksın. Seçim harcamaları şeffaflaştırılsın, bunu denetleyecek bağımsız bir kurum oluşturulsun.

Parti kapatılması zorlaştırılsın.

Dokunulmazlık kürsü ile sınırlandırılsın.

Ordu, güvenlik ve yargı mensupları dışındaki kamu görevlilerinin üzerindeki siyaset yasağı kaldırılsın.

Kadınlara siyasette pozitif ayrımcılık yapılsın.

Bunlardan en önemlisi seçim harcamalarının şeffaflığı ve kürsü dokunulmazlığı. Çünkü her iki madde de siyaset-para ilişkisi ile ilgili. Bunlar yapılmadığı takdirde parası olan iktidar olacak. "Kıroyum ama para bende" anlayışının Türkiye siyasetine hâkim olmaması için bu önerilerin hükümet ve siyasi partiler tarafından ciddiye alınması gerekiyor. Aydınların Anayasa'ya dair metni hazırlanırken Prof. Turgut Tarhanlı'nın önemli bir notu oldu. Darbecilerin yargılanmasını engelleyen geçici 15. maddeye ilişkin bir not. Tarhanlı hükümetin bu maddeyi kaldırmaya yönelik niyetinin yeterli ciddiyeti taşımadığını düşünüyor. Sorun şu: 15. maddeyi kaldırıp darbecilerin yargılanmasına yol verirken darbe mağduriyetlerinin nasıl giderileceğine dair bir çalışma yapılması gerekiyor. Yoksa iş "Kaldırdık maddeyi gitti," anlayışı içinde hallolacak gibi değil. İşlerini, çocuklarını, eşlerini, hayatlarını, organlarını kaybetmiş insanlara ne denecek? 12 Eylül'ün yargılanması bu demek çünkü. Sadece adli bir mesele değil, siyasi bir dönüşüm. Hükümetin paketinden niyetin bu ciddiyette olduğu belli olmuyor. Bildirinin imzacılarından bir grup yarın Meclis'e gidip bu meselelere dikkat çekecek.

Siyasette pazarlığın değil, fikir tartışmasının baskın üslup olması gereken bir dönem bu. Fikri olan insanların, bütün insanların dinlenmesi gereken bir süreç. Başka şeye benzemez, anayasa değiştiriliyor. Hükümetin ve Meclis'in akil adamları dinlemesi gerekiyor. Sadece dizilerde değil, siyasette de akil adamlara ihtiyaç var. Ramiz Dayı ağırlığında adamlar lazım şöyle demesi için:

"Yoğurtlu ıspanakla Anayasa yapılmaz yeğen!"

Gülen cemaatine birkaç kelam...

Basındaki iktidar el değiştiriyor. Bu, serinkanlılıkla değerlendirilmesi gereken bir süreç. Ama tabii ki öyle olmuyor. Bu hengâmenin en kötü yanlarından biri herkesin paket edilip taraflardan birine hızla monte edilmeye çalışılması. Bu süreçte herkesin isminin başına bir şey (Darbeci, Fethullahçı vb.) ekleniveriyor ve müdahale etmezseniz o sıfat isminize yapışıveriyor. Cumhurbaşkanı'nın Afrika gezisinden izlenimlerimi yazarken Gülen okullarındaki karşılama törenlerini anlatıp, Gülen cemaatinin "Cumhuriyet elitinin" militarist üslubunu siyah çocuklar üzerinde tekrar ettiğini yazmıştım. "Ey Afrika gençliği! Rahat! Hazır ol!" yazısına bakabilirsiniz. Bunun üzerine cemaate yakın yayın organlarında benimle ilgili şöyle bir tabir salgın gibi hızla yayıldı:

"Vaktiyle Gülen hareketi için 'kanser gibi yayılıyorlar' diyen Temelkuran..."

Adımın önüne bir lakap gibi takılan bu lafı nereden çıkardıklarını merak edip baktım. Nihayet arşivlerden buldum. Ayşe Arman'ın "kocasını Cemaat'e kaptıran (!)" Leyla Hanım'la yaptığı röportaj hakkında yazarken şöyle demişim:

"Leyla Hanım'ın Fethullah Gülen cemaatini tarifi, başına gelenleri anlatırken kullandığı dil, yeniden okunmaya değer. Leyla Hanım'ın anlattıklarından çıkardığım şu: Gülen cemaati 'nezaketle insanların üzerine çöken bir kâbus'. Bir kanser gibi ürüyor ve bundan kurtulmak mümkün değil. Neredeyse mistik güçlere sahip bir canavar. Hatta ve hatta Gülen cemaati, nasıl diyeyim, Dallas'taki JR gibi bir şey! Her zaman galip gelen kötü! Leyla Hanım'ın ruh hali bu!"

Herhalde sadece okur-yazar olmayanlar buradaki ironiyi göremez. Cemaatin ve cemaate yakın olanların bu oyunlara başvurmak yerine ciddiyet ve nesnelliği elden bırakmadan yaptığım eleştirileri dikkate almalarını tavsiye ederim. Ben yazmayı ciddiye alıyorum, okuyandan da aynı ciddiyeti beklerim.

22 Mart 2010

SAKİN!

Eğer kelle sayısını denkleştirebilirlerse bu Anayasa'ya "maruz kalacağız", öyle görünüyor. Kamu çalışanlarına grev hakkını kaldıran, siyaseti parası olana yaptıracak olan, yargıyı aşağıdan yukarı kadar hallaç pamuğu gibi atacak olan bir Anayasa...

Ne denebilir?

Herhalde bu değişikliğin ruhu ya da bu değişikliği önerenlerin ruh hali üzerine birkaç söz söylemek en doğrusu.

Değişikliğin ruhuna dair en önemli ipucu, Anayasa Mahkemesi heyetinde yapılması düşünülen değişiklik. Üyelerin Cumhurbaşkanı tarafından, büyük oranda "kafaya göre" belirlenmesi bir kenarda dursun. Yüksek Mahkeme'ye seçilecek iki kişinin de sadece üniversite mezunu olması yetiyor. O iki kişinin iktidar partisinin ruh haline uygun kişilerden seçileceğini tahmin etmek güç değil. Diyelim ki Su Ürünleri Fakültesi'nden olabilecek biri, öteki İnşaat Mühendisliği bölümünden. İktidar partisi, bu ikisi aracılığıyla o sırmalı urbalı adamların oturduğu odaya girmiş olacak. Yapılan işten pek anlamasalar da orada oturmuş olacaklar. Şu anda iktidar partisinin AKP olduğunu düşünecek olursak bu kişiler AKP'ye yakın insanlar olacak. Ve AKP o yüksek rakımlı odaya da, evet oraya bile (!) girmiş olacak.

Önceki gün de yazdım, bu Anayasa değişikliğinin yapılışındaki ruh halinde bir sakatlık var. Bir taraf birtakım "kalelere" girme hırsında, öteki taraf da onları o "kalelere" sokmamak için defansta. Defanstakilerin ruh hali malum ve fakat kalelere gireceğiz hırsıyla davrananların ruh hali daha ayrıntılı gözlemlenmesi gereken bir tablo oluşturuyor.

Nedir bu? AKP ve kitlesi niye kendini hâlâ bu ülkedeki bir azınlık gibi hissediyor? Bu ülkenin en kalabalık azınlığı gibi sanki, hırsla ve hınçla hâlâ, "odalara" girmeye çalışıyor. O cüppeyi de, öteki apoleti de, beriki makamı da... Sanki sonu gelmeyecek bir ele geçirme hırsı bu. AKP'nin söyleminde, "Biz de bu ülkenin vatandaşıyız" tınısı var her daim. Sanki birileri sürekli onlara bunun tersini söylüyormuş ya da hiç kimse onlara bunu söylemese de onlar durmadan böyle hissediyormuş gibi. Hazırladıkları Anayasa değişikliğinin ardında, "yasanın ruhu" dediğimiz o bulanık ve yüklü alanda böyle bir gerilim var. Hâlâ "aşağıdan" gelen birinin "yukarıdakinin" sahip olduklarına sahip olmak için yırtınışı. Bu ne serinkanlı, ne de siyaseten olgun bir tavır. Ülke bu ruh haliyle yönetildiği gibi şimdi de ülkenin ruhunu çatacak Anayasa bu psikolojiyle yapılıyor.

AKP'de ve kitlesinde hüküm süren mağduriyet ve ezilmişlik hissinin, üsluplarını ve yöntemlerini belirleyen bu yaralı psikolojinin anlaşılabilecek nedenleri var. Bu psikolojiyi her fırsatta siyasi prime dönüştürme çabasının ise anlaşılabilse de kabul edilmeyecek bir tutum olduğu ortada. Bu tutum, karşı tarafta şöyle bir toplumsal duygu yaratıyor:

"Alın Allah kahretsin, memleket sizin olsun da rahat edin!" AKP'li olmayan Türkiye'nin hissi şu:

"Biz gidelim o zaman!" Basiretini ve dirayetini koruyan, ezilmişlik söylemi üzerinden değil dünya görüşüyle politika yapan AKP'lilerin, hiç değilse onların bu genel duygu durumunu dikkate alması gerekiyor. Türkiye'de bu duyguyu yaratmak onların niyeti miydi? Başlangıçta yola böyle mi çıkmışlardı? Bunları düşünmeleri gerek. Dışarıdan, erken yaşlarda oyuncaksız kaldığı için oynayamayacağı kadar çok oyuncağı ele geçirmeye çalışan çocuklar gibi görünüyor anayasa yaparkenki tavırları.

Karşı tarafın da her şeyi olduğu gibi gösteren bir aynaya bakması gerek, burası kesin. Ama iktidarın da kendisine böyle bir ayna edinmesinde sayısız fayda var. Türkiye'de ilk kez sivil bir anayasa değişikliği yapan parti olmanın gerektirdiği olgunluğu ve dengeyi gösterebilecek bir ruh hali bulmaları gerekiyor kendilerine. Sakin yani, daha sakin. Bakın, ülkenin sermayesinden basınına, siyasetinden entelektüel hayatına her şeyi siz yönlendiriyorsunuz. Güçlüsünüz yani. Endişelenmeye gerek yok artık. Sakin! Biraz daha sakin.

24 Mart 2010

PATLAMA DEĞİL ÇATLAMA

Eşyaya bakıyorum. Eşya, maruz kaldığı baskı sonucunda her zaman patlamıyor. Bazen genleşiyor, bazen çatlıyor. İnsan da öyle olmalı. Toplumlar da. Bu yüzden nicedir toplumsal bir patlama bekleyenler yanılıyor olabilir. Belki de Türkiye çoktan çatladı ve sızdırıyor.

Güneşin gün içindeki yolculuğunu çıplak gözle takip etmek hem acılıdır hem de pek aklımıza gelen bir etkinlik değildir. Ama hepimiz güneşin batışını izlemişizdir. Güneşin aslında çıplak gözle de takip edilebilecek derecede hızlı hareket ettiğini ancak o zaman görebiliriz. Sanırım insanın ya da toplumun "hareketini" de ancak "batışı" sırasında çıplak gözle takip edebiliyoruz.

Oxford'da, tıpkı güneşe bakarken kullandığımız, görmemizi engelleyen ışınları engelleyen isli camla memlekete bakıyorum.

Her ülkede başka türlü soslanan vahşi neo-liberal politikalar, hem Sünni mülayimliğin tarihsel toplumsal davranış kültürüyle desteklenmiş hem de yöneticilerin "delikanlı" üslubuyla "insanileştirilmiş" gibi görünüyor. Zalim kendisine benzediğinde zulmü teşhis etmekte zorlanıyor halk.

Telefonlar dinleniyor ve sevgililer birbirlerini izletiyorlar suç örgütlerine. Aşk bile adli bir mesele olmuş, ki tatmamıza izin verilen tek parçasıydı hayatın. Bütün sözcükler yasaklanmış ve bize bir tek aşk bırakılmıştı. Oysa şimdi mafya, aşkımızı bile ele geçirmiş.

Öğrenciler intihar ediyor. Dershane sisteminin fenalığı sadece mankafa insanlar yetiştirmiyor artık. Çocuklar gidip intihar ediyorlar parası ödenememiş mankafalaştırma işkence sebebiyle.

Çocuklar birbirlerini öldürüyorlar büyüklerin silahlarıyla. Ceylan'ın parçalanmış çocuk gövdesinin hesabını kimden soracağımız belli, ama ya babalarının silahları öldürürse çocukları? Herkes sevdiğinin katili olursa kim girmeli hapishaneye?

"Tekstil devi Türkiye" çılgınlığını koruyabilmek için Çin'deki işkencehaneye benzeyen atölyelerle yarışmaya çalışırken patronlar, 5 kadın işçi yollarda ölüveriyorsa... "Tersane işçileri ölebileceklerini bilmeli" dediğinde bir bakan ya da maden işçileri boğularak öldüğünde maaşlarının 700 lira olduğundan dem vurup "şükretmeliler" diyorsa bir maden sahibi... En çok, batan bankaların reklam vermesine benziyor bu: Memlekette hiç kalmadığı için herhalde, vicdan, insaf sözcükleri daha çok, dolanıyor dile. Yeni yasalar yapılıyor ve artık insanların "yoruldum" deme hakkı bile kalmayacak. Buna bile sesini çıkarmayacak kadar bitkinse memleket...

Hasankeyf, Allinoi ve cümle ormanlar katledilsin diye bir yarış varsa... Kendi memleketini katletmek için böyle bir gayretkeşlik varsa... Ve yine de "Bir çakıl taşını bile vermemek" için gencecik çocuklar ölüme yollanmaya ikna edilebiliyorsa... Hasankeyfli bir çocuk, memleketi elinden alındığına göre hangi memleket için gider askere?

Çatlak memleketler var yeryüzünde. Bazılarına Türkiye'den işadamları toplanıp seks yapmaya gidiyor mesela, çocuk boyutunda kadınları olduğu için. Yalan mı? Bazılarına talana gidiyoruz, çünkü çocukların diktikleri giysiler, yaptıkları ayakkabılar daha ucuz. Bazılarına gitmek bile istemiyoruz ama gittiğimizde 10 liranın hesabını yapıyoruz alışverişte, o 10 liranın bir ailenin bir haftalık yemeği olduğunu bile bile. İler tutar yanı kalmamış ülkeler var yeryüzünde.

Şimdilik öyle görünmüyoruz. Çünkü İstanbul'da Lale Festivali var mesela. Başbakanımız açılışlara katılıyor sonra, ne zaman paniğe kapılsak azarlıyor bizi, sakinleştiriyor. Reklamlar da fena değil. Demek birilerinin hâlâ bütün bu lüzumsuz şeyleri alacak parası var! Dizilerdeki insanlar da âşık olduğuna göre...

Bir süre önce dehşetle beklenen, gelmeyince kendisinden ümit kesilen toplumsal patlama olmayacak. Çünkü Türkiye çatladı, artık sızdırıyor. Bundan sonra ne kadar basınç uygulasan boşuna. Nasılsa dibi delik, yukarıdan uygulanan basınç aşağıdan insanın sefaleti olarak dökülüyor. Bugünlerde artık bu çöküşe çıplak gözle bakabilmemizin nedeni ise... Demek güneş batıyor.

10 Nisan 2010

GÖMÜ

İşçilere, yoksullara kapalı olan Taksim Meydanı dün sabah da belediyenin propaganda çalışmasına açıktı. Mercedes bir otobüs üzerinde Başkan Topbaş'ın fotoğrafı ve TRT baygını bir ses megafondan sabahın kör karanlığında, "Belediyemiz her zaman olduğu gibi..." diye başlayan bir propaganda metni okuyor. İşe yetişmeye çalışan insanlar bıkkın Kuzey Kore vatandaşlarından hallice. Çünkü onlar uykulu otobüs seferlerinde ne zaman gözlerini açsalar dev reklam panolarında "AKP çalışıyor" reklamlarını görüyorlar. Zaten önceki gece, Meclis Genel Kurulu'nda AKP'nin memleketimize getirdiği ve daha önce kimsenin adını duymadığı "demokrasi" adlı keşiften dolayı şaşkın.

Kimse bu ülkede demokrasi için ölmemiş, hapis yatmamış, kimse işkence görmemiş gibi bir üslupla tanıştırıldıkları "demokrasi"nin seyrine bakıyorlardı geceden beri. Meclis çalışıyordu ve Başbakan, artık milletvekillerinin zekâ puanına olan güvensizliğinden midir nedir, "Sakın şaşırmayın, beyaz oy atacaksınız," diyordu. Anayasa yapılıyordu ve bu ülke artık daha çok demokrasi ve muhtemelen daha çok AKP reklam panosu görecekti.

Demokrasi gömüsü

Demokrasi, ekseriyetle gömülen silahlarla birlikte yeraltından çıkarılmak suretiyle keşfedildi. Fakat bu işte başından beri tuhaflık vardı. Hayır, darbe planlarının düzmece olmasından söz etmiyorum. Gömü çalışmasındaki dengesizlikten söz ediyorum. Şöyle ki...

Türkiye'de sadece silahlar gömülmedi toprağa. Kitaplar gömüldü. İnsanlar gömüldü. Demokrasi denen keşfin gerçekten anlamlı olabilmesi için bu gömü çalışmasının adaletli yapılması gerekiyordu. Silahlar çıkarılırken kitaplar, bombalar çıkarılırken haksız yere asılıp gömülmüş insanların hatıraları da çıkarılabilseydi toprağın altından, şimdi AKP ne Meclis'te ne sokakta tek kale maç yapıyor olmayacaktı muhakkak.

Toprağın altından her şey çıkarılmadı. Gömülü kitaplardaki fikirler, mezar taşsız ölüler olarak toprağın altına gömülü hâlâ. Bu ülkenin meselesi, karın ağrısı bu şimdi.

Gardiyanların çocukları

Ali Elverdi öldü önceki gün. Kartvizitinde "Denizleri asan adam" yazmasından utanmadığını bildiğimiz sıkıyönetim yargıcı. Ali Elverdi o günden bu güne yaşamış yani. Enteresan. Deniz, Yusuf ve Hüseyin yaşamamıştı, toprağın altına gömüldüler. Onların ve benzerlerinin hatıraları çıkarılmadığı için...

Afrika'da istenmeyen çocukları ormana atıyorlarmış, onları şempanzeler büyütüyormuş. Binlerce çocuk varmış böyle. Gerçek bir hikâye bu. Bizim çocuklarımızı da gardiyanlar büyütüyor hapishanelerde. Bu da gerçek. Onlar da binlerce. 1 milyon çocuk çalıştırılıyormuş Türkiye'de. Hem de çoğunluğu aylık 100 liraya. Onların hakkını arayacak fikirler ve gelenek toprağın altında olduğu için "demokrasi"yi AKP'nin memlekete tanıştırdığı bir icat sanıyor memleket. Başbakan'ın işçi haklarını savunduğunu bile zannedenler var.

Devrimci öğretmenler

Tüm Öğretmenler Birleşme ve Dayanışma Derneği (TÖB-DER) diriliyor, yeni haber. 12 Eylül'den hesap soracaklar. Onlara bir tribün alkışı yolluyoruz buradan. Devrimci öğretmenler hapishanelerde işkence görmeseydi, örgütleri kapatılmasıydı şimdi dershane borcundan ötürü anneler hapis yatmıyor, çocuklar utançtan intihar etmiyor olacaktı. Minnacık çocukların dayaktan burunları kırılmazdı herhalde.

Meclis'te, şu hayatta kalma reality şovlarına benzeyen uzunlukta bir Anayasa değişikliği çalışması başladı. Ayakta kalan kazanır! Tayyip Bey emir vermiş, "Uyunmayacak!" Demokrasi böyle bir şey çünkü: Milletvekillerine, yani memleketi yöneten insanlara hangi renkte oy kullanmaları gerektiği tembih edilmeli, yoksa unutuveriyorlar. Ya da uyuyakalıyorlar.

Eğer toprağın altındaki her şey çıkarılabilseydi... Herhalde daha çok kafası çalışan bir ülke olurdu burası. Hakkını savunan ve hesap soran. Yumruk atmaktansa cümle kurabilen. Ne ki gömünün hepsi çıkarılmıyor. Bu memleketin baş ağrısı buradan.

21 Nisan 2010

AYAKKABILAR

Ülkeyi niye severiz? Bütün milliyetçi ezberleri bir kenara bıraktığınızda... İçine doğduğumuz uzun bir hikâyedir ülke. Çok iyi bildiğimiz bir hikâye. Parçası olduğumuz. Giderek bizim bir parçamız olan. "Gitmek, kaderi düzeltmektir" diyor Cemil Meriç. Ne kadar uzağa gidersek gidelim kaderimizin ülkenin kaderinden ya da benim deyişimle hikâyesinden kopamayacağı için. Varoluşumuzla ilgili olduğu için, kimi kez dilini bile unutacak kadar uzaklaşsak bile.

Ülkesiz insanlık

Kimi kez başka hikâyelere de gönlümüz düşer. İyi bildiğimiz bir hikâyeyse eğer, parçamız haline geldiyse o ülke, artık haberlerine öfkelenebiliyor ve kimi hazin fıkralarına kederlenebiliyorsak, orası da az çok yurdumuz olur. Gönlümüzün konakladığı bir yer. Belki çok sonra, insanlar içine doğdukları değil, kalplerinin seçtiği hikâyelerin parçası olabildiğinde, başka bir hal alacak ülkeyi sevmek dediğimiz şey. Herkesin belki birkaç ülkesi olacak. Ya da kim bilir belki insan kalbinden ülkeyi sevmek, onun için kederlenmek, efkârlanmak diye bir şey kalkacak. Ama şimdi...

Haber değeri

Dev-Yol davasının 1 numaralı sanığı Cahit Akçam telefonda. "Kim bilir" diyor, "belki de haber değeri vardır." Sesinde uzun süre uzaktan bakılan bir meydana doğru sonunda yürüyen genç adamların muzaffer sevinci:

"Biz çocuklarımızla birlikte orada olacağız, otuz üç yıl sonra. Darbeciler görsün diye. Biz yok olmadık, çocuklarımızla birlikte buradayız, bunu göstereceğiz."

Haber değeri var mı? Ülkenin hikâyesini bilenler için sonsuz kıymette bir havadis. Bir kuşağın hikâyesini, eksik gedik tamamlamasıyla, bir çemberin başlangıç noktasına kavuşmasıyla ilgili. Konuşma sırası sonunda kendine geldiğinde kekelememeye, nefesini ayarlamaya çalışan bir kuşağın tarihten çıkagelişi.

İnsanın ışığı

1977 1 Mayıs'ının siyah-beyaz görüntülerini neredeyse ezbere bilirim. Meydana giren insanların zihin zindeliğinin yarattığı bir ışık düşer görüntülerin ortasına. Tıpkı Rönesans resimleri gibi ışık resmin ortasındadır, güneşten değil insanlardan çıkar. Herkesin kendinden daha büyük bir heyecanı taşımak için, daha iyi, daha zinde, daha güçlü insanlar olmaya çalışması. "İnanmak bu işte," demiştim ilk gördüğümde, "birlikte her şeyi yapabileceklerinden şüphe duymayan insanların olduklarından daha güzel insanlara dönüşmeleri, daha günahsız, daha iyi insanlara."

Kan ve kahkaha

Önceki gün Taksim Meydanı'nda sanırım hepimiz olduğumuzdan daha iyi insanlardık. Daha sağlıklı, daha masum, daha iyi insanlar. İnsanın matematiği böyledir çünkü. Bir şeyi seversin, bir ülkeyi, bir insanı, bir kitabı, bir hikâyeyi ve içinde daha iyi bir insan olmak isteği belirir. Daha güzel olmak istersin ve sadece bunu istemek bile daha güzel yapar seni. Bir ülkeyi seversin, onun kan ve kahkaha damlayan hikâyesini, bu seni daha doğru biri yapar. Sonra sana benzeyenleri görürsün, oraya daha iyi şeyler olsun diye gelen insanları.Tarifsiz bir taşma hissi için büyür kalbin. Kalbin büyüdükçe daha çok insanı seversin, daha hesapsız, daha fedakâr. Böylece inanmaya başlarsın, kaderi düzeltmek için tek yol gitmek değildir. Kaderi değiştirmek için tek yol...

Tarihin ayakkabıları

Olup bitenleri, kaldığım yazarlar evinde, Amerika'da bir dağın tepesinde, Napoleon biyografisi yazan Philip'e anlatıyorum. "Hımm..." diye düşünüyor, "Demek Türkiye sonunda demokrasi oluyor."

Benim kadar sevinmiyor, benim gibi kederli bir neşe içinde dilsiz kalması mümkün değil. Çünkü... Hikâyenin tamamını bilmiyor. 77 Kazancı Yokuşu'nda kalan sahipsiz ayakkabıları bilmiyor. O ayakkabıların sahiplerinin nihayet geri döndüğünü... Tarihin yeniden, ayakkabılarını ayağına geçirip yürümeye başladığını.

03 Mayıs 2010

FAŞİZMİN AMBARI SORUNSALI

Başbakan iyi yazılmış konuşmalarından birini daha başarıyla okudu. Bu konuşmalardan birini her okuduğunda bahse girerim birçok kişinin içinden şöyle geçiyor:

"Memleketi bu konuşmayı yazan adamlar yönetsin!"

Bu arada yeri gelmişken bir bilgi vereyim:

Ahmet Hakan'ın, Başbakan'ın yazarlar toplantısından sonra söylediği gibi değil. Konuşmaları yazan esas kahramanlar, Yalçın Akdoğan gözetiminde genç bir ekip. Gökhan Özcan, Aydın Ünal, Murat Zelan. Bilhassa yazarlar toplantısındaki konuşma metnini içtenlikle tebrik ederek anıyorum bu isimleri. Hakikaten sağlam yazıyorlar. Umarım benden iltifat kabul etmek başlarına iş getirmez.

Tüzüklerle çarpışanlar

Sanırım yine aynı ekip dün Başbakan'ın metnine Ece Ayhan'ın bir dizesini koymuşlar:

"Tüzüklerle çarpışarak büyüdük."

Devamı şöyledir:

"Velhasıl onlar vurdu biz büyüdük."

Tamamen başka saiklerle ve tamamen başkaları için yazılmış olan bu dize elbette AKP paradigmasına müthiş uyuyor. Yazı insanlarına selam vermiş olarak devam edelim...

Ey Türk Faşisti!

Başbakan konuşmasına Aziz Nesin'in 1948'de yazmış olduğu bir taşlamayla devam etti. İşine yarayan ve kullandığı cümle şuydu:

"Ey Türk faşisti! Muhtaç olduğun kazma Halk Partisi'nin ambarlarında mevcuttur." Yani nihayet Başbakan da son birkaç yıldır herkesin ağzına fazla kolay giriveren, birçok ağızdan fazla kolay çıkıveren faşizm kavramını kürsüden söylemiş oldu. Şunu da söylemeden geçemeyeceğim:

"Faşizm nedir?" sorusuna Kemal Sunal'ın ünlü filminde söylediği replikten daha kapsamlı bir açıklama getiremeyecek olan birçok insan, bu sözcüğü o kadar kolay kullanıyor ki artık gündelik bir küfre dönüşmüş durumda. Bu, memleketin terminolojik sağlığı bakımdan hayırlı mıdır, değil midir, onu da Başbakan'ın dediği gibi, tarih gösterecek.

Türk Töresi?

Başbakan faşisti gördüğü yerde zımbalıyor, amenna! Fakat şu talihsizliğe bakınız ki aynı esnada Estergon Kalesi'nde, pardon, başka bir basın toplantısında, partinin bir başka meşhur ismi tarafından fire verilen oylamaya ilişkin şu sözler telaffuz ediliveriyor:

"Başbakan uçurumdan atlıyorsa bize yakışan onun arkasından atlamaktır. Karar doğrudur yanlıştır, önemli değil. Türk töresi böyle gerektirir."

Kürşad Tüzmen, dudaklarının kenarından Türk töresi damlata damlata uzamış bıyıklarıyla bu sözleri sarf ediyor. Söylemek istediği, "firelerden" biri olmadığı, olamayacağı. Türk töresi konusunda, tam da Başbakan demokrasi söylevi çekerken insanın aklına çabucak "faşizm" sözcüğünü getirebilecek bu biat açıklaması bu yüzden yapılıyor. Hay Allah! Oysa tam da Başbakan parti içi demokrasi konusunda bize teminat vermişken. Tüh! Tam da "Biz fire oy verenler listesi yapmıyoruz," diye açıklamalar TBMM koridorlarında cereyan yaparken.

Tavuğun muhayyilesi

Bu ve çeşitli başka sebeplerle eğer Türkiye'de faşizmin ambarı aranacaksa dikkatli olunmalı. Türkiye devleti çok eski bir saray. Eski saraylarda bazı odaların, bazı ambarların yeri unutulur genellikle. Bu durumda da sanırım böyle bir nisyan söz konusu.

Üstelik Türkiye'ye şöyle bir bakınca, madem faşizm hakareti bu kadar sık kullanılıyor, şunu da sormalı:

Bu kadar faşist tek bir ambardan çıkıyor olamaz?

Ya da tam tersinden düşünelim: Bu kadar faşisti bir yere kapatmaya kalksan hepsi tek bir ambara sığmaz! Bir tavuğun muhayyilesindeki darı ambarı genişliğinde olduğunu tahmin ettiğim bu faşist ambarından da sadece tek bir tür faşist çıkmaz.

Bu yazıyı bir kez daha yazı insanlarının çoğu kez kederin gölgesiyle kararan kalplerine selam ederek bitireyim:

Kardeşlerim, dileğim odur ki, siz yazdıkça ve Başbakan seslendirdikçe azalsın faşizm. Fakat gel gör ki... Tavuğun hayal gücüne dur denmiyor!

05 Mayıs 2010

HAYA

Mesela bugün Dağlıca'da oğlumu vurdular. Bakıyorum televizyona, kimse ondan söz etmiyor. Benden haberi yok kimsenin. Bir generale sarılıp ağlamasam, bakana saldırı olmasa kimsenin de benden bahsedeceği yok. Ya da benim yerime bir general ağlamasa...

Mesela Çankıra'da altmış küsur yaşında eski solcu CHP'li bir kitapçıyım. Yapayalnızım bir bakıma. 12 Eylül'de işkence görmüşüm, darbenin adı geçse kanım donuyor. Etrafıma bakıyorum artık burası başka bir Türkiye, bütün ekonomi "hacılar" arasında dönüyor. Dünyam allak bullak olmuş. Bakıyorum televizyona. Benim adım hiç geçmiyor.

Mesela Van'da genç bir kadınım. Belki öğretmenim ve bu durumda kesinlikle yoksulum. Yoksunum. Bir fikrim vardı, çocuklara güzel bir dünya kuracaktım diyelim ki. Bütün bir hayatım "atama" denen muammaya takılıp kalmış, gencecik ihtiyarlıyorum. Bakıyorum siyasetçilere, hiçbirinin umurunda değil.

Babamı öldürmüşler mesela. Ensesinden bir kurşunla, gün ortasında. Kimin öldürdüğü öldür Allah bilinemiyor. Dünya gelse çözülmeyecek sanki, öyle inat ediyor efendiler. Her duruşma sirk gibi geçiyor alay eder gibi. Annem ağlıyor gözümün önünde, kız kardeşlerim taş kesiyor. Şöyle bir göz atıyorum ekranlara. Kimsenin umurunda değil.

Mesela Trabzon'da genç bir adamım. Mühendislik öğrencisiyim. Kulaklığımda Bach çalıyor. Cebimde sadece bir tane otobüs bileti var ve beter âşığım. Ceketimin iç cebinde adı görünürse genç kurtların deli olacağı bir kitap var. Korkuyorum. Her Allah'ın belası gün korkuyorum. Peşime düşmeleri an meselesi ve yalnızım. Bakkalın önünden geçerken manşetlere bakıyorum. Tık! Hiçbir bahis yok benden.

Yalnız bir anneyim İzmir'de. Kocayı terk etmişim, çekilmez biriymiş. Türlü eziyet etmiş bana. Sütüm kesilmiş üzüntüden ve param mama almaya anca yetiyormuş. Çocuk ağlıyormuş deli gibi ama kimse benden söz etmiyormuş.

Bir köşe yazarıymışım mesela, içim almıyormuş olup biteni. Ne zaman bir adım geri atıp baksam ülkeye, elim ayağım tutuluyor, yazamıyormuşum. Yazılanları gördükçe utançtan yerin dibine giriyormuşum. Biri utanılacak duruma düşünce sen de onunla göz göze gelmek istemezsin ya, öyle. Bakıyorum internet sayfalarına, nato utanç nato terbiye!

Siz de benim kadar yok gibi hissediyor musunuz kendinizi bazen? Bahsi geçmeyen bir ayrıntı... İhmal edilmesinde hiçbir sakınca görülmeyen biri gibi. Deliliğin ortasında kalmış, kaderi bu deliliğin içine doğmak olan biri gibi.

İhmal edilebilir azınlık

Ne yazayım ben şimdi? Birinin cinsel hayatına dair görüntüleri yayınlamanın akıl almaz bir alçaklık olduğunu mu? Bunları yayınlamamanın "delikanlılıktan" sayılmayacağını, minimum ahlakın bunu gerektirdiğini mi? İnsanları öldürmemek gerektiğini mi? Yoksulluğun korkunç olduğunu mu? Kendisinden bahsedilmeyen insanların giderek memleketin tamamını oluşturduğunu mu?

Türkiye'de kansız bir savaş yaşandığını yazıyor *Wall Street Journal*. Her kanın kırmızı ve sıvı olmadığını mı yazayım? İlkelliğin geri dönüşü olmayan bir gidiş olduğunu mu söyleyeyim?

Çoğu kez yazmaktan haya edeceğim şeyler oluyor ülkede. İçinde olmadığın sürece anlamı olmayan bir delilik yazmaya değer bir mevzu mudur, bunu düşünüyorum bazen.

10 Mayıs 2010

60'A KADAR SAYIN!

3 Mayıs 2010. Diyarbakır E Tipi Cezaevi 7. Koğuş. İçeride, Terörle Mücadele Kanunu mağduru 42 çocuk tutuklu var. İçerisi havasız. Çocuklar bunu günlerdir söylüyor. Yemekler sağlıksız ve hasta arkadaşlarına bakılmıyor. Böyle söylüyorlar. Bende hapishaneye kapatılmış çocuklara inanma eğilimi vardır. Sizde?

Koğuşta çocuk isyanı

O gün, çocuklardan biri kalp şikâyeti ile cezaevi doktoruna muayene olduktan sonra koğuşa geri gönderildi. Çocuklar arkadaşlarının tam muayene edilmediği, bir süredir kimsenin doğru dürüst muayene edilmediği gerekçesiyle eyleme başladı. Koğuş kapısının arkasına eşya yığıldı, çocuklar dışarıya ses vermek için duvarlara vurmaya başladılar. Koğuş ile koridor arasındaki duvarda yaklaşık 10-15 cm çapında bir delik açtılar. Delikten koğuş kapısına gelmeye çalışanlara demir çubuk ve cam eşya atmaya başladılar. (Çocukların cam eşya attıklarını cezaevi yöneticileri söylüyor.)

Hayata dönüş?!

Gürültüyü duyan 12. Koğuş'taki çocuklar da bağırmaya başladılar. Savcı, cezaevine geldi ve 7. Koğuş'taki çocukları, hasta olan arkadaşlarını dışarı vermeye ikna etti.

Olay, 19.00'da başladı. Saat 20.30'u gösterirken ambulanslar cezaevine giriyordu. Kapı önünde aileler, avukatlar; içeride çocuklar. Akıllarda "Hayata Dönüş Operasyonu"ndan kalan yanık fotoğraflar...

Avukatlar 2 saat boyunca cezaevi savcısını aradılar. İçeride ne olduğunu öğrenmek istediler.

Saat 21.00. Avukatlar içeri girdi. İlk girişte 112 Acil'den gelen doktor, çocuklardan birini muayene ediyor. Çocuk, Avukat Emin Aktar'a içeride saldırı olmadığını söyledi.

Kandırılıyorlar mı?

7. Koğuş'un duvarındaki delikten bir şey atılabileceğini düşünen infaz memurları, sandalyeyi kalkan yaparak avukatları koridordan geçirdiler. İnfaz koruma memuru bağırdı:

"Baro başkanı geldi, sizinle görüşmek istiyor, mazgalı açın!" Avukat Aktar, mazgalı açan çocuğa kimliğini gösterdi ama çocuk kendileriyle hep görüşen Baro Çocuk Merkezi avukatını istedi.

Avukat Aktar, çocuklara "Eyleme son verin, arkadaşınız hastaneye götürülecek," diyor ama çocuklar artık kimseye güvenmiyordu. Herkesin onları kandırdığına inanmışlardı.

Eski DTP Milletvekili Aysel Tuğluk, BDP Milletvekili Ayla Akat Ata ve BDP Genel Başkan Yardımcısı Avukat Meral Danış Beştaş, cezaevine geldiler. İçeri giremediler.

Hemen! Şimdi!

Avukat Emin Aktar, "Çocuklar İçin Adalet Çağrıcıları" mail grubuna attığı bilgi notunda olayı anlatıyor ve bilgi notunu şöyle bitiriyor:

"Bu olay çocuklar ile ilgili TBMM'deki tasarının önerdiğimiz şekilde düzenlenerek bir an önce yasallaşmasının ne kadar önemli olduğunu ortaya koymuştur. Yasalaşmanın gecikmesi, çocuklardaki güvensizliği derinleştirerek daha şiddetli çatışmalara yol açacağı unutulmamalıdır. 'Çocuklar İçin Adalet Çağrıcıları' olarak ne Anayasa değişikliği, ne çatışmaların yeniden başlaması tehlikesi ve ne de başka toplumsal sorunlara takılmaksızın yasal düzenlemenin bir an önce gerçekleşmesi için çabalarımızı yoğunlaştırmamız gerekiyor."

Bazı (!) Çocuklar

Buna mukabil, "Seks Yalanları ve Video Kasetleri" filmine kendini kaptırmış olan Meclis'te neler oluyor? AKP, MHP Lideri Bahçeli'nin 23 Nisan'da gündeme getirdiği çocuklarla ilgili sadece şöyle bir düzenleme yapma planında: Çocukların alacağı cezanın alt sınırı 5 yıldan 2 yıla düşürülecek. Enteresandır, bu düzenlemeden büyükler de yararlanacak. Sorun, büyüklerin yararlanması değil. AKP'nin hâlâ çocukları, özür dilerim yanlış yazdım, bazı (!) çocukları çocuk olarak görmemesi.

Lütfen çocuğunuzun bir gece hapishanede yattığını düşünün ve içinizden 60'a kadar sayın...

...

...

60'a kadar dayanabildiniz mi? "Bir çocuğa kaç yıl hapis cezası verilmelidir?" sorusunun cevabını insanlığınıza bırakıyorum.

12 Mayıs 2010

BAŞBEKÇİ!

Lisedeyim. Bir arkadaşımla oturuyoruz sınıfta teneffüs vakti. Arkadaşım kazara erkek! Sanırım lise 2'deyiz. Ne konuştuğumuzu hatırlamıyorum. Muhtemeldir ki çok fena gençlik dertleri filandır. Derken içeri bütün okulun içtenlikle nefret ettiği bu müdür muavini giriyor. Çakır gözlerini bize dikiyor, yüzünde bir dehşet ifadesi. Ve bağırmaya başlıyor:

"Çıkın dışarı! Çıkın dışarı! Senin kız kardeşin bu durumda olsaydı hoşuna gider miydi?"

Hö?

Müstehcenlik

Bizim lise, Bornova Anadolu Lisesi, hafif deli bir liseydi benim vaktimde. Yok öyle öğrenciye kabadayılık! İkimiz de bağırıyoruz:

"Ne diyorsun hoca! Kendine gel!"

Fakat çakır gözlü efe çıldırıyor, daha beter müstehcen fikirler sayıp dökmeye başlıyor. Velhasıl biz vuruşarak geri çekiliyoruz. Yıllar sonraydı bu çakır gözlü efenin öğretmenlikten uzaklaştırıldığını okudum gazetelerde. Gerekçe? Kız öğrencilere sarkıntılık!

Partiden ihraç

Ahlak bekçilerine bu yüzden kızarım:

Kafalarındaki müstehcenlik fikrini olur olmaz başkalarına yansıtıp insanları terörize ettikleri için. Başbakan, malum göndermeleri yaparak "toplumsal ahlak" nutukları atıyor. Buna karşı direnmek kolay değil. Tahmin edersiniz ki, "Bütün eşlerini aldatan kadın ve erkekler birleşin!" desek ortaya ele gelir bir kalabalık çıkmaz. Bu tür bekçiliklerin her zaman galip gelmesinin nedeni de budur. Karşı taraf maça yenik başlar. Sonuç: Bekçilik alır yürür.

Başbakan, hızını alamayıp söylemiş zaten:

"Böyle bir şey yapanı partiden ihraç ederim!"

Çokeşliler?

Buyur! Başbakan AKP'li vekillerin de yatağına karışmaya karar verdi. Merak ediyorum Başbakan'ın parti çevresindeki çokeşliler konusundaki ahlaki yargısı ne? İslami kesimin önde gelenleri arasında bu tür bir hayat sürdürenleri ben bile biliyorum bu kadar uzak olmama rağmen.

AKP'nin İslami kesime bahşettiği zenginleşmeyle birlikte -bunu herkes biliyor ama daha kokusu çok çıkmadı bu kesimin erkekleri arasında ikinci, üçüncü eş alma dalgası başladı. Hatta bu hareketlerini Kuran'dan ayetler göstererek meşrulaştırıyorlar. Eşleri de kendilerini Kuran'dan başka bir ayet göstererek savunmak zorunda kalıyor. Böyle bir dip kavga var İslami kesimde.

Ahlak?

Başbakan'ın bu konuda biraz kafasının karışık olduğunu görmüştük. Zina ile ilgili yasa tasarısı sebebiyle Avrupa Birliği görüşmelerinde tereddüdü ortaya çıkmıştı. Sadece Başbakan'ın kafası karışık değil elbette. Ahlak nedir? İki kişilik ilişkilerde sadakat nedir? İnsani olan iki ölçüt olabilir sadece: Yalan ve rıza. İki yetişkin insan arasında rıza ile yaşananlar, yaşanan fiil iki kişiden birinin psikolojik veya fiziksel bütünlüğüne tehdit oluşturmuyorsa, zarar vermiyorsa gayri ahlaki değildir. (Yasa metni gibi oldu biraz.)

Yalan meselesi ise daha ziyade kişinin fıtratına kalmış. Yalanla yaşamaya katlanabilen insanların dayandıkları sınır yakalanmadır. O da tatsız ve onur kırıcıdır. Üçüncü kişilerin görmesine gerek yok, o eziklik yeter.

Sayayım mı?

Evlilik söz konusu olunca bu yalanın hukuki yaptırımları olur. Evlilik sözleşmesine aykırı davrandığınız için bunun bedelini ödemeniz gerekir. Ama bu kadardır. Kimsenin, en başbekçinin bile sizin adınızı dilden dile gezdirmeye hakkı yoktur.

Toplumsal ahlak ha?

Memleketimizin çeşitli il ve ilçelerinde küçük yaşta evlendirilen kızlar, ensest ilişkiler, evlilik içi tecavüzler...

Toplumsal ahlak ha? Cezaevinde yüzlerce çocuk!

Toplumsal ahlak mı dediniz? Madenlerde boğularak ölen işçiler, Tekel işçileri...

Daha sayayım mı?

17 Mayıs 2010

KADER VE İSYAN

İşçi cephesinden esmeye başladı. Tekel direnişinin tarihi bir dönüm noktası olacağı belliydi. Şimdi sendika işgallerini seyrediyoruz bir yandan, bir yandan madenci ölümleri karşısında Başbakan'ın, "Ben kader demedim, kader dedim," (Hakikaten böyle dedi) açıklamasını. Sonuç şudur: İşçi cephesinden esmeye devam edecek.

Bahçe sahiplerinin kaderi

Bu, "kader" değil. İnanç meselesi de değil. İnsanlığın binlerce yıllık şaşmaz matematiği. Kadim zamanlarda peygamberleri doğuran zulüm, bugün işçi liderlerini doğuruyor. Vaktiyle duaları yazdıran kalp, bugün grev bildirilerini yazdırıyor. Hz. Muhammed'in alnındaki yoksulun kardeşliğinden olma nur, bugün kara yüzlü madencilerin gözlerinde. Zalime karşı mazlumun tarafını tutunca insanı güzelleştiren ne ise bugün o işçi cephesinde. Açlık katlanılmaz olunca ne olursa insanlığa, bugün Zonguldak'ta, İstanbul'da, İzmir'de o oluyor. Olacak da, göreceksiniz. Çünkü "Cahiliye Devri"nin ikrah safhasındayız. Çünkü yüzlerce adam, yeni doğmuş kız çocukları gibi gömülüyor. "Bahçe sahipleri" o zaman da "kader" demişti belki...

Sömürüyü cilalamak

Bakalım "bahçe sahipleri" bugün neler söylüyor?

Yrd. Doç. Dr. Berna Güler Müftüoğlu ve Bağdagül Taniş, "21. yüzyılda Zonguldak maden işletmelerinde çalışma hayatı: Bir kesittek gerçek" başlıklı bir araştırma yaptılar. "www.sendika.org"dan tamamına ulaşabilirsiniz. Diyorlar ki:

"...(Bugün) emek gücünü satma, yerine kariyer planlanma; işçi-emekçi, yerine işgören, işçi sağlığı, yerine iş sağlığı; kadrolu, yerine sözleşmeli 4/c, 4/b, 50/d vb.; kamu işletmeciliği, yerine özelleştirme; sendikalaşma, yerine insan kaynakları yönetimi, toplam kalite yönetimi gibi kavramlar kullanılmaktadır."

Ne kadar cilalarsanız cilalayın, kâr hırsı insan öldürüyor.

Uluslararası Çalışma Örgütü (ILO) raporuna göre Türkiye, dünyada en fazla iş kazasının yaşandığı üçüncü ülke. 1980'den sonra yasallaşan ve şimdiki hükümet döneminde iyice arsızlaşan işçi sömürüsünü belgeleyen Müftüoğlu ve Taniş'in, araştırmaları sırasında Zonguldak'ta yaptıkları görüşmelerden biri Karadon'da neden 30 işçinin öldüğünü açıkça gösteriyor:

"Eskiden..."

"İki yıldır Türkiye Taşkömürü Kurumu işçisiyim. 26 yaşındayım. Anlatıyorlar da eskiden damarlarda kömür çıkarma işlemini en az 20 kişi yaparken, biz en fazla 5 kişilik gruplar halinde girerek aynı işi yapmaya çalışıyoruz. 4 saatte kazı işini tamamlamak zorundayız. Kazı işinde can güvenliği çok önemli ama kısa sürede bitirebilmek için de seri hareket etmek zorunda kalıyoruz. Bu durumda da gün geçmiyor ki irili ufaklı iş kazası olmasın. Eskiden günde 6 sefer halinde olan faytonlar varmış, şimdi ise bir sabah bir de akşam var. İki saatte gideceğimiz yere 10'ar kiloluk yüklerle gidiyoruz. Dönüş de iki saat oluyor tabii ki. Yorgun düşüyoruz. Bir de dikkat en üst safhada olacak diyorlar. İşe gelişlerde servisler var ama bir kısım ücretini de cepten ödüyoruz. Birçoğumuzun yolu daha uzun, çevre ilçelerden geliyorlar. Otobüs minibüs yani neticede sabah 05'te yataktan kalkan var. Öyle yemeğimizi biz yanımızda getiriyoruz. Kimi de getirmiyor. Yenmiyor zaten. Tozlu topraklı göz gözü görmeyen yerde yemek içmek azap zaten. Bazen vakit de olmuyor. Eskiler anlatıyor da tahin, ekmek ve de yoğurt dağıtılırmış, bizler bilmiyoruz. Bir de kömür yardımı yaparlarmış. Şimdi o da yok. Kaçak kömür alıyoruz. Kömürü biz çıkartıyoruz ama onu alacak para az. Eskiden kazma ve kürek kullanılarak kazı yapılırmış şimdi daha yoğunluklu olarak modifiye makinesi kullanılıyor. Makineyle daha çok ve kısa zamanda kömür çıkartılıyor ama çok ses yaptığı için çökme seslerini duyamıyoruz ya da hissedemiyoruz. Göçük altında kaçmak zorlaştı. Artık kart basıyoruz. İşimiz erken de bitse kart basmak için 2 saat beklediğimiz oluyor. Islak ve kömürlü bir halde üşüyoruz tabii, aynı zamanda herkes bronşit oluyor. Ben işe girdiğimden beri vagonlar, tekerlekler, raylar hiç kontrol edilmiyor. Aksamalar olduğunda maliyet deniyor."

İşçinin kaderinde ölüm varsa, buraya yazıyorum işte, insanlığın kaderinde de insanlıktan çıkarılmaya isyan var...

26 Mayıs 2010

KALBİM VE KALEMİM ONLARLA!

Bahriyeli altı genç öldürüldü. Adlarını anmaya pek vakit bulunamadığına göre onlar da dün İsrail'in kurbanı oldular. Artık yaşamayan oğullarımıza, bir kızı sevmek, bir hayatı yaşamak, çocuklarının büyüdüğünü görmek ve normal insanlar olmak hakkını vermeyen bu topraklar adına hiç değilse bu köşeye adlarını bir kez yazarak selam veriyorum.

Serhat Aslan (Mardin), Kerem Oğuz Erbay (İzmir), İsmail Kartal (Erzincan), Erol Tavukçu (Van), Ümit Akbulut (Malatya), Erhan Terletme (Giresun)...

Toprakları da kendileri kadar taze olsun...

Gemilerde vahşet var

Kardeşlerimiz, insan olmanın aczine sığındılar. Acz içinde olmaya sığındılar. Zalimin zulmüne, gezegenin sessizliğine kafa tutmak ve insan olmaktan başka silahları olmadan yola çıktılar. Rotalarını, merhametin su kadar kıt olduğu bir çöle çevirdiler. Su ve ekmek götürmek için değil, İsrail ablukasını kırıp insanlığı öteki tarafa geçirmek için gemilere bindiler. Bir başına bırakılanın yanına insan götürmeye gittiler... Daha dönmediler.

Soğukkanlı olmak

Endişeli ve meraktayız. Televizyonlar yayın saati doldurmak için konuşan kafalarla doldu birden. Endişe ve meraktan diplomasi ve stratejiye geçiş hızlı oldu:

Türkiye, İsrail'e savaş açacak mı? Ortadoğu'nun dengeleri ne olur? ABD'nin tepkisi ne olacak? İskenderun'daki saldırıda İsrail'in parmağı var mı?

Soğukkanlı olmakta her zaman acele etmek gerekmez. Sonra bir bakarsınız kanınız donmuş!

Kimileri diyor ki, "Gidenler göze aldılar". Başkaları, "Türkiye göndermeseydi". Ötekiler, "Gidenler İslamcı'ydı". Berikiler, "İHH'nin, HAMAS'la ilişkisi var".

Yani?

İnsan, kendini kurbanın yerine koymaktan kaçar. Çaresizlik duygusu adamı boğar. Ama işte bir bakmışsın, mazluma mesafe alayım derken zalimin koltuğuna oturmuşsun. Dikkat! Dilimize dikkat!

"Barışın arkasındayız"

Akdeniz'deki vahşet, ne Müslümanların ne de Filistin yanlıların meselesidir. Bu, insanlığın ortak meselesidir. Ne diyeceksek buradan diyeceğiz. Tayyip Bey haklı, "Onlar katliamın arkasındaysa biz de barışın arkasındayız". Tayyip Bey haklı, "Bu Türkiye'nin değil dünyanın meselesidir". Umudumuz, gezegenin tıpkı Irak işgalinde olduğu gibi ayağa kalkmasıdır.

Gezegen ve İsrail

İsrail devletine şunu söylemeliyiz. Onlara şunu, her dilde, hep birlikte söylemeliyiz:

Ey İsrail! 360 kardeşimizi, onlara hiçbir zarar vermeden, derhal bırakmadığın takdirde gezegen ikiye bölünecektir: İsrail ve insanlık. Ey İsrail! Yaptığın saldırı, insan olmanın aczine sığınıp açık denizlere çıkan insanlara değil, insanoğluna, insanoğlunun kurduğu uygarlığa karşıdır. Ey İsrail! Bedeli ödemekle bir türlü bitmeyen tarihsel mağduriyetin Filistin kanı ve toprağıyla doymadı, şimdi insanlığın geri kalanına kastediyorsun. Gezegene savaş ilan ediyorsun. Ey İsrail! Bu gezegen kendini sana karşı savunacaktır.

Ablukayı kıran insan

Kim ne derse desin. 360 kardeşimiz İsrail zindanlarında gözaltına alınmış olsalar bile ablukayı kırmışlardır. İsrail ne yapsa sessiz kalan Almanya bile öfkesini gizleyemiyorsa, Avrupa Birliği nicedir unuttuğu Gazze'yi hatırlıyorsa, Yunanistan askeri tatbikatı iptal ediyorsa, NATO ve Birleşmiş Milletler toplantıya çağrılıyorsa... Bu, yanlarına tırnak makası bile almadan yola çıkan, zalimin merhametli olma ihtimalinden başka bir silahları olmayan insan kardeşlerimiz sayesindedir. Dünya yeniden Ortadoğu'ya kulak kesilmiştir. Bu acayip gezegenin, o gemiden gelen yaralıların iniltilerini duymaktan başka çareleri kalmayacaktır.

Kalbim ve kalemim onlarla...

02 Haziran 2010

CEYLAN-BUSE-ÜLKE-KEDER- "BİZ"-AKIL: KEENLEMYEKÜN!*

İnsanın içi, içine kaçar. Sonunda bu olur. Hissetmezsin artık. Hissizliğin, dövülerek vahşileşmiş çocukların sırıtması gibi ürkütücüdür. Çünkü insanın da sonu vardır; insan olarak kalsa dayanamayacağı için gördüklerine, insanlığını kilitler dibinde bir yere. Geriye, ayakta kalabilmek için belki, insan sadece öfkeye tutunur. Öfke, acı çekmekten bitkin düşmüşlerin son durağıdır. Filistin'deki gibi, Liberya'daki gibi, savaşı bıktırıcı uzunlukta olan her halk gibi. Biz öyleyiz artık. Biz, artık savaşın insanlarıyız. Kalbimiz, keenlemyekün!

"Biz"...

İnsanların yeri kalmadı Buse'ye üzülmeye, Ceylan'ı hatırlamaya. Tıka basa ceset dolu kalbimiz. Binlerce genç vesikalık... Bir de vesikalıkları bizim izlediğimiz televizyonlarda hiç gösterilmeyen "öteki" çocuklar; annelerinin bile dağdaki isimlerini bilmedikle-

---

* "Yok hükmünde" anlamına gelen hukuki bir terim.

ri... Genç insanlar bu ülkede hayatımıza ancak tabutlarıyla giriyorlar... Ne tuhaf değil mi? Hiçbirinin sesini bilmiyoruz. Tanısak sever miydik o insanları? Konuşmalarına pek izin yok demek ki, fakat istedikleri kadar ölebilirler. İki tarafta da konuşma hakları hiç olmamış insanlar, ölene kadar adam yerine konmamış... "Biz", keenlemyekün!

Akıl

Bu tarafta insanlar "Kürtler neden hâlâ savaşıyorlar?" diye soruyor. Ülkenin öteki tarafında "Türkler neden hâlâ anlamıyor?" diye bir isyan. Bu taraftakiler oğullarını artık nedenini bilmedikleri bir savaşa yolluyorlar. Öteki taraftaki anneler, oğullarının "dağa" gideceğini bile bilmiyorlar; bir gece ortadan kayboluyor bir genç adam. İki genç adam belki aynı gün, hatta belki aynı saatte birbirlerini öldürecekleri noktaya doğru evlerini terk ediyorlar. İkisinin kafasında da hasbelkader bir neden var. Ama sonra bir bakmışsın gülen Buse'nin vesikalığını gösteriyor televizyon, kimse gülmüyor. Bir bakmışsın Ceylan'ın flaş patladığında kapanmasın diye iyice açılmış gözleri kapanıyor. Mermi sekiyor. Mermi hep seker, çünkü hep bir insan vurulur sonunda. Akıl, keenlemyekün!

Ülke

"Dikkat edin!" diyor ekranlar, "Bu yaz sıcak geçecek". Hep birlikte böyle diyoruz. Kan akacağından bahsediyoruz. Gidecek yerimiz de yok. Duruyoruz böyle. Çünkü güya konuşmayı denedik, "Yok konuşulmaz, teröristle masaya oturulmaz," dediler. Siyasetçilerini "muhatap almayı" reddettiler. Çocuklarını hapishanelere tıktılar. Çocuklardan bahsedenleri azarladı yükseklerdeki alçaklar:

"Onlar çocuk değil!"

Yoksul savaş göçmenlerini büyük şehirlerin kenar mahallelerine tıkıştırıp dermansız, nasipsiz, öfkeli bir kalabalık yarattılar. Şehirlerin ortasında ise hâlâ bu savaşın neden çıktığından habersiz, korkulu bekleyen kalabalıklar. Vakti gelince artık yakınlarında olan "uzaktaki" savaşa oğullarını gönderecekler. İktidardakiler "bölücü" ilan edilmekten ne zaman korksalar, ağızlarını savaş tanrılarının diline eğdiler. Bin kere yazdık, "Türk açılımı" lazım, bu ülkenin Doğu'sunun Batı'sına tercümesi gerek, dedik. Ve Batı'sının Doğu'suna... Paldır küldür ve yarım yamalak "açıldılar". Şimdi? Bütün şehirlerde birbirini boğazlamak için başlama düdüğünü bekleyen kalabalıklar. Ekranlar bir annenin, "Oğlumu neden ölüme yolladınız? Neyi beceremediniz?" demesine bile izin vermiyorlar. Ülke, rahminden başlayarak "bölünüyor". Ülke, keenlemyekün!

Keder

Bunlar yetmezmiş gibi, bir hafta önce Filistin halkı için ağlayan, İsrail'e öfkelenen halkım şimdi, "Heronlar neden saldırıyı haber vermedi?" sorusuyla Ortadoğu'nun sersemletici ve değişken dengelerini de bilmek zorunda, oğullarının ve kızlarının neden, ne zaman öleceğini anlamak için.

Başbakan, tabutların önünde konuşuyor. Nereye doğru döneceğini şaşırıyor konuşmayı yaparken. Ölü çocuklara sesleniyor, tabutlar arkasında duruyor oysa. Önünde devletlûlar. Tuhaf bir anlamsızlık var sahnede. Sahne gayet iyi kurulmuş belki, fakat yine de kendi bile biliyor, yadırgıyor, içi de almıyor bu acayipliği. İnsansan almaz zaten, Başbakan olsan bile... Elâlemin çocukları üzerinden savaş ilan etmek...

"Yeneceğiz," diyor, galiba, öyle bir şeyler. Ertesi gün Buse, tıpkı Ceylan gibi... Pırrr! Uçuveriyor dünyamızdan. İnsanlık, çocukların cennete gittiğine, birilerinin onlara orada şeker dağıttığına böyle böyle inanmak zorunda kaldı demek, aptalca savaşlara baka baka. Anlam, keenlemyekün.

Kimse "Neden?" diye sormasın hissizleşmiş kalabalıklar:

"Öldürelim!"

Keder? Keenlemyekün!

23 Haziran 2010

"ASKERLER" VE "DÜĞMELER"

Baba filminin bir bölümünde Corleone Ailesi'nin kurduğu suç örgütünün yapısı anlatılır. Yapı inşa edilirken Roma ordu örgütlenmesinin örnek alındığını öğreniriz bu sahnede. En altta "askerler" vardır. Kendi aralarında bunlara "Düğme" de denir. Bir "Düğme"ye basıldığında "Düğme" ya da "asker" ne yapması gerektiğini bilir. "Askerler" emir bekler. Her düğme gibi onlar da basılmayı, kullanılmayı bekler.

"Askerler" hayatlarını böyle kazanırlar. Ya da "Düğmeler" kendilerine bir güçlü parmak bastığı sürece "birisi" olurlar. Hem ekmek yemek hem de dünya üzerinde bir işlevle var olabilmek için tepedekilere ihtiyaç duyarlar.

Ergenekon'un 'askerleri'

Uzun bir süredir Ergenekon adlı siyasi bir suç örgütlenmesinin peşinden gidiyoruz. Özel binalar, özel yargılama salonları, hatta özel yetkili savcılarla son derece özel bir dönem bu. Eyvallah! Sürecin siyasi olduğunu, sürecin sahipleri bile inkâr etmiyor artık. Zaten bahsedeceğim mesele de o değil. Benim merak ettiğim şey şu:

Bu kadar "*Baba*" tutuklandıktan sonra bu suç örgütlenmesinin "askerlerine" ne oldu? "Düğmeler" şimdi nerede? Öyle ya, ortada bir suç örgütlenmesi varsa bu örgütlenmenin piyonları, askerleri, düğmeleri, ne derseniz deyin, enstrümanları olmalı ve bu adamlar bir yerlerde olmalılar. Eğer hakikaten böyle büyük bir suç örgütü varsa şu anda piyadeleri serseri mayınlar gibi kendilerine emir verecek yeni bir "*parmak*" arıyor olmalılar. Ya da kendilerine emir verecek kimse kalmadığında yapıldığı gibi...

Latin Amerika'da örnekleri yaşandı. Darbe dönemlerinde istihdam edilen sivil polisler, işkenceciler, paramiliter güçler dönem değiştiğinde ortalara saçıldılar ve en büyük suç örgütlerini oluşturdular. Peki bizimkiler nerede? Derin devlet ya da devletin ta kendisi siyaseten el değiştirirken silah kullanmayı, öldürmeyi, pusu kurmayı ve dahi bütün uğursuz işleri meslek edinmiş adamlar, "*eski sahiplerin askerleri*" bir yerlerde saklanıyor ve büyük bir olasılıkla sabırsızlanıyor olmalı.

Belki de bizim bilmediğimiz bir gölgeli alanda onlarla ilgili de bir operasyon yürütülüyor. Öyle ise gerçekten de bilmek istemem. İki karanlık cinin arasındaki top oyununda ortalarda dolaşanların başına hiç de iyi şeyler gelmez zira. Ama öyle umuyorum ki bu "*askerler*" bir yerlerde kendi emir-komuta zincirlerini oluşturup fazla hızlı süren bu siyasi dönüşümden vazife çıkarıp en iyi bildikleri şeyleri yapmaya kalkmazlar. O zaman işte ülkenin başı gerçek anlamda belada demektir.

Öte yandan düşününce, bu askerlerin yeni siyasi dönemdeki "*entegrasyonu*" zaten tamamlandı da biz bilmiyoruz belki. Bu derece mafyalaşan ekonomiyi, bu derece özelleşen güvenliği (!) belki de bu entegrasyon süreciyle açıklamak gerekiyor. Öyle ise eski dönemin işkencecileri, katilleri, adam kaçıranları eriyerek sistemin içine aktılar. Belki de bugünkü siyasi sistemimiz eskisinin bir tür siyasi çözeltiyle seyreltilmiş hali.

Her ne olduysa olmuş olsun somut bir gerçek var:

Bu adamlar buharlaşmış olamaz!

"Askerler" bir yerlerde olmalı...

“Hepimiz ergeniz!” Bravo!

TRT Haber’de Serdar Kuzuloğlu’nun “Sosyal Medya” programına katıldım. *Twitter* ve *Facebook*’la ilgili samimi hislerimi paylaştım. *Twitter*’dan yaptığın ve yapacağın şeyleri anons etmenin ergen davranışı olduğunu söyledim diye kıyamet kopmuş. Hatta, çok hoşuma gitti, “Hepimiz ergeniz” hareketi başlamış. Kulaktan kulağa laflar değiştiği için de bana verip veriştirilmiş. Bravo!

05 Ocak 2011

TÜRKİYE ÇOCUKLARI ULUSLARARASI TOPLUMUN KORUMASINA ALINSIN!

Kaddafi, kendi halkına savaş açtı. Kendi ülkesini işgal etmeye çalışıyor. Savaş uçakları Libyalıları bombalıyor. Çok acayip değil mi? Bence de çok acayip. Ama aynı oranda acayip bir şey var:

Mardin'de 8 yıl önce şehrin ileri gelenlerinin de, hacı-hoca takımının da içinde olduğu 26 kişi tarafından tecavüz edilen 13 yaşındaki *N.Ç.*'nin yaşadıklarına "*rıza*" gösterdiğine karar verildi.

Hükmün gerekçesine baktım, faillere en alt sınırdan ceza vermek için mahkeme epey ter dökmüş. Bu gerekçeler arasında tecavüzcülerin "*iffetli*" olması bile var. Öyle ki biraz daha gayret etselermiş *N.Ç*'yi "*26 erkeği baştan çıkararak fuhuş yapmak*" suçundan hapse atabilirlermiş! Ki çok da farklı bir şey değil yapılan. *N.Ç.* 8 yıldan beri başka bir şehirde, başka bir isimle yaşıyor. Başka bir hayata hapsedildi. Bu yargı kararıyla da ruhen recmediliyor şimdi. Tıpkı ayıpladığımız geri kalmış, berbat ülkelerdeki gibi!

Gençlere saldırı sicili

Peki bu ve benzeri olaylardan sonra, "Biz çocuklarımıza ne yapıyoruz?" gibi bir soru toplumsal platformda gündeme geliyor mu?

Gelmiyor. Zaten şu "halkın vicdanı", "halkın adalet duygusu" falan gibi zırvalıkların gerçek olmadığını artık biliyoruz. Dolayısıyla Türkiye'de yetişkinlerin, gençlere ve çocuklara açtığı soğukkanlı ve topyekûn savaş hali tam gaz devam ediyor. Gençler Dolmabahçe'de dayak yiyor, halkımızın büyük bir kısmı o dayağın hak edildiğini düşünüyor. O dayak sırasında genç bir kadın bebeğini düşürüyor, eli kalem tutanlar dahil olmak üzere akıllara "Kız niye hamileymiş?" gibi müstehcen bir soru geliyor.

Sadece polisin "dur" ihtarına uymadığı için İzmir'de polis kurşunuyla ölen gencecik Baran Tursun'un katillerine 2 yıl 1 ay hapis cezası veriliyor. Kimsenin aman aman umurunda değil. "Polis nasıl çocukları öldürür?" diye 12 yaşındaki Uğur Kaymaz için nasıl sorulmadıysa Baran Tursun için de sorulmuyor. Ceylan Önkol için nasıl bütün memleket ayağa kalkmadıysa bugün de N.Ç. için ülke ayaklanmıyor.

Çocuklara karşı dayanışma

N.Ç.'nin 13 yaşında 26 erkekle yatmak için rızası olduğunu düşünebilen bir mahkeme, bu hayali rızayı neye dayandırıyor, biliyor musunuz? N.Ç. iki erkekle yatmamış. Yani mahkeme diyor ki, "İki erkekle yatmamış, demek ki 26 erkekle de yatmayabilirdi". Kızın iki kadın tarafından satılması, şehrin ileri gelenlerinin 13 yaşındaki kızı... Yaşını duyunca koştura koştura gitmişlerdir eminim, salyalar akıtarak...

Mısır'da Tahrir Meydanı'nda günlerce eylem yapan insanların kendileri bile hayret ederek bir kelimeyi tekrar ediyorlardı:

Dayanışma!

Meydanda bu kadar canlı, somut ve derin dayanışmanın yaşanmasına kendileri bile şaşırıyordu. Mübarek'in "tahttan" ineceğinin açıklanmasından sonra kazandıkları zafer, dayanışmanın zaferiydi ve bu yüzden bütün o mutlu insanlar şöyle diyordu:

"Mısırlı olmaktan gurur duyuyorum!"

Ben, çocuklarını düzen, sonra da tecavüzcüleri ödüllendiren bir ülkenin vatandaşı olmaktan gurur duymuyorum. Çocukları ve gençleri için herhangi bir dayanışma göstermeyen ülkenin, çocuklar ve gençler için güvenli olduğunu düşünmüyorum. Bizim çocuklarımız ve gençlerimizin uluslararası toplum tarafından korunmaya alınması gerektiğine inanıyorum ve son derece ciddiyim! Kendilerine karşı soğukkanlı ve taammüden bir savaş başlatılmış olan gençler de yapılan anketlere göre çok büyük oranlarda bu ülkede yaşamak istemiyor. Fırsatını bulsalar hemen başka bir ülke vatandaşlığına geçmek istiyorlar. Açık bir gerekçesi var bunun:

Can güvenlikleri yok!

Soğukkanlı katil olarak toplum

Üstelik başlarına bir şey geldiğinde adalet sistemi onları korumuyor. Yani iyice örgütlenmiş, azılı, salyalı ve zalim yetişkinlere karşı yalnız ve silahsızlar. Onları döven, işkence eden polisler, devlet, yargı sistemi var bir yanda, öte yanda bu ortaya çıktığında "Hak edecek bir şey yapmışlardır" diyen yetişkinler. Can havliyle kaçmak istemeleri çok doğal.

Bana kimse 13 yaşındaki bir kızın, satılmak suretiyle ilişkiye girdiği 26 erkeğin bunu yapmasına rıza gösterdiğini düşünen bir mahkemeyi topyekûn protesto etmeyen bir ülkenin normal bir ülke olduğunu söyleyemez. Manisalı çocuklar, Uğur Kaymaz, Ceylan Önkol, N.Ç., Dolmabahçe'de dayak yiyen çocuklar, işkence edilen binlercesi, öldürülen binlercesi... Hakikaten bu ülkede çocukları yok etmek için ciddi bir örgütlenme olduğuna inanmıyor musunuz? Hakikaten mi?

23 Şubat 2011

HEM AYARLARI BOZUK HEM DE ŞİŞMANLAR HERKESTEN!

Ne Engin Ardıç'ı ne de Emre Aköz'ü yazar olarak da insan olarak da ciddiye alıyorum. Herhalde ben de onların favorisi değilimdir. Ama mesele buradan çıktı artık. Artık soru şu:

Bu alçalmanın dibi var mı?

Hadi bu adamlar, tıpkı memleketteki, önünü kaşıyıp duran ve kadınların "öpülünce adam olacağını" düşünen binlerce benzerleri gibi, dipsizler. Ama bu yazıları o köşelere koyan editörlerin, genel yayın yönetmenlerinin de mi dibi yok? Komple mi haysiyetsiz gazeteciler?

Erkek basın bunu yazamaz!

Mehveş Evin birkaç gün önce, "Erkek basın, bunu da yazın!" diyerek kadın cinayetlerini elinin ucuyla haber yapan basını eleştirdi. Dün de Kanat Atkaya yazmış Mehveş'in haklı olduğunu. Mehveş de ben de biliyoruz ki bu basının içi, dışarıdan göründüğünden çok daha fazla erkekçidir, sapına kadar maçodur ve hatta kadın düşmanıdır. Mehveş de ben de birçok kadın arkadaşımız gibi bu dünyada ayakta kalmak için epey uğraştık. Ayakta kalmak zorunda olduğumuz için de adımız "mahallenin feministi"ne çıkıp da iyice lafı dinlenmez olmamak için bazen susup bazen konuşmayı da öğrendik. Az canımıza okunmadı bu âlemde bizim. Biz birbirimizin canına az okumadık, o da var.

Ah bu basının içi!

Neden? Çünkü tecavüz haberleriyle dalga geçilen yazı işleri masaları vardır. Küçük kızlara yapılan tecavüzler hakkında şaka yapabilen adamlar ve bu şakalara kikirdeyen kadınlar vardır. Çalıştığımız gazetelerde erkeklerin bu tür belden aşağı esprilerine, bin çeşit aşağılık, kadın düşmanı şakalarına kah kah kah gülebilen genç kadınlar vardır. Arka sayfa için kadın poposu fotoğrafı gerektiğinde erkek dünyasına yaranmak için ayakları kıçına vura vura koşturup popo fotoğrafı bulabilen kadınlar vardır.

Eylemde bebeğini düşüren genç, öğrenci kadın hakkında "Demek hem sosyalist, hem de orospu!" diyebilen, sizin dışarıdan bakınca adam sandığınız, allame-i cihan bildiğiniz adamlar vardır. Ama bu müptezelliğin bu kadar ortalara saçılması... Bari bu olmasın. Bari pislik içeride kalsın. Bari Engin Ardıç çıkıp "Çirkin, kara kuru solcu kızları öpseydin sana yumurta atmazlardı Emre Aköz'cüğüm," diye yazı yazmasın, yazamasın. Bunun ötesi ne? Bunun ötesi o "öpme" lafıyla kastettiği fiili adlı adınca yazmak...

O kızların sizin gibi ayarsız şişkolardan tiksineceğini hiç aklınıza getirmiyor oluşunuz ancak kendinizin meczubu olmanızla açıklanabilir. Büsbütün gitmiş kafa, Allah selamet versin!

Doğru Ahmet yazıları

Bıktım yahu! Beni, benim gibileri böyle yazılar yazarak kendi müstekreh zihin seviyelerine çeken bu adamlardan ve bu kadınlardan bıktım. Ne yazıyorum şimdi ben? "Kadını aşağılayan yazılar yazmak yanlıştır." Bunu yazıyorum. Bu basit, ilkel cümleyi yazıyorum aslında. Çünkü bu ülke, bu ülkenin meseleleri beni, bizi böyle antin kuntin, "doğru Ahmet" yazıları yazmak zorunda bırakıyor. Zaten siyasi vaziyet yüzünden her lafımızı kuyumcu kantarında tartıyoruz, canımız sıkkın; bir de böyle bayağılıklarla uğraşıyoruz.

Siz haysiyetsiz misiniz?

Arkadaş! Sevgili editörler, muhterem genel yayın yönetmenleri! Bir millet topyekûn kadınlarına ve çocuklarına karşı taarruza geçmiş, her gün en az bir kadın öldürülüyor ve kim bilir kaç çocuk ensest kurbanı oluyor. Bir şehrin neredeyse bütün ileri gelenleriyle üzerinden geçtiği 14 yaşındaki N.Ç. ile ilgili "Reddedebilirdi, kendisi istemiş" yollu bir mahkeme kararı veriliyor, o da yetmiyor mahkeme "Müsterihiz" açıklaması yapıyor iftiharla.

Bu memleketin üniversitelerinden birinde dekan diye koltuğa oturttukları bir adam, dekolte ve tecavüz arasında illiyet rabıtası kuruyor, bilimsel milimsel süsler vererek suratına. Başörtülü yazar kadınlar, bu saçmalığı eleştirdiği için Ergenekoncu ilan ediliyor. Kadın cinayetlerine, utanmadan, hâlâ "Cinnet!" başlığı atıyor gazeteler, bu cinnetlerde niyeyse hep kadınların öldürüldüğüne hiç şaşırmayarak.

"Hayatım tehlikede!" diye mahkemeye başvuran kadınları bile korumayan (koruyamayan değil, isteyerek ve bilerek korumayan) bir devlet var elimizde. Bu ahval ve şerait içinde işte iki cingöz çıkmış, bu duruma göbeklerini tuta tuta gülüyorlar. Genç kadınların "öpülerek" kendilerine getirilmesi gerektiğini konuşuyorlar köşe yazılarıyla.

Siz kendinizi bu adamlarla aynı mesleği yaparken görmek istiyor musunuz? Yok mudur bunun bir dibi? Bu iki adam istifa etsin demeyecek mi hiç kimse? Bu kadar mıyız biz? Bu kadarcık mıyız? Bu kadar düşkün, kötürüm ve zavallı mıyız?

02 Mart 2011

ŞAKİRD VE SONRASI

"Cemaattekiler sana çok kızmış."

Yakın zamanda Fethullah Gülen Hareketi ile görüşen bir arkadaşım böyle dedi geçen gün. "Acaba neden?" diye sorulacak bir tarafı yok, bariz ve doğal sebeplerle kızgınlar: "Vakit geldi" başlıklı yazı yüzünden.

Normal koşullarda (normal bir ülke, normal gazetecilik ruh hali, normal siyasi koşullar, normal cemaat vb.) pek de üzerinde durulacak bir şey değil. Zira bana kızgın olan tek bir cemaat yok. Dini veya politik birçok cemaat bana zaman zaman kızmıştır; yazmak belası böyle bir beladır. Ne ki gazeteci arkadaşım cümlenin gerisini, "Kalplerini çok kırmışsın," deyince canım sıkıldı. Çünkü dinsiz insanlar için de kutsallıklar olduğu gibi günahlar da vardır. Benim için insan kalbi kutsaldır, onu bükmek, kırmak, hırpalamak günahtır. Hele ki kıymetsizlerin yanında kıymetli kalpler de incinmişse...

Murat ile Ahmet

Son derece tesadüfi bir şekilde geçen günlerde, Barış Müstecaplıoğlu'nun *Şakird* (Metis Yayınları, 2005) adlı romanını okuyordum. Roman, yazarın ilk gençliği sırasında içinde bulunduğu Gülen Cemaati (hikâyenin geçtiği zamanda cemaatti, hareket olmamışlardı henüz) içindeki gençler üzerine kurulu. "Şakird"in kelime anlamı Kuran okuyucusu, öğrencisi. Aynı zamanda Nur Cemaati içindekilerin birbirine hitap şekli. Öyle ki cemaat yurtlarında sabah namazına "Şakiiird! Kalk!" diye bir anons varmış, tıpkı hiç de sivil olmayan kışlalardaki gibi. Hatta "şako" diye kısaltması varmış, tıpkı soruşturmaları sulandıran mizah dergilerinin dalgacılığı gibi... Neyse...

Romanın iki önemli karakteri şunlar: Cemaat yurdunda kalmasına rağmen "has şakird" olmadığı (imam hatip mezunu olmadığı), olup bitenleri sorguladığı için uyumsuz görülen Ahmet, onunla aynı odayı paylaşan ve onu doğru yolda tutmaktan sorumlu olan ama giderek yoldan çıkan (!) Murat. Ahmet, adalet talebinin, vicdan sızısının peşinde genç bir çocuk. Dini olmasa da kalbinin ibresi insanlığı gösterecek olan zarif bir ruh. El değmemiş bir karlı bahçenin güzelliğine kıyamayıp yolunu değiştirecek kadar zarif. Ama cemaatteki "ağabeyler" için zarafet değil, "hizmet"e bağlılık muteber. Ahmet ise cemaati, dünyadaki adaletsizliğe, zulme ve acıya karşı "Bir şey yapmalı" isyanının cevabı olarak görüyor. Yakın arkadaşı Murat da öyle.

Samimiyet

Bunu niye anlatıyorum? Romandaki gibi "kendi işlerini yürütebilecek kadar devlette yer edinmek isteyen", Allah rızasından ziyade örgütlenme hırsıyla hareket eden, dolayısıyla fazla dünyevi hırsları olan kişiler mühim değil. Ama bir hareketten söz ederken bir tek Ahmet'in kalbi kırılsa benim canım sıkılır. İnsanları samimiyetle cehennem ateşinden kurtarmak için çalışan, bunu yapmazsa insani sorumluluğunu gerçekleştirmemiş olduğuna inanıp acı çeken gencecik ve tertemiz ruhlar da vardır o hareket içinde.

Bu dünyada şefkati ve anlamı başka yerde bulamadığı için orada olan. Herkesin birbirine gülümsediği, kimsenin birbirine sert bir dille konuşmadığı bu insanlar topluluğunu şu korkunç dünyada sığınılacak tek liman olarak görmüş insanlar da vardır. Benim meselem onlarla değil. O yazıda da yazdığım üzere iktidarla ilgili, iktidarı çevrelemekle ilgili derdi olanlarla.

Helal ile haram

Müdanasız, ölçüsüz ve saldırgan propaganda makineleri kurmak için televizyon ve gazete satın almak derdine düşenlerle. "Sıra bizde" iştahıyla kendinden olmayanlara psikolojik şiddet uygulayan, sonra da onlar delirince o ağırbaşlı gülümsemesiyle "Hoşgörü en yüce değerdir" çamuruna yatanlarla. "Network"ü genişletmek için devşirme entelektüel istihdam edip onlara gerek kalmadığında tekmeyi vuranlarla.

Allah sözcüğünü vicdan, adalet, eşitlik, özgürlük sözcüklerinden ziyade KOBİ, sermaye, hazırlık soruşturmasının gizliliği kavramlarıyla beraber daha sık kullananlarla. Helal ile haramın hududunu, kendi zenginlikleri arttıkça yeniden çizenlerle. "Korkuyoruz," diyenlere, "bir suçunuz yoksa niye korkuyorsunuz!" diyerek işkence etmekten zevk alanlarla...

Peki Ahmet ile Murat, onlar gibi olanlar niye bu zalimliğe giden yola isyan etmiyorlar? Onlar niye, "Mübarekler, biz bunun için mi yola çıktık? İnsanları korkutmak için mi?" demiyorlar. Tıpkı benim gibi insan kalbini kutsal sayanlar niye konuşmuyorlar? Yoksa onlar da mı korkuyorlar?

16 Mart 2011

İŞTE DEVLET BABA BÖYLEDİR AYVAZ!

Bir dönel kavşaktaki refüjde oturmuşlar. Beş, bilemedin altı yaşında ikisi de. Refüjdeki kel çimenliğin üzerine sermişler kumanyalarını, piknik yapıyorlar. Değişik bir piknik bu. Yerde bir dilim pasta var, bir küçük mum dikmişler üzerine, bir kutu da kibrit, doğum günü kutlaması yapıyorlar. Ayvaz, doğum gününü, kendi ebatındaki arkadaşıyla birlikte refüjde kutluyor. Kendi ebatında bir doğum günü bu ve son derece mutlu. Ayvaz'ın 1 lirasıyla aldıkları bir dilim pastanın başında bir mucizenin önünde durur gibi duruyorlar. Fakat rüzgâr var ya, bir kutu kibrit bitiyor, bir türlü yakmayı beceremiyorlar mumu. Dolayısıyla mum da üflenemiyor. Ama belli ki müthiş eğleniyorlar. Parti olmakta yani, mum olmasa da...

Polis amcayla doğum günü

Derken efendim polis amcalar bu iki ufaklığı MOBESE kameralarından görüyor. Polisler de klasmış, ne diyeyim. Geliyorlar refüje. Önce mumu yakıyorlar. Ayvaz üflüyor. Bizimkiler hafif şaşkın ama durumdan hiç şüphelenmiyorlar. Mum sönünce alkışlıyorlar, gülüyorlar. Derken tabii ki kader anı geliyor ve kollarından tutulmak suretiyle bir minibüse konuyorlar. Evlerine götürülecekler.

Macera yarıda kesiliyor yani. Ama hikâye kesilmiyor.

Haberler, "Ayvaz'a doğum günü kutlaması yaptılar," diyor ve görüntüde Ayvaz'ın evinin önü, evinin önüne konmuş bir masa ve bütün o köhneliğe, yoksulluğa işaret etsin, yokluğun altını çizsin diye masanın üzerine konmuş afili bir pastane pastası. Ayvaz, pastanın başında, hazırolda! Kafa kazınmış. Kafa hemen kazınmış yani. Devletin Ayvaz'a doğum günü hediyesi. Ayvaz, artık bir küçücük askercik varmış.

Devlet keltoşu

Refüjdeki arkadaşı da yanında, o da aynı şekilde devlet keltoşu. Ayvaz'a belli ki kadrajın dışından emir geliyor. Gül! Gülünecek! Üfle! Mum üflenecek! El çırp! Çırpılacak. Devlet babanın başlattığı, medyanın sürdürdüğü coşkulu tezgâhta, nizami bir şekilde kutlanıyor doğum günü. Ayvaz'ın ailesinin müthiş yoksul olduğunu anlatıyor haber. Ayvaz'ın yüzü gülüyor gibi ama aslında gergin ve şaşkın. Arkadaşı da yok oluyor ortadan zaten. Kadraja başka çocuklar giriyor. Belli ki bu çocuklar Ayvaz'ı pek de yakından tanımıyor. Sadece fotoğrafta çıkmak istiyorlar gibi. Zira sesleri "İyi ki doğdun Ayaz!" diye çıkıyor.

Ayvaz, kendisine Ayaz diyen ve kendisi için bir masanın etrafında, yoksul bir semtin ortasında şarkı söyleyen bu çocuklara bakıyor. Gülmesi gerektiğini bildiği için gülüyor. Tamamen mizansen gereği Ayvaz artık o. En çok kameralara dikiyor gözlerini. Artık arkadaşıyla birbirlerine bakmıyorlar. İkisi de çocuk değiller sanki. İkisi de kendileri değiller, lüzumundan fazla bir sahtelik var gülüşlerinde. Artık polis amcaların ve medyanın işbirliğiyle kurulmuş bir sahnenin üzerindeler. Ve hızla -çıplak gözle görülüyor bu- numara yapmayı öğreniyorlar.

Oysa ellerini kavuştura kavuştura, büyük bir heyecanla mumu yakmaya çalışırken kendileri, kendi müthiş refüj doğum günlerini tasarlamışken başkalarıydı onlar. Bir kere saçları vardı. Sonra kimseye bakmıyor, kendilerini dışarıdan izlemiyorlardı. Yüzlerine bir kamera için şekil vermiyor ve yoksul olduklarını kafaları kazınmadan önce bu kadar bilmiyorlardı.

Kusura bakma küçük kardeş!

İşte otorite böyle bir şeydir sevgili Ayvaz. Devlet böyle bir şeydir. Televizyonun iktidarı böyle tuhaf bir şeydir. Bizim memleket böyle bir yerdir Ayvaz. İlla ki öldürmelerine, işkence etmelerine, sürekli dövmelerine gerek yok. Bazen de çocukları kendi dünyalarından yaka paça çıkararak bulandırırlar çocukluğun berrak suyunu. Üstelik iyi bir şey yapmak isterken, üstelik iyi bir şey yaptıklarına kesinkes inanarak. İyi bir şey yaparken bile kazırlar insanın kafasını... Kusura bakma Ayvaz!

02 Nisan 2011

ŞİFRELİ İSYAN

"27 Mart tarihinde yapılan YGS sınavının ardından Dev-Lis'liler her yıl olduğu gibi yine sokaktaydı. Saat 15.00'te Yüksel Caddesi'nde toplanan Dev-Lis'liler buradan Milli Eğitim Bakanlığı'na yürümek istedi ancak polis barikatıyla karşılaştı. Polisle yapılan görüşmeler sonuçsuz kalınca oturma eylemi başlatan Dev-Lis'liler yanlarında getirdikleri taşlarla polis barikatının önüne kale kurup sırayla polise şut çektiler. Eylemi izleyen halk da bu esnada şut çekmek için birbiriyle yarıştı. Gol olan topların polislere çarpışıysa izlenmeye değerdi. Zor durumda kalan polislerin 'Bayraklarınızı kapatıp, slogan atmadan yürüyecekseniz' talebi Dev-Lis'liler tarafından kabul görmedi. 'Yürütmüyorsanız, uçarak gideriz' diyen Dev-Lis'liler 'süperman' t-shirt'ü giyen bir arkadaşlarını omuzlarıyla yukarı kaldırarak barikatın üzerinden geçirmeye çalıştı. Bu sırada kitle 'Dev-Lis uçuyor, barikatı geçiyor' sloganları attı. Daha sonra barikatın önünde 'birdirbir' oynayan grup, oyuna polisleri de dahil etmek istediyse de ikna edemedi."

Başınıza gelebilecekler

Doğarken annenle babanın yeterli parası olmazsa hastanede rehin kalabilirsin. Ne yapalım yavrum, hayat adil değil ve bizimkisi sosyal devlet değil! Bu badireyi atlatıp dünya üzerinde kazasız belasız birkaç yıl geçirmeyi becersen bile belediyenin yolda açtığı bir çukura düşerek ya da toprağa döşenmiş mayınların elinde patlamasıyla ölebilirsin. Çok büyümene gerek yok; bir kurşun isabet edebilir sana. Örneğin, evinin balkonunun demirlerinden aşağı bakarken. İlkokuldasın diyelim ki, kötü aşılar yüzünden ölebilirsin. Okulunuzun yanındaki eylemde kullanılan gaz bombasından zehirlenerek ölebilirsin. Ya da otobana yoksul insanlar için üst geçit yapılmadığı için de eyvallah diyebilirsin dünyaya. Dedim ya hayat adil değil ve sosyal devleti ara ki bulasın. Kız veya oğlan fark etmez, sandalyeye oturunca ayakların yere değiyorsa tecavüze uğrayıp sonra da öldürülebilirsin. Ve hatta tecavüze uğramana rağmen "rızası var" diyebilirler senin için. Kusura bakma, burası adil olmadığı gibi vicdansız da bir ülke. Genç kız ve delikanlı olurken sokaklardaki çetelerin, kabadayıların, ayıların, uyuşturucu tacirlerinin ve hatta kendi anne babanın şiddetine maruz kalarak da boylayabilirsin öte tarafı. Çok zengin olmadığın için gazeteler haber yapmaz katledilişini. Şansın varsa üçüncü sayfaya çıkar hayatın boyunca çektirdiğin tek fotoğraf olan ilkokul kaydı vesikalığın. Biraz daha büyüdün diyelim, bir şekilde liseye geldin. Öğretmen dayağıyla sakat kalabilirsin, işler ters giderse ölebilirsin. Trafik kazasında gidebilirsin ve sadece birkaç bin lira alır ailen senin için, taksit taksit. Tabii bütün bunlar olurken aile baskısı, hayatın anlamsızlığı yüzünden intihar etme hakkın da baki. Ne de olsa bunun için yeterli nedenin olduğunu kolayca düşünebilirsin. Ama diyelim ki bütün bu adaletsizliklerle başa çıktın, hayattasın ve liseyi bitirip kendini üniversiteye atmak üzeresin. Bu kadar zahmetli bir yolculuğun sonuna gelmişken bir de maruz bırakıldığın sınav zulmünün bile adil değerlendirilmeyeceğini, sahtekârlık yapılabileceğini öğrenince ne yaparsın?

Gençlerden bahsediyoruz beyler!

Önceki gün Dev-Lis'liler yürüyordu İstiklal Caddesi'nde. Bağırıyorlardı sağanak yağmurun altında. Girişteki haber onların sitelerinden alınma. Sakın politika yapmak için çok küçük olduklarını düşünmeyin. Bunlar her gün faşist, gerici, iğdiş edici devlet ve hükümet politikalarıyla uzlaşmaya zorladığınız yani üzerinde 24 saat politika yaptığınız çocuklar. İçine doğup büyürken başa çıkmak zorunda kaldıkları onca adaletsizlikten sonra bir de "şifreli" bir zulme maruz kaldıkları zaman ne yapmalarını bekliyorsunuz? Size iman etmelerini mi? Sizin zulmünüz şifreliyse onların isyanı da şifreli mi olacak sandınız? Gençlerden bahsediyoruz beyler! Hayatla beş kuruşluk çıkar ilişkisi bulunmayan dolayısıyla "eyvallah"ı olmayanlardan. Ne derlerse haklılar.

04 Nisan 2011

LİSELİM!

"Taksim'e gel! Taksim'e!"

Kardeşim İnan, Taksim Meydanı'ndan cep telefonuyla bildirmeye başladı önce. Baktı olmuyor ısrar etti:

"Gelmen lazım. Acayip bir eylem oluyor."

Ben de gittim ve sokaktan, eylemin içinden bir süre *Twitter* muhabirliği yaptım. Malum ve bariz sebeplerle televizyonlar eylemi canlı vermediği için dedim ki milletin durumdan haberi olsun. Sloganları yazdım (twit ettim) öncelikle:

"İmamın ordusu liselerden defol!"

"Ne YGS ne LGS, Tayyip girsin strese."

"Şifre bahane cemaat şahane!"

"Gülen'e tap, şifreyi kap."

Çocuklar bağırıyordu. Yağmur çiseliyordu. Acayip heyecanlıydı. Ve belli insan haklı olunca yüzünde güzel bir kararlılık ve tatlı bir korkusuzluk oluyordu. Binlerce kişiydiler ve seslerinden anladığım bazıları eyleme ilk kez katılıyordu. Neşeliydiler. Ve ben de maç anlatır gibi anlattım eylemi.

Montofonlaştırılan liseli

Öncelikle YGS'de şifre tezgahını kuranlara minnettarlığımı ifade etmek isterim. 12 Eylül günlerinden beri apolitik olan, iyice montofonlaştırılan liselileri politize ettiler. Liseliler böylece Türkiye'deki siyasi dengeleri ve gelişmeleri takip ederek düşünüyorlar, çıkarımlar yapıyorlar, haklarını savunmak için sokaklara dökülüyorlar. Öyle ki, çocuklar uzun süredir gördüğüm en has eylemi yaptılar. Kürt hareketi hariç, bu 80'den beri yaşanan en geniş çaplı, liseli siyasi hareketlenme. Yakında Ergenekon kapsamına alınarak hırpalanacağından şüphelendiğim Dev-Lis'liler, başka örgütler, örgütsüzler dün İstiklal Caddesi'nde dertlerini olabilecek en insani şekilde bağırdılar.

Gözyaşını silen polis

Eylem sırasında dikkatimi çeken ayrıntılardan bir tanesi de çevik kuvvetti. Herhalde "Seçim öncesi milletin çocuğunu pataklamasınlar," diye düşünüldü ki enteresan bir atalet içindeydi polisler. Ellerinde biber gazı tüplerini neredeyse sallaya sallaya liselilerin arkasından Galatasaray Meydanı'na doğru yürüyorlardı. Belki bilmiyorsunuz, dün aynı zamanda Polis Günü idi. Bu sebeple Taksim'de bir haftadır afişleri asılı duruyordu. Polisin afişlerinden birinde şöyle yazıyordu:

"Bize yeter... Gözyaşını silmek."

Memleketin yarısından fazlası doğrudan veya dolaylı olarak biber gazını tatmış olduğundan herhalde durumun ironisini açıklamaya gerek yok!

İktidar yanlısı zihnin patolojisi

Bütün bunların ötesinde *Twitter* muhabirliğim sonucunda fark ettiğim bir şey dünün en çarpıcı ayrıntısıydı. Ben eylemden bildirdikçe psikopatlaşmış iktidar yanlısı bakış açısının cevaben döktürdüğü incilerini gördüm, irkildim. Birkaç örnek vermek isterim ki siz de görün durumun vahametini:

"Liseliler de psikolojik harekât kapsamına alındı."

"Hakikaten liseli bu mallar. İsrail'in çabaları ancak bir iki yetersiz gazeteci ve lisede işe yarıyor."

"Aptal muhalefete liselilerden bir katkı."

"Ece Hanım provokatörlerden 7 farkınızı söyler misiniz? Sene 2011, siz hâlâ eylemlerden medet umuyorsunuz."

"Kullanın körpe beyinleri!"

"O eylemin liseli olduğunu mu zannediyorsun?"

En güzelini yazıyorum:

"Toplumsal uzlaşıya en çok ihtiyacımız olduğu şu günlerde bu eylemin hangi amaca hizmet ettiğinin farkında mısınız?"

Ah ah! Vaktiyle "Darbeleri yargılayacağız" diye sivil neferler olarak demokrasiye koşanların bugün darbecilere ait olan "milli birlik ve beraberliğe en çok ihtiyacımız olan şu günlerde..." söylemini utanmadan sıkılmadan sahiplenmeleri? Bu, sanırım biber gazı ile müsemma polisin afişinde "Gözyaşını silmek bize yeter" denmesinden daha ironik. Ve fakat gülünecek gibi de değil durum.

11 Nisan 2011

1 MAYIS MEYDANI'NDAN: HAZIRLANIN! GENÇLER GELİYOR

"Geleceğin şifresi isyanda kavgada sosyalizmde".

Direnişçi Gençlik'in dev pankartının altında genç kızlar, çene kemikleri çıkacak gibi bağırıyorlar. Onların arkasından "Nurtepe" yazılı atkılarını sallaya sallaya, sanki bir futbol takımının genç taraftarlarıymış gibi görünen, esmer çocuklar bağıra bağıra, gülerek geliyor:

"Titre oligarşi Devrimtepe geliyor!"

Arkasından Bandista grubu çıkıyor ortaya:

"Haydi Barikata! Emek, İsyan, Özgürlük!"

Onlar bitiyor, gözünü sevdiğimiz Beşiktaş Çarşı başlıyor, futbol makamında:

"Cemaat bize şifre versene, şifre versene!"

Ve elbette:

"Zıpla! Zıpla! Zıplamayan faşisttir!"

Her şeyimiz nedir?

Arkasından evleri yıkılanlar, sonra nehirleri çalınanlar, yanında taşeronlaştırılanlar, öte yanda madenlerde ölenler, bu yanda dilini konuşamayanlar, Ermeniler, Parti Cephe'nin asker adımları, Devrimci Yol'un yıldızlı yumruklu pankartı ve daha neler neler. Dev bir pankartı taşıyan ve iki kişiden oluşan hayvan hakları grubundan, binlerce kişilik DİSK'e; seks işçilerinden maden işçilerine ve hatta Ahmet Şık'ın kitabının adıyla (O'lum seni pankart yapmışlar!) yapılan pankartları taşıyanlara kadar bütün renkleriyle memleketim Taksim Meydanı'nda. Sabah görmüştüm en son platformun önündeki yazıyı:

"Futbol sen bizim her şeyimizsin!"

Yazı, giderek insanlarla, pankartlarla ve sloganlarla kapanıyor. İnsanlar, her şeylerinin birbirleri olduğunu anlayana kadar doluyor meydan.

Yoksullar gelince...

Şehir içine kaçmış sanki, bütün dükkânlar kapalı. Dünyanın her yerinde olduğu gibi yoksullar tepelerden düze aktığında şehir gözlerini kapatıyor İstanbul'da. Starbucks'ta oturup 1 Mayıs'ı izleyenler var. Starbucks'ın önünde tabandan tavana, kalın demir parmaklıklar. Yepyeni. İçeridekiler bir kafese kapatılmış gibi görünüyorlar. Sanki yoksullar, onların önlerinden geçip bu farklı türdeki canlıları inceliyorlar.

Zaman tüneli

Kortejleri baştan sona doğru yürüyorum. Zamanın tünelinden geçer gibi... Kız çocukları var annelerinin ellerinden tutmuş. Yürüyenleri, koşanları, sonra duranları izliyorlar, ellerinde küçük bayraklar. Bir zaman ben de yapmıştım böyle. Yürüyüşte çocuklar bağırıyor şimdi:

"Duruyoruz arkadaşlar! Koşuyoruz arkadaşlar!"

Böyle böyle büyüyüp 16 yaşına gelmiştim. Hiç yaşamadığım haksızlıklar için ağlamıştım Deniz'i, Yusuf'u ve Hüseyin'i okurken Erdal Öz'ün kaleminden. Şimdi bağırıyor 16 yaşında çocuklar:

"Deniz, Hüseyin, Ulaş! Kurtuluşa kadar savaş!"

Sonra "Geçse de yolumuz bozkırlardan" demişti Yeni Türkü, biraz büyümüştüm, üniversitede Ankara'daydım, "denizlere çıkar sokaklar" diyordum. Alanda çalıyor yine o şarkı, denize çıkıyor sokaklar İstanbul'da.

Sonra kerelerce solun parçalanmasını, yılmasını, bıktırmasını izledim bu yaşıma kadar. Bunları düşünüyordum işte, kortej beni geçip alana yürüyordu. Genç bir kız elinde tuttuğu bayrağı yüzüme doğru savurdu, kızıl bayrak üzerinde Deniz'in yüzü yüzüme değdi. Dedim ki o zaman, yaşamadığın haksızlığa ağlayabiliyorsan, yani anlıyorsan, sen de sevinebilirsin Deniz'in dev posterini gördüğünde alanda. Çünkü o zaman boşuna ölmemiş olur çocuklar. İnsanlara, insanlığa bir kere daha güvenirsin. O kadar acı bir gün böyle insanlar alanlarda şarkılar söyleyebilsin diye çekilir.

Beş yıl sonra

Liseliler... Hep liseliler. Öylesine öfkeliler. Yeni bir kuşak geliyor, hatırlarsınız bu dediğimi beş yıl sonra. Beş yıl veriyorum, görürsünüz. Çünkü onlar birey olmanın önemli bir parçasının örgütlü olmak olduğunun farkına varmışlar. Onlar ablaları, ağabeyleri gibi değiller. Mavi, yeşil saçları ve dövmeleri var. Sevgililerinin elinden tutup yürüyorlar. Yazıyorum buraya, eğer işler yolunda giderse beş yıl sonra Türkiye'de 68 var!

Grup Yorum'un bir üyesi alana bakıp canlı yayında "Hayalini kurduğumuz günün provası gibi," dedi. Ne acayip biraz önce

Taksim'in göbeğinde "Dağlara gel dağlara" diye türkülerini söylüyorlar, Kürtçe sloganlar atılıyor ve kimse ölmüyordu. Zaman ne tuhaf geçiyordu ve Parti Cephe'nin pankartında "Taksim'i biz aldık, onlar vermediler" yazıyordu. Çünkü beyaz tülbentli kadınlar, ellerinde ölmüş oğullarının ve kızlarının yüzleriyle geçiyor, oğullar ve kızlar 1 Mayıs alanına giriyordu. O yüzler, yürümekte olan genç yüzlere değiyor ve yeni çocuklar, onların ve kendilerinin yaşadığı haksızlıklar için şehrin ortasında bağırıyordu:

"Ya adalet ya kıyamet!"

02 Mayıs 2011

DÜŞÜYORUZ: HEP BİRLİKTE!

İzmir'de bir apartman. Birçok apartman gibi "Türkiye'nin aydınlık yüzleriyle" dolu. Çoğu Cumhuriyet okuru. Asker, akademisyen, avukat, mühendis, hâkim ve sonra yine akademisyen olmak üzere son derece müstesna sakinleri var. Böyle bir apartmanda olabileceği gibi bir de kapıcı var. Ya da daha dantel örtülü ve temiz haliyle söylersek "apartman görevlisi".

Kapıcı'nın bir de karısı var, hasta. Rahminde bir kitle var ve kötü olduğu ortaya çıkmış vaziyette. Kadının kanaması başlamamış. Kapıcı karısını hastaneye götürecek. Götürecek ama... Yönetici ve eşbaşkan izin vermiyor. Nasıl yani? Öyle. Karısının kanamasının izin gününde olmasının daha yerinde olacağına karar vermiş yönetici ve eşbaşkan.

"Türkiye'nin aydınlık yüzü" kendine bir aynada baksa ne kadar zalim olabildiğini görebilir miydi? İyi insanların ellerinde güç bulunduğu zaman bir canavara dönüşmemelerinin hiçbir garantisi olmadığını anlayabilirler miydi? Sanmam, çünkü bu ilk suçları değil.

Aşkına koşan kapıcı

Daha önce de bir kapıcısı vardı bu apartmanın. Kapıcılık biliyorsunuz ailecek yapılan tuhaf bir iştir. Babanız kapıcı ise siz de kapıcı olursunuz, kocanız kapıcı ise siz de öylesinizdir. O mesleğin bir parçasısınızdır ve apartman hiçbir zaman bir aileyi topyekûn çalıştırmanın ne vicdani ne de maddi yükümlülüğünü üstlenir.

Aileye bedavaya yaşanacak bir yer verilmiştir ya! Daha ne istenmektedir. İşte o apartmanın da böyle bir "kapıcı ailesi" vardı. Ama ne yazık ki günün birinde kapıcı baba, karşı apartmanın kapıcısının karısına âşık oldu... Kaçtılar. Kapıcının iki çocuğu ve bir de çekilmez karısı vardı. Kapıcı bir süre sonra apartman yönetimine mektup yazıp kıdem tazminatını istedi. Bu durumda apartman bir karar vermeliydi. Verildi:

"Sözü geçen şahsın ahlaki düşüklüğü sebebiyle kıdem tazminatının ödenmemesine... Olayın dolaylı parçası olan eşinin ve çocuklarının derhal kapı dışarı edilmesine..."

Türkiye'nin aydınlık yüzü, ahlaki düşüklüğü yoksul insanlara karşı vicdansızlık etmenin meşru bir sebebi olarak görüyordu ve hepsi kendi içlerinden değil, dışarıdan gelecek "tehlikenin farkındaydı"!

"Tehlikenin farkında"

Başbakan mitinglerde Kılıçdaroğlu için konuşurken müstehzi bir ifadeyle "Alevi, biliyorsunuz," diyor. "anladınız siz onu!" der gibi. Sonra da başlıyor "eline, beline, diline" makamından. Orada da bitmiyor. Başbakan, dudak ısırtan bir özgüvenle siyasi röntgenciler tarafından, yasadışı bir şekilde çekilmiş seks kasetlerindeki görüntülerin ahlaki düşüklük olduğunu anlatıyor. Başbakan durmadan kasetlerden, Başbakan durmadan "ahlaki düşüklükten" söz ediyor. Ve bunu öyle bir yapıyor ki sanki bu siyaset dışı, "temiz" kalması gereken, hatta siyaset üstü, insani, vicdani bir endişeden bahseder gibi... Yani siyaset ayrı; bizim derdimiz insanlık! Bizim derdimiz aile! Bizim derdimiz toplumun nereye gittiği! Başbakan ahlakı siyasallaştırıyor. Bir daha söyleyeyim:

Başbakan ahlakı siyasallaştırıyor. Böylece temizlik ve pislik de siyaseten nereye ait olduğunuza dair bir mesele oluyor. Mütedeyyin değilseniz ahlaken düşük, AKP'li iseniz ahlaken başınız arşıâlâya değer oluyorsunuz.

Kim daha düşük?

Oysa hepimiz düşüyoruz. İnananlar ve inanmayanlar, AKP'liler ve Kemalistler, o taraftakiler ve bu taraftakiler. Vicdan, bu kelimeyi tekrar edip duranlardan çok azında bulunabiliyor. İnsana, her iki tarafta da istisnai olarak rastlanıyor. Güç eline geçtiğinde onu zalimliğe dönüştürmeyen yok gibi artık aramızda. Ahlaksızlık sevişmekle ilgili bir şey değildir çünkü, merhametsizlikle ilgilidir daha ziyade.

Her iki taraf da ahlakı, vicdanı, insanlığı, inancı siyasetin dışında göstermeye çalışırken ahlaken düşüyoruz. Ama hep birlikte. Kimse kimseden daha aşağıda değil aslında.

14 Mayıs 2011

SEÇMEN HARİKALAR DİYARINDA: DİCİTIL TÜRKİYE

Bir dostum, kendisini pek mutlu etmeyecek seçim sonuçlarını artık üç aşağı beş yukarı bildiğimizi ama düşünmeye katlanamadığı ve seçim sonrası ruh sağlığını bozacak şeyin "yandaş medyada" yapılacak seçim zaferi yorumları olduğunu söyledi dün. Kasım kasım kasılan yazarlar, kurum kurum kurulup "Ne biçim geçirdik ama!" cümlesinin tadını ağır ağır çıkaracak olan hükümet yanlısı yorumcular...

Haklı, insanın sinir sistemini epey hırpalayan, iktidar yanlısı, kalabalık bir geveze grubu var hakikaten ve şu anda bile bir gazeteciye, yazara yakışmayacak bir şekilde partizanlık havasından gidiyorlar. Misal, Marie Antoinette görünümlü genç bir hanım gazetecinin geçen gece, "İnsan nasıl AKP'ye karşı olur anlamıyorum!" diye hayretle yanıp tutuşmasını gördüm ekranda.

İngilizcede dendiği gibi "yarın yokmuş gibi" iktidar partisini savunuyordu, tıpkı onlarca ablası ve abisi gibi.

Duygusal cam

Dostumla konuşurken kendimi yokladım, artık pek bir şey hissetmiyorum. Çok sinirlenmiyorum, çok öfkelenmiyorum. Tuhaf bir biçimde uzaklaştım. Sanırım duygusal istiap haddim doldu memleketin siyasal vaziyetiyle ilgili. Artık maruz kaldığımız bu tımarhane benzeri siyasal atmosferi belli bir mesafeden seyretmeye başladım sanki.

Çok üzülünce insanın içi çöker ya, sessizleşir, kilitlenir ya, öyle bir şey oldu bana. Mitingleri, konuşmaları, tartışmaları bir tür duygusal camın ardından izliyorum sanki. Ve bu camın arkasından görünenlerden üzerine söz söylenmeye değer olanı şu "dicitıl hayaller âlemi". Seçmen Harikalar Diyarı'nda "procelendirmesi"!

Beton başarısı

Başbakan söylediği şeyleri, eğer bunlar birtakım müteahhitlik projeleriyle ise yapıyor, amenna! Yani AKP; Kürt meselesi, siyasal özgürlük, siyasette sivilleşme, darbeyle yüzleşme, adalet vesaire gibi ideolojik taahhütlerde pek skor kaydedemiyor olabilir, ama çimento ve betonla ilgili onları tutabilene aşk olsun!

Mesela, Yassıada için yapılan "Özgürlükler Adası" projesinde ada kısmını yapabiliyorlar ama özgürlük kısmına gelince... Olmuyor, olamıyor. (Ya da acaba özgürlük isteyen herkesi bu adaya mı gönderecekler? Öyle ise başarı kaçınılmaz.)

'Dicitıl' insanlar

Başbakan yapacağı kesin olan projeleri mitinglerde, TV programlarında müthiş güzel dijital animasyonlarla gösteriyor. Dijital animasyonlarda kolları gövdesine yapışık yürüyen, donuk insan figürleri de var. Her seferinde, "Acaba Türkiye'de hayat böyle mi olacak? Hepimiz çok cilalı bir ülkede, tıpkı bize gösterilen dijital örnek insanlar gibi, her an izlendiğimizi bildiğimiz için uygun adım yürümek mi zorunda kalacağız?" diye soruyorum kendime. Ama mesele bu değil.

Projeler hakikaten enteresan ve etkileyici. Taksim Meydanı'nın öyle olmasını ben de isteyebilirim örneğin. Ya da Diyarbakır için yapılan projeleri, öğrendiğimiz kadarıyla zaten Diyarbakır halkı ve belediyesi yıllardır istiyormuş da hükümet engel koymuş.

Nihayet bu projelerin itiraz edilecek çok bir yanı yok. Mesele bu binaların, bu çevre düzenlemesinin, bu yolların olduğu bir ülkede kimin yönetiminde, nasıl insanlar olarak yaşamak istediğimiz. Bence o yüzden bu seçimlerde Türkiye'nin ne kadarının siyasal tercihini ideolojik saiklerle belirlediğini de göreceğiz. Çünkü AKP'ye siyasal olarak karşı olan birçok insanın bu projelerden etkileneceğini tahmin etmek zor değil.

Mesele, hangi etkinin, "dicitıl harikalar diyarı"nın mı, yoksa siyasal ve sosyal özgürlükler sorununun mu son kararı belirleyeceği. İdeolojilerin öldüğünü bas bas bağıran bir çağda bu bakımdan da enteresan bir seçim olacak bu seferki.

İdeolojik seçmen

Ortalama seçmen hakikaten de havaalanı sayısı, duble yolun toplam kilometresi ve birtakım peyzaj çalışmalarından etkilenerek oy veriyor olabilir. En temelde de kendi cebine bakarak karar veriyor insanlar. Yani BDP'nin desteklediği bağımsız aday Sırrı Süreya Önder'in seçim çalışmalarının aralıksız olarak engellenmesi, Ahmet Şık ve Nedim Şener'in içeride haksız yere tutulması, memleketteki hukuk anlayışının, "Suçla, içeri at ve masumiyetini ispatlamaya mecbur et" kıskacına girmesi, doktorların çokuluslu sermayenin kurduğu hastanelerde kölelik etmeye zorlanması, kasetler, telefon dinlemeleriyle bir dikiz dünyasına hapsedilmemiz, tek tip insan yaratılmaya çalışılması vesaire gibi "ayrıntılar" ortalama insanı pek ilgilendirmiyor olabilir.

Nihayetinde Türkiye'de hayatı, "çalış, akşam evde televizyon izle, tatilde çekirdek çitle" çemberinden ibaret ciddi bir çoğunluk var ve bu kesimin ne özgürlüğe ne de siyasal adalete ölümüne ihtiyacı yok. Ama bu noktada yine de bir soru var aklımda:

En ortalama, en suya sabuna dokunmayan insan bile acaba bir adamın ve sürekli aynı adamın sesini dinlemekten, fotoğrafını görmekten ve ne olacağına hep onun karar vermesinden bıkar mı? Bıkmış mıdır? Bu seçimlerde, aslında insanın siyasal doğasıyla ilgili bu sorunun da cevabını göreceğiz bence.

04 Haziran 2011

RİCAT

Vekillerinin bir bölümü cezaevinde olan bir ülke olarak herhalde hiçbirimizin özgür olduğundan söz edilemez. Sadece BDP'li Hatip Dicle değil, aynı zamanda CHP'li vekiller de cezaevinde. Kabul edersiniz ki şu anda yapılacak en delikanlı hareket CHP'nin Bağımsız Blok'a destek vermesi olur. Böylece birbirinin yenilgisine "oh!" çeken iki kesim demokrasi için bir araya gelmiş olur. Hatta aralarına iki üç tane de AKP'li "çatlak" ses katılsa, demokrasi için, halkın iradesi için bir şeyler söyleseler... O kadarı fanteziye mi girer diyorsunuz?

Hakan için heceleyin lütfen!

Bütün bunlar olurken iktidara destek veren, iktidara hep destek veren, kuş yavruları gibi muktedirin ağızlarına koyacağı lafı gagaları açık bekleyen basın, BDP ve CHP'ye ayarı vermeye başladı bile. AKP'lilerin konuyla ilgili söylemesi gerekenleri yazmaya başladı gazeteler. Hani ezberlerini unutacak olurlarsa hemen manşetten okuyup ezber tazelesinler diye kocaman harflerle yazılıyor söylenecekler. Hakan Şükür için yeterince büyük olmayabilir gerçi, o ayrı.

Sessizlik nehri

Bütün bunlar olurken ve belli ki bu yaz boyunca çeşitli hadiseler olmaya devam edecekken bir yandan da kederli bir sessizlik nehri akmaya başladı. *Radikal* gazetesi Pazar Editörü Çınar Oskay, gazetesinin gazetecilik yapmadığını açık açık yazarak ayrıldığını ilan etti. Ardından Erdal Güven de benzer nedenlerle ayrıldı *Radikal*'den. Öte yanda *NTV*'den duyulanlar hiç de iyiye işaret değil. Can Dündar, Banu Güven, Mirgün Cabas ve Ruşen Çakır'ın yaşadığı anlaşılan sıkıntılar sessizce karşılanıyor basın camiasında.

Susmuş muyduk biz?

Aslında her şey Kürtlerin alınmasıyla başladı. Çünkü onlar gazeteci olamaz, ancak örgüt üyesi olabilirdi. Kürtler yazı yazamaz, ancak örgüt propagandası yapabilirdi. Onları aldılar ve herkes sustu.

Sonra sosyalist dergilerin çalışanlarını aldılar. Onlar nasılsa "zıpır çocuklardı", "yaramazdılar"... Yani gazetecilik yaptıkları pek de söylenemezdi.

Derken ana akım gazetelerin sol olayları izleyen muhabirlerini dövdüler polisler. Nasılsa onlar meşhur köşe yazarları olmadığı için cıkcıklanıp geçiştirildi hadiseler.

Sonra AKP'yi sert eleştirenlere geldi sıra. Ağır ağır onlar da gittiler. Kalanlar seslerinin tonunu ve düzeyini nasıl ayarlaması gerektiğini anladı ve iktidar yanlısı o salvo da geçiştirildi.

Çemberin merkezi

Ama şimdi... Basın üzerindeki baskılar çember çember daralıyor. Başlangıçta meşruiyeti ana akım medya ve ana akım siyaset tarafından kabul edilmeyen insanlara saldırıldı. Onlar "halledildikten" sonra sıra bir iç halkaya geldi. AKP'yi eleştiren Kemalist halka da günahsız değildi, dolayısıyla kimse onları canla başla savunacak durumda değildi. Derken Ahmet Şık ile Nedim Şener'i aldılar, bizde sigortalar attı! O zaman herkes vaktin geldiğini anladı. Bağırmanın vakti...

Turbo demokratlar

Saldırıyı bu çemberden püskürtürüz sanmıştık. Eylemler yaptık, mahkemelere gittik. Nihayetinde iki arkadaşımızın içeride olması deli saçmasıydı. Bekledik ki bu utançtan dönsünler. Ama utanan sıkılan olmadı. Bu siyasi vandallığa bir de basındaki "turbo demokratik" arkadaşlarımız eklendi. Cezaevine atılan gazetecilerin "kötü kitap" yazdığını söylemeye başladılar.

Savcının arkadaşlarımıza sadece yazdıkları kitaplarla ilgili soru sormasına rağmen iktidarın söylediği, "Onlar gazetecilik yaptığı için alınmadı," palavrasını sürdürdüler ve köpürttüler. Hatta o kadar ki neredeyse "Zaten onların imlası bozuktu; noktalı virgülü kullanmayı bilmezlerdi," diyecek kadar ar damarları çatladı.

Bunun için ne bedel ödeyecekler diye düşünüyorum bazen. Sonra farkına varıyorum ki zaten ödüyorlar: Artık bir tanesi bile bu iktidarla ilgili, hükümetten biri gelip suratlarına tükürse bile, bir satır yazamaz. Bununla yaşamaktan daha ağır bir bedel ben bilmiyorum zaten. Yumurta küfeli gazetecilik yapıyor olmak sıkacak boğazlarını her gün.

Özgürlük değil Voltaren merhem

Peki yukarıda ismini saydığım ya da sayamadığım, derdi sadece objektif gazetecilik yapmak olan, her türlü iktidarı eleştirmenin gazeteciliğin temeli olduğunu bilen arkadaşlar ne yapacak işler bu kadar kötüye giderken? Bakıyorum tabloya... Bana ricat ediyoruz gibi geliyoruz. Geri çekilme değil ama... Ricat. Yani sahnede kendi başlarına kalacaklar önü ilikli, boynu bükük gazetecilik yapanlar. Yağlasınlar ballasınlar birbirlerini, amenna! Biz çekiliyoruz sahneden, çekiyorlar yani görünüşe bakılırsa.

Öyleyse buyursunlar kendi aralarında ezberlerini yapsınlar. Kendileri çalıp oynasınlar. Mis gibi. Çünkü onlara basın özgürlüğü değil, bol miktarda Voltaren merhem lazım. Malum, boyun ağrısı için!

25 Haziran 2011

TELEVİZYONUNUZUN AYARLARIYLA OYNAMAYINIZ!

Dün öğlen saatlerinde Şişli'den geçen Fevziye Teyze -ki ona göre, ne güzel işte yaşayıp gidiyoruz, civan gibi yöneticilerimiz var, köprüler, köprülü kavşaklar filan ne istersek oluyor- birden burnuna gelen, o toz solurmuş gibi hissettiren kokuyla ilk kez tanıştı. Bu tozumsu, metalik koku bir süre sonra gözlerini yakmaya başladı. Aslında olay yerinden çok uzaktaydı ama gazı o kadar bol atmışlardı ki iki kilometre ötedeki semtlerin bile boğazı yanıyordu. Fevziye Teyze durumu merak etti. Eskiden adı anarşist olan şimdi ise terörist denilen birileri şehre inmiş olmalıydılar. Sonra Fevziye Teyze kendi yaşındaki kadınları gördü. Kendinden büyük beyaz tülbentli kadınlar gördü. Yerlerde yatıyorlardı. Sonra kızlar gördü, ölmüş gibiydiler asfaltın üzerinde, kimse onlara yardım etmiyordu. İnsanlar dükkânların içine sığınıyor, sonra dükkânların içi gaz dolunca birbirlerini ezerek, gazdan yanan gözleri kapalı, boğulmamak için dışarıya koşuyorlardı. Etrafında kara gözlüklü, havalı korumalarla ya da ayna gibi parlak siyah lüks arabalarla değil insanlarla birlikte yürüyen vekilleri görüyordu Fevziye Hanım Teyze. Sebahat Tuncel'in gözüne sıkıyordu polis. Sırrı Süreyya

Önder gözden kayboluyor gaz doldurunca bütün caddeyi. Levent Tüzel, Ertuğrul Kürkçü, gözleri çıkıyormuş gibi canı yanan insanlara yardım etmeye çalışıyor.

Fevziye Hanım biraz zor da olsa, ilerde BDP otobüsünün içine gaz bombası atılıp sonra da kapıların kapatıldığını seçiyor; hem de içerde partililer varken!

Fevziye Teyze'nin gördükleri

Fevziye Teyze elinde filesi baka kalıyor. Gaz bulutu koca bir semtin üzerinde büyüyor. Bazı şeyleri göremiyor bile Fevziye Hanım Teyze, giderek görmediklerinin gördüklerinden daha beter olabileceğini anlıyor. Ara sokaklara kaçanlara neler olabileceğini... Fevziye Hanım Teyze evine gidiyor. Şoke olmuş vaziyette. Televizyonu açıyor. Kimse bu olup bitenleri anlatmıyor. Oysa yüzlerce kişi... Kanalları geziyor yine yok. Haber saatini bekliyor Fevziye Hanım Teyze. Sonunda haber saati geldiğinde kanalları yeniden dolaşmaya başlıyor. Bir toz duman, bir gaz bulutu görünüyor kanallarda. O kadar çok gaz görünüyor ki gazın içinde kalan, gazın içinde kaybolan, yerlerde yatan genç kadınlar, ihtiyar kadınlar görünmüyor. Fevziye Hanım Teyze gözlerini kısıp bakıyor, belki gözleri yeterince seçemiyor. Ama hayır, ekrana gaz sıkılmış, gazdan hiçbir şey görünmüyor, ekran gaz yüzünden bir şey göstermiyor. Bir genç kadın, her zamanki gibi ekranda toplam beş cümleyle bize gaz bulutunun ardında ne olduğunu anlatıveriyor. O gazın ardında ne görmemiz gerektiğini özetleyiveriyor bir ses. Sonra bir daha geziyor kanalları Fevziye Hanım Teyze... Hiçbiri toz ve gaz bulutu ardında neyin olduğunu söylemiyor. Fevziye Hanım Teyze bir süre sonra televizyonun düğmeleriyle oynamaya başlıyor, belki onun televizyonu göstermiyor ne olup bittiğini. Fevziye Teyze düğmelerle oynarken birden televizyon konuşmaya başlıyor:

"Televizyonunuzun ayarlarıyla oynamayınız! Bu kadar gösteriyoruz, ısrar etmeyiniz!"

Aman kapını kapa!

Olaylar dün akşam haberlerinde gördüğünüz gibi olmadı. Olaylar, yıllardır sizin haberlerde gördüğünüz gibi olmuyor zaten. Yıllardır her şeyi normalleştirdiğimiz için dün burnumuzun dibinde olan ve yüzlerce kişinin gaz bombası yüzünden çok kötü anlar yaşamasına neden olan olayları da normalleştirebilecek kadar mezhebimiz genişledi bizim. Ben demiştim Beyrut olacak bu şehir diye, alın size oldu işte! Şişli'de YSK'yı protesto eden BDP'liler ölmek üzereyken sadece beş yüz metre ötede insanlar araba camlarını kapatıyordu. İhtiyar kadınlar apartman boşluklarına sığınmak isteyince bütün kapılar kilitlendi. "İnsanlık Artık Burada Yaşamıyor Caddesi"nde her şey muktedirin olmasını istediği gibiydi. Muktedire karşı gelenler, muktediri hiç yormadan halkın diğer yarısı tarafından boğuluyordu.

Fakat siz televizyonunuzun ayarlarıyla oynamayınız! Bu kadar göstermiyor ekranlar, ısrar etmeyiniz!

27 Haziran 2011

HERKESİN KEYFİ YERİNDE

Arka masadaki sinirli kadın sesi, dişlerinin arasında ezilerek çıkıyor:

"Şerefsiz... Pislik... Çevir kafanı öbür tarafa! Yüzünü bile görmek istemiyorum. Öldüreceğim seni!"

Sakin ve eflatun bir akşamüstü. Ömrün geri kalanı o andan itibaren iyi geçecekmiş duygusu yaratan bir sükûnet. Ve arkadaki ses sinirden damarlı damarlı:

"Öğürme! Öğürme! Yut onu dedim. Yut yoksa öldürürüm seni. Şerefsiz!"

Dönüp arkaya bakmak zorundayım artık. Dışarıdan bakıldığında basbayağı insana benzeyen bir kadın, dokuz-on yaşındaki oğlunu besliyor. Burada yazamayacağım başka küfürler ve tehditler de ediliyor. İçim eziliyor. Dönüp "Yeter, rahat bırak çocuğu!" diye bağırsam mı? Acaba, "Hanım hanım, sen bu çocuğu hesap vermeden işkence edecek biri olsun diye mi doğurdun!" desem?

Kadın bütün hayatının hırsını çocuktan çıkarıyor. Çocuk ezildikçe o zalimleşiyor. Bitmeyecek besbelli. Çocuk kısık sesiyle özür diliyor, bir şeyler söylemeye çalışıyor, ağlamamaya çalışıyor. Karşılık olarak, "Sevmiyorum seni. Hiç sevmedim zaten. Pislik!" gibi cümleler duyuyor ardı ardına.

İçimden gelen şey şu: Çocuğu alayım, kavga dövüş, kaçırayım. Kadına da tekme tokat girişeyim. Çünkü bir insan gözümün önünde işkence görüyor. Ama sırf işkenceci onu doğuran, besleyen kişi olduğu için bizim ses çıkarmaya hakkımız yok. İşkenceci, işkence gören ve işkenceyi izleyenlerden oluşan bir kurulum beni dışarıda bırakıyor. Yani yine herkesin keyfi yerinde!

Ülke

Türkiye büyük ve derin bir değişimden geçiyor. Bu, sadece Türkiye'yle ilgili değil, daha büyük bir coğrafyayla ilgili. Eski militarist düzen yıkılıyor. Yeni bir insan tipi doğuyor. Kendini Avrupa'ya uydurmaya çalışan değil, eski psiko-sosyolojik köklerine dönüp (ya da onları yeniden icat edip) bir imparatorluğun parçası olmanın tadını çıkarmak isteyen bir insan tipi bu. "Türkiyeli" derin bir değişimden geçiyor.

Beğenin beğenmeyin, AKP önceki hükümetlerin hayal bile edemeyeceği değişimlere imza attı. Tarihi ve bölgesel konjonktürün de benzersiz yardımıyla şimdi Türkiye artık parlayan bir yıldız. Yine beğenin ya da beğenmeyin, Türkiye ilk kez önündeki on yılı görebiliyor, plan yapabiliyor. Bir ülke, dev bir kadırga gibi sağır edici gıcırtılarla rota değiştiriyor. Ülkenin çoğunluğu da bu rotadan memnun. Ve net bir biçimde söyleyeyim, yeni rotanın varış noktasındaki herkes Türkiye'deki iktidarı akıl almaz bir biçimde seviyor, hayranlık duyuyor.

Adını böyle koymayı tercih etmeseler de yeni Osmanlı İmparatorluğu kuruluyor ve bundan hiç hoşlanmayanlar bile bu değişimden yararlanıyor. Gelin görün ki böyle büyük değişimlerin küçük bedelleri vardır. Bu tür köklü değişimlere niyetlenen bir iktidarın, sorgusuz sualsiz olması, karşısına çıkan her türlü engeli, tehdit olarak gördüğü her türden pürüzü yok etmesi gerekir.

Hapishanedeki birkaç gazeteci, hukuksuz yapılmış birkaç tutuklama, yok edilen birkaç sendika, nehir ve gazete, zaten sessiz ve yoksul olanların daha da sessiz ve yoksul olmaları bu devasa icraat karşılığında ülkenin ödediği küçücük bir bedeldir!

Koltuk

Değişimin sadece böyle somut sonuçları olmaz. Aynı zamanda insanların ahlaki tutumları da değişir. Kanaat önderi koltuklarında oturanların kaldırılıp yerine yenilerinin oturması için eskilerin sadece (örneğin) işten atılması yetmez, itibarsızlaştırılması gerekir. Bütün bir memleketteki koltukları düşünün. O koltukların başında duran yeni ve eski koltuk sahiplerini düşünün. Sanırım bütün bir memleketi kapsayan, sonsuz sayıdaki mikro iktidar savaşlarını gözünüzün önüne getirebiliyorsunuz. Büyük değişimler böyle sonsuz sayıda küçük cehennem yaratır. Cehennem ise tamah edenin muzaffer olduğu, gönül indirmeyenin zarif sükûnetinin hükmünün kalmadığı yerdir.

Keyif

Siyaset Meydanı'ndaki acıklı performansımdan haberdarsınızdır herhalde. "Siz ne zaman bu kadar zalim oldunuz?" diye ağlamaklı oluşumdan söz ediyorum. Her zamanki gibi ekranlar delirme anını gösterdiler, delirme gerekçesini değil. Oysa orta yaşlı bir adam alaycı bir tonda şöyle demişti:

"Metin Lokumcu biber gazından ölmüş diye söyleniyorlar. Adam Başbakan'a karşı gelmiş. Allah rahmet eylesin!"

Bazen, tıpkı o masadaki çocuğa yapmak istediğim gibi, bu ülkenin ruhunu, bir yerlerde olduğunu hep var saydığım iyilik, vicdan ve merhametini kaldırıp değişimin çılgınlığıyla zalimleşen kalabalıklardan kaçırmak geliyor içimden. Ama sonra bakıyorum... Ben "Ne zaman zalim oldunuz!" diye bağırınca içi ferahlayanların henüz yeterince sesi çıkmıyor. Sonra bakıyorum çoğunluğa... Herkesin keyfi yerinde gibi geliyor. Bu yüzden işte bir süre bu çılgınlıktan uzakta yazayım diyorum. Anlatabiliyor muyum?

06 Ağustos 2011

SOFRA KURMAK: BİRBİRİMİZE İMAN ETMEK

Araba kullanıyordum, iftardan sonraki bir saatti. Ortaköy'de trafik sıkıştı her zamanki gibi ve karşı şeritteki arabayla aramızda 40 santim olduğu halde öylece kalakaldık. Arabanın içinde genç kadınlar, başörtülü hepsi. Sanırım dinledikleri müzik Candan Erçetin'di.

Yüksek sesle, neşeyle dinliyorlar ve hep birlikte şarkıya eşlik ediyorlardı. Çok tatlı ve canlı görünüyorlardı; ben de gayri ihtiyari dönüp gülümsedim. Şoför mahallinde oturan genç kadın da gayri ihtiyari dönüp bana baktı. Tam döndüğü anda hâlâ şarkıyı mırıldanıyordu ama göz göze gelip de benim gülümsediğimi görünce...

Gözlerini mütereddit kaçırdı, mırıldandığı şarkının son hecelerini yuttu ve gülümsemeden önüne döndü. Hayır, surat asmadı, sadece emin olamadı. Benden emin olamadı. Güvenemedi. Acaba "alaycı" mıydı gülümsemem? Ama bunu anlamak için yeterince uzun bakmaya cesaret edemedi, tedirgin oldu. Birkaç saniye ısrar ettim. Benden şüphelenmesi kalbimi kırdı bir an için çünkü.

Birkaç saniye ısrar etmem hiçbir işe yaramadı, dönüp bakmadı bir daha. O, benden vazgeçti. Acaba benim ona, "Pencereler açık şarkılar söylemek de nesi?" diyerek baktığımı mı düşündü? Belki. Belki sadece başı açık bir kadınla öyle bir anlık bir samimiyet, tatlılık yaşamak istemedi. Ya da ben belki yüz ifademle onları öyle görünce bu neşeli, genç resmin hoşuma gittiğini... Sonuç olarak bir an için yoksunlaştık. İkimiz de bir gülümsemeyi, bir an için yaşanacak insani bir teması kaçırmış olduk.

Firewater'ın "Electric City" şarkısında dediği gibi, "Ölmek için illa şair olmana gerek yok / O küçük şeylerdir insanı öldüren". Küçük bir şeydi yani, ben yazmasam buhar olup gitmiş bir andı insanlık tarihi içinde. Ama sanırım o an daha büyük gönül cinayetlerinin, ilişki yıkımlarının, insani yoksullaşmanın göstergesiydi. Canım sıkıldı.

Yoksunluk sofrası

"Bu sofrayı biz sadece yoksulluk yüzünden değil, yoksunluk yüzünden kuruyoruz" diyor Murat Menteş telefonda, "adam gitsin otelde altın suyuna batırılmış somon yesin iftarda, afiyet olsun, bravo ama yiyen adam olsun! İnsan yediği somondan biraz olsun fiyaka almaz mı arkadaş! Hiç değilse yollarda ot toplayan zavallılar, dilenen çocuklar üzerine düşünecek kadar. Onlarla ilgili bir cümle kuracak kadar," diyor.

Murat Menteş'in, *Yaşayan Kur'an* tefsirinin yazarı İhsan Eliaçık'ın da sözcüsü olduğu Emek ve Adalet Platformu bugün saat 20.00'de İstanbul Taksim'de Gezi Parkı'nda buluşuyor. Lüks otellerde yapılan lüks iftarlara nazır yoksulluk ve yoksunluğa karşı iftar açacaklar.

Murat dün telefon edip Aylin Aslım'ı, oyuncu Ahmet Mümtaz Taylan'ı, Tuna Kiremitçi'yi de davet etti. Çünkü bu sofra "dindarlıkla" ilgili değil. Ya da dindarlığın yeniden tarif edileceği bir sofra. Sadece açların öfkesini anlamak için değil, onların yanında saf tutmak için değil, aynı zamanda "inanmanın" içeriğini yeniden tarif etmek için. Ben böyle anlıyorum.

"İman etmek iyi işler yapmaktır. İyi işler yapan insana da iman etmiyor diyemeyiz," diyen İhsan Eliaçık'ın "mümin/mümine" tanımına daha yakın duran bir sofra.

Öpüşenlere değil dövüşenlere müdahale etmenin ahlaki olduğunu düşünen bir sofra! Zekâtın "herkes eşitlenene kadar verilen" bir şey olduğunu söyleyen İhsan Eliaçık'a daha yakın... Bana göre ise almanın ve vermenin kalmayacağı bir dünya için kurulmalı sofra.

Kibir ve kardeşlik

Ben Londra'da olacağım. Oradaki yoksullara bakmaya gidiyorum. Siz bu yazıyı okurken ve sonra umarım Gezi Parkı'ndaki iftara giderken ben de Londra'nın kuzeyinde yoksulların alev almış öfkesine bakacağım. Yoksa o iftara ben de gelecektim. Çünkü...

Çünkü oruç tutmayan "inançlıları" da kabul edecek bir sofrayı görmezden gelecek kadar kibirli olmamalı insan. Herkesin kendi gibi inandığı, birlikte inanmanın bir örnek inanmak demek olmadığı bir sofra kim bilir nasıl da kardeşçe bir yerdir...

Bir anlık bir gülümsemeyi bile paylaşmakta tereddüt edilen bir yoksunlaşmaya karşı ne güzel bir cevaptır ekmeği bölüşmek. Allah insanı "ilgiden, alakadan ve sevgiden yaratmış" ise eğer, hepimiz bir kan pıhtısından daha fazlasıysak, birbirimize iman etmekten başka çaremiz var mıdır?

13 Ağustos 2011

PEKİ SONRA NE OLACAK?

"Maori'lerde savaştan dönen savaşçılar zafer kutlamalarına katılamazlardı. Çünkü onların yeniden 'insan' olabilmeleri için özel bir ritüel gerekirdi. Düşmanların kalpleri kızartılır, savaş tanrısı Tu'ya sunulduktan sonra kalplerin bir bölümü de rahipler tarafından yenilirdi. Rahipler kalpleri yedikten sonra savaşçıların 'kan lanetinden' kurtulması için bir büyü yapar ve ancak böylelikle savaşçılar yeniden 'normal insan' olurlardı."*

Bunu söylediğim için çok ama çok üzgünüm ama benim olduğum yerden bakınca bu ülke savaşa hazır gibi görünüyor. Çünkü sadece savaş isteyenlerin sesi duyuluyor. Bilhassa son günlerde benim yüzüme karşı bağırdıkları için bu arzularını özellikle biliyorum ki evet, ülke bir kan ayini istiyor. Her şeyi "bitirecek" son bir savaş! Sanırım böyle düşünüyorlar. Her şeyin büyük ve son bir savaşla biteceğini hayal ediyor olmalılar. Yoksa "barış için savaş"

* Barbara Ehrenreich, *Blood Rites: Origins and history of the Passions of War* (Kan Ayinleri: Savaşın Kökeni, Tarihi ve Tutkusu), Granta Publishing House, 1997.

gibi bir mantık hatasının başka bir açıklaması olamaz. Kimse kendi oğullarının ölmesini istiyor olamaz çünkü. Belki bazılarımız başkalarının oğullarının bizimkiler yerine ölmesini istiyor olabilir ama kimse kendi oğlunu öyle bozuk para gibi harcayamaz. Kimilerimiz başkalarının oğullarının ölümünü mü istiyor? Öyle değilse eğer konuşmaya başlayın hemen!

Kan laneti

Tamam, diyelim ki oldu. Diyelim ki hakikaten çok büyük bir kan ayiniyle her şeyin sonu geldi. Diyelim ki öldüre öldüre bitirdik insanları, kıra kıra tükettik. Olmaz ama diyelim ki oldu. Peki sonra ne olacak? Yeniden normal insanlar olabilecek miyiz? Üzerimize yapışan "kan lanetini" söküp atacak bir büyü var mı sanıyorsunuz? Yok. Yok ve bunu siz de biliyorsunuz. Oğlu askerden dönmüş annelerle konuşun. Çatışmaya katılmış, "muzaffer" olmuş oğullarla konuşun. Bakalım nasıl bir şey savaş. Bakalım savaştan dönen birinin hemen ertesi gün "normal" olmasının beklenmesi nasıl ağır geliyor insana. O dağlarda anan ağlamışken döndüğünde kahramanmış gibi yapmak nasıl beter ediyor insanı. Sorun bakalım oğlunu kaybetmiş bir annenin üzerindeki acı lanet, hangi kahramanlık madalyasıyla hafifliyor. Eli kana bulanmışların derisini hangi su temizler, sorun bakalım var mı öyle bir şey.

Ölüm bataklığı

Birkaç kişi beni ve Nuray Mert'i hedef tahtasına koyduğu için çok iyi öğrendim son günlerde kana susamış insanların neler istediğini. Sadece dağdaki PKK kamplarına gidip oradakileri öldürmek istemiyorlar. Orada bitmiyor. O yüzden soruyorum sonra ne olacak diye. Kan, eroinden bile daha beter bağımlılık yapan bir sıvı, akmaya başladığında ne zaman biteceğine öyle kolay karar veremez insan. Kan, bataklıktır... Çakılırsın. O bataklıkta artık savaşçıları öldürmek yetmez, savaşı isteyenleri de öldürmek istersin. "Kanında boğulacaksın," diye önceden naralar atılmasından biliyorum artık, belki de düşmandan önce savaşı istemeyenleri öldürürsün, susturursun. Susturursun...

Şimdi biz bilmiyoruz bu ülkenin ne kadarı büyük bir kan ayini istiyor. Neden bilmiyoruz? Çünkü korkudan kimse konuşamıyor. Ben de dahil. Ben korkuyorum. Çünkü eğer "Barış olsun" deyip insanların "kafasını karıştırırsam" önce beni susturmaları gerekir. Çünkü savaşa giden savaşçıların kafasının "karışmaması" gerek. Düşmandan nefret etmeliler, tek çarenin öldürmek olduğuna bütün kalpleriyle inanmalılar. Eğer ben başka bir ihtimalden söz edersem... Bu iyi olmaz benim için. Böyle anlıyorum ben. Neden böyle anlıyorum? Çünkü dün Can Dündar yazdı: *Aydınlık* gazetesi basılıp gazeteciler gözaltına alındı ve kimse bu konuda sesini çıkarmadı.

Savaş sessizliği

Aydınlık'ın barışçıl bir yayın organı olduğunu düşünmüyorum, bilakis her türlü düşmanlığa körükle giden bir yayın organı. Hatta şahsen beni de ürkütür. Ama bu, haber değil midir? Bir gazetenin bir televizyon kanalının basılması haber değil midir? Yoksa savaş için sessizlik mi gereklidir öncelikle? Sadece kahraman komutanın sesinin duyulması için herkesin susması mı gereklidir? Komutan "Bakalım nereye kadar sesleri çıkmayacak?" diye mi denemektedir? Peki sonra ne olacak? O susturulacak, bu susacak ve sonunda oğullarımız kendini savaşın ortasında bulacak. Kimisi düşecek, kimisi geri dönecek. Sonra biz kim olacağız? Bunu soruyorum: Bu ülke neresi olacak? Yani en sonunda ne olacak? Eğer vakit bulursanız savaş çığlıklarından, bunu düşünün:

Nasıl bir ülke olacak Türkiye?

Siz oğlunuzun öldüğünü unutabilir misiniz? Hayır, o acı dinmez. Peki onlarınkinin dineceğini neden düşünüyorsunuz? Hayaletlerin peşimizi bırakacağını nasıl düşünüyorsunuz? İntikamın kanı kurumaz, bilmiyor musunuz? Bunu anlamıyorum işte. Sonunda ne olacağını düşünmeden herkesin birbirinden daha yüksek sesle savaş istemesini anlamıyorum. Sanki bu coğrafyada başlayınca biten bir savaş varmış gibi... Sanki öldürenin ölenden daha çok bir hayatı olabilirmiş gibi... Öldüren, ölenle ölmezmiş gibi... Kanın laneti silinirmiş gibi... Bunu anlamıyorum işte.

22 Ağustos 2011

KÖPEĞİN HİCRETİ

*"Hicret, yalnız evdeki zalimden kaçmak için değil, ruhumuzun derinliklerine ulaşmak için de yapılır."**

Beyrut'un arka sokaklarında gece. Uzaklardan bir yerlerden silah sesleri geliyor. Savaşı ve düğünü aynı malzemelerle yapan ülkeler sık sık sevişmekle öldürmeyi de karıştırırlar. Bombaların patladığı topraklarda yapılan düğünlerdeki havai fişek iştahı başka türlü açıklanamaz. Dokunmayı bilmediği için sadece vurabilen oğlan çocuklarının büyüyemeden ihtiyarladığı memleketlerdir bunlar, kadınlar pişmeden yanar.

Bu kadar merhemsiz kalmış topraklara dünyanın en güzel gözlü çocukları, dünyanın en güzel gülen kadınları ve dünyanın en becerikli adamlarının bahşedilmiş olması olsa olsa Tanrı' nın bitmez tükenmez adalet duygusuyla açıklanabilir.

Bu yüzden ne zaman Ortadoğu topraklarında gülen insanlar görsem içim yanar. Gülünce dişleri de gülen insanlara bakmak, tersine bir etkiyle, bu toprakların ne kadersiz olduğumuzu hatır-

* Orhan Pamuk, *Kar,* İletişim Yayınları, İstanbul, 2002.

latır. Hızar gibi memleketlerdir bunlar, ölülerini hızlı, ama canlarını daha hızlı gömerler.

Ayrıntılar olarak biz

Afrika'nın Akdeniz kıyılarından İstanbul'un kalbine kadar her yerde kavga var. Savaş, efkâr, hasret, hüzün, "canım" sözcüklerinin ne anlama geldiğini bilen insanlar arasında yapılıyor. Ne tuhaf: Bütün bu savaşları, bu sözcükleri hiç bilmeyen halkların efendileri anlatıyor gerisin geri savaşanlara.

CNN hemen dün Libya petrolünün ne zaman kullanılmaya başlayacağını sormaya başladı çok uluslu şirketlerin yöneticilerine. "Önemli bir ayrıntı" (!) var dedi spiker: "Rafinerilerde çalışacak adamların geri gelmesi lazım. Yani eğer ölmedilerse..."

Bu topraklardaki "ayrıntı" nüfusu fazla, kum gibi insan doğruyor bu coğrafya. Kum tanesi gibiyiz hepimiz. Kafka okusak da, Amy Winehouse'a üzülüp duvarlara dünyanın en büyük harfleriyle "Kahrolsun..." yazsak da. İnsan hayatının bir kıymeti olduğuna inanıldığı topraklara meyledişimiz bundandır. Buralarda hiç bitmeyecek olduğunu apaçık gördüğümüz kavganın bizim de ömrümüzü ufalayıp yutup yok etmesin diye...

Bir "Medine" bulmak isteriz kendimize. Medeniyetin olduğu bir yer yani, insanların "din" (inanç, vicdan, düşünce) etrafında durup daireleştiği bir yeryüzü noktası. Düşünmek için, kendimiz olmak, üretebilmek, gerçekleşebilmek yani insan olabilmek için. "Mekke"yi terk etmenin kederi peki? Üstelik bütün bahçe sahipleri üzerimize çullanmış olsa bile... O büyük kırgınlığa merhem yok.

Köpeklerin gecesi

Beyrut'ta arka sokaklar, gece. İki köpek durdular ve dünyanın tüm zamanı kendilerine ait olduğu için öylece kaldılar. Ancak köpekler birbirlerine bu topraklardaki insanların birbirlerine baktıkları kadar uzun bakabilir. Sonra giriyorlar birbirlerine.

Kavgaları aynı anda hem ölümüne bir hesapsızlığı hem de dünyanın ne büyük, kavganın ne anlamsız olduğunu derin ve kendiliğinden kavrayabilen bir dikkat dağınıklığını içerir. Bu topraklarda insanların henüz bilmediği budur: Kavganın ucunu bir anda bırakabilecek dikkat dağınıklığıyla malul değillerdir henüz. Kavganın ucunu bırakınca da...

Öyle memleketlerimiz var ki bizim, gitsen kavgadan, hicret etmiş oluyorsun ülkeden. Kavgadan gitmek istiyorsun ruhunun derinliklerine doğru biraz sokulabilmek için ama ülkeyi bırakmış oluyorsun. Ülke ile kavga birbirine eşit artık, ülkenin kavgayı aşan bir metrekaresi yok. Ülkedeysen kavgadasın yani. Kavgada değilsen ülkede de değilsin...

Bugünlerde dikkati dağınık bir köpeğe benzetiyorum kendimi... Bir kavganın ortasında aniden bir ruhu olduğunu hatırlayan bir köpek... Hicret ve hasretin köpeği...

24 Ağustos 2011

İNSANIN TARAFINDA...

Ahmet ile Nedim'e yaptığım ziyaretlerden biriydi. Silivri'de binaların arasında yürümek yasak, bir ring otobüse bindiriyorlar. Ziyaret bitti, ring otobüsüne bindik. En fazla on kişiyiz. Ergenekon davası kapsamında alınan tutukluların yakınları ve avukatları. Kimse kimseye selam vermiyor. "Siyasi farklılıklar" var! Gergin bir görmezden gelme, suskunluk. Devlet sevdiklerimizi atmış dar kapalıya, hiçbirimiz içeri nevresim veremiyoruz, hiçbirimiz içeriden "Görülmüştür" damgası olmayan bir sözcük alamıyoruz. Kaderimiz, kederimiz aynı ama... Siyasi farklılıklar var! Konuşulmayacak yani, birbirimizin yüzüne bakılmayacak. Otobüs, Türkiye sol siyasi tarihinin ciğerini anlatan fotoğraflardan biriydi. En çok birbirine merhametsiz Türkiye solunun "ayranı yok içmeye, her zaman enerjisi var birbirinin gözünü oymaya" halinin resmi. Dün Ahmet ile Nedim ve hapishanelerdeki bütün gazeteciler için yapılan eylemde yürürken yine o otobüs geldi aklıma. CHP'lilerle birlikte görünmemek için öte yana giden, BDP'lilerle birlikte görünmemek için beri yana kaçan ve elbette çok mühim siyasi ayrılıkları nedeniyle birbirlerine belli bir mesafede yürüyen gazetecileri görünce ve kendini demokratların sınıf başkanı gibi hisseden arkadaşları göremeyince... "Sen kimin tarafındasın kardeşim? Kendine gel!" diye bağırma ihtiyacı. Devlete karşı insanın tarafında mısın, yoksa hükümetleşen devletin tarafında mısın?

Makul insanlar ülkesi

Eğer daha makul bir ülkede, kendi gibi düşünmeyen insanların gözünün oyulmasını ağzı sulanarak izlemeyen insanların ülkesinde yaşıyor olsaydık, sanırım Doğan Yurdakul'un eşine veda etme hakkı verilmemesi gereğince ciddiye alınırdı. Soner Yalçın'ın Yurdakul ile ilgili çağrısı karşılık bulurdu. Mustafa Balbay'ın çocuğunun büyümesini göremeyişi bizi derinden ilgilendiriyor olurdu. Ama öyle bir ülkede yaşamıyoruz. Entelektüel hayatımıza, gazetelere egemen olan tek bir duygu var; o da düşmanlık. Bu öyle bir düşmanlık ki insanlara en temel politik ve ahlaki gerekliliği, devlete karşı bireyin haklarını koruma, iktidarın merhametsizliğine karşı insanca olanı savunma mecburiyetini unutturuyor. Bu memlekette korkutucu olan ne iktidarın otoriter tavrı, ne devletin karanlığı. Beni korkutan şey bu; kendine demokrat diyen insanların otoriteden yana saf tutmaları. Bu hastalıklı saf tutuşu her nasılsa demokratlıklarıyla açıklamaları. Bu pozisyonun giderek insan haklarına karşı bir tutuma dönüşmesi... Beni korkutan bu.

Yanan mahkûmlar

İçlerinden biri 18 yaşında olan mahkûmlar, bir cezaevi aracıyla Van'dan İstanbul'a götürülürken aracın içinde yanarak öldüler. Cezaevi aracının neye benzediğini bilen epey bir insan vardır Türkiye'de. Değil 24 saat, bir saat bile otursanız delirebilirsiniz, fiziksel olarak sakatlanabilirsiniz. Kendisine emanet edilen insanlara kurbanlık koyunlardan daha beter davranan, sonra da yanarak öldüklerinde "Aracın bakımı yapılmıştı, hiçbir problem yoktu, hayret nasıl oldu biz de anlamadık," diyen bir hükümet-devlete karşı durulacak yer bellidir. Hiç tanımadığınız o mahkûmların, tutukluların tarafını tutarsınız. Nitekim gazeteler de, hiç değilse bazıları öyle yaptı. Ama sıra Doğan Yurdakul'a ya da siyaseten aynı noktada olmadıkları birine gelince tanımadıkları mahkûmları manşete çıkaranlar ses vermeye o kadar hevesli olmadılar. Bu acıdır. Çok acıdır.

Yarın vardır

"Hrant'ın arkadaşları" olarak anılan bir çevredeki moral üstünlük hükümete yakın şahsiyetlere geçti, eyvallah! Hatta Hrant'ın arkadaşlarının mektubunu köşemde yayımlamam için telefon eden Hayko, mektubu yayımlayacak diğer köşe yazarlarının isimlerini saydığında listede benim gözümü oymak istemeyen sadece üç kişi olması üzerine espri bile yaptım. Bu, Türkiye'nin siyasi süreciyle ilgili bir şey. Ne öfkeleniyorum, ne şaşırıyorum. Ama "Yarın yokmuş gibi yaşamanın âlemi yok," demek isterim. Sadece bugünü ilgilendiren siyasi pozisyonların, bireyin devlete karşı alması gereken temel pozisyonu bile unutturmasının bedeli ağır oluyor, olacak da. Bu otobüste bir avuç insanız... Hep öyleydi. Hep öyle olacak.

Hrant Ödülü

Hrant Dink Vakfı'nın Hrant'ın doğum gününde yaptığı törende ödüller verildi. Ödülü Ahmet Altan aldı. Malum ve bariz sebeplerle Ahmet Altan'la aynı yerlerde durmuyoruz hayatta. Ama ne ödülü alması beni şaşırttı ne de kimileri gibi "Vay nasıl ödül ona verilir?" diyeceğim. Jüri öyle uygun görmüş. Beni kaygılandıran şey, tıpkı Murat Sabuncu'nun *Milliyet*'te yazdığı gibi, ödül töreni boyunca Nedim Şener'in isminin bir kere anılmamış olması. Hrant'ın öldürülmesiyle ilgili en ciddi haberlere, kitaplara imza atan arkadaşımızı hiç değilse ismini anmaya layık görmediler mi? Siyasi ayrılıkları müsaade etmedi mi Hrant için yazdığı kitap yüzünden içeride olan arkadaşımızı hatırlamaya?

19 Eylül 2011

ADAM ADAMA SAVUNMA

Dün, Berna ile Ferhat tahliye oldu. Duruşmaları sırasında onlara destek vermek için Beşiktaş Adliyesi'nin önüne gittim. Gençler tahliye oldu. 19 ayları gasp edilmiş, devlet tarafından haksız yere hayatlarına 19 ay boyunca el konulmuş, ömürlerinin 19 ayını vahşice bir yere kapatılarak geçirmiş olarak cezaevinden çıktılar. O 19 ayı unutmayız, unutturmayız.

Gelin görün ki dün mahkeme önünde beklerken farkına vardım ki aylardır, hatta son iki yıldır Türkiye'de insan hakları, demokrasi, özgürlükler diyen insanların yarı ömrü mahkeme önlerinde geçiyor. Resmen hükümetin, devletin elinden adam kurtarmaya çalışıyoruz durmadan. Siyasi iktidar ve siyasallaşmış yargı bizi sürekli surette adam adama savunma yapmak zorunda bırakıyor.

Ferhat ve Berna bir şekilde basın tarafından görünür oldukları için bu adam adama mücadelede bizim taraf galip çıktı bu kez. Ama sadece bu kez. 2009 Nisan ayından beri KCK operasyonundan 7000'in üzerinde insan tutuklandı. Bazılarının isim benzerliğinden içeride olduğu bile ortaya çıktı. SDP'lileri şaka gibi alıp aylar sonra şaka gibi bıraktılar. Ahmet ile Nedim'in trajikomik durumu ortada.

Ergenekon davasının hâkimi Şeref Akçay aniden emekliliğini istedi dün ve gerekçeleri arasında insanları tutuklayıp tutuklayıp içeri koymak ve onları orada unutmak vardı. Velhasıl, son iki yıldır çeşitli siyasi aidiyetlerden insanlar mahkeme önlerinde adam adama savunma peşinde. Öte yandan bu adam adama savunmanın bir parça etkisi olmuş olacak ki örneğin Hopa ile ilgili dava aniden Erzincan'a taşınıyor, böylece siyasallaşmış yargının elinden insan kurtarmaya çalışan kalabalıklar geri püskürtülmüş oluyor.

Kapatın ağzını!

Mesele bununla da bitmiyor. Geçen haftalarda yazdım. *BirGün* gazetesinin manşetten verdiği Kocaeli Cezaevi'ndeki mektup yasakları meselesi. İnsanlar köşe yazarlarına mektup yazıyor. Cezaevi Disiplin Kurulu mektupların gönderilmemesine karar veriyor. Bu disiplin kurulu kararını gazetelere iletmek isteyen mahkûm ve tutuklulara "Disiplin Kurulu üyeleri hedef olur" gerekçesiyle yeni bir yasak konuyor. Yani hem insanlar içeri kapatılıyor sonra da bağırdıkları duyulmasın diye ağızları tıkanıyor. Cezaevindeki insanlara ne kadar kıymet verildiğini Van'a kadar cezaevi aracında götürülmeye çalışılıp yolda yanarak can veren tutuklular hikâyesinden biliyoruz.

Cezaevlerinde son zamanda yoğunlaşan hak ihlalleri meselesini ise hiçbirimiz tam olarak gündemimize almıyoruz. Yani adam adama savunmada başarılı olmadığımız takdirde bir de içeride can korkusu var.

Dehşet...

Sonuç olarak bırakın siyasal muhalefet üretmeyi, bugün karşı karşıya olduğumuz yargısal tuhaflık yüzünden insanları devletin elinden canlı kurtarma derdine düşmüş durumdayız. Bu durum da medyanın bence pek de olmaması gereken bir biçimde yargısal sürece katılmasını gerektiriyor.

Yani eğer tutukluyu manşetlere çıkaramazsak o kişinin unutulmasını, ona isteyenin istediğini yapmasını engelleyemiyoruz. Yazmazsak en iyi ihtimalle aylarca, bazen yıllarca hiç mahkemeye çıkmadan hapishanede kalıyorlar, bazen de insanlar ölüyor. Bu, dehşet verici bir tablo.

Üstelik medya da aşırı siyasallaşmış olduğu için kimin sesi çok çıkarsa onun iddianamesi (!) ya da savunması (!) kabul ediliyor. Farkında mısınız bilmiyorum, iktidarın propaganda makinesi mükemmelen işlediği için basında neredeyse sadece iddianameler konuşuluyor. O iddianamelere verilen savunmalar, iddialara karşı ortaya konan savunma delilleri pek konuşulmuyor.

Ortada sadece meşhur iddianameler var. Yani artık sadece medyaya emanet olan insan hakları bir kez de aşırı kutuplaşmış medya tarafından etekten silkeleniyor. Şahaneyiz yani. Çok şahaneyiz.

08 Ekim 2011

KIRINTI ADALETİ

Her gün gazetenin önüne zırhlı polis araçları geliyor. İçinden en kanlı seferberliğe hazır, tam teşekküllü polisler çıkıyor. "İki otobüs dolusu polis" diyelim sayı vermek gerekirse. Boğaziçi Elektrik'ten atılan işçiler var karşılarında. Onlar, polisin yarısı kadar. Sadece sayı bakımından elbette! Bağırıyorlar. Bir tentenin altına çekiliyorlar sonra. Polisler de zırhlarını ağır ağır çıkarıp gidiyorlar. İşsiz işçiler çaylarını demliyorlar tentenin altında, hava giderek soğuyor.

Bu, her gün tekrarlanıyor. Camdan dışarıda bunlar var. Camdan içeride çaycıyı işten atıyorlar. Resepsiyonist Tülay "İyiyim, iyiyim!" diyor sorunca... Ne camdan içeri, ne camdan dışarı, işten atılanların hiçbiri beklediğim kadar yılgın değil. Tırnaklarını bir umuda geçirmişler, son çentiğine kadar hayata tutunuyorlar. Mutlaka bir iş bulunur, böyle düşünüyorlar. Bana yokluğa, açlığa, yoksunluğa hep beraber yürüyoruz gibi görünüyor oysa. Bazılarımızın adımları diğerlerinden daha seri sadece.

Zaman, insanlığımı büyük ısırıklarla eksiltiyor... Birilerine iş bulmaya çalışıyorum durmadan. Onurlu bir ekmek için hep birlikte direnmeliyiz, doğrudur. Ama bugün, bu akşam bir ekmek gerekiyorsa ne yapacaksın?.. Uzun bir üç nokta bu. Bugünlerde birilerine iş bulmaya çalışıyorum durmadan.

Kırıntı ve yumurta

"İnanın, pantolonlarının duble paçası içindeki kırıntıları verseler ayağa kalkar hepsi. Ama onların oraları gördüğü filan yok. Ondan sonra kendileri obezite oluyor."

Başbakan Erdoğan önceki gün İstanbul Üniversitesi akademik yılı açılışında Afrika'yla ilgili bir konuşma yapıp zengin ülkelere için böyle dedi. İroniktir, ertesi gün Bursa'daki üniversiteliler, IMF Türkiye Sorumlusu Mark Lewis'e yumurta atıyor, kırıntı adaletinin en yılmaz bekçisi kurumun temsilcisini yumurta adaletine "maruz bırakıyordu". Ama şimdilik, kırıntı adaleti yumurtayla devrilemiyor.

Bugün, bu ülke, Afrika halklarının direnmesini, hakkı olanı almasını değil, kırıntılarla doymasını bekliyor. Bugün biz, halkların karın tokluğuna yaşaması fikrini dile getirmenin vicdanlı bir yaklaşım olduğunu, bunun vicdani bir isyan olduğunu düşünen, buna inanan bir zihniyetle yönetiliyoruz. Dolayısıyla sabah altıda işe başlamanın, cumartesi günü de çalışmanın, ölmeden az evvel gelecek emekliliğin ve bunun gibi zalimce önerilerin masaya fikir olarak konulması gayet normal.

Ey çalışkan Kayserililer!

Yaratılan bu normalliğin kendini hakiki vicdan ve adalet karşısında da koruması gerekiyor elbette. Bu yüzden Georges Politzer'in *Felsefenin Temel İlkeleri* kitabı Hopa iddianamesinde suç delili olarak "yakalanıyor"! Çünkü artık hepimiz akşam erken yatıp gün doğmadan marabalığa başlayan ve duble paçalardan düşen kırıntılarla doymaya şükreden Kayserililer olacağız!

İnsanın insanca yaşaması gerektiğine, tek meselesinin ölümüne çalışmak ve para kazanmak olmadığına inanmış Kayserilileri tenzih ederim. Sanırım onlar insanın, çocuklarını sevmek, kitap okumak, düşünmek, bir ruhu olduğunu kavramak için kendi zamanına ihtiyacı olduğunu, ömrümüzün tamamını karnımızı doyurmak için kiralayamayacağımızı biliyorlardır.

Paçanın sarsılması

Toplama kamplarının kapısında yazan "Çalışmak özgürleştirir" sloganının, "Kırıntılar için şükrediniz" sloganıyla birleştiğinde nelere yol açacağını bu kış göreceğiz. Havalar biraz daha soğuyunca eylem, grev ve direniş çadırlarında kendi nefesleriyle birbirini ısıtan insanları göreceğiz. Sonra duble paça pantolonlarını büyük bir âlicenaplık ve vicdanla sallayıp kırıntılarını önümüze dökenleri de bu kış göreceğiz.

Önce her birimiz etrafımızdakilere iş bulmaya çalışacağız. Sonra... O "sonra" gelince bu küçük dayanışmanın bir halta yaramadığı gün de gelmiş olacak. O zaman o paçalar sanırım beklediklerinden daha sert sallanmaya başlayacaklar.

15 Ekim 2011

ZEBELLAH!

Türkiye'nin üzerinde bir zebellah dolaşıyor! Hegemonya zebellahı!

Kime sorsam, herkeste bir boğulma hissi. Elbette hegemonya yanlısı medyanın kurduğu Türkiye illüzyonunun içinde yaşayanların bambaşka bir kafası var, onlardan söz etmiyorum. Yeri gelmişken altını çizeyim:

Artık "hükümet yanlısı basın" demenin bir anlamı yok. AKP hükümetinin talep ettiğinden daha engin bir otosansürle kendilerini neredeyse mistik güçleri olan bir siyasal ve kültürel hegemonyaya adamış bir basın olduğunu düşünüyorum ortada. Samimiyetle söylüyorum, Başbakan Erdoğan'ın bile bu kadarını talep ettiğini sanmıyorum, hatta şahsen Başbakan'ın medyanın durumuna bakıp eğlendiğini de düşünmüyor değilim. Ben onun yerinde olsam, "Amma koftiymiş bunlar da yahu!" derdim. Zira Türkiye basını hegemonik bir yapı için, "Ben istedim bir göz, Allah verdi iki göz" kıvamında hamuru olan bir medya, hangi fırıncının eline düşeceğim diye dört gözle bekliyor. Bekler durur yani nicedir. Her otoriter rejimin hayalini kurduğu cinsten bir basın bu.

Zebellahın çalışma yöntemi

Tekrar başlayalım. Türkiye'nin üzerinde bir zebella dolaşıyor: Hegemonya zebellahı!

Bizim zebellahın çalışma yöntemi şu:

Çarşıya bir laf salınıyor. Diyelim ki Mehmet Efendi şunlardanmış, şu örgütle yakınlığı varmış deniyor. Sonra bu küçük çekirdek üzerinde laflar lop lop et oluyor. "Zaten vaktiyle o şöyle bir yazı yazmamış mıydı?" İkinci gün sonunda aynı cümle soru işaret kalkarak, ünlemle bitecek şekilde bağırılıyor. Üçüncü gün ekranlarda, pespaye yazarların nadide köşelerinde herkesin nasıl da aslında bunu düşünmekte olduğunu anlıyoruz.

Birbirinden dâhiyane şizofrenik bağlantılarla muhabbet renklendirilirken, "Vallahi sen benden çok yaşayacaksın, ağzımdan aldın!" tadında bir kardeşlik duygusu içinde hegemonyanın küçük askerleri kusursuz bir işbirliği sergiliyor. Beşinci gün bakıyorsunuz herkes Mehmet Bey'in yazdığı bu yazıdan, zaten onun eskiden de bilmem ne demiş olduğundan söz ediyor. Altıncı gün, uydurmasyon realite artık hegemonyanın elinde oyuncak olmuş oluyor, top gibi oynanıyor. Yedinci gün ise artık Mehmet Bey'in yeni dünyası yaratılmıştır. Mehmet Bey'e kolay gelsin!

Domates kırmızıysa biber acıdır

Artık Mehmet Bey'in hiçbir şekilde olayın içinden çıkıp, yakayı birazdan kapıya dayanacak savcılardan kurtarma şansı yoktur. Bu yeni dünyanın en önemli özelliği, iddia sahibinin iddiasını ispatlamakla yükümlü olmamasıdır ki, zaten şizofrenin kaynağı budur. Mantığın işleyişi tersine çevrilmiştir. Yani artık kırmızıysa domatestir, o zaman muhakkak biber acıdır.

Bu sapıkça mantık, dikkatle bakarsanız yaşadığımız bütün siyasal ve sosyal süreçlerde geçerlidir. Bunun manyakça olduğunu söyleyenlerin sesleri de duyulmayacaktır; çünkü canına yandığım hegemonya tam da böyle bir şeydir. Herkesin deli olduğu yerde akıllıya pek iyi gözle bakılmaz.

Aman yarabbi!

Bu zebellah bugün Türkiye'de en mikro düzeydeki kişisel ilişkilerden en makro düzeydeki siyasal meselelere kadar her yerde insanlığımızın kanını emiyor. Bu yüzden, "Sokaktaki herkes kafayı mı yedi?" diye düşünüyorsunuz mesela. Bu yüzden ekranlardaki sözümona siyasal tartışma adı altında yapılan tımarhane canlı yayınları göğsünüzde bir ağırlık yaratıyor, bu yüzden şöyle bir adım geri atıp bakınca Türkiye, insana sadece "Aman Yarabbi!" dedirten bir gayya kuyusuna benziyor.

Bu yüzden pankart açan çocuklar onlarca yıl ile yargılanırken etrafınızdaki bütün ekonomik ilişkiler mafyalaşıyor. Çünkü bu tür zebellahların en belirgin özelliği, taşları bağlayıp köpekleri salıvermektir. Bu yüzden kelime haznesi "yamyamlıkla" sınırlı birileri hudayınabit gibi bütün ekranlarda biterken hakiki bir gazeteci olan Ezgi Başaran'ın üzerine üzerine gidilmektedir.

Doğru olduğunu bildiğiniz şeylerden kendiniz bile şüphe eder hale getiriliyorsunuz. Hatta öyle kuvvetli bir durum ki bu, bakkala çakalla bile "Ulan acaba ben de bir şey yapmış olabilir miyim?" dedirtiyor. Bu yüzden diyorum işte:

Türkiye'nin üzerinde bir zebellah dolaşıyor: Hegemonyanın zebellahı!

02 Kasım 2011

BU YAZIYI SİZ OKUMAYIN

Bu yazıyı siz okumayın. Ona okutun. Ona... Canı sıkılmayana. Ne olup bittiğinden haberi olmayana... "Ama abi adamlar yapıyor be!" diyene okutun. "Abi sen de paranoya yapıyorsun be!" diyene okutun. Siz, "Ne olacak bu işlerin sonu?" derken sizin kederinize, endişenize karşı gülene okutun. "Abi onlar da hükümete karşı gelmeselerdi," diyene okutun. Umursamayana okutun bu yazıyı. Yoksa biz kendi aramızda konuşmuşuz ne yazar!

Sorun onlara... 2005'te terör suçu gerekçesiyle tutuklanan insan sayısı 273 iken ne oldu da bu sayı 2010'da 12.897'ye çıktı. Bu ülkede aniden hudayınabit gibi terörist mi yetişmeye başladı?

Sorun onlara... Dünyada terör gerekçesiyle tutuklu bulunan insan sayısı toplam 35.117. Türkiye'de aynı gerekçeyle tutuklu olan insan sayısı 12.897! Yani bu memleket dünyadaki toplam "teröristin" üçte birini barındıracak kadar mı çıldırmış?

Sorun onlara... Bunda hiç mi bir çapanoğlu olamaz? Eğer bir ülke tutuklu gazeteci sayısında dünya lideri olmuşsa, Rusya ve Çin'i bile geçmişse, sorun bakalım, korku sırasının onlara da gelmeyeceğinden nasıl bu kadar emin oluyorlar?

Gözaltında azami sürat

Sorun onlara... Tutuklu gazetecilerin dünkü duruşması sürerken aynı anda neden onlarca avukatı birden gözaltına aldılar? Tutuklu gazetecilerin davasına giren avukatlar duruşmanın yarısında çıkıp arama yapılan evlere gitmek zorunda kaldılar. Onlar oraya giderken İzmit'te 17 Öğrenci Kolektifi ve Halkevi tutuklaması oldu. Aynı esnada İzmir Belediyesi'ne baskın düzenlenip gözaltılar yapıldı. Yani yakalanan adama sahip çıkacak kadar sayıda adam kalmayacak dışarıda. Sorun onlara... Nedir bu öfke? Memleketin yarısını içeri alıp, diğer yarısıyla ne yapacaklar sorun!

Tutuklu gazetecilerin duruşması için dün sabah yola çıkarken, sizin de iyi bildiğiniz bir gazeteci arkadaşıma, "Gelmiyor musun?" diye sordum. Hiç duraklamadan şöyle dedi:

"Ben gelmiyorum arkadaş. Korkuyorum."

İnsanların endişesini dile getirmek için gittiği yerde fotoğraflanmaktan korktuğu bir ülkede nasıl yaşamayı düşünüyorlar sorun. Herkesin saklandığı, herkesin kaçtığı, yıldırıldığı bir ülkede kiminle konuşacaklarmış, sorun. Nasıl güleceklermiş? Kiminle yiyip içeceklermiş. Hapse atılan meslektaşlarının koltuklarında rahat oturabilecekler miymiş? "Van'da çocuklar soğuktan ölüyor" deyince bile insanların üzerine yüründüğü bir ülkede, sorun bakalım biliyorlar mı, kimi seveceklermiş? Aynaya nasıl bakacaklarmış?

Sorun onlara, on yıl sonra çocuklarına, "Ben hapse atılan gazetecilerin yerine oturdum, gazetecilik yaptım" nasıl diyeceklermiş? *Radikal* gazetesine sorun. Ahmet Şık, haberleriyle o gazeteyi gazete yaptı. Aksini düşünen varsa, yüzüm burada, gelsin söylesin. Nerede meslektaşları? *Radikal* isminin üzerine oturanlar neredeydi dün duruşma esnasında! *Milliyet*'in genel yayın yönetmeni neredeydi? Niye o kadar az insan vardı? Korkuyorlardı. Benim de ödüm kopuyor, doğruya doğru.

Keyfiniz yerinde mi?

Şimdi sorun onlara, biz bu kadar korkmuşken nasıl keyfini çıkaracaklar "güçlü" tarafta olmanın? Ağzını kapatıp, kollarını, ayaklarını bağlayıp dövdüğün adamla övünür müsün? Var mı bu delikanlılıkta?

Çağlayan Adliyesi önünden ayrılıyordum dün. Elime bir basın bildirisi tutuşturuldu. Onur Yaser Can. Mimar, ressam, dalgıçmış. 1982 doğumluymuş. ODTÜ mezunuymuş. Esrar satın alınırken yakalanıp gözaltına alınmış, Öyle fena işkence etmişler ki psikolojisi bozulmuş. Sonunda adaletsizliğe dayanamayıp kendini öldürmüş. Öylece yani. Sanki hiçbir şey olmamış gibi.

Sorun onlara! Bir gün dandik bir sebepten gözaltına düşüp işkence ile kafayı yedirtilip sonra da intihara bırakılmaktan hiç mi korkmuyorlar? Sorun onlara, bu kadar korkuyla yaşanır mı? Bu kadar korku varken hiçbir şey yokmuş gibi yapılır mı?

Ben de korkuyorum. Ama hiçbir şey yokmuş gibi yapmak da gücüme gidiyor. Sorun onlara hiç mi güçlerine gitmiyor. Sizin gibi bir insanın hiç yoktan korku uydurduğuna nasıl kendilerini bu kadar iyi inandırabiliyorlar? Sorun onlara.

23 Kasım 2011

MAHKEME KAPILARI, VİCDAN RANDEVULARI

Her akşam ve her sabah bir duruşmanın saati ve yeri, duruşmayla ilgili çağrı metni konuşuluyor. Cihan Kırmızıgül'ün davası gidiyor, Festus Okey'in davası geliyor. Hopa gidiyor, KCK geliyor. İnsanlık tarihinin bağıra bağıra altını çizdiği bir ironi olarak Ahmet Şık ve Nedim Şener'in davası Hrant Dink'in davasıyla aynı güne denk geliyor mesela.

Bir yandan Hopa davası sanığı çocuklar bırakılıyor, aynı gece İstanbul'da 19 genç gözaltına alınıyor. Türkiye'de insan hakları meselesi bir duruşma maratonuna dönüşmüş durumda. Vicdan randevuları silsilesi...

Tarih, Türkiye'de bugün bizi yakamızdan paçamızdan çekiştirerek mahkeme kapılarına sürüklüyor. Her mahkeme kapısında gelenlerin gözleri gelmeyenleri arıyor, gelenleri sayıyor.

Hangi mahkemenin kapısında kaç kişi var, en çok konuştuğumuz konulardan biri bu olmaya başladı. Buna bir çözüm bulmalıyız. Benim bir önerim var.

Davaların birleştirilmesi

Savcılar durmadan, ha babam de babam davaları birleştiriyorlar. Birleştirmede sınır yok. Torba davalardan sonra şimdi torba operasyonlar da başladı. İçinden geçtiğimiz siyasal süreci iyice şizofrenikleştiren bu birleştirmelere karşı tez elden "karşı birleştirme" üzerine düşünmeye başlamak lazım.

Herkesin biraz incileri dökülecek, mecbur. Yani fikirlerine hiç de saygı duymadığınız insanların insan haklarını da savunmak zorunda kalacaksınız. Demokratlığına leke gelir hezeyanıyla ona buna yerli yersiz faşist diyenlerin şapkayı önüne koyup düşünmesi gerekiyor. Dökülen "solculuk incilerinin" hesabının yapılması lüksünü de çoktan geçtiğimiz bir mevsimdeyiz çünkü.

Bir de şu "demokrasi cengâverleri" var. Onlara da lütfedip bu mahkeme önlerine gelmelerini, hiç değilse yazıp çizmeleri gerektiğini, yoksa tarih önünde isim vererek utandırılacaklarını birilerinin söylemesi gerek.

Ne bileyim ben, mesela *Yeni Şafak* yazarı arkadaşlar, *Star* yazarı arkadaşlar, *Zaman* yazarı arkadaşlar, Genç Siviller yani hepsi teker teker benden, hepimizden daha ileri demokrat olan bu ağabeyler, ablalar bir çıksınlar bakalım ortaya. Poşu taktığı için hapishanede olan Cihan Kırmızıgül için bir cümle etsinler zahmet olmazsa.

Patır patır evlerinden toplanıp dip kapalıya atılan çocuklarımızın hesabını hiç mi sormayacaklar? Vallahi bizim demokratlığımız azıcık olduğu için ancak bu kadar dayanabildik, biraz da onlar bu işin ucundan tutsunlar.

Susarım!

Öte yandan sanki işler biraz iyiye gidiyormuş gibi bir sezgim var. Hava dönüyor gibi. *Twitter*'da, sosyal medyada bazı şeyler oluyor. İçinde bulunduğumuz "turbo demokrasi" (terim Aylin Aslım'a aittir) tiyatrosunun pırıltıları yer yer dökülüyormuş gibi sanki. Davaların siyasallığı artık "yargı kararı" meşrulaştırmasıyla örtülemeyecek kadar kör parmağım gözüne durumda.

Sanırım bu sebepten yüksek sesle bu davaları savunanların sayısı giderek azalıyor. "Turbo demokratlar" sanırım bu yüzden bu kadar sessiz bugünlerde. Ama biz onlardan sessizlik değil, referandum öncesinde olduğu gibi "demokrasi çığlıkları" bekliyoruz. Yüksek sesle konuşmalarını istiyoruz. Mahkeme kapılarında görünmelerini istiyoruz.

Ben kendi adıma söyleyeyim; bana her türlü hakareti etmiş bu ağabeyler ve ablalar, hanım kızlar ve küçük beylere selam vermem, veremem, midem kaldırmaz. Ama sessiz kalırım. "Neredeydiniz şimdiye kadar?", "Biz size demedik mi?" falan gibi şeyler söylemem. Geçmişi silerim, mahkeme kapısının önündekilerin kalabalıklaşması sebebiyle sevinir, susarım. Vallahi susarım.

14 Aralık 2011

EMRET KOMUTAN!

Anladık, siz çocukları öldürün biz de "Bir bildikleri vardır," diye susalım istiyorsunuz. Siz insanları bombalayın, biz onları sessizce eşeklere yükleyip, götürüp gömelim, bizi öldürürken milyar dolarlık bombalar kullanın ama cenazelerimizi kendimiz taşıyalım, karlı tepelerden omzumuzda, yayan aşıralım istiyorsunuz. Daha taziyemizin çadırı kurulurken, ağıdımızın sesi duyulmadan, biz daha yasımıza başlamadan siz "Höt!" deyin biz de evlerimize dağılalım, çekirdeğimizi çitleyip televizyonda oynayanlara bakalım, aptal olalım, hatta hiç olmayalım, gidip kendi kendimize bir yerde ölelim, ölürken hiç ses çıkarmayalım, geride sonradan canınızı sıkacak bir iz bırakmayalım istiyorsunuz.

Anladık, deprem evlerimizi başımıza yıksın, siz bizi dondurucu soğukta naylon çadırlara koyun, sonra karşımıza geçip "Sarayda yaşıyor sunuz ulen!" diye sırıtın, biz başımızı önümüze eğelim, hiç üşümeyelim, üşürken ölen bebeklerimizin "hiç giyilmemiş pabuçlarını" ağlamadan satalım, o parayla çekirdek alıp sonra gidip evlerimize çekirdeğimizi çitleyip, televizyonda oynayanlara bakalım, aptal olalım, bir gece uykumuz da donarak, sessizce ölelim, daha da başınıza bela olmayalım, bir mezar taşımız da olmasın ki görünce canınız sıkılmasın istiyorsunuz.

Anladık, kimsenin kimseden haberi olmasın, kimse kimsenin derdiyle hemhal olmasın, haber vermeye çalışanlar, memleketine dertlenen çocuklar, öfkeli hocalar, sendikacılar, hukukçular artık kim varsa "büyük düşünmenizi" engelleyen, hepsi bundan böyle hapishanede yaşasın, kalemini, kâğıdını alın, yerine kumanya verin mis gibi, orada hayvanlar gibi birbirleriyle bile konuşamadan ömürlerini geçirsinler istiyorsunuz. Biz de bunlarla ilgilenmeyelim, çekirdeğimiz, televizyonumuz, domuzlar gibi huzurumuzla yaşayalım gidelim, siz canınız hiç sıkılmadan "projelerinizin" açılış kurdelelerini kesin, hep kurdeleler, alkışlar, balonlar ve çiğdemler-çekirdekler istiyorsunuz.

Anladık, siz bir gün öyle bir gün böyle deyin, biriniz başka biriniz başka söylesin, barış deyin, savaş deyin, sonra yine barış, sonra yine savaş, arada açılım, kapanım, aklınıza ne gelirse söyleyin, biz her gün hafızamızı yeniden "tazeleyelim", her sabah sıfır olsun kafamız, ayna gibi mesela, hiç muhakeme yapmayalım, siz her sabah ne söylerseniz bizim için ilk söz o olsun, son söz sizinkisi olsun, hep size inanalım, başkasına hiç kulak asmayalım, siz hep haklı olun, sonra yeniden haklı çıkın, biz de salak gibi böyle oturup "Aaa tabii bir de balkon konuşması var, ona bakmak lazım," diyelim, çekirdeğimizi alalım, balkonlarda hep gözümüz sizi arasın, başka herkese kör olalım, böyle istiyorsunuz.

Anladık, siz cambazlar arası kim daha cambaz müsabakası düzenleyin, istihbarat ve komplo kumkumalıklarıyla bir gün önce ölmüş çocuklarımızın cenazesini unutturun, hiç özür dilemeyin, aman siz hiç özür dilemeyin, bizim çocuklar hep sizin çocukların mezesi olsun, ölüsüyle dirisiyle hep sizin "büyük düşünmelerinize" hizmet etsin, okyanus ötesi-berisi bir kayıkçı kavgası bizim öfkemizden hep daha mühim olsun, İstanbul'daki iki kırık dükkân camı bizim çocukların kanını berhava etsin, dershane parası için sınırdan sigara kaçırmak zorunda kalan çocuklarımız bizim, ömründe İstanbul'daki o vitrin camlarını hiç görmeden ölen çocuklarımız hep sizin olsun, tepe tepe kullanın, kullanamayınca öfkelenip böğrümüze çökün, böğrümüz, bağrımız hep size açık olsun istiyorsunuz.

Anladık, böyle istiyorsunuz. Bunları iyice belledik. Bellettirdin, sağolasın! Şimdi aynaya bak komutan! Bu, sensin! Sen böylesin. Sen bu kadarsın. Sen de şunu anla ey komutan! Biz de bu memleketin geri kalanıyız. Biz seni anladık. Sen de şunu anla o zaman: Bizden bu kadar! Kabul etmiyoruz! Dinlemiyoruz! Sen istediğin kadar emret! Kendi kendine konuş dur! Biz seni dinlemiyoruz!

31 Aralık 2011

BAŞKA MEMLEKETLERDEN

EL ŞARİ'LİN! (SOKAK BİZİMDİR!)

Başbakan'ın, Ortadoğu'nun saraylarından mı sokaklarından mı yana olduğuna karar vermesinin giderek daha zaruri hale geldiğini yazmıştım. Tunus sokaklara dökülmüştü ve bunun, bölgeyi izleyen birçokları gibi ben de Arap dünyasında domino etkisi yaratacağını düşünüyordum. Nitekim oldu. Yemen ve Ürdün'de halk sokaklara döküldü. Nihayet ABD'nin bölgedeki en güçlü müttefiki Mısır'da ayaklanma başladı.

Bu yazı yazılırken Mısır sokakları cuma namazından sonra bir kez daha "El şari'lin!" (Sokak bizimdir!) diyor. Elbette yaşananlar Tunus halkının sokağa dökülmesi ve Arap halklarının aniden sokağı hatırlaması şeklinde cereyan etmedi. Bu ülkelerin tamamında bir şeyler bekleniyordu zaten. Mısır'da uzun süre sonra ilk gösteri, Filistin'deki ikinci intifadaya destek vermek için 2000'de yaşanmıştı. En son büyük gösteri ise 40 bin kişiyle Tahrir Meydanı'nda Irak işgalini protesto etmek için yapıldı. Slogan da o vakit çıktı zaten:

"El şari' lin!"

Mısır, nicedir bu "patlamaya" hazırlanıyordu.

Esas oğlan olarak halk

Arap dünyasında yıllar sonra ilk kez "halklar" aktör olmaya başladı. Arap dünyasını diplomatik toplantılardan değil, sokaklardan izleyenlerin bildiği üzere.

Beyrut'ta olanlar da bambaşka bir şey değil. Türk basınında genellikle Hizbullah'ın Lübnan'ı ele geçirmesi şeklinde anlatılıp geçiliyor ama aslında Lübnan'da yaşanan da tıpkı Mısır ve diğer Arap ülkelerinde olduğu gibi bir siyasi temsil krizi.

Lübnan'da 1932'den beri nüfus sayımı yapılmadığı için, etnik grupların büyüklüğüne göre temsil edildikleri ülkede büyüyen Şii nüfusun, nüfusları oranında temsil edilmesi engelleniyor. Bu da Şiilerin büyük çoğunluğunu temsil eden, yönetime ortak olan Hizbullah'ın zaman zaman üyelerini hükümetten çekmekle tehdit ederek mekanizmayı felç etmesine neden oluyordu.

Nihayet son dönemde Hizbullah aynı yöntemle hükümeti düşürdü. Beyrut'un İstiklal Caddesi gibi olan Hamra Caddesi'nden yükselen alevlerin nedeni bu.

Türkiye: Ortadoğu'nun artizi

Bütün bunlarla ilgili olarak Türkiye ne yaptı? Demokrasi sevdalısı hükümetimizin ve Başbakan'ın konuya ilişkin tavrı nedir peki? Lübnan'da Hizbullah'ın inadını görünce kolaylaştırıcı rolünü askıya aldı ve Tunus'ta, Mısır'da, Yemen'de ayaklanan halklara bir destek mesajı vermekten çekindi.

Filistin'de Hamas'a verdiği desteği bu halklara vermedi. Bana sorarsanız Ortadoğu'nun yükselen güneşi Türkiye projesinin sırları eskisi kadar parlak olmayacak. Çünkü Ortadoğu, büyük bir kadırganın manevrası gibi ağır ağır ve çatırdayarak değişiyor.

Figüran olarak ABD

Üstelik bu kez ABD'nin kime destek vereceği eskisi kadar önemli değil. Clinton, Mısır rejimine "Gösteriler, reform için fırsattır" mesajını verdi ve Obama, Hüsnü Mübarek'e "Şiddet kullanmayın" dedi. Tabii insan, "Bu gösteriler İran'da olsaydı ABD'nin tepkisi bu kadar kayıtsız mı olurdu?" diye sorup kendi kendine eğlenmeden edemiyor. Fakat mesele şu ki, ABD'li analistler bile Ortadoğu'daki prestijlerinin ilk kez bu kadar düşük olduğunu itiraf ediyor.

Bunun son önemli nedeni, El-Cezire'nin ortaya çıkardığı belgeler. Belgelere göre Filistin yönetimi, ABD ile Goldstone raporu üzerinden pazarlık etmiş. İsrail'in Gazze saldırısında işlediği suçları ortaya koyan Goldstone raporunun Birleşmiş Milletler'e getirilmemesinin nedeninin bu olduğu ortaya çıktı. Falan filan. Durum karışık yani.

İşte film, işte kahraman!

Bir daha sorayım:

Bu durumlara biz ne diyoruz? Ne diyoruz diye bakınca gördüğümüz tek şey Kurtlar Vadisi Filistin filmi. Yeni Tarkan mı desem, yeni Kara Murat mı, bilemiyorum. Ama filmde Polat Alemdar, son derece dublajlı sesiyle, tüm İsrail ordusunu uçan tekmeleriyle mahvetmeden önce, İsraillilere şunu diyor:

"Bu toprakları size kimin vaat ettiğini bilmiyorum ama ben size altını vaat ediyorum!"

Dınınıın!

Eğer Polat Alemdar'ın kışkırttığı Türkiye'nin uluslararası vicdanı dirilirse hükümetimiz bütün bu olup bitenlere karşı hakiki bir tavır almak zorunda kalır. Ömer El Beşir'i "Müslümanlar soykırım yapmaz" diyerek kollayan Başbakan'ımız, kim bilir, belki söylediği gibi halklardan yana olur. Yoksa Arap halklarına karşı da "Sokak bizimdir!" diyen Türkiyelilere olduğu kadar zalim mi olur? Göreceğiz.

29 Ocak 2011

HANGİ "HURRİYA"; NEYE "KİFAYA"?

Genç Mısırlı kadının elinde tuttuğu pankartın üzerinde "Kifaya!" yazıyor: "Yeter!"

Genç Mısırlı adamın elinde tutuğu pankartın üzerinde "Hurriya!" yazıyor: "Hürriyet!"

...

O iki Mısırlı gencin yüzlerinde bir zamanlar izlediğim bir belgeseldeki iki çita yavrusunu görüyorum. Anneleri onlara avı yakalamayı öğretiyor ama tam bu sırada ölüyor ve iki yavru ormanda yalnız kalıyordu. Bundan sonrası çok acıklı. İki yavru yarım yamalak öğrendikleri şekilde avı yakalıyorlar ama ayaklarının altında bastırdıkları avı nasıl öldüreceklerini henüz öğrenemedikleri için etraflarına bakınıyorlar, yiyecekleri her seferinde ayaklarının altından kaçıyordu. İki yavru, avlarıyla ne yapacaklarını bilmedikleri için açlıktan ölüyorlardı sonunda.

Oh! Neyse ki ideolojisiz!

Batı basınında, övücü bazı sıfatlarla Mısır'daki ayaklanmanın "ideolojisiz" olduğu söyleniyor. İsyanın belli bir ideolojik hedef gütmemesi, öyle söylenmese de sol bir hedef ve plan sahibi olmaması, belli ki Kahire sokaklarını Batı'dan izleyen efendileri bir nebze rahatlatıyor. Çünkü ideolojisiz, yani hedefsiz ve düşünsel altyapısı olmayan isyanların kesik başlı tavuk gibi koştura koştura kendi enerjisini tüketeceğini onlar da biliyor. Tıpkı çita yavruları gibi Mısırlı isyancıların da Mübarek'i ve Mısır'daki rejimi ayaklarının altına alsalar bile yok edemeden kaçıracaklarının farkındalar.

Amman! Domino etkisi!

Tıpkı hayvanlar âlemi gibi insanlar âlemi de iktidar boşluğuna izin vermez. Futbol söyleminin "atamayana atarlar" şeklinde güzelce özetlediği üzere eğer bir iktidar boşluğu varsa öyle ya da böyle doldurulur. Siz eğer nasıl bir hürriyet istediğinizi tarif edemez, neye "yeter" dediğinizi tam olarak listeleyemezseniz birileri gelip sizin için bunu yapar. Mısır'ı izleyen herkesin bildiği üzere eğer bu "ideolojisiz ayaklanma" demokrasi ve ekonomi konusunda beklentilerini bir an önce dile getirmezse, bunu onlar yerine Müslüman Kardeşler yapacak. 1928'de Hasan el Bana tarafından kurulup, 38'de siyasette etkin olmaya başlayan, 52'de Hür Subaylar Darbesi'nden sonra partisi kapatılan siyasi ve dini hareket, 54'teki Nasır'a yapılan suikast girişiminden sonra ciddi baskılar altında kaldı ve sosyal alana yöneldi. İktidarla kafa kafaya gelmeden hastaneler, okullar aracılığıyla toplumu kılcal damarlarına kadar ele geçirdi. 1980'den sonra artık ciddi bir toplumsal güçtü. Bugün Mübarek yönetiminin bir "yapıştırma" olarak durduğu Mısır'daki hayatın tamamında hegemonya onlara ait. 50'lerden sonra silahlı mücadeleyle iktidarı ele geçirmek yerine toplumsal hayatta hegemonya kurarak aşağıdan yukarıya yükselen hareket, bugün Mısır'da yapılacak ilk gerçek seçimde iktidar olacak. Batı basınında, dolayısıyla bizim basında da endişeyle "domino etkisi"nden bahsedilmesinin nedeni bu. Kuruluşu itibarıyla Müslüman Kardeşler'in Filistin'deki kolu sayılabilecek HAMAS başta olmak üzere Afrika'nın ve Ortadoğu'nun Şii olmayan her yerinde doğrudan etkisi ve ilişkisi olan bu örgütün Mısır'da iktidar olması demek...

AKP modeli düşerse

Birçok şeyin yanı sıra Türkiye için önemli bu hadise. Zira bu ihtimal, İslam âlemine "örnek öğrenci" olarak tanıtılan, devrimci İslami enerjinin massedilmesi yoluyla ılımlı bir dindarlıkla neo-liberalizmin mutlu birlikteliğini sağlayan AKP modelinin oyundan düşmesi anlamına gelebilir. Her ne kadar AKP ve içinden geldiği gelenek Müslüman Kardeşler hareketinden doğrudan etkilenmiş olsa da henüz AKP kadar kravatlı olmayan Müslüman Kardeşler'in zaferi, Ortadoğu'daki yeşilin biraz daha koyulaşmasına neden olacak. AKP'nin neon yeşili de hiç olmadığı kadar sırıtacak. Yani bir etkisiz eleman durumuna düşme ihtimali mevzu bahis.

Nasrallah ve Naomi Klein

Müslüman Kardeşler, şu anda hareketin liderliğini üstlenmeden isyana sadece destek veriyor. El Ezher'den "Caizdir" deniyor henüz. Ah, bu İslami hareketlerin doğru zamanda hamle yapmak için biriktirdikleri sabır! Solcu gençler katledildikten sonra sahneye çıkışları... Ne acıklıdır, tıpkı İran gibi..

İki çita yavrusu gibi, son derece temiz hislerle ve ortaya hayatlarını koyarak sokaklara çıkan Mısırlı gençlerin hiç değilse bir kısmı bu durumdan haberdar kuşkusuz. Ama çoğunluk... Çoğunluk, oyunun ne kadar karmaşık olduğunu bilmiyor gibi. Hizbullah'ın lideri Seyyid Hasan Nasrallah salı günü yaptığı konuşmada Tunusluları uyardı:

"ABD İçişleri Bakan Yardımcısı (Jeffrey) Feltman ülkenize geldi. Dikkat edin! Onların olduğu yerde muhakkak pusu vardır."

Bir sonraki konuşmasında Mısır'a aynı uyarıyı yapacağından eminim. Çünkü Naomi Klein'in Şok Doktrini kitabında anlattıklarını o da yakından biliyor:

Demokrasi ve özgürlük talepleriyle yola çıkan isyanlar, uluslararası sermayenin ve dünyanın efendilerinin ekonomik ve siyasi baskılarıyla daha baştan iğdiş edilip kırık bir oyuncak gibi halkların eline geri veriliyor. Tıpkı Güney Afrika'da ve yoksulların hayatlarını ortaya koyarak isyan ettikleri diğer ülkelerde olduğu gibi.

Yanan insanların isyanı

Yine de bir tek şey umut verici geliyor bana:

Bütün bu isyanlar, üniversite mezunu işsiz bir gencin kendini yakmasıyla başladı. Türkiye'den bakınca... 80'lerin Diyarbakır Cezaevi'nden birkaç yıl öncesinin İzmir Kadifekale'sine kadar birçok insanın kendisini yakmasına rağmen hiç topluca isyan edilmemiş bir ülkeden bakınca, hiç değilse oralarda hâlâ vicdanın ve hayatın bir kıymeti olduğunu, hiç değilse buna güvenilebileceğini düşünüyor insan.

31 Ocak 2011

MISIR, SİYASAL İSLAM'I DA DEĞİŞTİRİR Mİ? "BİLİNMEYEN SULAR"

İnsanlık onurunun büyük kalbine herhangi bir teması olan birinin bakmaktan utanacağı sahnelerdir bunlar. Adalet ve özgürlük isteyen kitleler, sanki hayvan sürüsüymüş gibi, korkuyla güdülmeye çalışıldığında, insan olanın yüzü kızarır. Başkasının derdiyle dertlenme kabiliyeti olan her kalp, kendini o insanlar kadar aşağılanmış hisseder. Ama ertesi gün aynı kitle, aynı meydanlara çıkarak kalbini tedavi etmeye karar veriyorsa... Yeryüzü, kaldırıp utançla eğdiği başını, onlara selam durur.

Bugün, yeryüzü halkları Mısır halkına selam duruyor. "Bu yazı yazılırken henüz Tahrir Meydanı'ndaki kitlenin kaderinin ne olacağı belli değil," demeliyim belki. Demeyeceğim. Çünkü onlar çocukluk korkularını yenip yetişkin bir halk olmaya karar vermişler. Ödülü kendi içinde olan bir hareket bu. Sonu, Mübarek'in devrilmesiyle bitmese bile kazanılmış bir zafer var ortada: Mısır halkı (Lenin'in deyişiyle) "devrimci durum" yaratmayı başardı.

On yıllardır ilk kez Arap halklarına siyasetin baş aktörü olabileceklerini gösterdi. Yeryüzü halklarının heyecanı ve yeryüzü efendilerinin endişesi bu yüzden.

Amanpour'un yüzüne kapanan telefon

ABD Dışişleri Bakanı Hillary Clinton, "Artık bilinmeyen sulardayız," dedi Mısır için. Oysa "bilinmeyen" değil, "unutulmuş" sular demeliydi. Çünkü Mısır halkı, tıpkı Tahrir Meydanı'na bakmakta olan Arap halkları gibi, kendi başına karar verebilme, siyasi kaderini değiştirebilme kudretine sahip olduğunu hatırladı.

O meydandan yükselen sesler o kadar güçlü ki, gidinin gedikli "resmi muhabiri" Christina Amanpour'un Mübarek'le yaptığı tarihi röportaj (!) sadece kifayetsiz bir komedi gibi duruyor. Amanpour vaktiyle başının üzerinde İsrail savaş uçakları uçarken, ablukaya alınmış Arafat'a, "Kendinizi tehlikede hissediyor musunuz?" diye sormuş ve Arafat canlı yayında yüzüne telefon kapatmıştı. Dün, Tahrir Meydanı aynı şeyi yaptı!

Walk like an Egyptian!

Sanırım bu asabiyet yüzünden Amerikan ana akım basını, İsrail'den Mısır'a inen ve Mübarek'e Tahrir'de kullansın diye gaz bombası taşıyan iki uçaktan pek bahsetmiyor. Çünkü tıpkı İsrail gibi, kendi adına karar vermeye başlayan bir Mısır'ın sadece bölgenin değil, dünyanın zihin kurulumunu değiştireceğini onlar da biliyor. Belki de yeryüzünün diline, bizim ilk gençliğimizin o popüler şarkısının takılacağından korkuyor: "Walk like an Egyptian!" (Mısırlılar gibi yürü!)

"Güçsüzleri önder yapmak"

Düşünsenize, İslam'ın ezilenlerin lehine siyasallaşması örneğin, ne korkunç olurdu!

Müslüman Kardeşler'in mürşidi Muhammed Bedii'nin 27 Ocak 2011'de yayınladığı son risalesinde Kuran-ı Kerim'den şu referans veriliyor:

"Biz ise o yerde güçsüz düşürülenlere lütufta bulunmak, onları önderler yapmak ve onları vâris kılmak istiyorduk. Ve o yerde onları hâkim kılmak, Firavun ile Haman'a ve ordularına, onlardan gelecek diye korktukları şeyi göstermek istiyorduk." (Kasas, 5-6)

Müslüman Kardeşler'in desteklediği, muhalif lider El Baradey'in Amerikalılarla işbirliği yaptığı konuşulurken, Tahrir Meydanı'na yukarıdaki niyetle Cuma namazını kılıp giden kitlenin istediği olur mu, bilemem. Ama eğer mürşit seçilir seçilmez, "Rejime rakip değiliz," açıklaması yaparak Mübarek'i rahatlatan Bedii, bugün Tahrir Meydanı'nın baskısıyla böyle bir açıklama yapıyorsa bu da az şey değildir.

Tahrir Meydanı'ndaki önceki günkü saldırıdan sonra, "Mısır halkı kaderini bu rejimin belirlemesini istemiyor," diyorsa Bedii, bu iyi bir şeydir. Yani Tahrir Meydanı'nın gürültüsü sadece Arap diktatörlerini değil, Müslüman coğrafyasındaki siyasal İslami hareketleri de dönüştürebilir. Seküler orta sınıfın "Mısırlı yürüyüşü", Ortadoğu ile birlikte siyasal İslami hareketlerin çehresini de değiştirebilir. Mısır'da yaşananlar, benim baktığım yerden, bu denli geniş ve derin bir "devrimci durumdur".

İnsanlık onuru korkusu

Bu konuda yazdığım önceki iki yazıdaki bu "devrimci durum"un öndersiz, ideolojisiz ve plansız kalması halinde kendi enerjisini tüketeceğini söylemiştim. Aynı kaygıyı saklı tutarak bugün Tahrir Meydanı'ndaki inadın Arap ve Müslüman halklara çok önemli bir şey hatırlatacağını düşünüyorum: Yetişkin olmayı! Diktatörlerin ve otoriter rejimlerin "çocukları" değil, ülkelerinin yetişkinleri olmayı hatırlayan halklar ne korkunç olur Allah'ım! Tıpkı vaktiyle olduğu gibi, onlar bütün yeryüzüne insanlık onurunun büyük kalbini hatırlatabilirler. İnsanlık onuru ne korkunç şeydir Allah'ım!

05 Şubat 2011

LONDRA'DA İSYANIN SONBAHARI GELİYOR

"Bizim gençler de yaptı. Tabii canım!" dedi taksi şoförü Özgür, Tottenham ve Hackney'de yağmalanan binaları gösterirken ve ekledi:

"Yaparlar. Bu ülkenin şeysi filan değil, kendi abilerimiz yapıyor. Çalıştırıyorlar çocukları günde 12 saat, insanlıktan çıkarıyorlar. Sonra çocuk deliriyor tabii. Dua etsinler Ramazan'dı. Yoksa Hintlilerin, Somalililerin çeteleri daha kötüdür."

"Az dövüp gönderdim"

Kendisi de yağmacıları "az dövüp gönderen" bir Kürt genci olarak konuşuyor Özgür. Giderek Londra'daki arka sokakları anlatan bir Guy Ritchie filmine dönüşüyor arabayla yaptığımız küçük gezinti. Ağır ağır giderken köşelerde küçük gruplar halinde duran gençleri "göstermeden" gösteriyordu:

"Bunlar Hackney Boys, Türkler'in çetesi. Ötedekiler Tottenham Boys, onlar karışık. Şimdi çoğunu içeri aldıkları için görmüyorsun, bir de Pimbery States çetesinin çocukları var, Siyahlar. Uzaktakiler Yahudilerin çetesi. Onlar adamı ortaya alıp ezerler, taktikleri odur. Sonra bir de..."

Gammaz değilim dövmesi

İngiliz basını akademisyenlerin, siyasetçilerin analizleriyle dolu. Gazeteler ekler veriyor hatta "olayların ardındaki gerçek" tadında. Ama Özgür başka bir şey anlatıyor: 21 Yüzyıl'da Londra'nın arka sokaklarında geçen, bayraklarını, silahlarını ve askerlerini sadece içinde olanların görebildiği bir savaş. "Ellerine mahallelerinin posta kodunun dövmesini yaptırırlar. N16, E5... Bir de hapishaneye girdiklerinde gammaz olmadıkları anlaşılsın diye 'Şerefsizliktense ölüm!' dövmesi yaptırır."

"Daha kötü olacak"

İngilizler emniyetli, herkesin nasıl davranması gerektiğini bildiği "kültürlerinin" nasıl olup da "onlar" tarafından kabul edilmediğini anlamaya, sıraya girmemenin bile büyük bir skandal olduğu İngiltere'de olup bitenlere bir anlam vermeye çalışıyorlar. Ama Özgür bazı şeyleri tamamen anlamsız buluyor:

"Yaktıkları yerler hep kendi yerleri. Ucuz marketler, kira yardımı binası, devlet yardımı parasını aldıkları postahane ve bahis dükkânı... Bir oraları biliyorlar herhalde, spor dükkânları ve cep telefoncular tabii bir de."

Savaş yeni başlıyor

Yoksullar, göçmenler, kaybedecekleri son şeyleri de yok edip bu sistemle bütün gemilerini mi yakıyorlar acaba? "Zaten kaybedecek bir şeyleri yoktu, şimdi daha da kötü olacak. Bu yüzden yeni başlıyor bence savaş."

Olayların patlak verdiği Haringay Belediyesi'nde sosyal hizmet görevlisi olarak çalışan Gülden Tosun, gösteriye katılan gençlerin evlerini anlatırken tereddüt ediyor:

"Mideniz bulanacak ama yedi kişi bir odalı evde yaşayan bir ailenin bebeklerinin burnunu farenin yediğini gördüm. Üst sokakta adamın Porche'si var. Bir de şimdi devlet yardımları kesilecek... Başlarına ne geleceğini görüyorlar. Savaş yeni başlıyor. Ama basın bunu göremez. Çünkü insanları değil, uzmanları konuşturuyorlar."

Savaş başlayalı epey olmuş

Aslında "savaş" başlayalı epey zaman olduğu anlaşılıyor. İngiliz hükümetinin devlet yardımlarını kesmesi, okul ücretlerini üç katına çıkarması, kira yardımını tamamen ortadan kaldırılacak olması ile birlikte gösteriler yapmış arka sokaklarda yaşayan göçmenler. Kimse görmemiş. Şimdi İngiltere sadece onlardan ve çaldıkları spor ayakkabılardan söz ediyor!

Gülden Tosun, "savaşın" başka bir biçim alabileceğinden de endişeli:

"Basın, 'Türkler ve Kürtler İngiltere'yi korudu' meselesini köpürtüyor. Bizimkilerin hoşuna gidiyor çünkü ilk kez bu toplum tarafından onore ediliyorlar. Ama bu körüklenirse göçmenler arasında savaş çıkacak. Dedikodu dolaşmaya başladı bile, 'Siyahlar, Türklerin kuyumcularını yağmalayacakmış' diye. Bir de tabii daha kesintiler tam yapılmadı. Burada herkes 'Mutsuzluk Sonbaharı'ndan söz ediyor. Önümüzdeki aylarda esas sonuçları görülmeye başlayacak kesintilerin. O zaman isyan büyüyecek."

17 Ağustos 2011

BİR İSYANIN HİÇ DE ROMANTİK OLMAYAN ANATOMİSİ: ÇETELER, UYUŞTURUCU VE POLİS ÇEMBERİNDE LONDRA'NIN ARKA SOKAKLARI -1

"*Tanrı-Kent* filmini izlemiş miydin? İşte hikâye de o filmdeki gibi."

Ne adını ne de fotoğrafını görebileceğiniz dev siyah adam böyle başladı konuşmaya. Arka sokakların en dip köşesindeki bir binanın içinde başlayan konuşma referanslarım sağlam olduğu için hiç dolandırılmadan sadede geldi. "Politik isyan", "gençliğin öfkesi", "yoksulların ayaklanması"... Londra'da olup bitenlerin nedeni sadece bunlar olamazdı. Eğer arka sokaklarda şehrin geri kalanı için görünmez olan, bayraklarını, silahlarını ve kodlarını sadece "içeride" olanların bildiği bir savaş sürüyorsa bu isyanın o sürmekte olan savaşla bir ilgisi olmalıydı. "Ne oldu?" dedim, "Çeteler arasında ne oldu?"

Dev adam soruyla karşılık verdi: "Sence niye Türk ve Kürt dükkânlarının hiçbiri zarar görmedi?"

"Korumuşlar, öyle diyorlar."

"Hadi canım sen de!"

Gerçek hikâyelerin başladığı anlar vardır, dev adam öyle bir başlangıç için biraz susup bekledi.

"24 saat açık Türk-Kürt bakkallarını biliyorsun değil mi? Onlar niye 24 saat açık? Mesela ... Bakkalı. Çünkü her ay bir perşembe gecesi o bakkalın önüne dev bir kamyon park eder. Sonra telefonlar çalışmaya başlar. Arabalar gelir, her arabaya kamyondan bir kutu verilir. Kutuların üzerinde elbise kutuları vardır, ama niyeyse o elbiseler hiçbir yere gitmez. O caddede o gece hiç polis olmaz. ... Çetesi bu işlere bakar. Baybaşin'i duydun mu? Bu Türkler-Kürtler bölümü. Siyahlar için başka bir dağıtım ağı vardır."

Dev adam uyuşturucu trafiğini her bir dükkânın adını, yerini vererek anlatıyor. Siyahların hangi berberden uyuşturucuyu dağıttıklarını, Türklerin, Kürtlerin hangi dükkânları merkez yaptıklarını... Ve sonra İngiliz basınında hiç kimsenin yazmadığı esas hikâyeyi anlatmaya başlıyor:

"Bu olaylarda niye hiç polis yoktu? O gün Tottenham (olayların merkezi) takımının maçı vardı. Normalde maç günü polis olur. Bir tane polis yoktu. Böyle olmasını istediler. Niye istediler? Çünkü Smiley Culture (asıl adı David Victor Emmanuel) olayında yeterince protesto çıkmadı."

Hepinize çok tanıdık gelecek olan Smiley Culture olayı şu:

Polis, uyuşturucu gerekçesiyle bir arama yapıyor ve Smiley Culture'ın evine giriyor. Sonra ne oluyorsa adam ölüyor. Polisin açıklaması: Kendisini ekmek bıçağıyla öldürdü!

Dev adam devam ediyor:

"Takip edebiliyor musun? Smiley Culture olayında bir isyan beklediler. Çünkü isyan hep aynı şekilde çıkar. Manchester, Liverpool, diğer Londra isyanları... Hepsi bir adamın polis tarafından öldürülmesiyle başlar. Bunda da öyle olunacağı hesaplandı. Ama olmadı. Onlar da Mark Duggan'ı öldürdüler Tottenham'da ve olaylar başladı. Polis olaylar başladıktan çok sonra geldi ve hiç müdahale etmedi. Peki arkada ne oluyordu? Çünkü polis uyuşturucu işi yapan bir çeteye izin verdi, 'İstediğinizi yapın' dedi. Sonra zaten insanlar yapabildikleri için yağma yaptılar. Saçları örgülü radikal Yahudiler marketlere dalıyordu. Ayrıca bu nasıl bir basın? Mark Duggan'ın ölümünde bir taksi şoförü var. Adamı takside öldürdüler? O şoför nerede?"

Bir önceki gün Kürt bir şoförün bana verdiği bilgiye göre Mark Duggan'ın şüpheli ölüm olayındaki taksi şoförü saklanıyor, çünkü korkuyor. Dev adam da aynısını söylüyor.

Her şey birbirine karışmasın diye basitleştiriyor hikâyeyi:

"Polis, devlet bir isyan çıkmasını istediler. Çıktı. Sonra da 1500 kadar tutuklama oldu. Niye? Çünkü burada temizlik yapmak istiyorlar. Niye sence?"

Durup başka bir yerden devam ediyor:

"Nottinghill Karnavalı'nı duydun mu. Rio Festivali kadar büyük bir karnaval. Eskiden o karnavalın alanı olayların çıktığı yerleri de kapsardı. Şimdi küçülttüler. Bu sene yine yapılacak. Ağustos'un son haftası. Bütün buradaki gençler orada olacak. Orada insanlar dar sokaklarda sıkışık halde olacak. Fareleri labirente sokuyorlar yani. Bana sorarsan orada da olay çıkacak ve bu sefer polis hazır olacak. Temizlik niye peki?"

18 Ağustos 2011

LONDRA İSYANININ HİÇ DE ROMANTİK OLMAYAN ANATOMİSİ-2

Gecenin, uyuşturucu müptelalarının ve Londra'nın ustası dev siyah adam Londra'nın arka sokaklarını anlatırken çok hızlı bir film izliyor gibi oluyor insan. Uyuşturucu trafiğini, isyanın çetelerle ilgisini, polisin çetelerle ilişkisini ve sonunda da isyan boyunca niyeyse hiç ortada olmayan polisin sırrını anlattıktan sonra devam ediyor.

Duruyoruz. Bende genel geçer olanlar dışında cevap yok. Dev adam tek kelimeyle açıklıyor:

"Olimpiyat!"

Kimsenin söylemediği

Dev adam masanın üzerinde eliyle hayali bir Londra haritası çiziyor:

"Burası Stratford, olimpiyatların yapılacağı yer. Burası Hackney, Türklerin-Kürtlerin mahallesi. Burası Tottenham, siyahların ve diğer azınlıkların yaşadığı yerler. Yani bunlar yan yana. Burayı temizlemek zorundalar. Olimpiyat gibi dev bir organizasyonda bir olay çıkmasını göze alamazlar. Şimdi işte bu temizliğe başladılar. Ama ellerinde meşru bir sebep olmalı değil mi!"

Londra'nın arka sokaklarında sürmekte olan av, savaş, mücadele karşısında biraz sessiz kalıyorum. Peki bu isyanın, sistemin patlaması, yoksulların isyanı olduğu tamamen bir romantizasyon mu?

"Hayır, elbette değil. Sonuçta bu çocuklar bu sistemin bir yan ürünü olarak bu zamanda en büyük suçun yoksul olmak olduğuna inanıyorlar. Her yoksul gibi isyan ediyorlar. Romantizasyon değil. Savaş yeni başlıyor."

Plastik mermiler, tazyikli su... İngiliz polisinin bunları kullanmasına bu olaylardan sonra izin verilecek, öyle görünüyor. Dev adamın buna cevabı şu:

"Çocuklar 'Tamam, getirin mermilerinizi biz de bizimkileri getiririz' diyecek. Ben o evlerden birinde bazuka bile gördüm. Siz neden bahsediyorsunuz?"

Politikaya karşı uyuşturucu

Siyah dev adamın uyuşturucu trafiğini anlatırken söylediği bazı şeylerden ötürü son bir soru soruyorum:

"Amerika'da devrimci siyah hareket Kara Panterler'i siyah gettolara uyuşturucu sokarak bitirmişlerdi. Sence burada da mı aynı şey oluyor?"

"Aynen. Aynısı oluyor. 2005-06 yıllarında hükümet bir açıklama yaptı. Esrar ile ilgili bir deney yapıp serbest bırakıp bırakmamaya karar vereceklerini söyledi. Bu açıklamayı okullar tam yaz tatiline çıkarken yaptı. O yaz boyunca sokakların doğal parfümü esrar oldu. Polis her yerde farklı yasalar uyguladı. Burada 10 gram bulunduranı aldılar, öteki mahallede 20 gram bulundurana karışmadılar. Bunu niye yaparsınız?"

Kapüşon ve barikat

Siyah dev adam bana olaylara karışmış birkaç çocukla görüşme yapma sözü vermişti. Çocuklar son yarım saatte gelmekten vazgeçtiler. Çünkü bir televizyonda yüzleri görünmeden ve sesleri değiştirilerek röportaj yapılmasına rağmen hokkabaz kameraman, dövmelerini ve onları ele verecek özel işaretleri de çekmiş. Şimdi saklanıyorlar.

Hepsi kapüşonlarının altında şehrin her bir metrekaresini izleyen kameralardan kaçmaya çalışıyor. Blackberry'leri ile gizlice haberleşiyor, barikat kurmayı Black Ops veya benzeri bilgisayar oyunlarından öğreniyorlar ve sosyal yardım kesintileri tepelerine binmeye başladı. Yani savaş sürecek. Belki biz görmeyeceğiz, ama savaş sürecek.

19 Ağustos 2011

İSYAN HAKKI: ÖTEKİNİN ÜLKESİNDE OLURSA KABULÜMÜZDÜR

"Seçenekler sadece koşulsuz kulluk ve onun karşısında kulluğa isyan değildir. Üçüncü bir yol vardır, her gün binlerce insan tarafından seçilen üçüncü bir yol. Bu yol, sessizlik, rızaya dayalı bilmezden gelme ve içe göçmedir."

J.M. Coetzee'nin *Diary of a Bad Year* ("Kötü Bir Yılın Güncesi") kitabından...

BBC durmadan Libya'yla ilgili haberleri tekrar ediyor. Sanırım bir hafta içinde ben bile dört kez denk geldim aynı habere. Muhabir soruyor ihtiyara;

"Ne zaman özgür ve güvende hissedeceksiniz?"

"O adam (Kaddafi) yakalandığı zaman kendimi özgür hissedeceğim. O zaman bir erkek olacağım! Ben bir erkek olacağım!"

Yaklaşık 80 yaşındaki adam ancak başlarındaki "en erkek-tek erkek" diktatör ortadan kalktığı zaman (iğdiş edildiği zaman) kendini erkek gibi hissedecek. Yani güçlü, yani irade sahibi yani yetişkin... Haberin devamında Kaddafi yandaşlarının yaşadığı evlere giriliyor ve ne kadar lüks bir hayat yaşadıkları çeşitli ayrıntılarla gösteriliyor. Haber, kameranın gardıroptaki Armani, Calvin Klein ve Versace gömleklere zoom yapmasıyla bitiyor ve muhabirin konuştuğu Libyalı gömleklerin markalarını göstererek şöyle diyor:

"Görüyor musunuz? İşte bunlar! İşte bunlar yüzünden isyan çıktı."

BBC'nin haberi bu isyanın he kadar haklı olduğu tonuyla bitiyor. Ve fakat sanırım kendileri bile farkında değil bir sonraki haberle kendilerine ve bütün bir dünyaya ne büyük bir yalan söylediklerinin...

Notting Hill Karnavalı

Bir hafta öncesine kadar Londra'nın en belalı sokaklarında o belalı sokakların ustası olan dev siyah bir adamla konuşmuş ve yazmıştım. Adını vermek istemeyen adam bana Londra'daki isyanın anatomisini çıkarmıştı. Hangi çeteler nasıl çalışıyor, isyan nasıl çıktı, polis ne yapmaya çalışıyor... Bunların hepsini bir film gibi oynatmıştı önümde ve ben de yazmıştım. Dev siyah adam şöyle demişti:

"Polisler isyanın çıkmasını sadece izlemediler. Aynı zamanda bir çeteye 'Yürüyün!' dediler. Çünkü bu mahallelerde bir temizlik yapmak istiyorlar. Neden? Çünkü 2012 Olimpiyatları'nın yapılacağı yer bu kenar mahallelere çok yakın. Dev bir organizasyon sırasında bu mahallelerde bir olayı göze alamazlar. O yüzden şimdi bu isyanı engellemediler ki 'sorunlu' olanları baştan toplayabilsinler. Bak, göreceksin Notting Hill Karnavalı olacak yakında buralarda. Orada isyancıların olay çıkarması da işlerine gelecek. Çünkü son bir temizlik yapmaları gerekecek. 1500 kişi aldılar son isyanda, Notting Hill'de bakalım neler olacak?"

İsyancılar lütfen Güney'e!

BBC, kahraman Libyalı isyancıları gösterirken insanların nasıl isyan ederek "erkek olduğunu" gösterebiliyor ama sıra kendi arka sokaklarına gelince... İsyancıların hepsini ve tuhaf bir biçimde kendini solda tarif eden ana akım basını bile "hasta, deli ve kötü" ilan etti. Başbakan "Kadın çocuk ne ise gereği yapılacak," dediğinde hepsi alkış bile tuttular. Sanki Londra'daki seçkinler, hükümete yakın duranlar Versace gömlekler giymiyordu, sanki onların Calvin Klein kotları yoktu. Armani gömlekler bir isyanı hem haklı çıkarabiliyor hem de yeterince Kuzey'e giderseniz kimine Armani kimine kelek veren sistem kabul edilebilir ve hatta asla karşı çıkılmaması gereken bir şey oluyordu. Batı'nın abrakadabrası işte yine çalışıyordu.

Muhammed'in tarihi

Libya'daki aktivistlerle ilgili bir belgesel gösteriyor El Cezire. Muhammed adlı genç bir adam canını dişine takmış, bağımsız bir televizyon kanalını yayına sokmaya çalışıyor. Hür Libya kanalı için neler yapıyor Muhammed neler. Heyecanlı genç bir adam, inanmış bir genç adam. Günlerce uyumadan ve hayatını tehlikeye atarak vericiler buluyor, alıcılar yerleştiriyor, yapmadığı kalmıyor. Sonunda tam kanal kurulacakken... Muhammed bir keskin nişancının kurbanı oluyor.

"Baharı görmeden yaz geldi geçti" deneceğini artık üç aşağı beş yukarı kestirdiğimiz Arap Baharı sanırım baharı getiren çocuklarını yok ettikten sonra kabul edilecek Batı'da. Sonunda ortada "Armani gömlekliler ve Armani gömleği olmayanlar" gibi basitleştirilmiş, küçük bir lokma haline getirilmiş bir diskur kalacak Batı'nın televizyonlarında dönen. Muhammed'i kimse hatırlamayacak. Libyalı Muhammed, Londra'nın arka sokaklarında, derdi ekmek yemek ya da Armani gömlek giymekten fazlası olan genç adamlar ve kadınlarla birlikte tarihe gömülecek. Gerçek olmak için fazla iyi olan her hikâyenin sonunda olduğu gibi...

29 Ağustos 2011

OSMANLILIK MESELESİ

Bir süredir kafamın arkasından geçen bir bahsi artık sanırım sesli düşünmenin, birlikte düşünmenin zamanı geldi. Şu imparatorluk meselesi... Nasıl hissettiriyor size? Ben, bana ne hissettirdiğini anlatmayı, hatta bununla yüzleşmeyi ahlaki bir gereklilik olarak görüyorum. Yeni tecrübe ettiğim psiko-politik durumu paylaşmak sanırım ileride birçoğumuzun yaşayacağı ruhsal vaziyet üzerine düşünmek için fena bir başlangıç olmaz.

"Atatürk, Doğu'nun en ileri ülkesini aldı ve Batı'nın en geri ülkesi yaptı." Tunus'ta yeni tanıştığım ahbabım kitapçı ve İngilizce öğretmeni ama esasen bağımsız aydın Ziyad, böyle söylerken lafın gerisinin nasıl geleceği apaçık ortadaydı:

"Şimdi Başbakan'ınız bunu tersine döndürüyor."

Türkiye modelinde Ahmet ve Nedim

Ortadoğu'da son yıllarda biraz gezen herhangi biri şunu bilecektir: Türkiye tarifsiz bir hayranlıkla izlenen, hatta biraz da "Gelip bizi kurtarsa" diye bakılan bir cazibe merkezine dönüşmüş durumda. Bu, Avrupa'da garsonların, tezgâhtarların ya da alt orta sınıfa ait bireylerin "İstanbul'dan geliyorum" deyince verdiği sevinçli tepkiyle aynı değil.

Avrupalıların yüzünde oluşan ucuza yapılmış iyi bir tatilin hatırasının izleri, yerini Ortadoğu'da size bir imparatorluğun merkezinden geldiğinizi hissettiren bir saygıya ve hayranlığa bırakıyor. Peki bu hayranlık insana ne hissettiriyor?

Yana yakıla "Türkiye Modeli"nden söz eden Mısırlılar, Tunuslular ya da Lübnanlılara o modelin pek de dışarıdan göründüğü gibi olmadığını anlatmak elbette yeni hobim. Ahmet ile Nedim içerideyken kimse benden başka bir şey beklemesin! Bu kadar gazeteci hapiste yatarken, sendikal özgürlüklere saldırılırken, Kürt meselesinin barışçıl çözümü giderek uzaklaşırken kimsenin "Türkiye: Özgürlükler Ülkesi" masalını bana, büyülenmiş ifadelerle geri anlatmasına sessizce katlanamam.

İstanbul sitayişi

Öte yandan evet, Türkiye Cumhuriyeti vatandaşı olarak artık daha farklı hissediyorum. İran'a 2003'te, Lübnan'a 2006'da gittim ilk kez. Ve şimdi dönüp bakınca, o günkü ruh halimle bugünkü arasında dağlar kadar fark var. Bugün Ortadoğu'nun çarşılarında gezerken sadece uzun sürecek bir sitayiş krizini engellemek için söylemekten kaçınabilirim İstanbul'dan geldiğimi. Eğer daha çok ilgilenilmek istiyorsam da İstanbul'dan geldiğimi söylemem yeterli.

Bir tür joker kartı gibi bir şey yani "imparatorluğun merkezinden" geliyor olmak. Yani bugün Türkiye'de tarihin yeniden keşfi, yeniden Osmanlı İmparatorluğu kimliğine tam adlandırılmamış bir biçimde geri dönüşümüz, birey olarak benim üzerimde de etkili. Ne yalan söyleyeyim, bu da o kadar çabucak reddedemeyeceğiniz, yok sayamayacağınız kadar olumlu bir etki. Fakat yalnız değiliz.

Türkiye, AKP hükümetiyle birlikte bu tarihsel kimliğin yeniden keşfi sürecini belirgin bir dış politika değişikliği olarak yaşarken, Arap sokakları da belirgin bir biçimde "hatırlıyor". Iraklı bir ahbabımla bu konuda sohbet ederken söyledi:

"Ortadoğu da tıpkı Türkiye gibi tarihini yeniden yazıyor. Osmanlı bize eşek ölüsü gibi bir bürokrasi bıraktı. Hiç çalışmayan bir bürokrasi. Üstelik birçok türkü vardır jandarmaya karşı Arapçada. Ama yine de bugün İstanbul'a gözlerini çevirmiş durumdalar. Ve o eski imparatorluk günlerini tatlı bir hatıra olarak anmaya başladılar."

"Buralar bizimdi"

Başbakan Suriye için, hatırlıyorsunuz, "iç sorunumuz" demişti. Dün *Milliyet*'te Aslı Aydıntaşbaş da Birleşmiş Milletler'in Mavi Marmara olayını araştıran Palmer Paneli'nin raporu üzerine yazdığı yazıda Özdem Sanberk'ten alıntı yaparak Gazze'nin de "milli meselemiz" olarak görüldüğünü yazdı. Bunlardan çıkardığım sonuç şu: Yıllar yılı Türkiye insanının yüksek sesle söylemekten kaçındığı "Buralar hep bizimdi eskiden" duygusu artık kinetik bir dış politika argümanı olarak ortada duruyor. Üstelik "buralar" da kabul ediyor, kucaklıyor bir zamanlar bize ait olduklarını.

Bu bana ne hissettiriyor peki? İtalya'dan, Paris'ten ya da Londra'dan çok daha rahat hissettiğim bir yeni ev duygusu. Bu derhal adlandırıp sonra da eleştirmeye başlamamız gereken tatlı bir duygu. Çünkü içinde en büyüleyici, en kör edici emperyal baharatları barındırıyor. Bir kolonyalistin hissettiği türden netameli bir "ağabeylik" duygusu. Şefkat duygusuyla örtülmüş bir kibir.

Emperyal ahlaki sapma

Şahsi fikrim, Türkiye'nin, "baharlarını" idrak eden bu Arap ülkelerine çelişkilerini ihraç ettiği yönünde. Bu ülkelerde sürmekte olan siyasi ve entelektüel tartışmalara bakınca Türkiye'nin on yıl öncesini görüyorsunuz. Türkiye'de "seküler elit-Müslüman halk" karşıtlığına indirgenmiş, her türlü "merkez-çevre" tahlili kullanılarak basitleştirilmiş çelişki şimdi aynı söylemlerle bu ülkelerde de yaşanıyor.

Doğrudur, eğer bu ülkelerin siyasi tartışma arenası bu yoldan giderse sonunda muhakkak bir tür Türkiye Modeli'ne varacaklar. Tunus'ta Nahda, Mısır'da Müslüman Kardeşler ve her ülkedeki kapitalizmle barışmış ılımlı İslamcılar hararetle Tayyip Bey'den söz ediyorlar. Evet, söylemek gerek, Tayyip Bey'de kurtarıcılarını görüyorlar.

Hele ki Tahrir Meydanı'ndan seslenirse Arap sokaklarına, hele ki Gazze'ye doğru yola çıkan savaş gemileri geri adım atmazsa... O zaman AKP iktidarını eleştiren herkesin bize sunulan bu yeni ve sevgi dolu kocaman evde kendimizi emperyal ahlaki sapmalardan nasıl koruyacağımızı iyi düşünmemiz gerekiyor.

10 Eylül 2011

YASEMİN DEVRİMİ BİTTİ ARTIK OKEYE DÖNÜYORUZ!

Tunus'ta sokakta Che tişörtleriyle gezen, duvarlara "Zapatista" yazan herkes kendini "Yasemin Devrimi"ni bitirmiş sayıyor. İlk seçimler yaklaşırken, hayat sıkıcılaşmaya başlamış durumda. Seçimi de Tunus'un AKP'si kazanacak gibi görünüyor

"Revolucion! Revolucion!" diye söylendi Hişam, elini "Ne yaparsın!" diye havada sallayarak. Hepsinin üzerinde Che Guevara tişörtleri olduğu halde yoldan geçen ve hatta kırmızı ışık olmasına rağmen yolun ortasında oyalanan gençleri göstererek:

"Devrim oldu, demek ki artık her şey serbest!" Eski solcu, orta yaşlı bir çevirmen olan Hişam için başlangıçta Tunus gençliği arasında devrimciliğin "cool" bir moda olması umut vericiydi. Ama bugün... Başkent Tunus'ta sokakta Che tişörtleriyle gezen ya da duvarlara "Zapatista" yazan herkes kendini devrimi çoktan yapmış gibi hissediyor. Tunus'ta Yasemin Devrimi'nden sonraki ilk seçimler yaklaşırken artık her şey sıkıcılaşmaya başlamış durumda.

"Korkma! Korkma! Kavga etmiyorlar."

Mihmandarım Velid Haşad her seferinde gülerek böyle diyor. Çünkü başkent Tunus'un sokaklarında sürekli olarak birkaç kişi aniden bağırmaya başlıyor. Ses düzeyi İstanbul'da birazdan birinin vurulacağını düşündürtecek kadar yüksek. Ama Tunus'ta..

"Böyle oldu," diyor genç aktivistlerden Muhammed, "insanlar baskıdan konuşmayı unuttukları için konuşmak serbest olunca bağırmaya başladılar. Şimdi duramıyorlar."

Olayların başladığı Ocak ayından sonra böyle bir yeni alışkanlık hasıl olmuş. İnsanlar, başlangıçta caddelerde gruplar halinde toplanıp bağıra çağıra politika tartışırken, alışkanlık bugün bütün gündelik hayata yayılmış durumda, herkes bağırıyor. Aslında bu kadar gergin olmakta haklılar. Hayatlarını, ülkelerini değiştirmek için yaptıkları heyecanlı devrimlerinin sonucunda ellerinde 107 partinin katılacağı bir seçim, aralarında seçim yapmak zorunda oldukları 1600 liste var.

Tunus'un AKP'si kazanacak

"Bilmiyoruz, tanımıyoruz, anlamıyoruz."

Böyle diyor sokakta karşılaştığım üniversiteli genç bir kadın:

"Kafa karışıklığından sanıyorum insanlar adını bildiği partiye oy verecekler. Ve bu yüzden de Nahda kazanacak."

Nahda, Tunus'un AKP'si. Ya da neredeyse bütün Arap ülkelerinde olduğu gibi AKP olmaya çalışan bir parti. Tunus'un çelişkileri Türkiye'ninkileri andırdığı için temel tartışmayı anlayabilir ve argümanları tahmin edebilirsiniz: Devlet tarafından empoze edilmiş seküler sistem ve seküler eğitimin ürettiği "elit" ve "halk" arasında bir gerilim var. Tunus anayasasının 1. maddesi, "Tunus, Müslüman bir Arap ülkesidir" dese de sol aydınlar bunu sadece Tunus'un anti-kolonyal geçmişinin bir eseri, muhtemelen çoğunluğu Nahda'ya oy verecek sıradan insanlar ise altı çizilmesi gereken kimlik olarak görüyor. Demokrasi için çıkılan yolda şimdilik menzile varacak olan Nahda gibi görünüyor. Gözlemciler, Başbakan Tayyip Erdoğan'ı hayranlıkla izleyen partinin yüzde 30 ile en çok oy alan parti olabileceğinde birleşiyor. Ya sokak?

Ah o eski tartışmalar!

'Ya burayı İran gibi yaparlarsa'

"Toplu sünnetler, toplu nikâhlar, ayni yardımlar... Her şeyi yapıyorlar. Üstelik Bin Ali döneminde sadece onlar baskı görmüş gibi davranıyorlar. Solculardan kimse gördüğü işkenceyi anlatmıyor ama onlar ne fena halde olduklarını anlatıp duruyorlar."

Türkiye'de soldan gelip de AKP iktidarının ilk yıllarında bu cümleleri bu şekilde kurmamış kaç insan vardır acaba? Şimdi Tunus da aynı cümleleri kuruyor. Kitapçı ahbabım Ziad, Bin Ali döneminde de muhalif olmasıyla tanınan Al Maktaba kitapçısını yönetiyor. Küpeleri ve dövmeleriyle o azınlıktaki bir solcu. "Korkmuyorum," diyor, "sadece endişeliyim. Ya burayı İran gibi yaparlarsa!"

Türkiye'de bu tartışmaların eskidiğini ve bu söylemin fena halde alaya alındığını anlatıyorum. Aydınlanmanın büyük ideallerinin bugün artık gündelik hayatla ilgili taleplere (içki, giyim, kadın-erkek ilişkileri vs.) indirgenmiş olmasının tartışmayı baştan kaybetmek olduğunu vesaire anlatırken... "Ama gündelik hayat her şeyin başlangıcıdır. Nasıl düşündüğünün başlangıcı..." derken o, ben çaresiz Tunus'un geçeceği entelektüel macerayı görür gibi oluyorum. Zira konuştuğum ve kendini Burgibist (Kemalist'e yakın) hisseden, eski rejimi eleştirmekle birlikte gelecekten ürken Tunuslular tanıdık bir biçimde konuşuyor:

"Bin Ali kötüydü tamam ama hiç değilse emniyetli bir durum vardı." Öyle görünüyor ki sol aydınlar devrim için bağırırken "halkın" bu kadar örgütlü olmasını beklemiyorlardı.

Ya sokak?

13 Eylül 2011

LİBYA SINIRINDA İSYANCI MİLİSLERLE DEVRİM HATIRASI: KORKU ÖLDÜ! YAŞASIN YENİ KORKU!

Öldürdükleri korkunun anısına sınır kapısında patlamış bombalardan, uçaksavar mermilerinden küçük bir "enstalasyon" çalışması yapmışlar. Peki ya sonra?

Uluslararası medyanın bütün eli belinde muhabirleri Beni Valid'de Kaddafi'nin pes etmesini artık biraz da sıkılarak beklemekte. Stüdyodaki spikere yarım saatte bir aynı şeyi söylüyorlar: "İsyancılar daha Beni Valid'e giremediler!"

Nato güçlerinin, dünyanın efendilerinin beklediği müjdeli haberi veremedikleri için neredeyse biraz mahcup gibiler. Canlı yayında bombalar patlıyor, ortalıkta silahlı adamlar geziniyor, tüfekler atılıyor. Dünya Kaddafi'den ha kurtuldu ha kurtulacak! Ha gayret, büyük "devrim" oldu olacak! Aynı esnada Tunus-Libya sınırındaki Thiba kapısında...

Güneş batıyor, Tunuslu sınır görevlisi elinde pasaportum bir bana, bir anlamadığı sayfalara bakıyor, foto muhabiri Yusuf "Libya'ya girmesek mi acaba? Ya bizi geri Tunus'a almazlarsa?" diye soruyor. Ben sınır kapısının öteki tarafındaki gerilla kıyafetli, ellerinde AK 47'lerle bekleyen Libyalı milislerle manasızca karşılıklı durmuş bakışıyorum.

Belki Beni Valid düştü, belki Tunuslu sınır muhafızının yüzündeki tuhaf gülümsemenin hiç de iyi olmayan bir anlamı var, belki Libyalı milislerin benimle ilgili enteresan planları var, Libya Arapçasını hiç anlamadığım için ve mihmandar da bu tarafta kalacağı için abuk sabuk anlaşmazlıklar olacak belki... Pasaport elime çarpılarak verilince yürümeye başlıyoruz Yusuf'la. Bir adım, iki, üç...

Ajanlık testi

Ayman 24 yaşında. Gerilla giysisi üzerine biraz büyük geliyor ve fakat tamamen şanslı olduğum için çok iyi İngilizce konuşuyor. İyi konuşuyor ama pek hoş konuşmuyor:

"Biz nereden bilelim senin ajan olmadığını?"

"İnan bana, ajan olsaydım salak gibi bu sınırı yürüyerek geçmezdim arkadaşım," diyorum ama inandırıcı değil. Basın kartım olmadığı için, çölün ortasında etrafımda toplanmış Libyalı milislerin nezaretinde cep telefonumdan internete girip doğru dürüst çalışmayan internet sitemi açıyorum. Böylece ajan olmadığıma kısmen kanaat getirildikten sonra konuşmaya başlıyoruz. Ayman İngilizce öğrencisi üniversitede. "Hepimiz gönüllüyüz burada," diyor. Sınırda oturmaktan sıkılmış olduğu belli olan milis arkadaşlarını gösteriyor:

"Dört aydır buradayız. Gönüllü olduk ama bizi buraya diktiler."

Belli ki Beni Valid'deki "aksiyonu" kıskanıyor. Ne zaman düşer peki Beni Valid? "Kolay değil," diyor, "Kaddafi bütün güçlerini kullanıyor. Ama pek yakında."

Sınırın Libya tarafında arabalar sıralanmış durumda, Tunus'a geçmeye çalışıyorlar. Çoğu pahalı ciplerdekiler genellikle aileler. Peki "devrimciler" Kaddafi'den kurtulduklarında Kaddafi destekçilerine ne yapacaklar? Nasıl ayıklayacaklar?

"Herkes birbirini tanır," diyor Ayman, "kimin onurlu olduğunu kimin şerefsiz olduğunu biliriz."

Bunu "onur" için yaptıklarını Tunus'ta konuştuğum bütün Libyalılar söylüyor, ekmek için değil yani isyan, şeref için. Ayman ekliyor:

"Korkuyu öldürmek için yaptık. Ve biz Libya'da korkuyu öldürdük!"

Öldürdükleri korkunun anısına sınır kapısında patlamış bombalardan, uçaksavar mermilerinden küçük bir "enstalasyon" çalışması da yapmışlar. Peki ya sonra? Korkuyu öldürdükten sonra? "Çok zor olacak. Çok uzun zaman geçmesi gerek her şeyin yerine oturması için. Ama olacak."

Neşeli mülteciler kampı

Altmışlarındaki Libyalı Salah Ahmet, Thiba kapısına 60 km. uzaklıktaki Birleşmiş Milletler'in Tunus-Erumada Mülteci Kampı'nda, elinde piknik tüpünü sallaya sallaya ülkesine dönmek için nasıl sabırsızlandığını anlatıyor. Bir mülteci için epey neşeli. "Nasıl olmayayım! O köpekten kurtuluyoruz sonunda."

Peki geri döndüğünde bir şeref testine tabi tutulmaktan korkmuyor mu? "Ama biz de devrimciyiz. Niye öyle bir şey olsun ki?"

Haklı, sınırda sıralanmış arabalardaki "Free Libya" yapıştırmalarına, Tunus'un Libya sınırına yaklaşırken giderek yoğunlaşan "Hür Libya hediyelikleri" tezgâhlarına, ne zaman fotoğraf makinesi ortaya çıksa zafer işareti yapmak için kalkan ellere bakılırsa bütün Libya ezelden beri devrimciymiş de bunca yıl içine atmış gibi görünüyor. Korku sanki bir daha var olmayacakmış gibi davranıyor Libyalılar.

Minnacık çocuklar, kesinlikle el alışkanlığından zafer işaretleriyle selamlıyorlar gördükleri insanları.

Libyalılar, vaktiyle Saddam giderse dünyanın cennet olacağına inanan Iraklılara benziyor.

'Evet evet, korkuyu öldürdük!'

Görünüşe bakılırsa uluslararası medyanın da altını çizerek sözünü ettiği "Arap ülkeleri korkuyu öldürüyorlar," söylemi, çölün en unutulmuş yerindeki kamplardaki çadırlarının ucuna, Arap toplumlarının kılcal damarlarına kadar ilerlemiş durumda.

Ama başkent Tunus'un sokaklarında pusetleri, asık yüzleri, endişeli bakışlarıyla Libyalı aileler geçiyor Tunus tarafına. Sınırda gördüğüm bir aile ile pahalı otellerden birinin lokantasında karşılaşıyorum. Bir kabile büyüklüğündeki aile içine kapanıyor deniz kabuğu misali, açmak mümkün değil. Her türlü numarayı deniyorum, mümkün değil. Korku, kimileri için canlı yaşıyor.

Ölü kumun türküsü

Güneş batıyor çölde. Tunuslu sınır görevlisi pasaportu elinde tutup beni Tunus'a geri almayacağına dair insanın içine su serpen esprilerini tükettikten sonra yola diziliyoruz. "Çölün kumu farklı," diyorum, mihmandarım Valid gülüyor: "çünkü bu ölü kum. Yaşamıyor."

Libya'da, çölün ülkesinde ölümden hayat çıkarılmaya çalışırken Arap Baharı'nı yaşayan bütün çöl ülkelerinde bugünlerde en çok Omaima Khalil dinleniyor. Valid teybe "Tkabbar" şarkısını koyuyor. Şarkı "Büyük olun!" diyor direnişçilere, yani "Dik durun! Çünkü böylece daha çok seviyorum sizi!"

Öyle görünüyor ki korkuyu öldürürken çölün erkekleri büyüyor, büyüyor, büyüyor. Korkudan daha büyük olacakları o gün ise henüz hâlâ çok uzaklarda görünüyor.

***

Ak 47'lerle devrim hatırası

"Beni geri Tunus'a almazlarsa artık bir yer bulursunuz bana Libya'da," diyorum Ayman'a. "Şimdi değil," diyor, "sonra gel. Güzel olacak". Üzerine gerilla kıyafeti giydirilmiş bir üniversite öğrencisi olarak bir an unutuyor bulunduğu konumu ve ajan olma ihtimalimi, "Gelirsen gezdiririm seni".

Böylece daha yaşlıca olan Salim ve Ayman'ın ısrarlarıyla -yapmazsam ikram edilen yemeği yememek gibi olacağı için AK 47'yi hep birlikte tutarak son bir hatıra fotoğrafı çektiriyoruz. Devrimci olmak için yani, "Hür Libya"da bizim de tuzumuz olacakmış gibi sanki. Ayman'ın çölün ortasında kendisine doğru yürüyerek gelen bir kadının ajan olma ihtimalinden doğan korkusunun pek bir önemi yokmuş gibi.

***

İnşallah dünyası

Erumada Kampı'ndaki çadırının önünde bize çay ikram etmek için epey ısrar eden Muhammed, üç yaşındaki kalp hastası kızı Meryem'e de aynı şekilde ısrar ediyor: "Bak bu abi Kaddafi! Kaddafi bu!"

Mihmandarım Valid, Kaddafi rolünü oynuyor ki Meryem'in diktatörden nefret etmesi gerektiğini nasıl iyice bellediğini görelim. Hakikaten Meryem'in gözleri dolmaya başlıyor. Bu sevimsiz çocuk işkencesini yarıda kesip Muhammed'e sorular soruyorum. Ama hep aynı cevabı alıyorum: "İnşallah her şey güzel olacak. İnşallah!"

Tam olarak neyin iyi olacağı, nasıl olacağı, ne zaman olacağı hiçbir şekilde belli olmasa da, tam olarak bir mesleği olmayan Muhammed de bu korkuyu öldürme konusunda aynı şekilde düşünüyor.

15 Eylül 2011

KARINLARI DOYUNCA ONLARI UNUTABİLİRSİNİZ!

Libya'da hapsedilmiş, Kaddafi safında savaşmaya zorlandığı için kaçmış 3000 Afrikalı mülteci Tunus sınırında Şuşa Kampı'nda unutuldu. Uzaktan bakınca hepsi aç, siyah. Yakından bakınca...

"Eğer Somalili isen kimse senin bir CV'in olduğunu düşünmez tabii. Karnının doyması yeterlidir. Sen açlıktan ölmek üzere olan o siyah kalabalıktan birisindir." Eğer ülkesinde son yirmi yıldır savaş olmasaydı, halkının tek mesleği günü kurtarmaya dönüşmeseydi, muhtemelen bizi evinde, raflarında Kafka ve Baudelaire olan kütüphane odasında karşılayacak olan Huseyn, Libya-Tunus sınırında, çölün ortasındaki Şuşa Kampı'daki berbat mülteci çadırının tavan tellerine asılmış nefesleniyor. Huseyn, Afrika'nın en bahtsız ülkelerinden Libya'ya kaçak olarak gelip hapsedilip daha sonra da Kaddafi saflarında savaşmaya mecbur edildikleri için Tunus'a kaçan üç bin mülteciden biri. Ama İstanbul'daki reklam panolarında asılı ağlak Somalili resimlerinde gösterilen zavallılara benzemiyor. Hikâyesini çok düzgün İngilizcesiyle, zarif ve olgun bir gülümseme eşliğinde anlatıyor:

"Babam İngilizce öğretmeniydi ve normal bir hayatımız vardı. Sanırım dünyanın geri kalanında insanlar Afrikalıların da kendileri gibi normal bir hayatı olabileceğini düşünmekte zorlanıyor. Sonra savaş başladı. Babamı öldürdüler. Sonra herkesi öldürdüler. Bugün Somali'ye gittiğinizde tuhaf bir uyku hali görürsünüz. Son yirmi yıldır herkes mesleğini kaybettiği ve tek işi karnını o gün doyurmak olduğu için dışarıdan bakıp kimin avukat, kimin öğretmen, kimin işsiz olduğunu ayırt edemezsiniz."

Sinekler ve prangalı çocuklar

Hiçbir yerin ortasındaki Şuşa Kampı'nda kum, çadırlar, insanlar ve bütün eşyalar sarı. Uzaktan baktığınızda her şey Afrika fotoğraflarındaki gibi; derme çatma, pis ve sinekli. Ancak yakından bakınca anlayabilirsiniz altı aydır çöl çadırlarında kalmış insanların aslında çok temiz kaldığını, annelerin sinekleri çocuklardan uzak tutmak için akıl almaz bir çaba sarf ettiğini ve sizin de bebeğinizi çöl kumuna bulanmasın diye bacağından çadırın direğine bağlayacağınızı. O zaman Huseyn'i anlamak daha kolay:

"Afrikalıysanız bir işe girmek için güçlü bir adamın sizi kurtarması gerekir buralardan. Bunun için de kendinizi beğendirmeniz gerekir. Bu da insanın sürekli aşağılanmasıdır. Bu, zordan daha zordur."

40'larında görünmesine rağmen Huseyn 26 yaşında. Yakında karısı Katral ve üç yaşındaki oğlu Muhammed ile birlikte Norveç'e gidecekler mülteci olarak. Ne olacak peki? "Her şey altıncı kez yeniden başlayacak," diyor Huseyn. Sanki dünyanın her yerinde hayat böyleymiş gibi... Sanki hayat buymuş gibi.

***

"Buradan defol bacım!"

"Bak bacım, buradan hemen defoluyorsun. Derhal! Şimdi! Kalk ayağa!"

Nijeryalı dev gövdeli adam, başıma dikilip ayağa kalkmamı ve def olmamı beklerken bağırmaya devam ediyor:

"Gazeteciler gelip lanet olası hikâyelerini alıp gidiyorlar. Biz altı aydır buradayız. Niye anlatayım ki sana hikâyemi! S...r git buradan!"

"Tamam kardeşim," diyorum, "haklısın: Ben yazacağım ve kimsenin de umurunda olmayacak. Biliyorsun, insani krizlerin bir pazarı var ve şu anda sizinki en çok satanlar listesinde değil. Lanet olası çölün ortasında sıcaktan gebermek üzereyim. 700 kilometre geldim buraya, yazmak istiyorum." İşe yaramıyor:

"Lanet olası kalk dedim sana. Git başka zavallı Afrikalıların ağlak hikâyesini anlat!"

Adı Vincent. Altı aydır güneşin altında beklemekten haklı olarak canı çıkmış durumda. Bir gazeteci daha görmek istemiyor. Arkadaşları tek tek gelip liderleri Vincent'in tavrı için özür diliyorlar:

"Kusura bakma bacım," diyor biri, "seninle ilgili değil, artık konuşmak istemiyoruz."

Kimse istemiyor aslında. Somalililer daha gündemde olduğu ve yavaş yavaş iltica kabulü aldıkları için diğer Afrikalıların hepsi öfkeden ölmek üzere. İnsani kriz pazarı sırasının kendilerine gelmesini bekliyorlar. Eğer ülkelerindeki kriz top 10 listesine girip büyük Avrupa şehirlerinin reklam panolarına resimleri asılırsa onları da biri hatırlayacak. Pasaportlarını ellerine alıp beklemeye başlayacaklar beyaz adamın gelip seçmece yöntemiyle kendilerini alıp bayındır topraklara götürmesini.

Kaddafi'den, Afrikalı çetelerden, sınırlardan ve açlıktan kurtulmuş durumdalar. Şimdi Şuşa Kampı'nın bütün çadırları kum dolduran fırtınasına, 45 derece sıcağa ve açlıktan birbirini öldüren insanların arasında yaşamaya dayanmak, biraz daha dayanmak zorundalar. İşin tuhafı şu ki, kimse onların hakikaten farkında değil. Tunus'ta kime sorsam anlamaz bakıyor:

"Şuşa mı? Hiç duymadım. Neredeymiş o kamp?"

Libya sınırına iki kilometre, Bingirden şehrine yakın. 3000 insan yaşıyor. Zavallı Afrikalı resimlerindeki insanlara değil, hepsi canı çok sıkkın bir arkadaşınıza benziyor.

Buyurun Lokantası

Akdeniz'i geçmek... "Hoş geldiniz Tfaddal (Buyurun) Lokantası'na! Sadece Somali mutfağı!" diyerek bizi bir piknik tüpü üzerinde akıtma pişirilen çadıra davet eden İdris ve bütün lokanta beş dakika içinde tek tek aynı şeyden söz ediyor: Akdeniz'i geçmek. Hepsi, sanki ev kirasından ya da çocukların okul taksitinden söz eder gibi insan kaçakçılığı rayicinden söz ediyorlar 1000 ile 2500 dolar arasında değişiyor rayiç. Ama Akdeniz kıyısına kendin gelmek zorundasın. Yürüyerek, sürünerek, savaşlardan geçerek, çalışarak, durarak kalkarak. Konuşurlarken bazı sözcükler hep İngilizce söyleniyor: Fiyat, mülteci kampı, başvuru, kabul edilme... Kaçakların hayatlarını teyelledikleri bu sözcükler diğerleri arasından her seferinde bir göz parıltısı farkıyla ayrılıyor.

Televizyonda haberler açık. Türkiye'den bir şeyler gösteriliyor. Somalili, Eritreli, Darfurlu, Nijeryalı mülteciler bir anda Türkiye'den söz etmeye başlıyor. İçlerinden biri aniden şöyle diyor: "Şu generallerin istifası meselesi ne oldu? Öcalan konusunda ne yapıyor hükümet?"

Türkiye'de Somali'nin haritadaki yerini kaç kişi bilir acaba?

Hazır herkes bir aradayken: "Bu kampa girmek neden bu kadar kolay? Hiç güvenlik yok," diyorum. Hepsi gülüyorlar. İdris açıklıyor:

"İki hafta önce burada insanlar yiyecek için birbirini öldürdü. Eritreliler ve Somalililer arasında savaş çıktı. O zaman bile bir şey olmadı. Çölün ortasındaki Afrikalıları kimin önemseyeceğini sanıyorsun!"

Yeterli su ve yeterli yiyecek sağlandıktan sonra, tabii ki bir önemi yok Afrikalıların. Çölün ortasında kaç aydır beklediklerinin...

Üç kalp bahçesi

"Ne yapalım, ancak böyle dayanıyor gözüm görmeye." Dahir, çöl sarısına insani bir kesik atmış çadırının önünde üç kalp şeklindeki çavdar bahçesi ile. Pet şişelerle çevrili bahçesini, beş ay sonunda yapmaya karar vermiş. İki ay sonra ürün alacak. Ya o zamana kadar buradan giderse? Soruyu o kadar anlamsız buluyor ki cevaplamıyor. Gidemeyeceğini bildiği için değil, sanırım çölün ortasında ondan geriye üç kalp şeklinde küçük bir bahçe kalacak olması ona o kadar tuhaf gelmiyor. Berberilerden aldığı gübre ve evden getirdiği tohumlarla yaptığı bahçeye şefkatle bakıp "Bu bahçe olmadan önce nefes alamıyordum, şimdi bir rüzgâr sanki havada," diyor.

Somalililerin temsilcisi İdris bizi bir bahçeden kamptaki diğer bahçeye götürüyor. Mairanna, 1.5 yaşındaki kızı Ruwayda ile minnacık bahçesinde oturuyor. Ruwayda'ya bir şeker veriyorum. Annesi terbiye sesiyle "Teşekkür et," diyor. Savaştan, tecavüzden, açlıktan kurtulup gelmiş bu kadının bir parça bezin altında oturmuş bebeğine teşekkür etmeyi öğretmesi bir an dünyanın en mucizevi şeyi.

Ruwayda öpücük gönderirken tamamen Amerikan siyah aksanıyla konuşan genç Muhammed çıkıyor ortaya. El kol hareketleri de Bronx'un arka sokaklarından. Amerikan filmi İngilizce ile anlatılınca bütün ailesinin öldürülmüş olması, beş yaşından beri tek başına olması, bir kilisede yatıp kalkarak büyümesini anlatması daha da acayip oluyor: "Ama yenilmeyeceğim dedim. Akdeniz'i geçip yaşayacağım."

19 Eylül 2011

ÜÇLÜ TOKALAŞMALAR TARİHİ: KALBİMİZİN HALKI DEVLET OLACAK MI?

Ben bu yazıyı yazarken Birleşmiş Milletler'de (BM) birtakım adamlar ve kadınlar telaşla koşuşuyorlar, telefonlar ediliyor. Filistin Yönetimi Lideri Mahmud Abbas'ın Filistin'in devlet olarak tanınması için BM'ye yaptığı başvurunun başlattığı bu heyecanın doruk noktası birazdan yaşanacak. Abbas, BM Genel Kurulu'nda konuşma yapacak.

Batı Şeria ve Ramallah'ta büyük sinevizyonlar kurulacak, konuşma canlı yayınlanacak. Ben de birazdan Beyrut'taki en büyük, Filistin mücadelesi tarihindeki en meşhur mülteci kampı Sabra-Şatilla'ya gideceğim. Konuşmayı oradaki çeşitli politik fraksiyonlardan Filistinli mültecilerle izlemek niyetindeyim. Bakalım. Buralarda işler her zaman (hatta hemen hemen hiçbir zaman) beklediğiniz gibi gitmez. Sanırım insanı hasta eden bu bilgiyi yakında hepimiz idrak edeceğiz. Anlatayım...

Araplar gelmeyince...

Başbakan Recep Tayyip Erdoğan önceki gün BM Genel Kurulu'nda, Arap coğrafyasından izleyince insanın içine daha da ferahlık veren bir konuşma yaptı. Türkiye'nin, Filistin'in devlet olma talebini koşulsuz olarak destekleyeceğini söyledi. Mehmet Ali Birand, o anda genel kurul salonunda ne Mahmud Abbas'ın ne de Filistinli diplomatların olmadığına dikkat çekmiş. Üzerine de, bence biraz da tarihsel olarak içimize işleyen/işletilen "Araplar insanı arkadan vurur. Dikkat!" bilgisinin tonunu taşıyan yorumlar yapmış.

Diplomatik açıdan kırgınlık yaratmış olabilir. Ve fakat bana sorarsanız, eğer birini savunuyorsanız onu ona rağmen de savunmalısınız. Zaten Abbas, bugün bu talepte bulunmasıyla Filistinliler arasında en popüler insan değil. Öyle ki İsrail'le birlikte bu talebe ağır eleştiriler getirenler arasında HAMAS da var. Tıpkı solcuların en çok solculardan nefret etmesi gibi, Filistin'deki diğer siyasetler birazda Abbas'ın eli boş dönmesini bekler gibi.

Öte yandan Güvenlik Konseyi'ne sunulacak talep tarihi öneme sahip. Birincisi, ABD devlet başkanlarının, Bush dahil pek sevdiği Ortadoğu'da barışın öncüsü olarak Filistin ve İsrail yönetimlerine el sıkıştırma tiyatrosuna bir son veriliyor. Hatırlayınız Carter, Clinton, Bush ve Obama... Hepsi üçlü tokalaşmalarda en çok gülen kişilerdi. Diğer iki taraf hiçbir zaman onlar kadar mutlu görünmezdi, görünmez hâlâ.

Yani talep böyle bir meydan okuyuş. Filistin yönetimi "Yeter" dedi ve sonu olmayan bu üçlü tokalaşmalar tarihinde ilk kez ABD'yi aradan çıkarıp sine-i dünyaya dönmeye karar verdi. Mesela enteresan bir biçimde ABD ile en sıkı fıkı ilişkilere sahip Suudi Arabistan'ın bile resti çekmesine sebep oldu. Öte yandan niyeyse Arap Baharı konusunda Tayyip Bey'le tuhaf bir psikolojik yarışa giren Fransa Başbakanı Sarkozy de aldı yürüdü, Filistin'e destek veriyor görünüyor.

Başvuru aynı zamanda zaten bilinmekte olan ABD'nin yanlı tutumunu yeniden iyot gibi ortaya çıkardı. ABD'li diplomatlar eğer mesele Genel Kurul'a gelirse devletlerin vereceği oyu belirlemek için şimdiden tehdit ve bastırma operasyonlarına giriştiler. Abbas öyle bir şey yaptı ki, dün Soli Özel'in son derece açıklayıcı yazısında söz ettiği gibi BM Güvenlik Konseyi sadece bu işi bürokratik engellerle tavsatarak sorunun içinden çıkabilir.

Heyecanı yok edebilirlerse, zaten artık ertelemelerden dolayı büsbütün ümitsiz olan Arap halkının gözünde meseleyi inşallaha bağlamış olursunuz. İnşallah demek ise olanaksız demektir. Şimdilik Abbas, son bir kararla talebi sadece bir mektup olarak BM'ye bırakmaya karar verdiğine ve vaziyeti daha fazla üstelemeyeceğini gösterdiğine göre tavsama süreci başlamış gibi görünüyor.

Çölde Kasımpaşalı netliği

Sonsuz ayrıntının, sonsuz olasılığın ve elbette sonsuz sayıda siyasi Filistinli siyasi fraksiyonun içinde bulunduğu bu çorba durumu birazdan Şatila'da, muhtemelen kavga dövüş izliyor olacağım. Muhtemelen birazdan Batı Şeria'da ya da Ramallah'ta olaylar çıkacak. İsrail meşhur güvenlik önlemlerini artırdığını zaten açıkladığı için kesin bir maraza çıkar.

Bir halkın, kalbimize en yakın fakat dünyanın efendilerine en uzak halkın duası ise bir kez daha ceplerine girer anahtarlarıyla birlikte. Eski evlerine dönmenin hayalinin simgesi olan, bütün eylemlerde gösterdikleri eski anahtarlarıyla birlikte... Ama Ortadoğu böyle. BM Genel Kurul salonuna gelmemelerine alıştığımız gibi buna da alışacağız.

Bugün Türkiye'nin Arap coğrafyasında söz sahibi olmasına heyecanla bakanlar Ortadoğu tarihinin bir hayal kırıklıkları tarihi ve bu coğrafyada politikanın hayal kırıklığına karşı alınan pozisyon demek olduğunu yakında anlayacaklar. Türkler için fazla karmaşık, fazla kaygan bir zemindir çöl. Politikası da kendine benzer, biçimi rüzgârla, hatta en ufak bir esintiyle değişen çöle benzer.

Bilmiyorum bir Kasımpaşalı delikanlı bunca kayganlığa sinirlenmeden ne kadar dayanır. Kendimden biliyorum, kolay değil. Çöle düzen vermek isteyecektir, "Herkes açık konuşsun," diyecektir. İnsanın etrafını jölemsi bir ağ gibi saran belirsizliğe isyan edecektir. Dedim ya kendimden biliyorum. Ama bakalım. Göreceğiz.

24 Eylül 2011

DÜNYA BİR SAHNE, ÖLÜ VE DİRİ FİLİSTİNLİLER DE OYUNCULAR!

"Hangi Özgürlükçü Cephe?" 16 yaşındaki Hoda, Şatilla Kampı'nın dört bir yana doğru karanlığa giden dehlizlerinin ortasında durmuş, bizi hangi dehlizden hangi fraksiyonun hangi alt fraksiyonuna götüreceğini anlamak için cevap bekliyor. "George Habaş'ınkine" diyorum, Beyrut'taki en büyük Filistinli mülteci kampı Şatilla'nın birbirinden hiçbir farkı olmayan dehlizlerden birinden sokuyor bizi, birbirinden "öldüresiye" farklı fraksiyonlardan birinin merkezine götürmek için. "Ben de gazeteciyim," diyor ergenlik sivilceli yüzünde Filistinli gururu ve ağzında yuvarladığı bir siyasi fraksiyon gazetesi ismiyle. Karanlıklardan süzülürken dönüp son sözünü söylüyor: "BM'deki devletleşme talebi için geldiyseniz lütfen 'teklif' diye yazmayın 'talep' diye yazın. Çünkü talep ediyoruz! Bu bir teklif değil!"

Aynı esnada New York BM kalesinde...

Filistin Yönetimi Lideri Mahmud Abbas'ın Birleşmiş Milletler Güvenlik Konseyi'ne Filistin'in devlet olma talebini (!) iletmesinden iki saat önce Şatilla Mülteci Kampı... 16 Eylül 1982'de İsrail'in Lübnan'ı işgali sırasında İsrail yanlısı Lübnanlı Sağcı Falanjistler tarafından son çocuğa kadar katliama uğradığı için bugün hâlâ Filistin mücadelesinin sembolüdür Şatilla. Kamp, 1985'ten başlayarak iki yıl boyunca Şii Emel örgütünün silahlı kuşatması altında olduğu için de Filistinlilerin Arap topraklarında yaşadıkları zulmün simgesidir.

Gözünüzün önüne dev bir labirent getirin, orta çaplı bir mahalle büyüklüğünde ama içinde üç mahalle dolusu insanın yaşadığı yoksul bir insan ve silah deposu. "Bu kadar dar alanda RPJ kullanırlar ve hedefi bulurlar," derler. İki insanın aynı anda geçemeyeceği kadar dar, akıl almaz karmaşıklıkta dehlizlerle birbirine bağlanan yollardan oluşur Şatilla ve içinde onlarca silahlı örgüt vardır. Gökyüzünü göremeden sokaklar boyu gidersiniz; çünkü her dehlizin başında oraya hâkim fraksiyonun bayrağı, liderinin ve şehitlerinin resimleri vardır. Dünyaya bağlandığı tek internet kafesinde bile dev bir Mescid-i Aksa olan bir sıkışıklıktır kamp. Çamur, yoksullukla ve barutla karılır. Her bir şey çok hassas bir dengeyle birbirine tutturulmuş gibi durur. Denge, kadınların çamurdaki terlik çap çapları ve erkeklerin nasılsa dehlizlere sığıştırdıkları motosikletlerle yürür gider. Bugün kampta artık Filistinlilerin yanı sıra Iraklı, Suriyeli kaçaklar ve en yoksul Lübnanlılar olduğu için eski fiyakalı günlerinde değil kamp. Vaktiyle Arafat var iken, Filistin en havalı halk iken burası Beyrut'un kalbiydi. Amr Musa lakabıyla bilinen Arafat, Müslüman Beyrut'u buradan yönetiyordu. Ama şimdi...

Fraksiyonel!

"Şatilla Kampı siyaseten fazla parçalanmış olduğundan görüşmeleri Mar Elias Kampı'ndan takip etmeye karar verdik!" "Tabii ki!" Filistin Özgürlükçü Halk Cephesi örgütünün George Habaş çizgisini izleyen fraksiyonunun çıplak beton merkezinde, sanırsınız ki Beyaz Saray Oval Ofis'ten açıklama yapılıyor büyük bir uluslararası basın grubuna. Oysa ortada sadece Ahmad ve ben varız. Ahmad, zaten bana biraz sinirli. Çünkü az önce örgütün George Habaş çizgisini izlemeyen (!) diğer kolunun üç metre ötedeki merkezine girdim yanlışlıkla. Bu kamptakiler dışında dünyada hiç kimsenin haberdar olmadığı şehitlerin fotoğraflarından ayırt etmeliydim oysa!

Filistin'in en yakışıklı hali

Şatilla Kampı'ndan servisler kalkacak Mar Elias'a. Çünkü orası Beyrut merkeze daha yakın, siyaseten daha fiyakalı. Tıpkı Batı Şeria'daki gibi oraya da dev bir ekran kurulacak ve HAMAS hariç bütün Filistin fraksiyon beyleri, ellerinde tespihleriyle, kavimlerin liderleri gibi gelip oturacaklar Ortadoğu'nun alametifarikası olan beyaz plastik sandalyelere. Böylece uluslararası basın için "Filistin halkı umutlu!", "Filistin halkı direnişte!" fotoğrafları hazırlanacak. Şatilla bu yüzden önemli, çünkü perde arkası. Çünkü burası içler acısı büyük Filistin tiyatrosunun ciğeri. Kampın Filistinli nüfusu dörde ayrılabilir. 1. Sivil toplum örgütü çalışanları 2. Gazeteciler ve araştırmacılar. 3. Kampın iki günde bir değişen siyasi fraksiyon sınırlarını ve "güvenlik durumunu" bilen mihmandarlar 4. Ve gazeteciler ile araştırmacıların sorularını cevaplamak için otantik hallerine bırakılmış Filistinliler. Ben şimdi onlarla konuşuyorum ve her zamanki Harvard'da, Oxford'da değme Ortadoğu uzmanından duyamayacağınız derinlikte analizler havada uçuşuyor. Bilhassa Türkiye'nin durumu...

"Tayyip Bey'in söyledikleri olumludur ancak Filistin halkı ondan şu anda BM ve ABD nezdinde Filistin konusunu tırmandırmasını bekliyor. Farkındayız, Erdoğan Ortadoğu'yu Avrupa Birliği'ne girmek ve Batı'ya karşı güç kazanmak için kart olarak kullanıyor. Kullansın. Fakat Suriye'deki rolü fazla belirsiz, bu bizi düşündürüyor. Sünni dünyasının lideri mi olmak istiyor? Eğer öyle ise ABD'nin Ortadoğu'da Müslüman dünyasının düşman rolünü İsrail'den alıp İran'a verme planının içinde mi? Mavi Marmara ve Şimon Peres'e yaptığı çıkışta duygusal olarak Filistinlileri etkiledi. Ama sonrasını merak ediyoruz. Ne istiyor? Planı ne?"

Maaleş!

Kampın ışık alan çok az noktasından birinde mavi uzun elbisesiyle Farda efendi, plastik sandalyesine kurulmuş, göbeğini yana yatırmış, nargilesini içiyor. Dolmuşa binip (!) Mar Elias Kampı'na gitmeyecekmiş. Eski FATAH üyelerinden, vakit onların vaktiyken Arafat'ın yanında çarpışmış. Niye kalkıp hazırlanmıyor? Nargilesinin marpucunu havada şöyle bir sallıyor: "Her anlaşmada biraz daha kaybettik habibi! İyi tabii, yapsınlar. Lakin maaleş (boşver)! Bu da geçer!" Farda efendinin nargilesinin önünden, Filistin-İsrail ilişkilerinin tarihini iyi bilen ve en iyi bunu bilen gençler koşarak geçti şimdi. Nargile biraz sallandı ve durdu. Filistin, uluslararası basına en iyi fotoğrafı verebilmek için Şatilla'da giyiniyor ve Mar Elias kampında yapacağı gösteriye hazırlanıyordu. Dünyanın her yerinde Filistinliler artık orada olmayan ülkelerinin kaderini anlamak için televizyonlarını açıyordu.

Kan ve dava

Mahmud Abbas'ın BM'de yaptığı başvuru? Her biri Filistinli mülteci olarak doğmuş, hayatlarını "al-kadhiya al-Filistiniya"ya (dava) adamış bu insanlar hakikaten bir değişiklik bekliyorlar mı? "Bu başvuru ABD'ye resttir. Dünyayı yardıma çağırmaktır. HAMAS'ın tavrı sadece kıskançlıktan ileri geliyor, çünkü onlar sürece dahil değil. Ama engellemeyecekler. Önemlidir." HAMAS, Ebu Mazen (Mahmud Abbas'ın dava lakabı) ile Mayıs ayında siyasi bir ateşkes sözleşmesi yaptı, onun gereği susacak. Ya sonra? Ya sonuç alınamazsa? Ki başvuru ya ABD'nin vetosuna takılacak ya da bürokrasi bulvarlarında tavsatılacak gibi görünüyor şimdilik. O zaman? "Her zamanki gibi bizim kanımızdan gidecek. Her zamanki gibi! Ama bu İsrail'le yapılan bir sınır kavgası değil, bu bir varolma mücadelesi. Dünya gündemine bir kez daha oturduk. Elbette yine kan akacak." Biz bunları konuşurken Batı Şeria'da İsrail askerleri Filistinli kanı akıtmaya başlamıştı bile. Şatilla'da da otobüsler hazırlanıyor, çocuklar kefiyelerini giyiniyordu. Şanlı Filistin davasına kendini feda edecek kahraman gençler bilardo salonlarından çıkıyor, kimileri kapı önlerinde içtikleri nargilelerinin közünü ocağa geri koyuyorlardı. Gösteriyi yapıp geri döneceklerdi zira, her zamanki gibi.

Filistin orada değil!

"Ne olacak! Yani sonunda?" diye sesini yükseltti Ambara. Kocaman Filistinli gözlerini açıp en iyi ihtimalle ulaşılacak iki devlet formülüne veryansın ediyordu: "Bu başvuru kabul edilse bile benim insanlarım yine dikenli tellerin ortasında hayvanlar gibi üst üste yaşayacaklar. Biliyorum fantezi ama tek bir çözüm var, tek devlet! Benim insanlarım Hayfa'da portakal yiyip deniz kenarında yürüyemedikten sonra ellerinde bir Filistin pasaportu tutsalar ne olacak? Kamplardaki bu insanların hayatlarının içine ediyorlar. 'Geri döneceksiniz. Anahtarlarınızı vermeyin!' falan filan. Nereye geri döneceğiz? Öyle bir yer yok artık!" Bağlantılarıyla beni kampa sokup her dehlizde bir fraksiyon tarafından sorgulanmadan dolaşmamı sağlayan Ambara'nın gözleri doluyordu konuşurken: "Filistinli siyasetlerin ölecek adama ihtiyacı var, o yüzden bu insanlar mülteci kalmak zorunda. Arap dünyası da onları kamplara kapatıp rahat ediyor, RPJ'leriyle birbirlerini öldürüp dursunlar. Ama bir zengin Filistinlinin de kamptaki bu çocuklara burs verdiğini göremezsin. Al sana ölümüne Filistin dayanışması!"

25 Eylül 2011

EKMEK Mİ ÖZGÜRLÜK MÜ?

Tunus'ta seçimler bugün yapılıyor

"Hayır hayır! El Kutub!" Elimdeki seçime katılan seksen bir partinin bulunduğu listeden Yusuf Ferhad ile El Kutub koalisyonunun adını bulmaya çalışıyoruz. Uluslararası düşünce kuruluşlarından biri tarafından hazırlanan benim listemde öyle bir şey yok. Ettajdid diye bir şey var, açılımı Modern Demokratik Merkez Koalisyonu.

"Bu işte!" diye gösterip "biraz karışık" diyor Tunus'un en büyük caddesi Burgiba üzerinde seçim çalışması yapan parti çalışanı Yusuf Ferhad: "Zaten işler bu yüzden gerginleşebilir". Tunus bugün seçimlere gidecek ve evet, işler biraz karışık. Bu yüzden şehrin büyük binalarından bazılarının bir yüzüne dev çizimler asmışlar. Bir seçmenin evinden çıkıp, oy sandığına nasıl gideceğini, nasıl oy kullanacağını anlatıyor.

Her şey çocuğa anlatılır gibi anlatılmasına rağmen karışıklık sürüyor. Çünkü seçimlerden önce seçmen kütüğü hazırlanmış fakat tam anlamıyla başarılı olunamadığı için en son olarak herkesin kimlikle doğrudan sandığa gitmesi söylenmiş. Bu durumda mükerrer oy kullanımı nasıl engellenecek? Orası belli değil ve bu yüzden sadece şehre gelen bin 500 gazetecinin elindeki parti listeleri değil, Tunusluların da kafası karışık. Seçimlerden sonra bu yüzden kavga çıkmasını bekliyorlar.

Boş dikdörtgenler

Eylül başında Tunus'ta duvarlara içlerinde sayılar olan dikdörtgenler çizilmeye başlanmıştı. Buradakilerin de önce anlam veremediği bu boş dikdörtgenlerin sonra seçim propagandası için hazırlanan alanlar olduğu ortaya çıktı. Yüzü aşkın sayıdaki partiden seçime katılacak olan seksen biri, seçilecek Ulusal Kurucu Meclis için önerdikleri listeleri buraya asacaklardı. Nitekim öyle de oldu. Fakat gelin görün ki otoriter bir yönetimden yeni kurtulan, ekonomik sorunları ciddileşen ve yeni buldukları özgürlüğün tadını çıkarırken sokak gösterilerine ağırlık veren, örgütlenme çalışmalarında acemi olan partilerden bir bölümüne ayrılan dikdörtgenler hâlâ boş duruyor.

Diğer listelerdeki siyasetçileri ise pek tanıyan yok. Üstelik görünüşe bakılırsa koskoca bir devrimden (!) ayrıntılarıyla can sıkan bir seçime indirgenen süreç Tunusluların biraz da canını sıkıyor gibi. İki gündür buradayım ve durup da duvarlardaki listelere bakan pek Tunuslu görmedim. Hatta öyle ki benim gibi yabancı gazetecilerin birçok Tunusludan listelere, seçimde neyin seçildiğine (birçoğu hâlâ parlamento seçimi yapıldığını sanıyor) ve seçim prosedürüne daha hâkim olduğunu söyleyebilirim. Tunuslular ise propaganda döneminin başladığı 1 Ekim'den beri ulusal televizyon kanalına her akşam çıkan 20 yeni adayın kimler olduğunu anlamaya çalışmakla meşgul. Üç dakikalık konuşma hakkı verilen adayların çoğu politikaya yeni giren yüzlerden oluşunca ortaya çıkan politik kakofoniyi tahmin edebilirsiniz.

Üç ana güç

Hakikaten sıkıcı olan ayrıntıları geçersek bu seçimde üç ana güç var. Birincisi yerleşik solmuhalif partiler, ılımlı siyasal İslam'ı temsil eden En-Nahda ve ayaklanmaların ardından kurulan sol koalisyonlar. Yapılan iki kamuoyu yoklamasının sonuçlarına göre kurulacak Kurucu Meclis'te ülkenin devrik lideri Bin Ali döneminde de var olan Ettakol-Emek ve Özgürlük için Demokratik Forum, En-Nahda, İlerici Demokrat Parti en büyük payı alacak gibi görünüyor. Solun kendi içindeki ayrışmayı gidermek için yapılan çağrılara rağmen sol seçime küçük parçalara ayrılmış halde giriyor. Ayaklanmaları başlatan ve katılan gruplara en yakın olan Kutub Koalisyonu, kamuoyu yoklamaları yapan uluslararası şirketlerin kendilerini sevmediği için oylarını düşük gösterdiğini söylese de, durum özgürlükçü sol açısından çok parlak değil. Üç küçük sol parti ve beş sivil toplum örgütünden oluşan koalisyon, Kurucu Meclis'te yüzde iki ile temsil edilecek gibi görünüyor. Kendilerine sorarsanız yüzde 10'dan daha aşağı olamaz.

Mide mi, beyin mi önce yanar?

Tunus'taki bütün yolların birleştiği Burgiba Bulvarı üzerinde bütün partilerin seçim masaları var. Balonlar, müzikler, el ilanları, sokaklarda sizi durdurup seçim listelerini anlatan insanlar... Bütün bu gürültünün ve ayrıntının temelindeki çekişme ise son derece net. Eğitimli, seküler orta sınıf ile tutucu yoksullar arasında geçecek seçim. En-Nahda her ne kadar "takiyye" ile suçlansa da en bilinen muhalif parti. Bölgede siyasal ılımlı İslam seçeneğini kendi çıkarlarına yakın bulan bölgesel güçler tarafından da desteklenen parti yoksul semtlerde ayni yardımlar, toplu sünnet ve düğünleriyle yaptığı propagandayı sürdürürken, yukarıda da anlattığım gibi sol koalisyon şehrin en işlek caddesinde üst orta sınıfla konuşuyor. Emek ve özgürlük? İşsizlikten kendini yakan bir genç adamı kendine simge olarak seçen bir devrimin sonunda yapılacak seçimde hangisinin galip çıktığını yarın yazacağım. Şimdilik Tunus sokaklarına bakınca bir kez daha insanın midesinin beyninden daha önce yanmaya başladığını göreceğiz gibi duruyor. Daha önce kaldığım otelin çalışanı Kamal ile karşılaşıyorum. Seçimlerle ve yabancı gazeteci bolluğuyla ilgili şakalaştıktan sonra "En-Nahda'ya vereceğim oyumu," diyor. Kamal kadınlara bakmayı seviyor, biliyorum. "Ama Burgiba Caddesi'ndekiler," diyorum, "En-Nahda'nın kadınları örteceğinden korkuyor. Ne dersin?" Kahkaha atıyor...

23 Ekim 2011

KENDİ DÜĞÜNLERİNE GİDEMİYORLAR...

Tunus'ta ılımlı siyasal İslam'ın temsilcisi En-Nahda Partisi en cesur tahminlerin bile iki katı oy aldı

Türkiye'den gelen biri olarak seçim öncesinden beri heyecanlı solcu ve sosyal demokrat Tunuslulara, "Bu kadar iyimser olmayın," dememek için kendimi zor tutuyordum. Ama şimdi içimden "Söylemiştim" demek gelmiyor. Zaten yeterince hayal kırıklığına uğradılar. Ilımlı siyasal İslam'ın temsilcisi En-Nahda Partisi en cesur tahminlerin bile iki katı oy aldığı için değil sadece. Tunus'taki ayaklanmaları başlatan ve sürdürenlerin bir araya geldiği El-Kutub koâlisyonu beklenenin yarısını kadar bile oy alamadığı için de değil. Bunların yanı sıra Londra'da yaşayan, sadece bir televizyonu olan ve Tunus'un Kaddafi'si denen Haşmi Hamdi'nin aniden üçüncü sıraya yerleşmesi çok tuhaf oldu! Şöyle diyorlar: "Adam hâlâ bir şaka gibi, ama artık komik değil!"

Aferin seçim yaptınız!

En-Nahda ile koalisyon yapan buranın sosyal demokratları ikinci parti durumunda. Yani sonuç olarak ılımlı İslamcılar ve onlarla koalisyon yapan sosyal demokratlar ilk iki sırayı paylaşıyor. Üçüncü sırada ise "Kazanırsam Kartaj Kalesi'nde mi yaşasam yoksa fakirlerin arasında mı bilemiyorum," gibi demeçler veren, *Facebook* profilinde "2012'de Tunus Başkanı inşallah!" yazan özel kanal sahibi Hamdi! Kesin sonuçlar hâlâ açıklanmadı. Ancak Anayasayı yapacak Ulusal Kurucu Meclis'in koltuklarından 47'si ılımlı İslamcıların, 18'i onlarla ittifak yapan sosyal demokratların, 15'i Hamdi'nin ve sadece iki tanesi devrimi yapan El-Kutub koalisyonunun! Resim budur. Sol ve sosyal demokrat partilerin toplam koltuğu En-Nahda kadar. Kendini Arap dünyasının ve özellikle K. Afrika'nın en ileri ülkesi olarak gören Tunus'un nasıl bir bunalım yaşadığını tahmin edebilirsiniz.

Tunuslular şimdilik, bir seçim yapabildikleri için sevinmekle yetinmek zorunda gibi. Seçim sonuçları resmen açıklanmadan önce açıklama yapan Carter Vakfı yetkilileri, sırf bunun bile ne kadar şahane olduğunu söylemek için bir basın toplantısı düzenlediler. Fakat sadece sosyal demokratları değil, En-Nahda dışında herkesi geren bir durum var. O da oy kullanımı ne kadar açıksa oy sayımının o kadar kapalı tutulması, gözlerden ırak yapılmasıydı. Çok sayıda uluslararası gözlemci oy sayımına alınmadı.

Oy satın alma şikâyetlerine, kimi oyların merkeze gönderilmediği suçlamalarına karşın yöneticiler şimdiden, "Neyse şu seçimi de kazasız belasız bitirdik," havasına girmiş durumdalar. Şikâyetler ne kadar çoğalırsa çoğalsın seçimi tekrar etmek gibi bir şey söz konusu değil. Batılı gözlemciler de bunu talep etmiyor; çünkü Arap Baharı'ndan sonra seçim yapılamadı gibi bir şüphe sadece Tunus'u değil, Mısır seçimlerini de tehlikeye atabilir.

O yüzden herkes, "Öyle böyle bu işi bitirdik," havasında. Tıpkı Libya'daki "devrim" nasıl "halledildiyse" burada da seçime öyle bakıyor Batılı yönetimler. Bu kadar demokrasi Tunus'a yeter! Bu yüzden yabancı gözlemciler, şaşkın Tunusluların karşısında genellikle oy verenlerin 2 kilometreden fazla uzayan kuyruklarda nasıl sabırla beklediklerini övüp duruyorlar.

Seçim boyası değil, kan!

Resmi seçim sonuçları açıklanmak üzereyken, tam da aynı esnada, şehrin aksi istikametinde, eski şehrin kenarındaki Askeri Hastane'nin önünde dokuz genç, zayıf adam yolun ortasında durdular. Bunlar, beş gündür açlık grevine başlayan, ayaklanmalara katılan gençler. Hepsi "Yasemin Devrimi"nin ilk günlerinde polis şiddeti yüzünden sakat kalmış. Hepsi yirmili yaşlarında. Hepsi yoksul. "Madem devrim oldu" diyorlar, "o zaman bizi bedava tedavi etmeli bu devlet". Ocak'tan beri hiçbir talepleri karşılanmadığı için açlık grevine başladılar. Hiçbiri oy vermedi. Onun yerine açlık grevi yaptıkları yerde bir gösteri düzenlediler. Bir tür tiyatro. Oy verenlerin parmağına sürülen boyanın kırmızısını aldılar ve parmaklarına sürdüler. Soranlara şöyle diyorlardı: "Bu seçim boyası değil! Benim kanım!" Seçim onların kanı bedelinde yapıldı ama şimdi kurulan yeni yönetimde büyük olasılıkla hiç temsil edilmeyecekler. Seçim sonuçlarıyla ilgili ne hissettiklerini sordum. Şöyle dedi biri: "Sonunda demokrasi adlı gelinim geldi ve kendi düğünümde ben yokum gibi!" Tunus'taki devrimci gençlik, solcu orta sınıf kendi düğününe gidememiş gelinler ve damatlar gibi mahzun bugün. Bir sivil toplum örgütünde çalışan ve depresif hali ürkütücü olan Ahmad ile konuşuyorum. "Artık politika yapmak zorundayız hepimiz," diyor, "aynada kendimizi gördük ve demek durum buymuş!" Ülkeyi daha da muhafazakârlaştıracağı açık olan ve daha da önemlisi devrimde bir tutam tuzu bulunmayan En-Nahda'nın karşısında Tunuslular omuzları düşmüş olarak yeni ülkelerinde yaşamaya başladılar bugün. Ne diyeyim? Allah kurtarsın.

26 Ekim 2011

TAHRİR "SEÇİMİ BOYKOT EDİN" DİYOR

Mısır, Mübarek'in devrilmesinin ardından ilk defa bugün sandık başına gidiyor. Ancak ordunun yönetimden çekilmemesini protesto eden binlerce kişi, Tahrir Meydanı'nda "seçimi boykot edin" çağrısı yapıyor. Oy verenler Tahrir ve devrime ihanet etmekle suçlanıyor.

"Hayır! Burada olmayan anlayamaz! Biz burada yabancı basın için turistik gösteri yapmıyoruz! Biz burada devrim yapıyoruz!"

23 yaşındaki Ahmad Mahmud, Tahrir'deki binlercesi gibi öfkeli, heyecanlı ve kararlı. Ve tıpkı binlercesi gibi o da bugün başlayacak ve toplam 45 gün sürecek Mısır seçimlerini protesto edecek. Bu yüzden bütün cevapları "Hayır" ile başlıyor. Alayına hayır! Arkadaşları Ayşa, Esraa da, günlerdir Tahrir Meydanı'nda çadırlarda kalan binlerce genç insan da buradaki gerçekliğin, yani "Tahrir gerçekliğinin" yansıtılmadığına emin. Ne uluslararası kanallarda ne de büyük basında. Türkiye'den olayların pek de devrim olarak algılanmadığını söyleyecek oluyorum:

"Burada devrimden sonra kurulan 1470 bağımsız sendika ve yüzlerce örgüt var. Tahrir gerçekliği Mısır gerçekliğidir! Bu bir eğlence değil."

Her ne kadar gündüz saatlerinde Mısır'ın kendi Woodstock'ı gibi görünse de Tahrir hakikaten eğlence değil. Her yerde Tahrir şehitlerinin resimleri var, fakat daha önemlisi onları vuran polislerin yakın plan çekilmiş, "katilleri" afişe eden fotoğraflar var. Yani artık bu bir savaş! Siyasete, yönetime, orduya inancını kaybetmiş insanların öfkesi bu. Tahrir'de kısa bir yürüyüşle bile, örgütlenmelerin dışında parti siyasetine inancını kaybetmiş, Mısır'daki zor hayata, kendi zor hayatlarına isyan eden insanları görüyorsunuz. Herkesin elinde, duvarlarda "Fuck SCAF"... Sloganları. SCAF: Genelkurmay. Yani devrimin başında halkla birlikte olan ama şimdi yönetimi sivillere bırakmak istemeyen, anayasada orduya dokunulmazlık verilmesini talep eden askeri yönetim. Daha da fenası bilinmeyen kimyasal silah olduğu iddia edilen ve herkesi hasta eden biber gazının kaynağı. Her yerde gazın Amerika'dan geldiğine dair afişler.

Tahrir gezegeni

Tahrir kendi başına bir gezegen gibi duruyor Mısır'ın ortasında. Gençlerin, daha çok özgürlük, daha çok demokrasi isteyen gençlerin ama sadece gençlerin değil herkesin bir araya geldiği bir yer. 52 yaşındaki Zeynab Hanım da, her yerine "Ordu'ya karşıyım" yapıştırmaları bulunan 40 yaşındaki Cezim de burada. Tıpkı meydan boyunca binlerce insanın doğal bir şekilde, aniden gelişen tartışmaları gibi onlar da yolun ortasında durup, tanışmaya gerek duymadan konuşuyorlar. Bugünün konusu Baradey'in ordunun başı Tantavi ile yaptığı görüşme. Nobel Barış Ödülü sahibi, Batı'nın da desteklediği demokrasi yanlısı Baradey, aslında Tahrir'in desteklediği bir isim. Tahrir'deki bütün örgütlerin ortak talebi ordunun yönetimi derhal bir "Kurtuluş Hükümeti"ne

…kması. Baradey'in lider olmasını istiyorlar. Ama şimdi yolun ortasında Cezim ve Zeynab artık ona da güven duymadıklarını, kimseye güvenmediklerini söylüyor. Tıpkı Devrimci Sanatçılar Birliği gibi, tıpkı kendi kendilerine 13 Şubat hareketi kuran arkadaş grubu gibi, tıpkı diğerleri gibi... Gelin görün ki bugün seçimler var. Seçimlerin olmasını en çok Müslüman Kardeşler istiyor ve elbette Selefistler, yani radikal İslamcılar. Oysa Müslüman Kardeşler'in gençliği Tahrir'de. Bu yüzden onlar Tahrir ruhundan haberdar ve seçimleri boykot etmek istiyorlar. Ama son kertede partiye bağlılıkları baskın çıkacak ve Tahrir ruhunu bırakıp oy kullanmaya gidecekler gibi görünüyor. Tahrir'de Müslüman Kardeşler'e karşı bu sebeple bir tepki gelişmiş durumda. Zaten Müslüman Kardeşler'in kurduğu Hürriyet ve Adalet Partisi'nin lideri Muhammed El-Biltegi Tahrir'e dört kez gelmiş ve meydandan kovulmuş durumda. Tahrir, ordu tarafından bu kadar insan öldürülmüşken, gelir dengesizliğine dair talepler karşılanmamışken ve meydandakilere karşı bir savaş yürütülürken seçimin olmasına katlanamıyor. Oy verenleri devrime ve Tahrir'e ihanet etmekle suçluyorlar. Onlar, ordu tarafından atanan ve Mübarek döneminde başbakanlık yapmış şu andaki geçici Başbakan Genzuri'ye karşı kabine binasının önünde ölümüne eylem yaparken birilerinin gidişatı onaylarcasına oy vermesine karşı çıkıyorlar. Ölümlerin gerçekleştiği caddelerde, şehidin düştüğü yer çevrelenip çiçekler konuyor. Mısır trafiğine karşı da mücadele yani!

"Boykot, temsil edilmemektir. Ya sizi umursamazlarsa?" diye sorduğum herkes aynı cevabı veriyor:

"Biz de onları umursamıyoruz. Biz Tahrir'deyiz. Biz Tahrir'de kalacağız!"

Görünüşe bakılırsa bir kez Tahrir'e gelen buradan başka birine dönüşmeden, kendinde bir devrim gerçekleştirmeden çıkamıyor.

***

"Tahrir'e gelmeyen bir adamla kim evlenir ki?"

Görenleriniz varsa burası tam olarak Ankara'da kurulan Tekel Direniş çadırlarına benziyor. Elbette çok daha büyük ölçeklisi. Ama aynı kardeşlik ve dayanışma duygusu, aynı inanç. Mısır'daki yönetimi -henüz- değiştirmemiş olabilirler ama buraya gelenlerin bir daha aynı insanlar olmayacağı kesin. Esraa şöyle diyor:

"Ben buradayım çünkü bütün sevdiğim insanlar burada!"

Kim onlar?

"Özgürlük isteyen insanlar."

Ayşa'ya soruyorum:

"Bir gün evlenirsen o adama 'Tahrir'de miydin?' diye sorar mısın?"

"Tabii ki," diyor, gülüyor:

"Kim Tahrir'e gelmemiş bir adamla evlenir ki!"

***

Karışık seçim, karışık siyaset

Tahrir'de son bir haftada 41 ölü ve 3000 yaralının olduğu düşünülürse Tahrir'dekilerin seçimi neden boykot ettiği anlaşılabilir! Reel siyaset bakımından mantıklı olmasa da öfke, boykot kararında etkili.Mısır seçimleri üç turlu yapılacak. Bölgeler ayrı ayrı, sırayla oy kullanacak. Sadece Kahire merkezde 6 bölge var. Oy kullanılması ve sayılmasının toplam 45 gün sürmesi planlanıyor. Bu tur bittikten sonra seçilenler şûrayı seçecekler. Seçimlerin yapılıp yapılamayacağı ben bu yazıyı yazarken hâlâ belli değildi. Çünkü ordu önceki gece Baradey ile görüştü. Tahrir ve ülkenin büyük çoğunluğu, Mübarek döneminde de Başbakanlık yapan geçici lider Genzuri'nin yönetimden çekilmesini istiyor. Tahrir inisiyatifi Baradey'in liderliğinde beş kişilik bir "Kurtuluş Hükümeti" liderliği öneriyor. Listede Müslüman Kardeşler'den bir kişi, bir gazeteci, bir yargıç ve Tahrir'de gözünü kaybeden genç eylemci Malek de var.

En güçlü partiler şunlar:

- Hürriyet ve Adalet Partisi (Müslüman Kardeşler)
- Nur Partisi (Selefistler)
- Sosyalist Halkın Partisi
- El-Wafd (eski rejimden liberal bir güç olarak çıkan yeni haliyle)
- Yarın Partisi (Ayman Nur liderliğinde liberaller)
- Tahrir'in desteklediği "Devrim Devam Ediyor" listesi var.

Ama boykot kararı alındıktan sonra onlar da seçimden çekilecek gibi görünüyor.

***

Burası bağırabilenlerin meydanı

Genç kadınlarla konuşuyorum. Bana yardım eden Esraa'nın arkadaşları. Hepsi aynı şeyi söylüyor. Tahrir onları değiştirmiş ve artık geri dönüş yok. Nasıl peki?

Plastik mermiyle yaralandığı için topallayan Ayşa, tesettürünün hareketlerini engellemesine izin vermeden, hareketli bir şekilde anlatıyor nasıl önceki günkü Muhammed Mahmud Caddesi çatışmasında ön saflarda olduğunu:

"Ölen arkadaşlarımızı gördük, her yerime kan bulaştı. Artık nasıl eskisi gibi olabilirim!"

Bilhassa genç kadınlar için Tahrir bambaşka bir yer. Aşağılandıkları, bastırıldıkları Mısır'ın geri kalanından kurtarılmış bir bölge gibi. Ayşa şöyle diyor:

"Burada, Kahire'nin geri kalanında olduğundan daha farklıyım. Kendime daha çok güveniyorum ve kendimi daha güvenlikte hissediyorum. Erkeklere karşı bilhassa. Çünkü burada bağırabilirim."

Öyle anlaşılıyor ki kilit cümle bu. Burada bağırabiliyorlar. Bütün haksızlıklara karşı seslerini çıkarabiliyorlar. Belki bu yüzden kimse buradan ayrılmak istemiyor. Onlar kendi Mısır'larını, hayallerindeki ülkeyi burada kurmuşlar ve bırakmak istemiyorlar.

Kurulan Sahra kliniklerinden birinde çalışan genç doktor Omniya Yusuf örneğin. Her gaz sıkıldığında, açıkta duran tıbbi malzemeleri bırakamayacağı için bir yere kıpırdayamıyor. Dalgıç gözlüklerini ve gaz maskesini takıp aynı yerde duruyor. Anlaşılan gaza rağmen bir kadın olarak Tahrir'de, Kahire'nin geri kalanına göre daha iyi nefes alıyor. Duvarlarda gazla ilgili şöyle yazıyor: "Gaz, plastik mermi! Şükür ya Rabbi!"

Kişisel devrim

Tahrir dışında devrim duygusu yok, burası açık. Ama örgütlenmenin ölçeği ve kararlılık Tahrir'in sadece Tahrir olmadığını da gösteriyor. Tahrir'e açılan yolların tamamı gönüllüler tarafından güvenlik çemberine alınmış durumda. Kendi güvenlik çemberlerinin etrafındaysa Ordu'nun kurduğu barikatlar var. Muhtemelen birazdan o güvenlik barikatlarından askerler çıkıp yine gaz sıkmaya başlayacaklar. Ve Tahrir'de yine hareketli bir gece geçecek. Tahrir belki o çemberleri aşıp şehrin tamamına yayılmayacak ama bütün dünyanın gözleri burayı izliyor olacak yine. Müslüman Kardeşler ve Selefistlerin desteğiyle ordunun seçim kararı uygulanacak belki. Belki Batı'nın istediği olacak, ılımlı İslam gelecek bu ülkeye yarından itibaren ama şunu kesinlikle söyleyebilirim:

Buraya gelmiş Mısırlılar bir daha asla eskisi gibi olmayacak!

28 Kasım 2011

FİRAVUNLAR GİDER, İNSAN KALIR...

Mısır farkında

Çok az rastlanan türden, tatlı bir özgüven vardır. Kendi kendinin altını çizmeyen, insanın burnuna dayanmayan ama ne dediğini bilen, rahat, insanca bir özgüven. 23 yaşındaki Abdullah Kemal, Kasr Eini Hastanesi'ndeki yatağında öyle bir özgüvenle doğruldu. Ayağındaki merminin hikâyesini anlatması gerekirdi ama tarihin ortasında durduğunun, son hafta içinde yaralanan 3000 "yoldaştan" sadece biri olduğunun farkında olduğu için meseleye "Tahrir perspektifinden" bakıyordu:

"İnsanlar, kendilerini şaşırtabileceklerini gördüler. Ve bir kez şaşırırsan bunu asla unutmazsın! Kimse unutmayacak!"

Abdullah yüzlercesi gibi ayağından gerçek bir mermiyle vuruldu. Neden herkes ayağından alıyor mermiyi?

"Çünkü bir tek onlar açıkta kalıyor. Elimizdeki kalkanların altında yaklaşık 25 santimlik bir boşluk oluyor, askerler de oraya nişan alıyor."

Bu soruyla birlikte Abdullah, Tahrir savaşlarının ayrıntılarını anlatmaya başlıyor:

"Onlar itiyor. Sen de itiyorsun. Onların kalkanları, gazları ve mermileri var bizim ise ellerimiz. Ama insanlar kendilerini şaşırtarak geri itiyorlar askerleri. Bir kere yapabildiğini görünce de... Mesele karar vermek! Karar verdikten sonra insan her şeyi yapabilir. Biz bir diktatörü ve bir orduyu yendik ellerimizle. Sadece bu ellerle!"

Abdullah duruyor, alçıdaki bacağına bakıyor:

"Mesele karar vermek! Karar verdikten sonra herkes içindeki kahramanla tanışabilir. Tahrir'de olan buydu. Herkes içindeki kahramanla tanıştı. Ve bunu kimse unutmayacak."

Abdullah'ın babası Kemal Habib, Enver Sedat'a suikasttan 10 yıl hapis yatmış bir 'İslami Cihat'çı. Kardeşlerinden bazıları İslamcı ve kendisi solcu. Annelerine yalan söyleyerek babalarıyla birlikte Tahrir'e nasıl gittiklerini anlatıyor gülerek.

Seçimlere bakan yok

Bugün Tahrir'deki eylemler hâlâ devam ediyor. Mısır'da o kadar insanın umurunda değil ki seçim! İnsanlar hâlâ Tahrir'i konuşuyor. Özellikle bugün meydana gelen yeni "tipleri". Sivil polis olduklarından ve bir provokasyon olabileceğinden şüpheleniyor insanlar. Meydanı görünce bunu kestirmek zor değil. Askeri yönetim bu "karnavalın" daha fazla devam etmesini, özellikle seçim sonuçlarını gölgelemesini istemeyecektir. Anlaşılan Tahrir'de bu karanlık yüzler bu yüzden görünmeye başladı. Oysa Tahrir'de seçimler değil, bundan sonra Tahrir'den ne çıkacağı konuşuluyor, bu karnavalın neye evrileceği. Çünkü tehlikenin hemen herkes farkında... Tahrir'in marjinalize edilebileceğini, Batılı güçlerin özgürlük, eşitlik ve sosyal adalet isteyen bir Mısır'a pek de tahammül edemeyeceğini, daha da önemlisi İsrail meselesine ABD'nin istemediği gibi bakan bir Mısır'ın dünyayı yerinden oynatabileceğini herkes biliyor. Devrimin çok çeşitli hırsızları olduğunu biliyorlar.

Politik mizah dergisi *Toktok*'un editörü Muhammed Şenavi'yle bundan söz ediyoruz. Tahrir'deki hemen herkes gibi o da bu sürecin çok uzun olacağını söylüyor. Dolayısıyla Tahrir kazanımlarının korunması için yollar bulunması gerektiğini anlatıyor. "En önemli sonuçlardan biri gençlerin eski kuşağın saygısını kazanmasıydı," diyor Şenavi, "o kadar çok duyuyorum ki babaların oğullarına veya kızlarına 'Artık seni dinlemeliyim' dediğini... Bu Mısır için gerçek bir devrimdir."

Tahrir'in artık suyu çıkmış bir mesele olduğunu düşünüp düşünmediğini soruyorum:

"İnsanlar her seferinde böyle düşündü. Her gösteriden önce hep aynı şeyi duyduk. 'Gitmeyin artık. Bir işe yaramaz!' diyorlar. Ama Tahrir'deki her bir gösteriden sonra bir sonuç alındı. Küçük ya da büyük, hepsinden bir sonuç çıktı. Yine çıkar. Biliyoruz bunu."

Firavunlar ve deliler

Tahrir Meydanı'nın tam arkasında Mısır Ulusal Müzesi var. Turuncu dev bir bina. Belki hatırlarsınız, gösteriler başladığında bir grup yağmacı girmeye çalışmış, göstericiler Müze Müdürü ile birlikte Müze'nin etrafındaki dev alanda insan zinciri oluşturmuşlardı eserleri korumak için. Gerçi müzeye girince korunacak pek de bir mal kalmadığını görüyorsunuz. Londra'da İngiliz Müzesi'ni gören herkes kabul edecektir, Mısır'ın çalınmış tarihi oradadır aslında. Esraa ile müzeyi geziyoruz. Firavunlar dönemine ait süs eşyalarına bakarken "Deli Mısırlıların yaptığı şeyler!" diyor Esraa. Minnacık boncuklar, taraklar, yüzükler... Koskocaman firavun tabutlarının yanında o kadar önemsiz duruyorlar ki. Tarihin bir kazası sonucu, kimin yaptığı, kimin için yapıldığı bilinmeyen minnacık şeyler binlerce yıl sonrasına kalmış. İnsanlık seçemiyor çünkü, neyin kalacağını. Bir kere daha daha uzun yaşayabiliyor binlerce yıl önce yapılmış bir oyuncak. Müze'nin penceresinden Tahrir Meydanı'ndaki gösteri görünüyor, genç insanlar. Seçimle iş başına gelen, Tahrir'i umursamayanları mı yoksa o meydanda adsız sansız gezinen devrimci gençleri mi? Bunu kimsenin bilemeyeceğini en çok bu müze söylüyor. Onlar da "deli Mısırlılar" neticede. Tıpkı aşkla küçük yüzükler ve kolyeler yapmış olan ve binlerce yıl sonra yaptıklarının görüleceğini bilmeyen ataları gibi. Üstelik garip bir tesadüf eseri bugün yapılan seçimlerde Tahrir'den çıkan devrimci koalisyon listesindeki adayların sembolü piramit. Okuma yazma bilmeyenler için, rastgele dağıtılan binlerce saçma sapan sembol içinde onlara piramidin düşmesi tarihin küçük bir şakası olmalı. Belki de baldırı çıplakların bir gün firavunların yerini alacağına dair küçük bir işaret! Artık bunun sırasının geldiğinin işareti...

Rönesans: İnsanın keşfi

Ve Tahrir'den son bir not: Tunus'ta da aynı şeyi düşünmüştüm. Burada daha da fazla... Büyük bir keşmekeşin olduğu, insanların adsız sansız ölüp durduğu Arap dünyasında nasıl oluyor da bir genç adamın kendisini Tunus'ta yakmasıyla devrim başlayabiliyor? Nasıl oluyor da binlerce insanın bir anda ölebildiği Mısır'da birkaç kişinin ayağından yaralanması, bir gözünü kaybetmesi binlerce insanı ayaklandırabiliyor? Türkiye'de kaç kişi kendini yaktı, ne oldu? Ölüm oruçlarını hatırlayın ya da kendini yakan gençleri... Bunu burada konuştuğum neredeyse herkese sordum. Cevapları aynıydı:

Yeni olan bu zaten! İnsanın, bireyin önemi! Her insanın bir değer olduğunu anlıyor Arap dünyası. Bu yüzden bu kadar tatlı bir özgüvenle konuşuyor herkes.

İnsanın kıymetini anlayan kalabalıklar artık birbirine başka türlü bakıyor. İnsan gibi. Tahrir'de devrim bu zaten. İnsanın, diktatörler karşısında, zulüm karşısında onurunu koruyabildiğini görmesi, göstermesi ve bunu kafasına kazıması. Herkesin burada olup bitene "devrim" demesinin nedeni bu. Bu büyük keşif, bana öyle geliyor ki Avrupa'daki Rönesans gibi. Bu dediğimi bir kenara yazın. Yıllar sonra bunu konuşuyor olacak Arap dünyası. Bugünü o gün olarak gösterecekler. Araplar için, dünyanın bu tarafı için tarihin, insan algısının değiştiği gün olarak.

30 Kasım 2011

KONUŞ ARKADAŞ!

(Bu yazı öncelikle gençler içindir!)

İnsanlar büyük devrimler yaparken bile küçük hayatlar isterler. Ben bunu öğrendim yıllar içinde. Arjantin'de Barikatçılar Hareketi'nin liderlerinden biri olan 24 yaşındaki bir bekâr anneyle tanışmıştım. Sırtına bebeğini sarıp, her gün Buenos Aires'e giden anayollardan birine çıkarak elinde demir bir çubukla polisle çatışıyordu. Sokak, insanı ne kadar özgürleştirirse o kadar özgürleşmişti. Bu kaşık kadar kadın polislerin korkulu rüyasıydı, çünkü arkasından binleri sürükleyebiliyordu. Saatlerce konuşmuştuk derme çatma kulübesinde. Sohbetin sonunda "Ne istiyorsun?" diye sormuştum, "Yani en sonunda?"

O kahraman kaşık kadın şöyle demişti:

"Bir fabrikada çalışmak, sonra da hafta sonları mesela tangoya gitmek."

Bu kadar! Ne özgür bir dünya, ne insanlık onuru, ne de büyük bir devrim. Sonra Brezilya'da insanlar gördüm. Sonra Irak'ta, sonra Hindistan'da... Hepsi birer kahramandı. Aslında hiçbirinin kahraman olası yoktu, sadece öyle gerektirmişti tarihin denk geldikleri noktası. Hemen hepsi sadece küçük ve makul bir hayat istiyordu. Buenos Aires'te fabrika işgal eden işçiler, sadece patronlarıyla insan gibi ilişki kurmak istiyordu mesela. Londra'nın arka sokaklarındaki isyancılar, sabah dokuz akşam beş bir işte çalışabilmek istiyordu, sonra eve gelip televizyon izlemek. Bu kadar basit.

Tahrir'den sana ne!

Son dört gündür gazetede yayınlanan Tahrir-Kahire yazılarının aldığı tepkileri normalden daha dikkatli izliyorum. Sayılara bakıyorum. Kaç kişi *Facebook*'ta "beğenmiş", kaç kişi "twit etmiş"... Sonuç dramatik. Normalde on binlerdedir bu rakamlar. Ama Tahrir yazıları o kadar değil. Türkiye'nin kendi dışındaki dünyaya ilgisizliği yeni bir bilgi değil. Ama bunun hâlâ olması... Türkiye'nin kuruluş ideolojisinin sonuçlarından biri olan kendinden menkul olma, kendini biricik ve benzersiz zannedip bundan dramatik bir yalnızlık duygusu çıkarma halinin genç kuşakta da sürmesi sinir oynatıcı.

Bunca *Twitter*, bunca *Facebook* varken yani! Oysa Tahrir'deki, Tunus'ta ayaklanan gençleri henüz tanışmadığı arkadaşları olarak görmeli Türkiye gençleri. Çünkü onlar sizi, hakkında halihazırda çok şey bildikleri arkadaşları olarak görüyorlar. *Twitter*'ı manasız tartışmalarda birbirine laf geçirmek ya da tuvalet aforizmalarını yazmak için değil gerçek bir haberleşme aracı olarak, bir örgütlenme yöntemi olarak kullanan bu arkadaşlarla tanışma zamanı geldi bence. Tartışmaya katılma zamanı! Tabii bir de şu dil meselesi var.

Sömürge dili direniş dili

Dolaşıp durduğum bütün Arap ülkelerinin bir sömürge tarihi var. Bundan kaynaklı olarak hepsi en az iki dil konuşuyorlar. İyi tarafı şu: İngilizce artık sosyal medyada emperyal bir dil değil, direnişin dili olmuş durumda. Hatta bence son dönemde Arap dünyasındaki diktatörlerin düşürülmesinin en önemli araçlarından biri.

Mısır'daki hemen herkes *Twitter*'ı İngilizce kullanıyor. Böylece dışarıdan gelen biri de tartışmayı takip edebiliyor. Tunus'ta sosyal medyadaki baskın dil Fransızca olmasına rağmen onlar da İngilizce kullanıyorlar ki dünyanın haberi olsun olup bitenden. Beyrut zaten Arapçasına bol miktarda Fransızca ve İngilizce karışmış bir ülke.

Bu Türkiye için epey tuhaf bir durum elbette. İki arkadaşın anadillerinde değil, başka dillerde konuşması yani. (Tabii Kürtleri saymazsak!) Ama hem Türkiye'de yaşanan politik deneyimin Arap coğrafyasında anlaşılabilmesi için -inanın çok ama çok ihtiyaçları var- hem de deneyimlerin karşılıklı paylaşılması için Türkiye'nin de artık bu dev agoraya dahil olması gerekiyor. Van depreminde sanırım ilk kez *Twitter* gerçekten anlamlı bir şekilde kullanıldı. O kudreti politik olarak kullanmanın zamanı geldi geçiyor.

Senin sözün nedir arkadaş?

Arap dünyası, bilhassa Mısır, yani "Dünyanın Anası", yani Arap dünyasının kalbi, bugün Tahrir'de yazının en başında anlattığım meseleye bir cevap arıyor. Yani devrimin sonu gelince devrimcilere ne olacağını soruyor. Tahrir'de devrimin mecnunları "normal" insanların fazlasıyla küçük talepleriyle kendi devrimci taleplerini nerede buluşturacağını sorguluyor. Yani şimdi sizin bu konuda söyleyecek hiçbir sözünüz yok mu? Ya da yaz boyunca sokaklarda yediğiniz gazın terkibini onlardan duymak istemez misiniz? Çünkü bilirsiniz, cevap kolektif akıldan çıkar. Kolektif akıl için de konuşmak gerekir. Konuşmak zamanı! Mümkün olan bütün dillerde!

3 Aralık 2011